国家示范性高职院校建设项目成果

数控技术专业

CAD/CAM数字化设计与加工

主　编　邱　坤

参　编　曹著明　郝继红

主　审　杨伟群　熊军权

机械工业出版社

本书是国家示范性高职院校建设项目成果之一，是国家级重点建设专业——数控技术专业核心课程教材。本书通过九个教学项目，介绍了CAXA实体设计和CAXA XP软件的使用方法，并以任务教学的方式展开。CAXA实体设计部分主要完成产品的造型设计和部件的装配及动画，而CAXA XP自动编程部分，主要通过真实产品的造型及刀具路径的模拟，使学生掌握铣削粗加工、精加工等加工方法，能进行刀具路径生成、动态仿真及NC文件生成。

本书是基于工作过程设计的，符合目前的职业教育理念，适合高职学生的学习特点，初学者也能看懂。本书把各种命令融汇在每个任务中，使读者在不知不觉中走进了CAXA实体设计、CAXA XP软件。本书可作为高职高专院校、成人院校及本科院校开办的二级职业技术院校和民办高校数控技术专业、机械制造专业、机电一体化等专业的教材，也可作为本科院校相关专业教材及CAD/CAM技术的培训教材。

图书在版编目（CIP）数据

CAD/CAM数字化设计与加工/邱坤主编．—北京：机械工业出版社，2010.5

国家示范性高职院校建设项目成果．数控技术专业

ISBN 978-7-111-29883-0

Ⅰ.①C… Ⅱ.①邱… Ⅲ.①计算机辅助设计－高等学校：技术学校－教材②计算机辅助制造－高等学校：技术学校 －教材 Ⅳ.①TP391.7

中国版本图书馆CIP数据核字（2010）第036046号

机械工业出版社（北京市百万庄大街22号 邮政编码100037）
策划编辑：郑 丹 责任编辑：王德艳 版式设计：霍永明
责任校对：陈立辉 封面设计：鞠 杨 责任印制：杨 曦
北京蓝海印刷有限公司印刷
2010年7月第1版第1次印刷
184mm×260mm ·13.5印张 ·328千字
0001－3000册
标准书号：ISBN 978-7-111-29883-0
定价：24.00元

电话服务

社服务中心：(010)88361066
销 售 一 部：(010)68326294
销 售 二 部：(010)88379649
读者服务部：(010)68993821

网络服务

门户网：http://www.cmpbook.com
教材网：http://www.cmpedu.com

前言

教育部把教材建设作为衡量高职高专院校深化教育教学改革的重要指标。为了落实教育部的指示精神，适应当前职业教育发展的新形势，通过对各职业院校及企业的广泛调研，由北京电子科技职业学院机械工程学院邱坤主持，与机械工业出版社联合开发了这套符合高等职业教育教学模式、教学方式方法改革的新教材。

本套教材是国家示范性高职院校建设项目成果，是国家级重点建设专业——数控技术专业核心课程教材，共八种：数控加工方向四种，数控维修方向四种。本套教材由一批具有丰富教学经验、拥有较高学术水平和实践经验的教授、企业专家、骨干教师和双师型教师编写，确保了教材的高质量、权威性和专业性，为高职课程改革教材建设提供了成功的范例。

本套教材编写过程中贯彻了以下原则：

一、充分吸取高等职业技术院校在探索培养高等技术应用型人才方面取得的成功经验。

二、采用最新国家标准及相关技术标准，把职业资格证书考试的知识点与教材内容相结合，真正做到工学结合。

三、贯彻先进的教学理念，以技能训练为主线，以相关知识为支撑，较好地处理了理论教学与技能训练的关系。

四、突出先进性。根据教学需要将新设备、新材料、新技术、新工艺等内容引入教材，以便更好地适应市场，满足企业对人才的需求。

五、以企业真实案例或产品为载体，营造企业工作环境，基于工作过程设计教学项目，使学生的学习更具实效。

六、创新编写模式。在符合认知规律的基础上，按照企业产品生产过程或实际工作过程组织教材内容，将知识点和技能点贯穿于项目实施过程中，增加学生的学习兴趣，培养学生自主学习的能力，提升学生的综合素质。

七、【知识拓展】环节的设计，开阔了学生的视野，有助于激发学生的创新意识，对创新型人才的培养进行有益探索。

本书共分为 9 个项目，包括 CAXA 实体设计、CAXA XP 系统的介绍、软件界面及菜单命令、系统设置，且均采用任务驱动的教学方法。通过本书的学习，学生能深入浅出地全面掌握 CAXA 实体设计、CAXA XP 的使用技巧。

本书由邱坤担任主编，并统稿。具体编写分工为：项目 1 ~ 项目 5 由邱坤编写，项目 6、项目 8 由曹著明编写，项目 7、项目 9 由郝继红编写。北京航空航天大学杨伟群、斐克公司熊军权担任本书主审，并提出了许多宝贵意见。

北京航空航天大学的宋放之为本书提供了大量的素材和第一手资料，在此表示衷心的感谢。北京第一机床厂总工程师刘宇凌、王春光等也提出了许多建设性意见，使本书有关参数设置及联机加工内容融入了企业元素，使学生的学习更贴近实际，真正做到了工学结合。

在此，还要特别感谢北京电子科技职业学院机械工程学院张宝君院长、林洪副院长及贾俊良主任为本书的编写提供的支持和保障。

本书可作为高职高专数控技术、机械制造与自动化等相关专业教材，也可用作 CAD/CAM 应用技术培训教材和有关工程技术人员的参考书。

由于作者水平有限，书中难免有不足之处，恳请读者提出宝贵意见，在此表示衷心的感谢！

编　者

目 录

前言

项目1　底座的设计 ………………… 1
学习目标 ………………………… 1
工作任务 ………………………… 1
知识准备 ………………………… 2
一、CAXA 实体设计简介 ……………… 2
二、三维设计环境 ………………… 4
三、设计环境模板 ………………… 4
四、设计环境菜单 ………………… 5
五、设计元素库 ……………………… 7
任务实施 ………………………… 7
一、使用拖放及编辑尺寸创建零件的基础部分 …………………… 7
二、用智能捕捉方法将拖入零件相对另一零件定位并确定大小 ……… 8
三、利用智能图素设计零件 ………… 8
四、在零件前表面上添加圆形形状 ……………………………… 9
五、使用孔类图素从零件中去除材料 ……………………………… 9
六、在凸起的前端面上创建一台阶 ……………………… 10
七、在凸起的中心添加一通孔 …… 10
八、在零件前下方边缘处添加圆弧过渡 ……………………… 11
九、在零件的 B、C 边缘处添加圆弧过渡 ……………………… 11
十、添加一些附加特征 ……………… 11
十一、在零件的另一端创建刚才生成的凸台及其上的孔的拷贝 ……………………………… 12
完成学习工作页 ……………………… 12
知识拓展 ……………………………… 13
小贴士 ………………………………… 14
教学评价 ……………………………… 14
学后感言 ……………………………… 16
思考与练习 …………………………… 16

项目2　桅杆架的造型及图样生成 ……… 17
学习目标 ……………………………… 17
工作任务 ……………………………… 17
知识准备 ……………………………… 18
一、生成平面布局图 ………………… 18
二、标准视图 ………………………… 19
三、剖视图 …………………………… 20
四、局部放大视图 …………………… 21
五、辅助视图 ………………………… 22
六、轴测图 …………………………… 22
七、将布局图输出到 CAXA 电子图板 ………………………… 23
任务实施 ……………………………… 24
一、桅杆架的实体造型 ……………… 24
二、生成布局图设计环境 …………… 34
三、布局图输出到 CAXA 电子图板 ………………………… 37
完成学习工作页 ……………………… 41
知识拓展 ……………………………… 42
小贴士 ………………………………… 42
教学评价 ……………………………… 43
学后感言 ……………………………… 45
思考与练习 …………………………… 45

项目3 电源盒的钣金设计 …… 46
学习目标 …… 46
工作任务 …… 46
任务实施 …… 47
一、板料的选择 …… 47
二、平板与板料的弯曲 …… 47
三、编辑板料截面重新生成图素 …… 50
四、添加其他板料 …… 51
五、生成型孔与冲孔 …… 53
六、钣金件的展开 …… 61
完成学习工作页 …… 62
小贴士 …… 62
教学评价 …… 63
学后感言 …… 65
思考与练习 …… 65

项目4 自行车中轴的装配 …… 66
学习目标 …… 66
工作任务 …… 66
知识准备 …… 67
一、插入零件/组件 …… 67
二、三维球定位控制 …… 67
三、利用无约束装配定位工具 …… 68
四、装配设计 …… 69
任务实施 …… 69
一、打开教程文件 …… 69
二、装配中轴套 …… 69
三、装配中轴碗 …… 70
四、滚动体装配 …… 70
五、装配中轴挡 …… 71
六、垫圈装配 …… 72
七、装配左脚蹬 …… 73
八、利用镜向拷贝零件 …… 75
九、装配右脚蹬和销钉 …… 76
完成学习工作页 …… 77
知识拓展 …… 77
小贴士 …… 78
教学评价 …… 78
学后感言 …… 80
思考与练习 …… 80

项目5 棘轮机构装配及动画 …… 82
学习目标 …… 82
工作任务 …… 82
知识准备 …… 83
一、智能动画向导 …… 83
二、动画路径与关键帧 …… 86
三、智能动画编辑器 …… 89
任务实施 …… 89
一、棘轮机构的装配 …… 89
二、棘轮的装配动画 …… 92
三、凸轮装配动画的制作 …… 94
四、压盖及销钉的装配动画 …… 96
五、棘轮工作原理的动画制作 …… 97
完成学习工作页 …… 101
知识拓展 …… 101
小贴士 …… 102
教学评价 …… 102
学后感言 …… 104
思考与练习 …… 105

项目6 凸轮的建模及加工 …… 106
学习目标 …… 106
工作任务 …… 106
知识准备 …… 107
一、加工管理 …… 107
二、公共参数设置 …… 109
三、与轨迹生成有关的工艺选项与参数 …… 111
任务实施 …… 111
一、完成凸轮的造型 …… 111
二、完成凸轮加工轨迹设置 …… 111
完成学习工作页 …… 115
教学评价 …… 116
学后感言 …… 119
思考与练习 …… 119

项目7 组合基座的建模与拼合加工 … 120
学习目标 …… 120
工作任务 …… 120
知识准备 …… 122
一、平面区域粗加工 …… 122
二、平面轮廓精加工 …… 123
任务实施 …… 124
一、零件分析 …… 124
二、实体/曲面造型 …… 125
三、加工轨迹的生成 …… 127
完成学习工作页 …… 130
教学评价 …… 131
学后感言 …… 134
思考与练习 …… 134

项目8 摩擦楔块锻模的建模及加工 … 136
学习目标 …… 136
工作任务 …… 136
知识准备 …… 137
一、加工轨迹仿真和编辑 …… 137
二、后置处理与工艺模板 …… 139
任务实施 …… 139
一、摩擦楔块锻模的造型 …… 139
二、完成摩擦楔块锻模加工轨迹设置 …… 162
完成学习工作页 …… 165
知识拓展 …… 167
一、知识库加工模板参数设置 …… 167
二、知识加工操作 …… 168
教学评价 …… 171
学后感言 …… 173
思考与练习 …… 174

项目9 叶轮的建模 …… 175
学习目标 …… 175
工作任务 …… 175
知识准备 …… 177
任务实施 …… 178
一、建立叶轮主曲面 …… 178
二、主曲面减料实体生成 …… 181
三、构建叶轮基础造型 …… 186
四、生成叶轮实体 …… 188
五、过渡棱边 …… 191
六、建立动模板 …… 191
七、生成孔系和倒角 …… 194
八、投影到二维视图 …… 198
完成学习工作页 …… 200
知识拓展 …… 200
教学评价 …… 202
学后感言 …… 204
思考与练习 …… 204

参考文献 …… 205

项目 1

底座的设计

本项目通过底座的造型设计，使学生掌握 CAXA 实体设计的基本操作方法，学会利用拖放智能图素功能快速进行零件设计，利用包围盒手柄编辑零件大小，并能够进行零件定位，创建孔类图素及图素的拷贝㊀等功能操作。

【学习目标】

知识目标

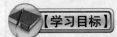

1. 认识 CAXA 实体设计的用户界面及基本操作方法。
2. 掌握智能图素快速设计零件的方法。
3. 掌握包围盒手柄编辑零件大小的方法。
4. 掌握零件定位、创建孔类图素及图素的拷贝等功能操作。

技能目标

1. 通过拖放智能图素，能快速进行零件设计。
2. 通过包围盒手柄，学会编辑零件大小。
3. 通过三维球，能够进行零件定位、拷贝等功能操作。

【工作任务】（见表 1-1）

表 1-1　任务书

适用专业：数控技术		学时：6	
项目名称：底座的造型设计		项目编号：1	
姓名：	班级：	日期：	实训室：
一、项目目标 通过机座的三维造型设计，使学生初步掌握 CAXA 实体设计的基本操作，学会如何利用拖放智能图素功能快速设计零件，学会利用包围盒手柄编辑零件大小，学会进行零件定位，创建孔类图素及图素的拷贝等功能操作。 二、本学习项目内容			

㊀ 拷贝：CAXA 软件中的选项即为拷贝，所以本书文中保留拷贝一词，不将其修改为复制。

（续）

1. 利用拖放智能图素功能快速设计零件。
2. 如何利用包围盒手柄编辑零件大小。
3. 如何进行零件定位，创建孔类图素及图素的拷贝等功能操作。
4. 完成底座的三维造型。

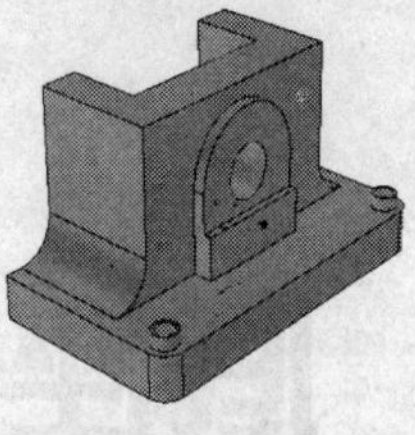
底座三维造型

三、教学方法

任务驱动法、小组讨论法、角色扮演法、演示法等。

四、上交文件

序　号	名　称	数　量	格　式	备　注
1	底座三维造型作品	1	. ics	造型作品
2	学生自评表	1	word 文档	对自己的工作过程及成果进行评价
3	本项目学习总结	1	word 文档	总结本项目学习的得失

五、教学条件

1. 硬件要求：学生机 40 台；教师机 1 台；多媒体设备一套。
2. 软件要求："极域电子教室"软件、Mastercam 9. 0、CAXA 实体设计、UG、Pro/E、SolidWorks 等。

六、教学资源

网络课程、教学录像、多媒体课件、CAXA 实用教程、本校特色教材。

七、教学评价

教师评价 70%；学生自评 30%。

【知识准备】

一、CAXA 实体设计简介

CAXA 实体设计是具有国际水准的三维设计软件，它把美国的最新专利技术和 CAXA 多年来在 CAD/CAM 领域的经验积累相结合，真正使实体设计做到了易学、易用。它可以帮助设计人员从三维空间直接进行产品构思和创意，并且可以创造出广告效果的图片与动画，是产品创新设计的有效工具。

1. 卓越的企业实体协同设计工具

CAXA 实体设计使实体造型超越了传统参数化造型在复杂性方面受到的限制。不论是经验丰富的专业人员，还是刚接触 CAXA 实体设计的初学者，CAXA 实体设计都能为您提供便利的操作。它的操作环境采用了创新的三维拖放，具有无可比拟的运行速度和灵活性，使设计更快捷，并能获得更高的思维与操作交互性能。它为基于网络的设计生成、交流共享和访问提供了一个 e-Engineering 环境。CAXA 实体设计，不论是用于个人的创新设计，还是用于整个企业协同设计的任何环节，都可以得心应手，立即产生经济效益。

2. 功能完备的实体设计工具

CAXA 实体设计是一个全功能的设计软件，它能够在一套集成工具下面全面满足产品的概念设计、零件设计、装配设计、钣金设计、产品真实效果模拟和动画仿真等，而且所有的功能都在同一个视窗界面下运行，整个设计过程自然流畅，一气呵成。

3. 易学易用的三维球操作

CAXA 实体设计具有流畅的交互风格与设计流程，操作敏捷并支持丰富的拖放操作，应用于造型、装配、渲染、动画的所有过程，并且简单、易用。具有多项专利的三维球操作方式独具特色，方便、灵活且功能强大。它就像一个三维的鼠标具有强大的导航与定位功能，可在三维实体上直接用“操作手柄”修改特征，改变了以往对三维实体的操作方式。CAXA 实体设计的造型速度是其他三维造型软件的 2 ~4 倍，它运行与显示的速度极快，即使在一般配置的微机上也能实现复杂零件的装配与渲染效果，配合支持 OpenGL 加速的显卡，可显著增强对复杂零件与大型装配的显示效果。

4. 专业级的渲染和动画功能

CAXA 实体设计本身集成了完美的渲染与动画功能，非常适合作新产品的设计、模拟演示及与客户的直接沟通。最直接的动态效果显示，不仅可消除与客户沟通上的障碍，并可增强客户对设计人员设计能力的信任，增加获得订单的机会。渲染功能不仅考虑了一般的颜色、灯光、背景、材质等特性，还包括了反射、折射、透明度、光滑度和表面纹理等专业功能，并可添加产品的外饰设计、印刷图案和标签设计等。动态仿真功能可对装配结构作机构运动模拟与干涉检查。

5. 超越参数化设计的灵活性修改

传统的参数化设计过程往往被过度约束，后期修改不易，经常需要重新造型，这一问题在新产品概念设计阶段最为突出。CAXA 实体设计采用了参数化与无约束两种方式，用户可任选一种或两者自动结合的方式。在设计的任何一个阶段，可不受约束地对以前的设计进行修改，但同时可以保留参数化约束关系，这种灵活性对最终造型不确定的设计特别重要，用户可选择基于严格约束的设计，或基于想象的创意，或在两者之间任意选择，极大地丰富了设计者的创造空间。

CAXA 实体设计提供了丰富的数据接口，可与所有流行的 CAD/CAM 软件交换数据（IGES，PRO/E、CATIA、SAT，STEP，STL，VRML，Parasolid x _ t，3DS，DXF，DWG，AVI，BMP，VMF 等）。可以读入其他三维软件的造型结果加以修改，并可调入不同软件设计的零件造型生成数据装配。对读入的特征造型可自动识别并重新生成，可直接读入和处理多面体的格式（用于网络共享的 VRML 格式和快速成型的 STL 格式）或将其转为实体格式进行编辑。CAXA 实体设计还拥有 CAXA 电子图板的功能，可将实体设计快速、方便地转成符合国家标准的二维工程图样。

6. 创新的目录式图库操作方式

目录式图库，独具创新且内容丰富，操作方式统一。配合双向的拖放操作，能提供最快捷的实体设计速度。目录图库不仅可保存特征类图库，也可将任何类型的零件、装配、颜色、动画和其他常用的图形与属性作为图库保存。当需要使用它们时，只需从目录中拖出放到想要的地方，如同使用 Windows 文件管理器或字处理软件一样方便。CAXA 实体设计本身包含了丰富的标准图库，用户也可任意扩充自己的图库，将个人常用的资料建成目录式图库，方便检索和调用。

CAXA 实体设计是最先将完全的可视化三维设计、图样生成和动画制作融入微机的系统。本软件把具有突破性的全新系统结构同拖放实体造型法结合起来，形成目前推向市场的、对用户最友好的三维零件设计/二维绘图环境，同时，还提供了一些用户在高成本的高档三维应用中期望得到的那些性能和兼容性。

二、三维设计环境

CAXA 实体设计的设计环境是完成各种设计任务的窗口，提供了可进行零件的设计、装配、渲染、动画制作等设计环节的各种工具及条件。

CAXA 实体设计环境具有以下特点：

1）零件设计与装配设计可在同一窗口内完成，这对于小型的设计是非常方便的。

2）可定义设计环境的背景色或图像，指定设计环境中的显示选项，调整设计环境的曝光度，雾化景象，编辑显示位置。

3）可对设计作品渲染，即定义图形的显示方式。CAXA 实体设计提供了多种渲染风格，其范围很广，从最简单的单色线框到具有照片逼真效果的高级图像。

4）可通过定义设计环境的光源属性，为设计作品添加和删除光源，改变光源的颜色、强度，调整阴影并生成其他各种逼真效果。

三、设计环境模板

打开一个新的设计环境

1）启动实体设计。

2）选择【新文件】，系统弹出【新建】对话框，如图 1-1 所示；选择【设计】选项，然后单击【确定】按钮，系统弹出【新的设计环境】对话框，如图 1-2 所示。

图 1-1 【新建】对话框

图 1-2 【新的设计环境】对话框

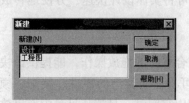

3）选择已有的模板，然后单击【确定】按钮，实体设计显示一个空白的 3D 设计环境，设计模板定义了标准的用于零件设计的环境。当开始设计时，诸如尺寸单位、灯光等参数都已经设置好了。

四、设计环境菜单

1. 文件

【新文件】：打开新文件，包括设计新文件和绘图新文件。

【打开文件】：打开已有的 CAXA 实体设计文件。

【关闭】：关闭当前文件。

【保存】：将当前设计环境中的内容保存到文件中。

【另存为】：将当前设计环境中的内容保存到另一个文件中。

【另存为零件/装配】：将选中的零件/装配保存到文件中。

【打印设置】：对打印机、纸张、方向、网络进行设置。

【打印预览】：预览打印文件。

【打印机】：设置打印的相关参数。

【插入】：插入【零件/装配】和【OLE 对象】到设计环境中。可以选择是否【作为链接插入】。

【输入】：输入零件或其他格式的模型。

【输出】：输出动画、图像和零件。

【发送】：通过电子邮件发送当前文件。

【属性】：定义当前文件的文件属性。

【最近文件】：显示实体设计软件最近打开过的文件名称。

【退出】：退出 CAXA 实体设计。

2. 编辑

【取消操作】：撤销上一步操作。

【重复操作】：恢复此前用【取消操作】工具取消的操作。

【剪切】：剪切所选元素并放入剪贴板中。

【拷贝】：把所选的文档复制到剪贴板中。

【粘贴】：把剪贴板中内容插入进来。

【删除】：删除当前选择的造型。

【全选】：选择设计环境中的所有造型。

【取消全选】：取消设计环境中已经选择的所有造型。

【对象】：编辑插入设计环境中的 OLE 对象。

3. 显示

【工具条】：显示或隐藏工具条及编辑其属性。

【状态条】：显示或隐藏状态条。

【智能动画编辑器】：显示或隐藏智能动画编辑器。

【设计元素工具】：显示或隐藏设计元素工具。

【设计树】：显示或隐藏当前的设计树。

【参数表】：显示或隐藏参数表。

【显示】：设置在设计环境中元素的可见性。

【显示曲率】：显示或隐藏三维曲线的曲率。

【光源】：显示或隐藏设计环境中的光源。

【视向】：显示或隐藏设计环境中的视向。

【智能动画】：显示或隐藏设计环境中已有的动画。

【附着点】：显示或隐藏在零件或装配上的附着点。

【局部坐标系统】：显示或隐藏局部坐标系统。

【绝对坐标轴】：显示或隐藏绝对坐标系。

【智能标注】：显示或隐藏已经加在造型上的标注。

【约束】：显示或隐藏加在装配、零件和造型上的约束。

【包围盒尺寸】：显示或隐藏编辑尺寸盒的长度。

【位置尺寸】：显示或隐藏位置尺寸。

【关联标识】：加亮显示与所选对象关联的对象。

【约束标识】：加亮显示与所选对象的被约束的对象。

【阵列】：显示或隐藏装配、零件和智能图素的所有阵列参数。

【注释】：显示或隐藏注释。

【开始渲染】：开始渲染。

4. 生成

本菜单可以生成自定义智能图素，向设计环境添加文字和生成曲面，也可以添加新的光源或视向。附加选项还能够生成智能渲染、智能动画、智能标注、文字注释和附着点。

5. 修改

本菜单中包括图素或零件模型边过渡、边倒角操作，还包括对其表面进行修改操作，如：表面移动、拔模斜度、表面匹配、表面等距、删除表面、编辑表面半径。此外，还可以对图素或零件模型实施镜像、抽壳和分裂操作。

6. 工具

通过【工具】菜单可以使用三维球、无约束装配和约束装配工具，还可选择纹理、凸痕、贴图、视向工具，包括分析对象、显示统计信息或检查干涉。对于钣金设计，包括钣金展开、展开复原和切割钣金件的操作。本菜单中的【选项】提供了多种属性表，在这些属性表中可定义设计环境及其组件多方面的参数，也包括自定义工具条和自定义菜单选项，还包括添加新的工具和利用 Visual Basic 编辑器生成自定义宏。

7. 设计工具

本菜单中的第一个选项可供对选定的图素、零件模型或装配件进行组合操作。利用其他选项或重置包围盒、移动锚点、或重新生成、压缩和解压缩对象，也可以进行布尔运算。利用本菜单的其他选项可将图素组合成一个零件模型，利用选定的面可生成新的【智能图素】，或将对象转换成实体模型。

8. 装配

本菜单上的选项供将图素/零件/装配件装配成一个新的装配件或拆开已有的装配件。可以在装配件中插入零件/装配、解除外部链接、将零件/装配保存到文件中或访问【装配路径】对话框。

9. 设置

利用本菜单中的这些选项，可以指定单位、局部坐标系统参数和默认尺寸和密度，也可以用它们来定义渲染、背景、雾化、曝光度、视向的属性。利用【设置】菜单的其他选项，也可以访问智能渲染属性和向导。此外，还可以利用【提取效果】和【应用效果】选项将表面属性从一个对象转换到另一个对象、访问图素的形状属性并生成配置文件。

10. 设计元素

本菜单提供设计元素的新建、打开和关闭等功能选项，包括激活或禁止设计元素库的【自动隐藏】功能。设计元素选项还包括设计元素保存和设计元素库的访问。

11. 窗口

本菜单中的选项包括用来生成新窗口、层叠/平铺窗口和排列图标的窗口选项。本菜单底部用以显示所有已打开 CAXA 实体设计设计环境/绘图文件的文件名，在当前显示的设计环境/绘图文件文件名前边有一个复选框。

【新建窗口】：新建一个设计环境窗口。

【层叠】：以层叠方式排布打开的窗口。

【平铺】：以平铺方式排布打开的窗口。

【排列图标】：在窗口底部排列图标。

12. 帮助

帮助选项中包括帮助主题、更新说明和关于。在【关于】中可以查看产品名称、版本等相关信息。

五、设计元素库

CAXA 实体设计设计元素的作用在于生成/组织设计项目，目前可用的设计元素有：基本/高级图素设计元素、颜色设计元素、纹理设计元素和其他设计元素。

【任务实施】

教学组织实施建议：先讲后练。

一、使用拖放及编辑尺寸创建零件的基础部分

1）从设计元素库的【图素】中拖放一个长方体到设计环境中。（实现拖放的方法：用鼠标左键选择长方体，按住左键，将长方体拖到设计环境中后释放鼠标。）

2）左键单击长方体使零件处于智能图素状态。

3）将长方体的名称改为【长方体 1】：右键单击智能图素，从弹出的菜单中选择【智能图素属性】，在【常规】选项卡的【用户名字】选项中输入“长方体 1”，如图 1-3 所示。

4）在长方体 1 前端表面的智能图素手柄处单击鼠标右键，系统弹出快捷菜单。

5）在弹出菜单中单击【编辑包围盒】选项，如图 1-4 所示。

6）用下列数值代替长、宽、高的值：长度 =35mm，宽度 =20mm，高度 =4mm。

7）单击【确定】按钮。

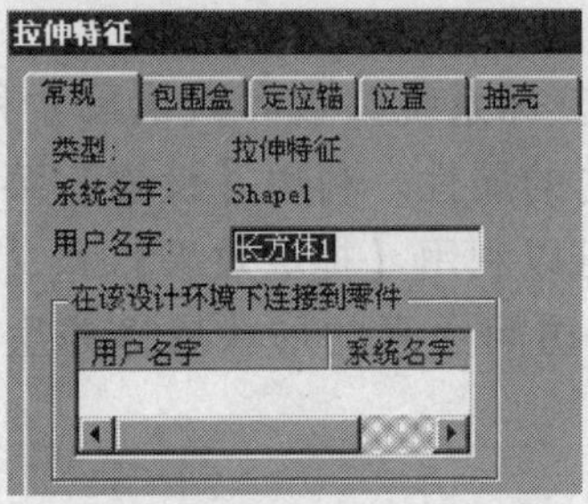

图 1-3 【拉伸特征】对话框

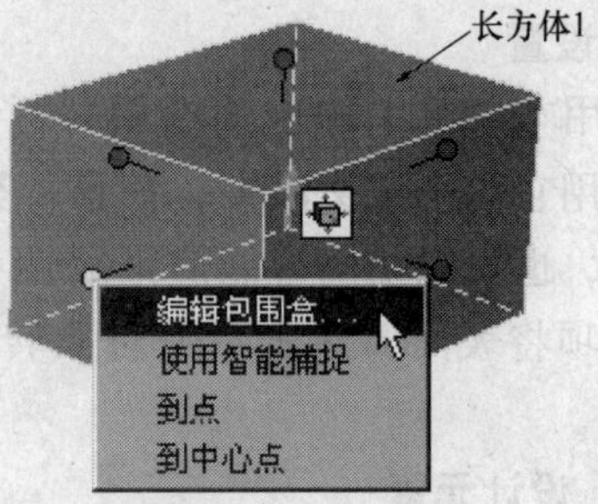

图 1-4

二、用智能捕捉方法将拖入零件相对另一零件定位并确定大小

1）从【图素】中拖放第二个长方体（长方体 2）到设计环境中的长方体 1 上，当鼠标位于长方体 1 的一些特殊点时，会有绿点出现，这是实体设计的智能捕捉功能，利用此项功能，将长方体 2 置于长方体 1 的顶面长边的中心，如图 1-5 所示。

2）利用智能捕捉定义长方体 2 的大小：单击长方体 2 使其处于智能图素状态，按住 "Shift" 键，在操作手柄 A 上单击并拖动，使其与长方体 1 的后表面 B 齐平（当鼠标与 B 面齐平时，表面边缘成绿色高亮状态，此时松开鼠标），如图 1-6 所示。

图 1-5

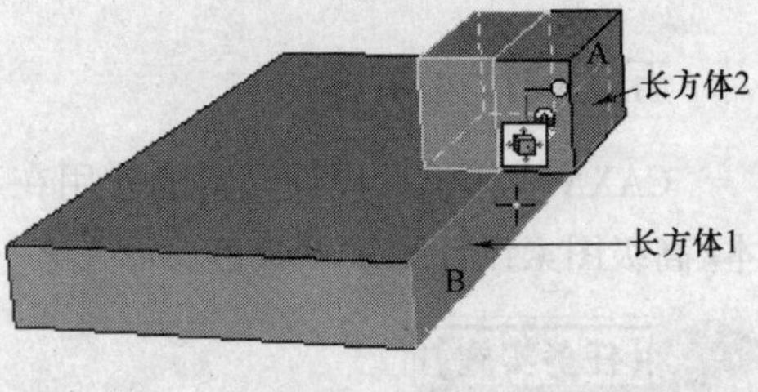

图 1-6

3）右键单击相反方向的操作手柄 C，选择【编辑包围盒】，设置宽度为 12.5mm。

4）右键单击顶面上的操作手柄 D，选择【编辑包围盒】，设置高度为 15mm。

5）右键单击处于智能图素状态长方体 2 得到选择菜单，选择【智能图素属性】选项。

6）单击【包围盒】属性页，输入长度 =24mm，这样可使长方体保持长度方向上对称。

7）单击【确定】按钮。

注意：因为拖入智能图素时放置的方向可能不同，所以单击相应手柄对应的长、宽、高的方位可能不同，如图 1-7 中单击手柄 C，对应的有可能是高度。请根据自己的情况，对应相应方向进行尺寸设置。此情况也适用于以后拖入的智能图素。

三、利用智能图素设计零件

1）拖入第三个长方体，利用智能捕捉将其放置到长方体 1 与长方体 2 的内交线的中点。

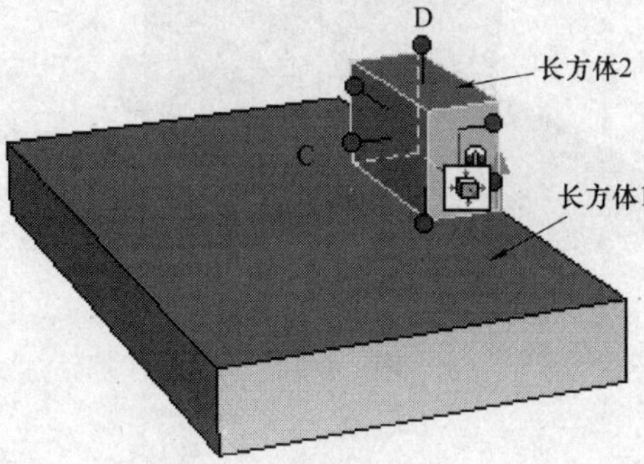

图 1-7

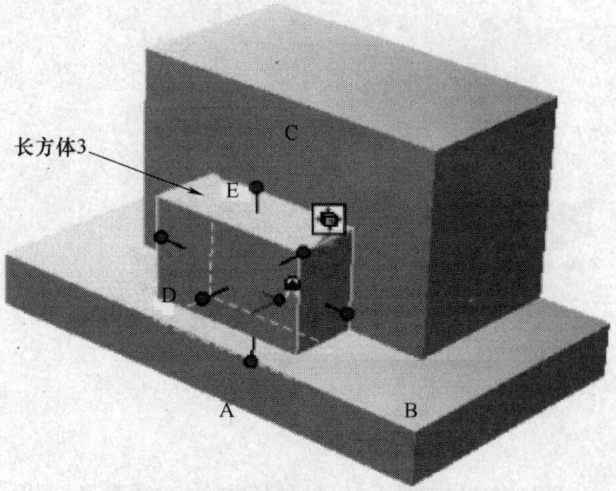

图 1-8

2）按住“Shift”键并拖放面操作手柄A，使长方体3的面与图1-8所示表面B齐平（当表面B呈绿色高亮显示时可达到齐平）。

3）使用类似的方式使后表面的手柄与面C齐平。

4）右键单击前表面手柄D，激活【编辑包围盒】，输入高度为2mm。

5）右键单击智能图素，从弹出的菜单中选择【智能图素属性】选项，输入长度为12mm。

6）右键单击顶部表面手柄E，激活【编辑包围盒】，输入宽度为7.5mm。

7）单击【确定】按钮。

四、在零件前表面上添加圆形形状

1）从设计元素库中将一圆柱体拖/放至长方体3的前上方边缘的中点。

2）将圆柱体的后表面A拖至长方体2的前表面B，如图1-9所示。

3）右键单击圆柱体的前表面的中心操作手柄C，激活【编辑包围盒】并输入高度为2mm。

4）右键单击圆柱体的侧表面操作手柄D，激活【编辑包围盒】并输入长度为12mm。

5）单击【确定】按钮。

五、使用孔类图素从零件中去除材料

1）从设计元素库中将一孔类长方体拖放至长方体2的后方边缘的中点，如图1-10所示。

2）按住“Shift”键，拖动孔类长方体的手柄A，使其与长方体2的后表面B齐平（当处于齐平状态时，长方体2的后表面B呈绿色高亮显示）。

3）右键单击孔类长方体前表面的中心操作手柄C，激活【编辑包围盒】，将宽度设置为7.5mm，如图1-11所示。

4）右键单击孔类长方体，选择【智能图素属性】选项，单击【包围盒】属性页，在【长度】中输入“16.25”。

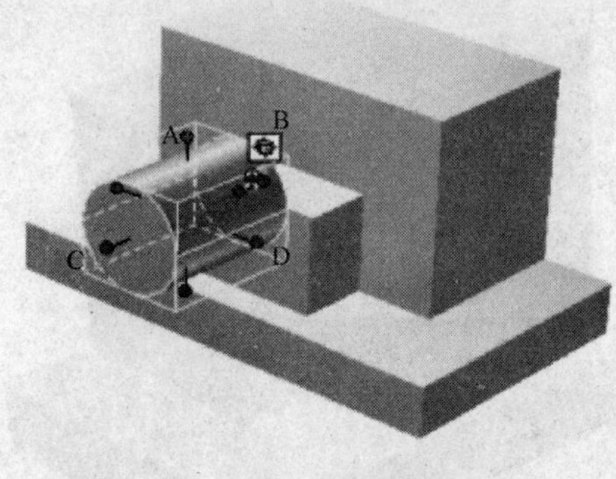

图 1-9

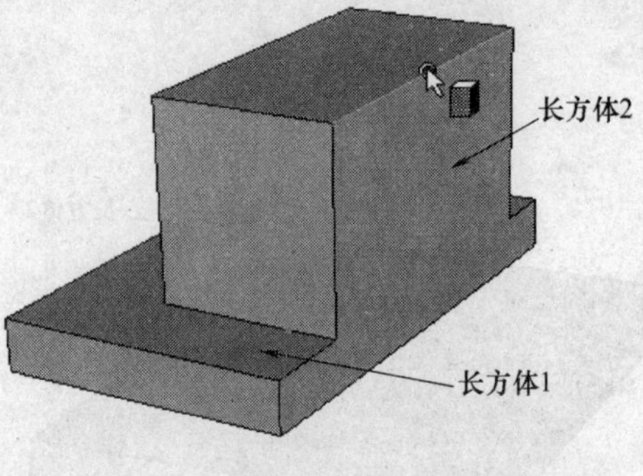

图 1-10

5）拖动底部手柄 A 与长方体 1 的顶面齐平。

6）拖动顶部手柄 B 与长方体 2 的顶面齐平，如图 1-12 所示。

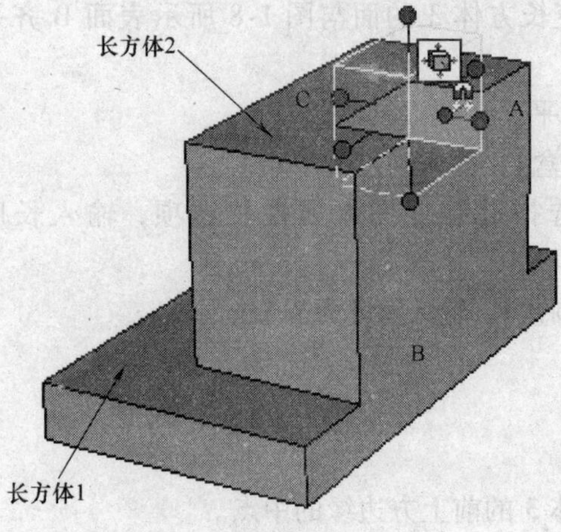

图 1-11

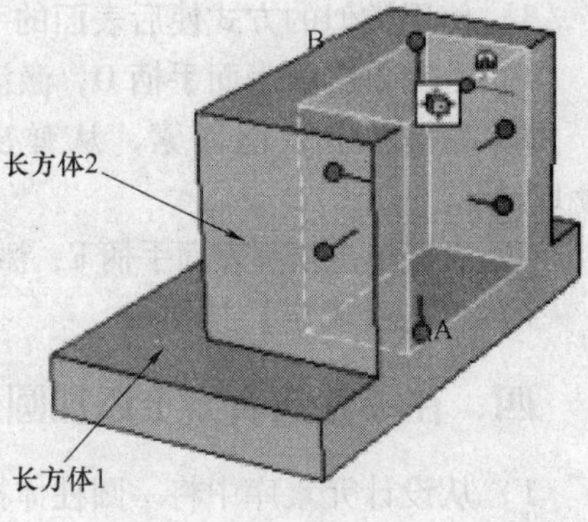

图 1-12

六、在凸起的前端面上创建一台阶

1）从设计元素库拖出另外一个孔类长方体，将它拖到圆柱体上边缘的中心。

2）拖动孔类长方体的底部手柄 A 与长方体 3 的顶面齐平。

3）右键单击孔类长方体的后表面手柄，在弹出的菜单中选择【编辑包围盒】选项，在高度中输入 0.8mm，在长度中输入 12mm。

4）右键单击孔类长方体的下表面手柄，在弹出的菜单中选择【编辑包围盒】选项，在显示的宽度值基础上加 4mm，如图 1-13 所示。

5）单击【确定】按钮。

七、在凸起的中心添加一通孔

1）要在凸起的中心添加一通孔，则应到设计元素库中拖放一孔类圆柱体至凸起圆柱部分的中心。

2）右键单击孔类圆柱体侧表面的手柄，激活【编辑包围盒】中的值，输入长度为5mm，如图1-14所示。

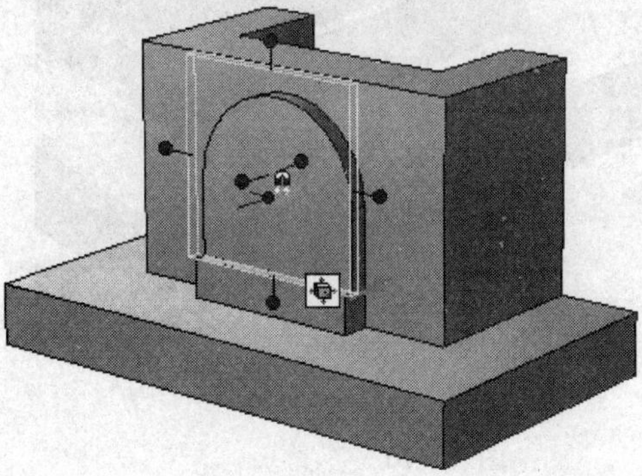

图 1-13

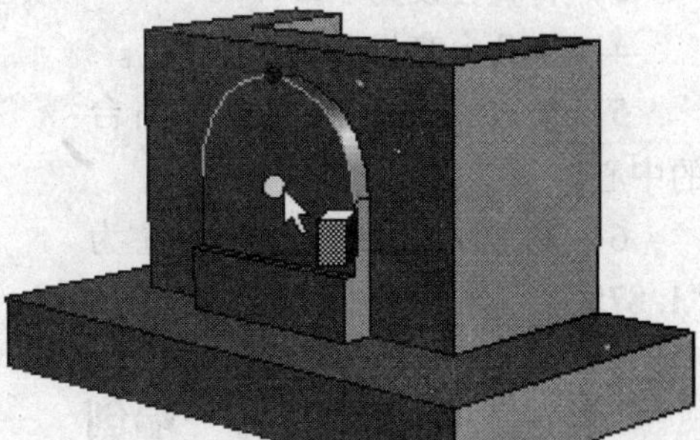

图 1-14

八、在零件前下方边缘处添加圆弧过渡

1）放大长方体1（基座）的前部分边缘，以便于添加圆弧过渡。

2）单击前方边缘A直到它呈绿色高亮显示，如图1-15所示。

3）右键单击边缘，从弹出的菜单中选择【边过渡】选项。

4）在半径后的文本框中输入值“2.5”。

5）同样单击另外一前部边缘B，这样将创建两个具有同样半径的过渡。

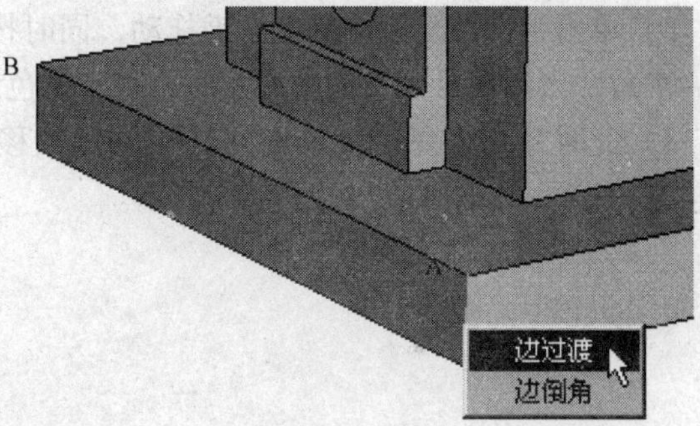

图 1-15

6）从【圆角过渡】菜单中选择【应用并退出】选项。

九、在零件的B、C边缘处添加圆弧过渡

1）要将所有过渡半径设置关联起来，须选择一个已创建的过渡区域A，直到它变成黄色，如图1-16所示。

2）在黄色区域中单击右键，在弹出的菜单中选择【编辑形状】选项，此时可以修改已创建的过渡半径，并与其他过渡关联起来。

3）单击边缘B，在半径栏中输入“3.75”。

4）单击另一边缘C。

5）从【圆角过渡】菜单中选择【应用并退出】。

十、添加一些附加特征

1）放大长方体1的一个角。

2）在长方体1的每个前角添加一个带通孔的凸台：拖放一圆柱体形状到前部过渡圆弧

的中心，系统弹出【调整实体尺寸】对话框后，单击【确定】按钮。

3）将直径设为“2.5”。

4）将凸台高设置为“1.25”。

5）拖放一孔类圆柱体到凸台的中心。

6）将圆柱孔的直径设置为“1.875”。

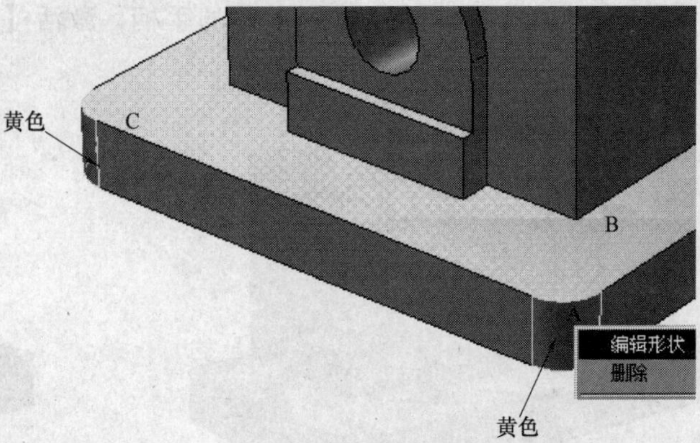

图 1-16

十一、在零件的另一端创建刚才生成的凸台及其上的孔的拷贝

1）按下“Shift”键，单击圆柱凸台表面，然后单击孔类圆柱体的表面。

2）单击三维球。

3）单击手柄 A，按住鼠标右键拖动，同时按住“Shift”键，将把选中的成组元素拖到另一个角。当到达另一角的中心点时，将有绿色线高亮显示，此时松开鼠标右键。

4）此时系统将弹出菜单询问将在此位置移动、拷贝，还是链接拷贝所选元素。单击【链接】选项，如图 1-17、图 1-18 所示。

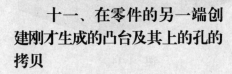

图 1-17

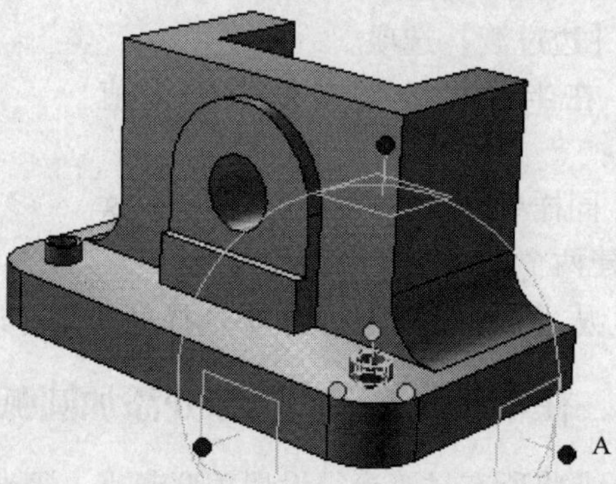

图 1-18

5）关闭三维球。

【完成学习工作页】

表 1-2 完成学习工作页

序 号	名 称	数 量	格 式	备 注
1	底座三维造型作品	1	.ics	造型作品
2	本项目学习总结	1	word 文档	总结本项目学习的难点及收获

【知识拓展】

计算机辅助设计与制造（CAD/CAM）技术是近年来工程技术领域中发展最迅速、最引人注目的一项技术，它已成为工业生产现代化的重要标志。它对加速工程和产品的开发、缩短产品设计制造周期、提高产品质量、降低成本、增强企业市场竞争能力与创新能力发挥着重要作用。它的应用及发展正引起一场产品工程设计与制造深刻的技术革命，并对产品结构、产业结构、企业结构、管理结构、生产方式以及人才知识结构方面带来巨大影响。

下面介绍几款 CAD/CAM 方面的应用软件：

SolidWoks 公司的 SolidWoks 系列软件是一套功能相当强大的三维造型软件，三维造型是该软件的主要优势，该软件从最早的 SolidWoks98 版开始，就具有功能强大、易学易用、技术创新这三大特点，就笔者的经验，该软件完全采用 Windows 的窗口界面，操作非常简单，支持各种运算功能，可以进行实时的全相关性的参数化尺寸驱动，比如，当设计人员修改了任意一个零件尺寸，就会使得装配图、工程图中的尺寸均随之变动。另外该软件的界面友好，使用全中文的窗口式菜单操作，给使用者提供了学习便利。SolidWoks2001 又开发了 CAM 模块——CAMWORKS，使用该模块能够很快地将设计好的产品转换为能够进行数控加工的 G 代码、M 指令，使得 CAD 能和 CAM 有机地结合，该软件的另外一大优势是价格便宜，因此使用的单位及个人较多，国内相当多的中小型企业都在使用 SolidWoks 软件。SolidWoks 系列产品作为三维的造型、设计软件还是相当的方便、灵活、好用的。

AutoCAD 系列软件是 Autodesk 公司的产品，也是最早进入国内市场的 CAD 软件之一，从最早的 2.0 版到以后的 R13、R14、2000 直到如今的 2010 版，从最早期的 DOS 操作命令到现在的 Windows 窗口式的操作界面，是大家所最熟悉的 CAD 软件。AutoCAD 软件最早是针对二维设计绘图而开发的，随着其产品的日益成熟，在二维绘图领域该软件已经比较完善，而且随着产品设计的发展需要，越来越多的产品设计已经不再停留在二维的设计领域，而是朝着三维的产品设计发展，因此，在 AutoCADR12、R13 的版本中，已经加入了三维设计的部分，而且随着版本的不断更新，三维设计的部分也在不断发展。由于该软件开发中的自身原因，使得该软件存在着一些不足之处，比如，该软件在二维设计中无法做到参数化全相关的尺寸处理；三维设计中的实体造型能力不足。但是由于该软件进入国内市场较早，价格较便宜，对使用的微机要求较低，使用比较简单，因此拥有众多的使用者。

UnigraphicsSolutions 公司的 UG 本身起源于航空、汽车企业（美国麦道航空公司），它的应用范围基本和 Pro/E 相似，它以 Parasolid 几何造型核心为基础，采用基于约束的特征建模技术和传统的几何建模为一体的复合建模技术。在三维实体造型时，由于几何和尺寸约束在造型的过程中被捕捉，生成的几何体总是完全约束的，约束类型是 3D 的，而且可用于控制参数曲面。在基于约束的造型环境中支持各种传统的造型方法，如布尔运算、扫描、曲面缝合等。该软件的主要缺点是不允许在零件之间定义约束。但 UG 具有统一的数据库，实现了 CAD、CAE、CAM 之间无数据交换的自由转换，一般认为 UG 是业界最好、最具有代表性的数控软件，它提供了功能强大的刀具轨迹生成方法，包括车、铣、线切割等完善的加工方法。它的销售也和 Pro/E 相似，采用分模块销售的办法，目前我国很多的航空企业都在使用这种软件，UG 使用起来比较复杂，软件相对较难掌握。

Parametric Technology Crop 公司（PTC）的 Pro/Engineer 以其参数化、基于特征、全相关

等概念闻名于业界。该软件的应用领域主要是针对产品的三维实体模型建立、三维实体零件的加工以及设计产品的有限元分析。该软件的参数化特性造型的功能是它的一个主要功能，它贯穿与整个系统，包括特征、曲面、曲线以及线框模型等。而且经过多年的努力，已经把参数化的造型技术应用到工程设计的各个模块，如绘图、工程分析、数控编程、布线设计和概念设计等。但是由于它的系统不是基于 Windows 操作平台开发的，因此该软件并非窗口式的对话框，这样一来就给学习者带来了一定的麻烦。同时，该软件不支持布尔运算以及其他局部造型操作，限制了它的使用。因为该软件的功能十分强大，所以该软件在销售上是先卖给用户基本操作系统，然后用户根据自已的实际需要再去购买该软件的其他功能模块，比如支持数控加工的（CAM）模块，进行工程分析的有限元分析模块。因此，该软件的价格相对较高，但由于它的功能很强大，国内的一些大型企业依然是它的主要用户，而且由于它的动态实体造型功能，相对要求的内存及硬盘空间都要较大。

【小贴士】

提高三维造型技术的几点建议：

1）集中完成一个学习目标，并及时加以应用，避免进行马拉松式的学习。

2）正确把握学习的重点。

3）有选择地学习，切忌面面俱到。首先要学会基本的、最常用的造型功能，尽快达到初步的应用水平，然后再考虑提高。

4）注重培养规范的操作习惯。在学习 CAD 软件操作过程中，应该始终使用效率最高的操作方式。

5）将平时所遇到的问题、失误和学习要点记录下来，这种积累的过程就是水平不断提高的过程。

【教学评价】（见表 1-3、表 1-4）

表 1-3　学生自评表

姓　名		班　级		学　号	
项目编号	1	项目名称	底座的造型	完成日期	
项目内容			分　值	得　分	
独立完成底座的造型			40		
智能图素拖放功能操作			10		
包围盒手柄编辑零件			10		
零件定位，创建孔类图素及图素的拷贝等功能操作			10		
团结互助			10		
拓展学习能力			20		
总分			100		
个人任务完成情况（在对应位置打"√"）			提前完成		
			准时完成		
			超前完成		

（续）

姓 名		班 级		学 号	
项目编号	1	项目名称	底座的造型	完成日期	
项目内容			分 值	得 分	
个人认为完成好的方面					
个人认为完成不满意的方面					
值得改进的方面					
自我评价			非常满意		
			满意		
			不太满意		
			不满意		

表1-4 教师评价表

班 级		姓 名		项目名称		
组 别		学 号				

评分内容	分 值	得 分	备 注
完成工作量	40		
智能图素拖放功能操作			
包围盒手柄编辑零件	30		
零件定位，创建孔类图素及图素的拷贝等功能操作			
是否能独立解决学习中所遇到的问题			
是否能帮助他人共同进步	10		
是否具有知识的迁移能力及创造性			
小组间的评价客观性	10		
上交文档是否齐全、正确	10		
总 分	100		

评 语	
评价教师	

【学后感言】

【思考与练习】

1. 实体设计是否有曲面设计功能？
2. 实体设计是否提供图素定义功能？
3. 运用所学命令，造型下面三维实体，如图 1-19、图 1-20 所示。

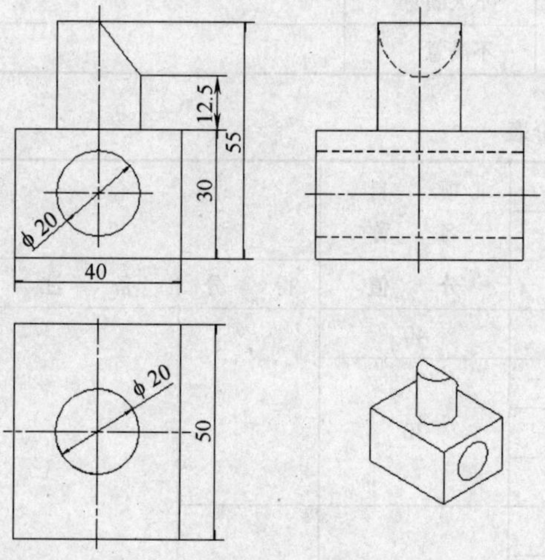

图 1-19 实体 1

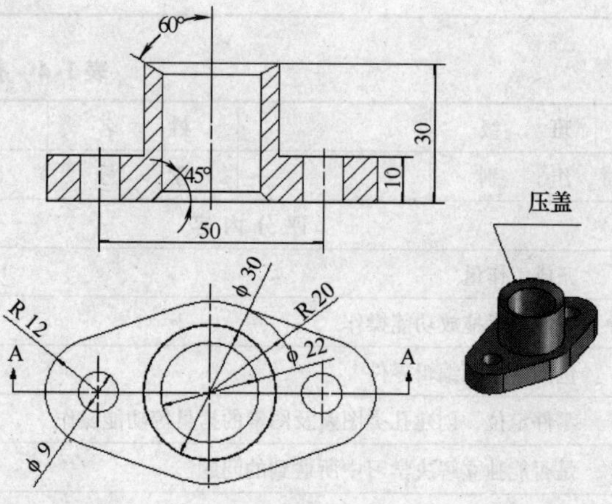

图 1-20 实体 2

项目2

桅杆架的造型及图样生成

通过桅杆架造型及图样生成，使学生进一步熟悉三维造型命令的操作，同时学会将三维模型转化成二维工程图样的方法，培养学生的工程设计能力。在学习过程中，注重培养学生的独立思考能力。

【学习目标】

知识目标

1. 熟悉布局图绘图模板和绘图工具栏。
2. 学会由三维实体生成平面布局图的方法。
3. 学会视图的重新定位和属性编辑。
4. 能够将布局图进行标注与输出。
5. 能够将布局图输出到 CAXA 电子图板，生成符合国家标准的工程图样。

技能目标

通过 CAXA 实体设计软件操作，完成三维模型转化为二维工程图样。

【工作任务】（见表 2-1）

表 2-1　任务书

适用专业：数控技术		学时：10	
项目名称：桅杆架的造型及图样生成		项目编号：2	
姓名：	班级：	日期：	实训室：
一、项目目标 通过本项目的学习，使学生熟悉布局图绘图模板和绘图工具栏，学会生成平面布局图的方法，掌握视图的重新定位和属性编辑、布局图标注与输出，并能够将布局图输出到 CAXA 电子图板，生成符合国家标准的工程图样。 二、本学习项目内容 1. 学习分裂零件、布尔运算等操作，熟悉布局图绘图模板和绘图工具栏。 2. 学会由三维实体生成平面布局图的方法。 3. 学会视图的重新定位和属性编辑。 4. 能够将布局图进行标注与输出。 5. 能够将布局图输出到 CAXA 电子图板，生成符合国家标准的工程图样。 三、教学方法 案例教学法、小组讨论法、讲授法、演示法等。			

（续）

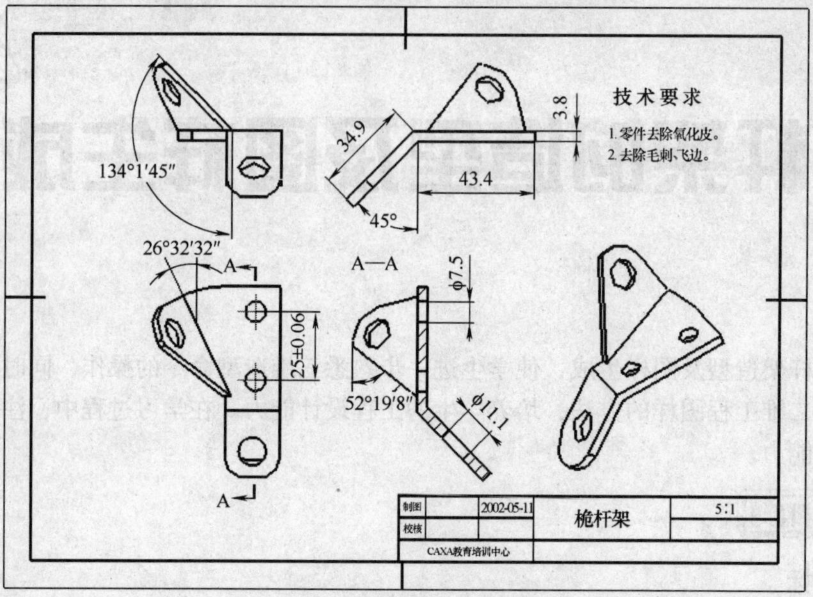

由CAXA电子图板生成的零件图

四、上交材料

序　号	名　称	数　量	格　式	备　注
1	CAXA实体造型文件	1	. ics	三维造型作品
2	CAXA电子图板文件	1	. icd	图样作品
3	学生自评表	1	word文档	对工作过程及成果进行评价
4	小组成员互评表	1	word文档	同组同学进行互评及对协作建议
5	本项目学习总结	1	word文档	总结学习本项目的体会和收获

五、教学条件

1. 硬件要求：学生机40台，教师机1台，多媒体设备一套。
2. 软件要求：CAXA实体设计，"极域电子教室"软件（广播软件）。

六、教学资源

教学录像、多媒体课件、丰富的网络资源、CAXA软件实用教程、本校特色教材。

七、教学评价

教师评价：70%；学生自评：20%；学生互评：10%。

【知识准备】

一、生成平面布局图

生成布局图的基本步骤如下：

1）首先保存好已完成的三维实体零件或装配。

2）选择【文件】/【新建】/【绘图】菜单命令，在弹出菜单中的【工作环境】标签中选择相应的绘图模板，然后单击【确定】按钮。

注意： 生成布局图视图的另一种办法是在【视图】工具栏中选择相应的选项。

3）选择【生成】/【布局】/【标准视图】菜单命令，系统弹出【标准视图】对话框，根据选项生成视图后，就可以生成局部放大视图、剖视图或辅助视图。

4）选择相应的零件。选定的零件会显示在【标准视图】的预览窗口中。默认状态下，CAXA 实体设计选择的是当前调入的零件文件。如果要调入其他文件，则应单击【浏览】查找并选定文件。

5）调整零件视图的空间位置，使其显示零件的主视图。利用预览窗口下的定位操纵微调按钮可获得需要的视向角度。

6）在预览窗口的左边选择将要显示在布局图上的视图，然后单击【确定】按钮。

7）利用【布局】工具条上的选项生成需要的视图（剖视图、局部放大视图或辅助视图）。

8）利用【注解】工具添加必要的中心线、参考几何元素和特殊符号。

9）利用【尺寸】工具条上的工具添加必要的尺寸标注。

10）利用【二维绘图】工具添加相应的几何元素和文字。

11）保存和输出布局图到 CAXA 电子图板。

二、标准视图

1. 视图生成

可以生成各种类型的布局图视图，而且生成后还可以对它们进行重新定位、加标注和补充其他的几何图形或文字，从而生成一个准确而全面的布局图。

如前所述，生成视图的一种方法是先选择【生成】/【视图】菜单命令，然后从其中显示的几种视图类型中选择：【标准视图】、【局部放大视图】、【剖视图】、【辅助视图】和【轴测图】。而最直接的方法是直接从【布局】工具条中选择视图。

2. 标准视图

标准视图是工程制图过程中使用的规定方向的正投影视图，在生成局部放大视图、剖视图或辅助视图之前，布局图必须包含至少一个标准视图或轴测视图。

有两种视角投影方法可用于确定标准视图在布局图中的位置：第一角投影法和第三角投影法。三个互相垂直的投影面 V、H、W，将 W 面左侧空间划分为四个区域，如图 2-1 所示，按顺序分别称为第一角、第二角、第三角、第四角。

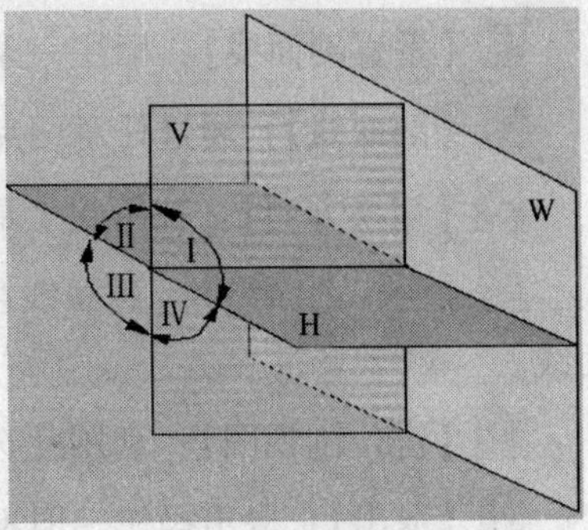

图 2-1　视角投影区域

若要激活此选项，应选择【工具】/【视角选择】菜单命令，从系统弹出的对话框中选择【第三角度】选项，然后单击【确定】按钮。

注意： 若要更新布局图以反映修改效果，则应选择【编辑】|【更新全部视图】菜单命令。

默认状态下，当前三维设计环境显示在【生成标准视图】对话框的预览窗口中。如果没有显示或显示的不是要选择的三维形状，则可选择【浏览】来查找设计环境文件，该文件将作为与二维工程布局视图关联的三维文件。如果设计环境文件中包含一个以上的配置，则从下拉列表中选择相应的配置，三维设计环境或指定设计环境配置的当前主视图方向将出现在对话框右边的预览窗口中，如图2-2所示。

标准视图的所有参数定义完毕后，单击【确定】按钮，系统返回到布局图并显示指定的标准视图，如图2-3a、b所示。

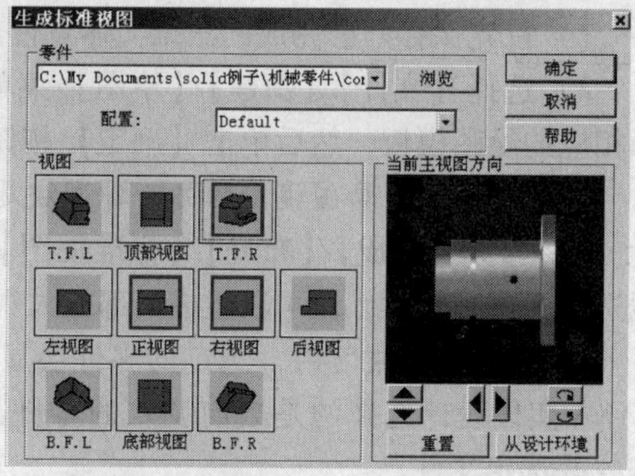

图2-2 预览窗口中显示有相关零件的【生成标准视图】对话框

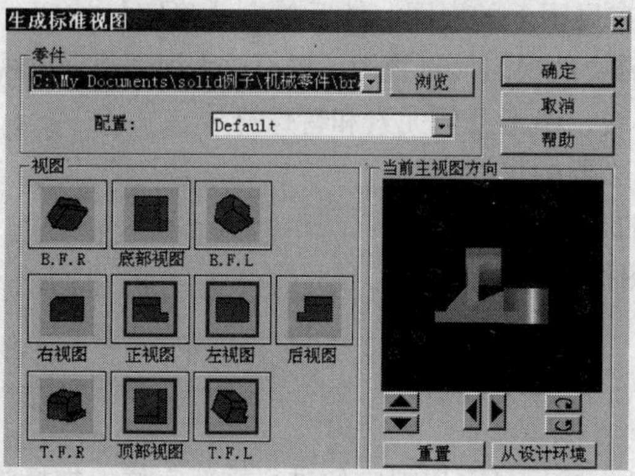

a)

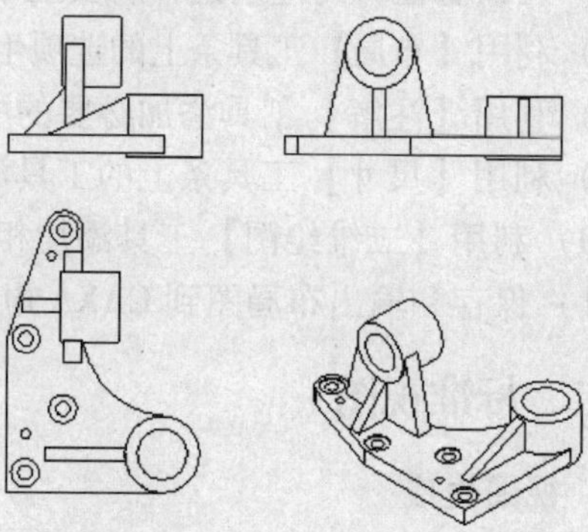

b)

图2-3 利用【生成标准视图】对话框中设定的参数生成的标准视图

三、剖视图

在【布局】工具条中单击【剖视图】按钮，或者选择【生成】/【视图】/【剖视图】菜单命令，即可进入【剖视图】工具条选项，选项功能如下：

【水平剖面线】：标注一条水平剖面线（默认选项）。

【垂直剖面线】：标注一条竖直剖面线。

【剖面线】：通过任意两点标注一条剖面线。

【切换方向】：利用此工具可切换剖面线的箭头方向，以指定剖面图的剖视方向。

【阶梯剖面线】：剖面线生成后，利用此选项可通过两个选定点生成一条阶梯剖面线。

【定位剖视图】：利用此选项可在图样上生成一个剖视图并退出操作。

【退出】：退出操作，但不放置定位剖视图。

生成剖面线的第一步是从【剖视图】工具条中选择需要的剖面线，第二步是把光标移动到要剖切的现有视图上，光标将变成十字准线形状，而且如果选择了竖直或水平截面线，其旁边就显示一条红线。所有的剖面线都有智能捕捉功能，光标移动时会看到现有视图的关键点（中心点、顶点等）呈绿色加亮显示状态，这将有利于剖面线的精确定位。

图2-4所示为应用垂直剖面线生成的剖视图。

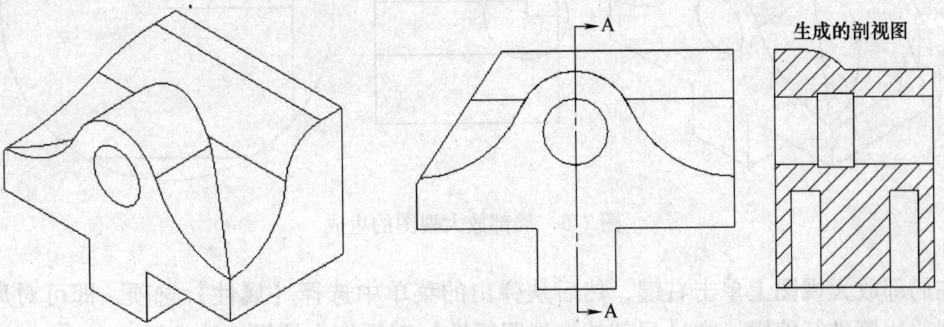

图2-4　垂直剖面线剖视图

若要编辑剖视图的剖面线属性，只需右键单击剖面线区域，并从随之弹出的菜单上选择【剖面线区域】即可。

在剖面标记线上单击鼠标右键，并从弹出的菜单上选择【属性】选项，即根据选项设定剖面线显示位置和属性。

【偏移量】：输入一个值来设定直线重新定位后离开其原位置的距离。

【风格】：从下拉列表中可选定相应的剖面线线型。

【图层】：从下拉列表中可选择分配给剖面线的相应图层。

【箭头】：利用下述选项可定义剖面线的箭头显示。

- 【指离直线（ANSI）】：（默认）此选项可显示指向直线的剖面线箭头。
- 【指向直线（ISO）】：可显示直线的剖面线箭头。
- 【终点偏移量】：输入一个值来设定剖面线箭头偏离直线端点的距离。

注意： 若要改变剖面线箭头的默认属性，则应在【线型和图层】工具上选择【元素属性】选项，再从元素列表中选择【剖切线】选项，然后按需要对属性进行编辑。

四、局部放大视图

局部放大视图是现有视图的选定区域的放大视图。

生成现有视图的局部放大视图步骤如下：

1）在【布局】工具条上选择【局部放大视图】选项。

2）把光标十字准线移动到局部放大视图的相应中心点上，然后单击选定位置。

3）把光标从该中心点移开，定义包围局部放大视图中局部几何形状的圆。当向外移动光标时，将出现一个红色边界圆。

4）当局部放大视图的相应轮廓被包围在该圆内时，单击确定该圆的半径。

5）把光标移动到要定位的局部放大视图的相应位置，然后单击定位这个局部放大视图。代表局部放大视图的一个红色轮廓将随光标一起移动，其结果如图2-5所示。

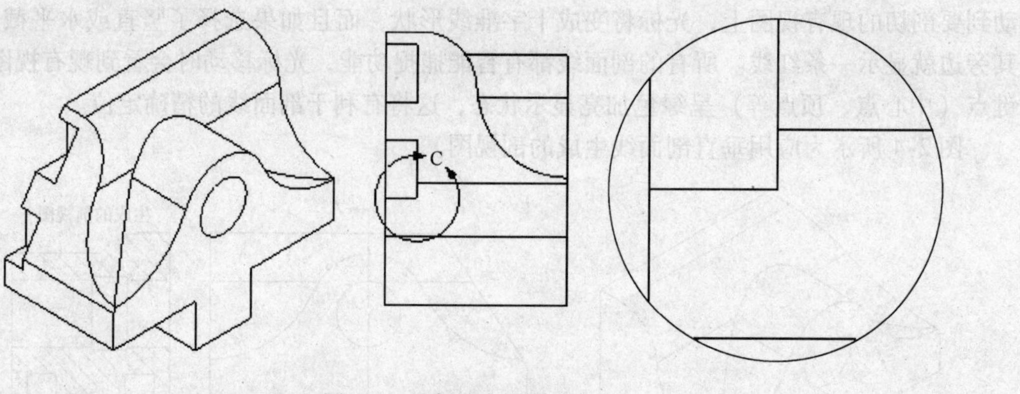

图 2-5　局部放大视图的生成

在局部放大视图上单击右键，然后从弹出的菜单中选择【属性】选项，即可对局部放大视图的比例进行编辑。在【局部放大视图属性】对话框中编辑缩放比例。

右键单击边界圆，从弹出的菜单上选择【属性】，即可对主视图上的边界圆显示和尺寸进行编辑。此时，可用的选项如下：

【半径】：输入一个数值来设定边界圆的相应半径。当返回到布局图时，选择【更新全部视图】（或者选择【工具】/【更新全部视图】菜单命令），即可把所作的变更应用到相关的局部放大视图。

【风格】：从下拉列表选择相应的边界圆线型。

【层】：从下拉列表选择赋予边界圆的相应图层。

【箭头显示（ANSI）】：可以显示边界圆，且圆的边界线中间有带字符标签的箭头。

【箭头隐藏（ISO）】：可显示旁边有字符标签的且封闭边界的圆。

五、辅助视图

在现有视图上放置一条投影线即可生成辅助视图，从而得到零件的重新定向视图。

选择【生成】/【布局】/【辅助视图】菜单命令，即出现【辅助视图】工具条，辅助视图选项有：

【水平辅助线】：设置一条水平辅助投影线。

【竖直辅助线】：设置一条竖直辅助投影线。

【辅助线】：设置一条穿过两点的辅助投影线（默认）。

【切换方向】：利用此工具可使辅助线的箭头方向反向，以设定辅助视图的方向。

辅助线绘制完成后，选择相应的辅助视图方向。利用【切换方向】按钮，可切换辅助线视向的箭头方向。图 2-6 所示为标示了两点式辅助线的应用及其应用后生成的辅助视图。

六、轴测图

有时，所有的平面视图都不能清楚地表达零件的特征，在这种情况下，就需要生成一个轴测视图。

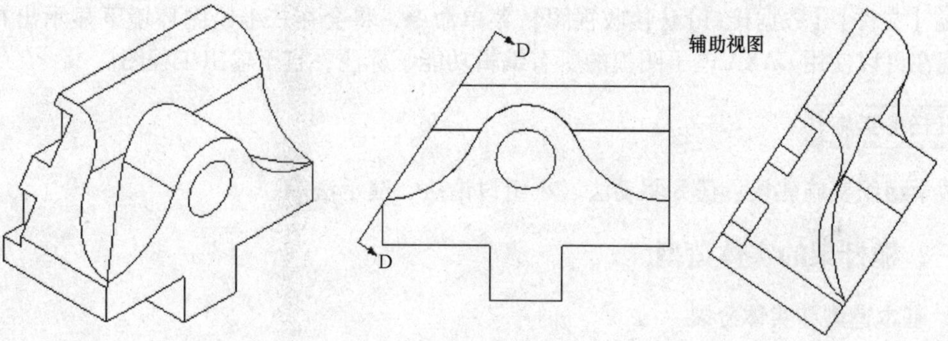

图2-6　辅助视图生成

在【布局】工具条中选择【轴测图】选项即可显示出【轴测视图生成】对话框。如果需要关联布局图的零件文件处于激活状态，可以通过输入增量值或利用箭头方向微调按钮键，按要求精确地定位视图，从而使零件或装配件视图相对于其三个轴旋转。否则，就应利用【浏览】进行查找和选择。如果设计环境文件包含的配置不只一个，则应从下拉列表中选择相应的配置，如图2-7a、b所示。

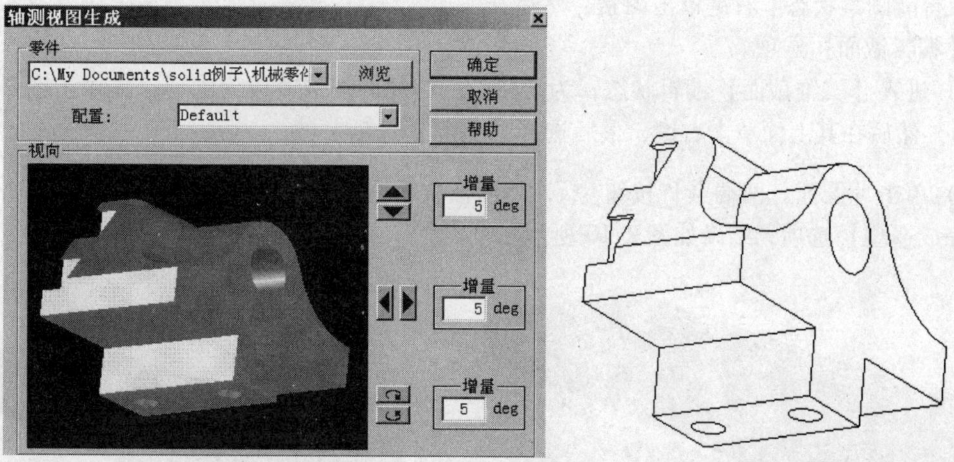

a)　　b)

图2-7　轴测视图生成

七、将布局图输出到CAXA电子图板

在二维布局图环境生成的图样不一定能完全符合国家制图标准，尤其是在图纸规格、标准件画法、工程标注和打印输出等方面的工作必须由CAXA电子图板来完成。当完成视图的布局和调整后，可将工程布局图输出到CAXA电子图板完成工程标注、明细表填写和图纸输出等工作。CAXA电子图板是一个功能强大的二维绘图工具，简单易学，它完全符合国家标准中CAD应用标准。

如需要启动CAXA电子图板，可首先选择【工具】/【运行加载工具】/【输出布局图】菜单命令，然后从CAXA实体设计程序组中选择CAXA电子图板启动按钮。选择CAXA电子图板【文件】/【数据接口】/【接收视图】菜单命令，将会在二维绘图环境下显示出布局视图。现在可以使用 CAXA 电子图板的所有编辑功能、标注，直至输出工程图。

【任务实施】

教学组织实施建议：任务驱动法、小组讨论法、演示法等。

一、桅杆架的实体造型

1. 基本造型和实体分裂

1）从左侧图素设计元素库中向设计环境拖入一【长方体】智能图素。

2）右键单击图素，选择【编辑包围盒】，将【长方体】图素的【长度】、【宽度】、【高度】分别改为 34.9、2 和 3.8，单击【确定】按钮后按“F8”键，结果如图 2-8 所示。

图 2-8 调整【长方体】尺寸

3）为了编辑【长方体】图素的二维截面，在智能图素状态下右键单击图素，然后选择【编辑截面】选项。

4）进入【二维截面】编辑状态，为了将长方体的一端修改成为圆形，先单击图 2-9 所示边 A，然后在其上面单击右键，最后选择【删除】选项。

5）单击【圆弧：两端点】按钮，然后依次单击图 2-9 所示 B 点和 C 点，单击右上角【完成造型】选项，结果如图 2-10 所示。

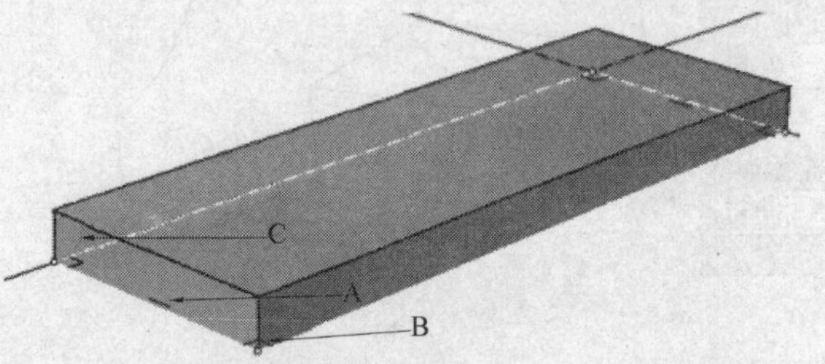

图 2-9 二维截面编辑

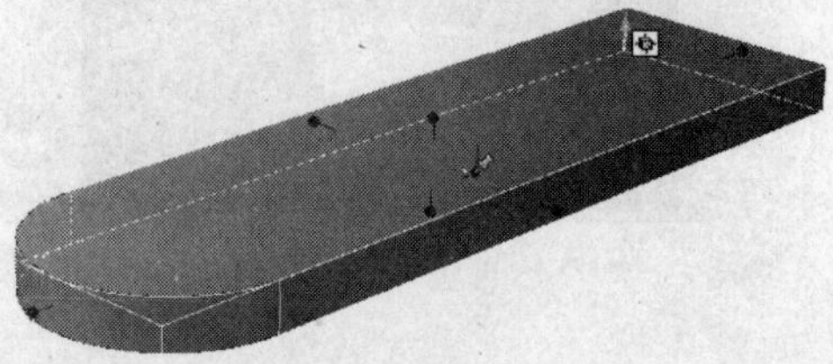

图 2-10 改变【长方体】图素形状

6）从【图素】设计元素库中向长方体半圆端中心拖入一【孔类圆柱体】图素。

7）右键单击【孔类圆柱体】图素的智能手柄，将直径改为 1.125，结果如图 2-11 所示。

8）为了将零件切割成为两个零件，向设计环境引入一个新的【长方体】作为切割零件的工具。从【图素】设计元素中向设计环境拖入一个新的【长方体】图素，注意不可以碰到原有的零件。使它成为一个独立的零件，如图 2-12 所示。

9）单击【无约束装配】按钮，利用无约束装配工具将新生成的【长方体】放置在原有的长方体圆孔中心处。

10）移动光标到新【长方体】的上表面，当到达图 2-13a 所示 A 位置时单击，然后在

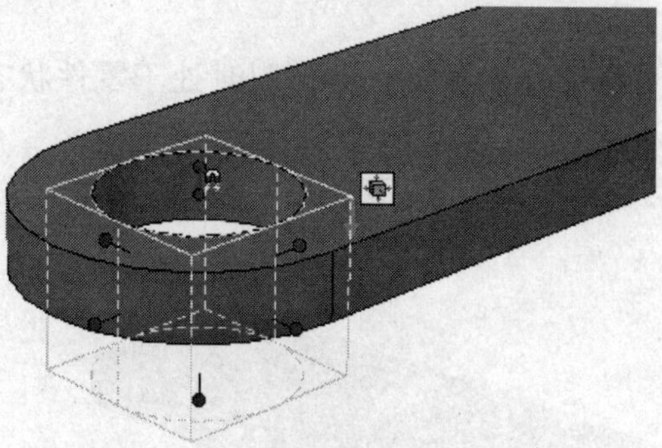

图2-11　添加【孔类圆柱体】

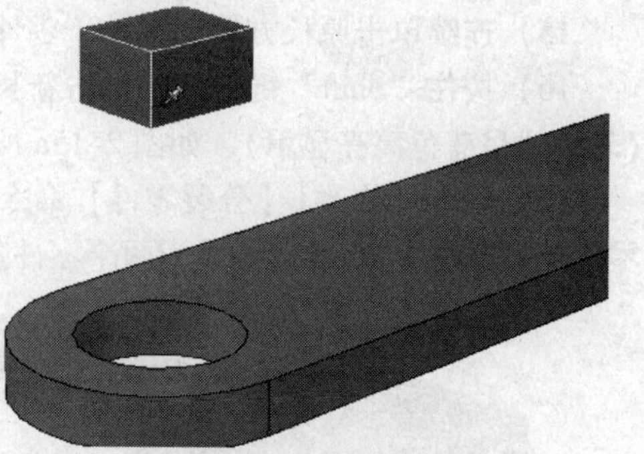

图2-12　引入第二个独立【长方体】

原【长方体】的圆孔中心处移动，当箭头如图2-13中B所示时单击，结果如图2-13b所示。

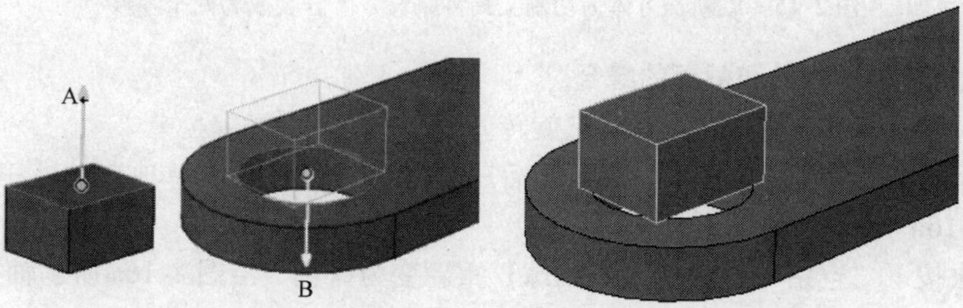

a)　　b)

图2-13　定位引入的新长方体

11）单击【无约束装配】按钮关闭此工具。

12）按住“Shift”键的同时移动图2-14a所示手柄A，使它通过圆孔中心。

13）右键单击手柄A，弹出输入对话框，在它所显示的数据上“+1.75”，使它超越中心孔。

14）拖动其他几个智能手柄，使【长方体】图素将原长方体左端全部包围，结果如图2-14b所示。

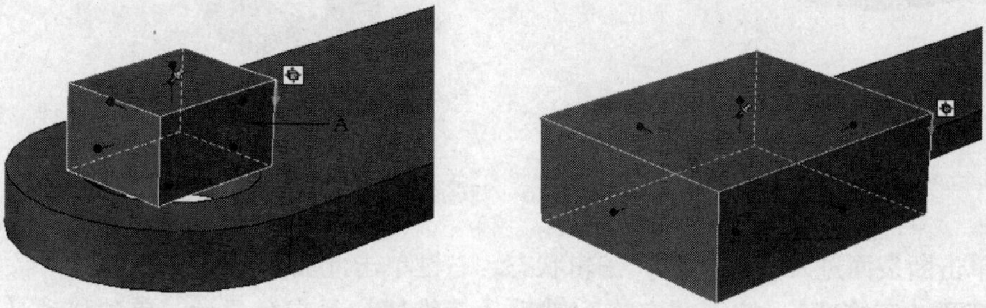

a)　　b)

图2-14　调整包围盒大小

15）连续单击原长方体使它处于零件状态。

16）按住“Shift”键的同时单击新长方体，使原长方体和新长方体同时处于零件状态（轮廓线呈蓝色高亮显示），如图2-15a所示。

17）单击【修改】/【分裂零件】命令后，结果如图2-15b所示，分裂工具长方体消失，零件从过圆心1.75处分裂成为两个零件。

a) b)

图2-15 以新长方体为切割工具将原长方体分裂成为两个零件

2. 新生成零件的旋转和截面的缝合

1）选择带有圆孔的零件，准备将它旋转。

2）打开【三维球】，按下“空格”键后三维球呈白色显示，单独移动【三维球】，使它位于图2-16a所示点。

3）再次按下“空格”键，使【三维球】重新变为蓝色，沿图2-16a所示轴逆时针转任意小角度。

4）在所显示的数字上单击右键，将【角度】改为“45”。

5）关闭【三维球】，结果如图2-16b所示。

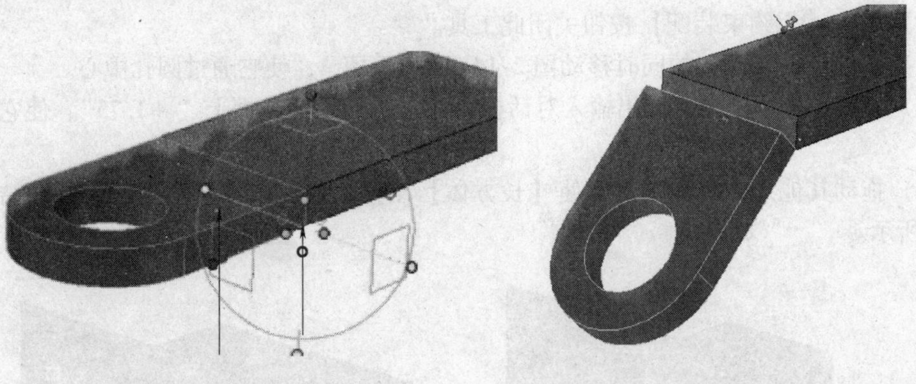

a) b)

图2-16 旋转零件

6）单击断裂面进入【面边点】编辑状态，右键单击此面后选择【移动】。

7）打开【三维球】，按下“空格”键后【三维球】呈白色显示，单独移动【三维球】使它位于图2-17a所示点。

8）再次按下“空格”键，使【三维球】重新变为蓝色，沿图2-17a所示轴逆时针转任意小角度。

9）在所显示的数字上单击右键，将【角度】改为“45”，然后单击【完成】按钮。

10）关闭【三维球】，结果如图2-17b所示。

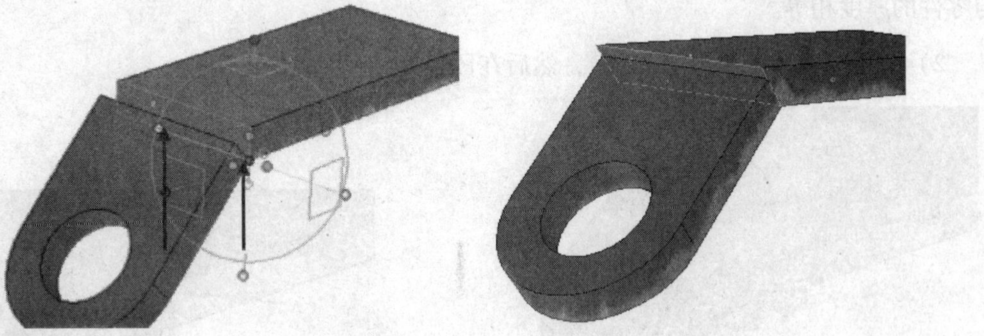

a)　　b)

图2-17　旋转断裂面

11）将两个零件重新组合成为一个零件，在零件状态下，按住“Shift”键的同时将两个零件同时选中。

12）选择【设计工具】/【布尔运算】命令，两个零件被重新组合在一起，结果如图2-18所示。

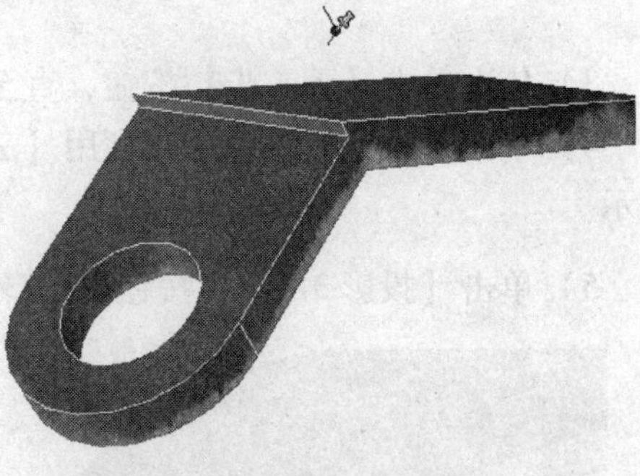

图2-18　重新组合被分裂的两个零件

13）单击图2-19a所示A面进入【面边点】编辑状态，单击右键后在弹出的菜单上选择【移动】选项。

14）打开【三维球】，按下“空格”键后三维球呈白色显示，单独移动三维球使它位于图2-19a所示点B。

15）再次按下“空格”键使【三维球】重新变为蓝色，沿图2-19a所示轴C逆时针转任意小角度。

16）在所显示的数字上单击右键，将【角度】改为“90”，然后单击【完成】按钮。

17）关闭【三维球】，结果如图2-19b所示。

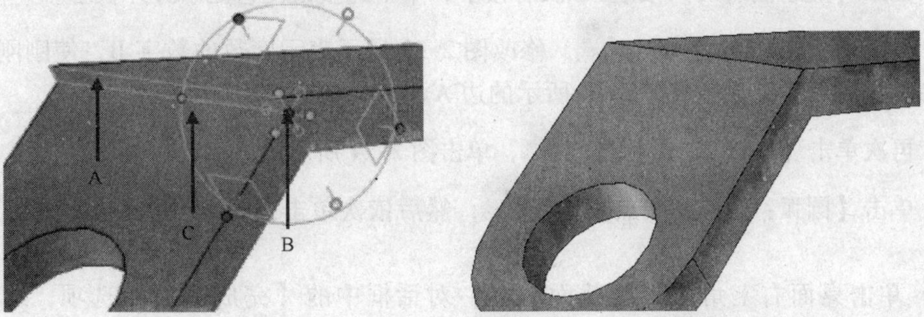

a)　　b)

图2-19　使边对齐

3. 主体部分的外延

1）如图 2-20 所示，创建一个工具【长方体】，【长度】与【宽度】为“0. 25”，高度与零件的厚度相等。

2）单击【拉伸特征】按钮，然后在图 2-21 所示 A 点处单击。

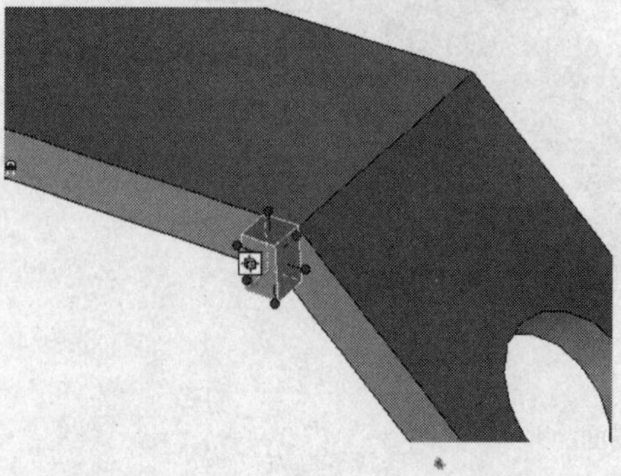

图 2-20　添加一个【长方体】图素

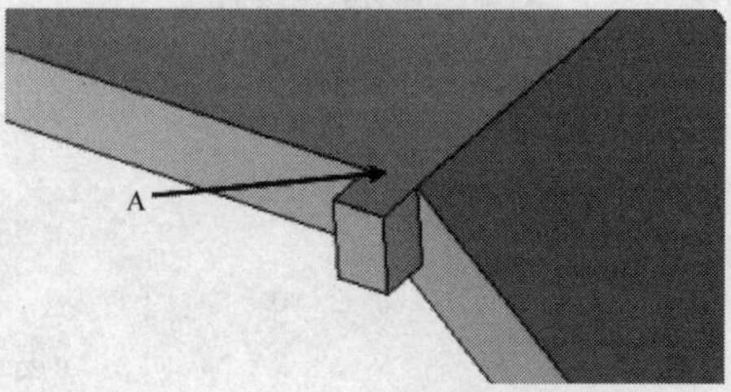

图 2-21　选取二维截面的工作平面

3）依次单击【下一步】按钮，直至可以将拉伸高度改为“0. 375”。

4）单击【确定】按钮后，利用【三维球】将平面移至与零件上表面同面，如图 2-22 所示。

5）单击【投影 3D 边】按钮，然后单击图 2-23 所示边 A。

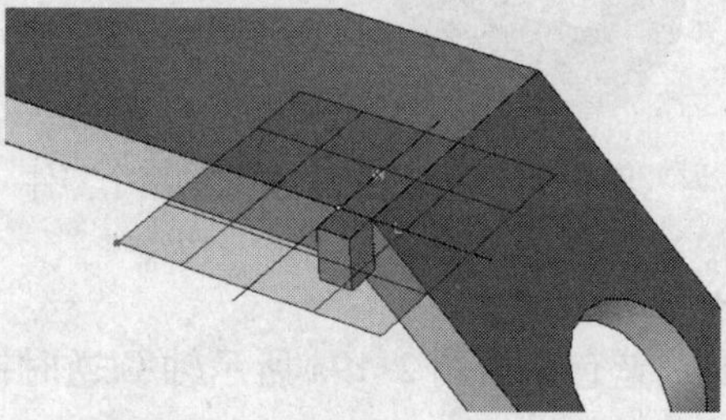

图 2-22　定位二维截面的工作平面

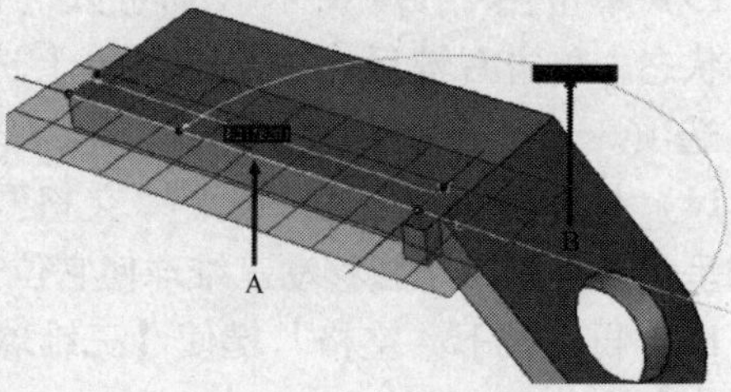

图 2-23　生成直线边

6）如果【显示曲线尺】按钮没有按下，单击此按钮使它处于打开状态。

7）关闭【投影 3D 边】按钮，修改图 2-23 所示表示度数的数字 B，使刚刚生成的边逆时针旋转 15°，结果生成图 2-24 所示的边 A。

8）再次单击【投影 3D 边】按钮，单击图 2-24 所示边 B。

9）单击【圆弧：圆心和端点】按钮，然后依次单击图 2-25 所示点 A、B、C 绘制圆弧。

10）单击桌面右上角【二维截面编辑】对话框中的【完成造型】选项，结果如图 2-26a 所示。

11）拖动新生成造型的上下两个红色三角按钮，使它与零件厚度相等。

12）删除作为工具图素的长方体，结果如图 2-26b 所示。

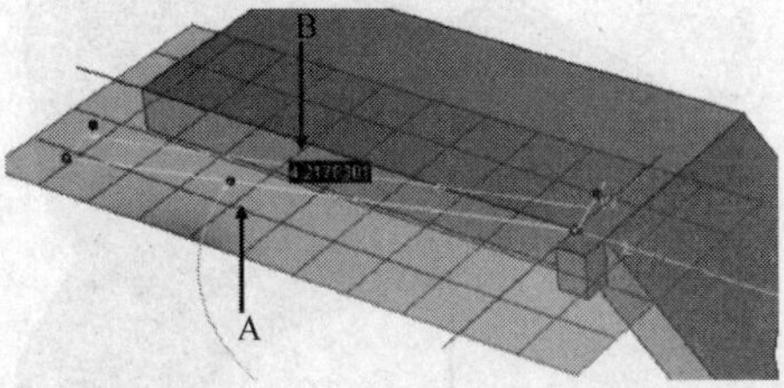

图 2-24　选取投影 3D 边

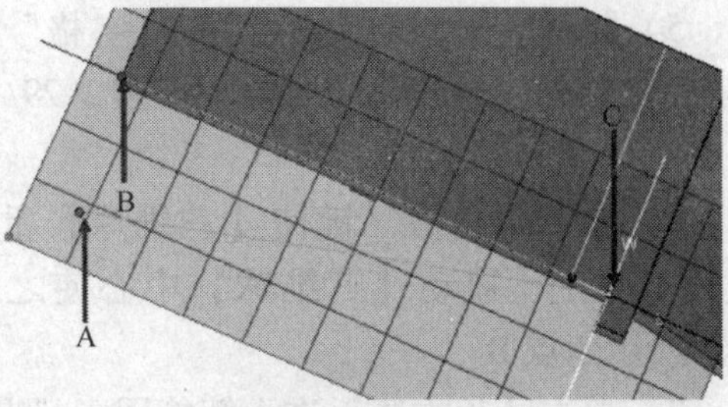

图 2-25　选择绘制圆弧的三点

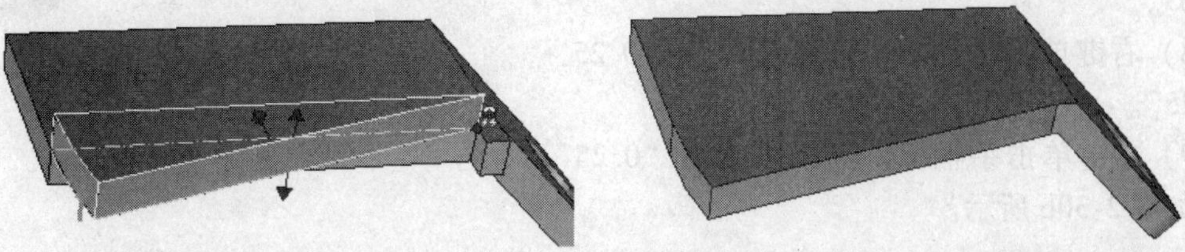

a)　　　　b)

图 2-26　生成侧边造型

4. 侧翼的造型

1）从【图素】设计元素库中拖出一【长方体】图素在空白处释放，注意不可以与第一个零件接触。

2）单击【无约束装配】工具按钮，然后在【长方体】正表面移动，移至图 2-27 所示中心时单击，然后在原零件一的侧面移动，移至图 2-27 所示中心时单击，即完成装配。

3）在【长方体】上表面移动光标，移至图 2-28a 所示中心时单击，然后在原零件一上表面移动，按“TAB”键使箭头向上，单击后结果如图 2-28b 所示。

4）关闭【无约束装配】工具。

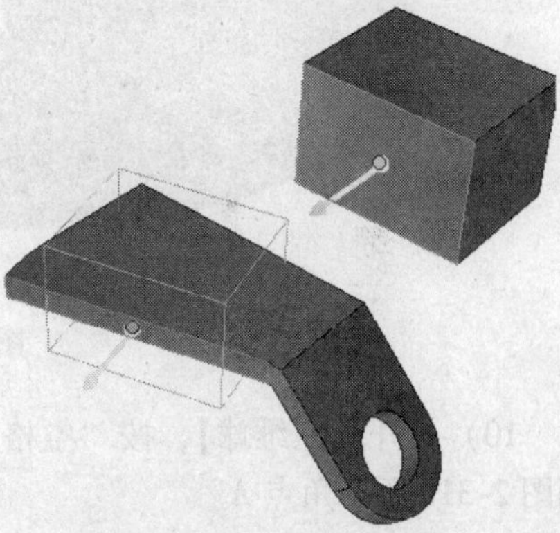

图 2-27　进行【无约束装配】

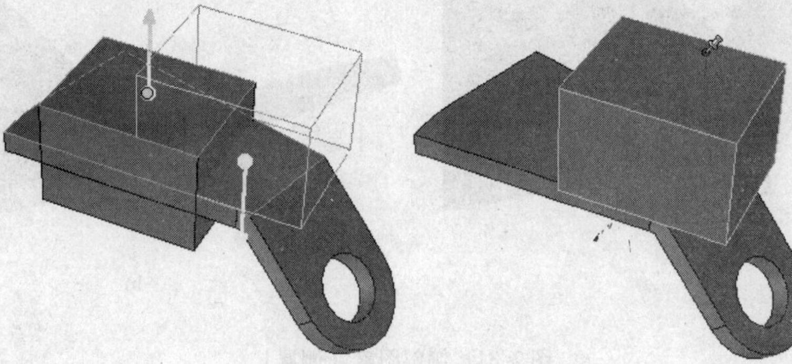

a)　　　　b)

图 2-28　定位【长方体】图素

5）打开【三维球】后，按“空格”键单独移动【三维球】至长方体，如图 2-29 所示角点 A。

6）按下“空格”键使【三维球】重新附着于长方体上，拖动【三维球】中心使之位于图 2-29所示角点 B。

7）单击【长方体】进入智能图素状态，右键单击图2-30a 所示手柄A，将数值改为1 +23、32 + 1.0625。

8）右键单击手柄 B，将数值改为“0.25 + 1.0625”。

9）右键单击手柄 C，将数值改为“0.25”，结果如图 2-30b 所示。

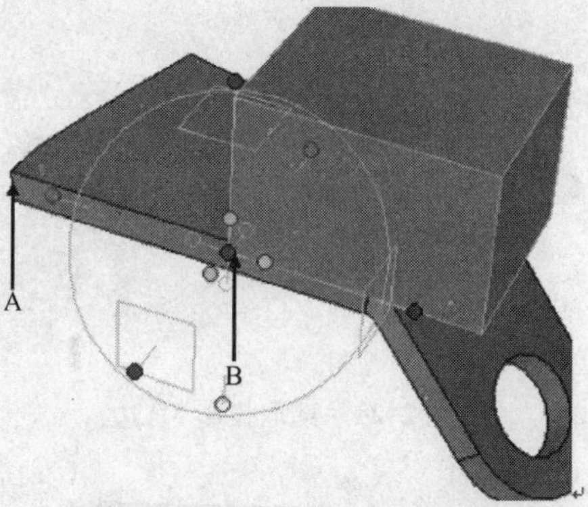

图2-29　移动【长方体】图素

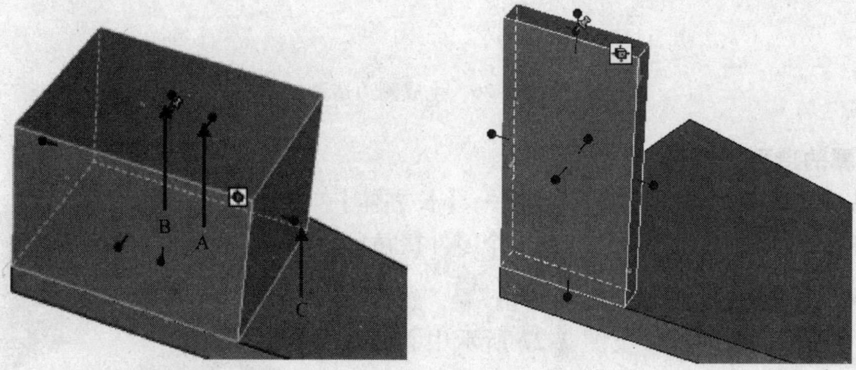

a)　　b)

图2-30　调整图素包围盒

10）打开【三维球】，按“空格”键后【三维球】进入白色状态，单独移动【三维球】到图2-31a 所示角点 A。

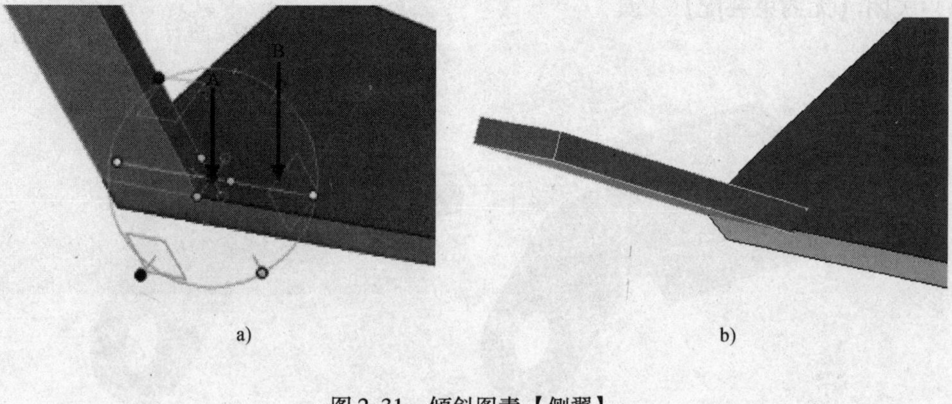

a)　　b)

图2-31　倾斜图素【侧翼】

11）按“空格”键后使【三维球】重新与长方体联合在一起，沿图 2-31a 所示轴 B 向外旋转任意小角度。

12）右键单击所出现的角度数值，将它改为“30”，单击【确定】按钮后，结果如图 2-31b 所示。

13）为了操作侧翼的下表面，暂将第一个零件隐藏。单击第一个零件使它进入零件状态，右键单击后选择【压缩】选项，第一个零件暂消失。

14）单击长方体下表面进入【面边点】编辑状态，右键单击后选择【移动】选项。

15）打开【三维球】后，单独移动【三维球】到图 2-32a 所示角点 A。

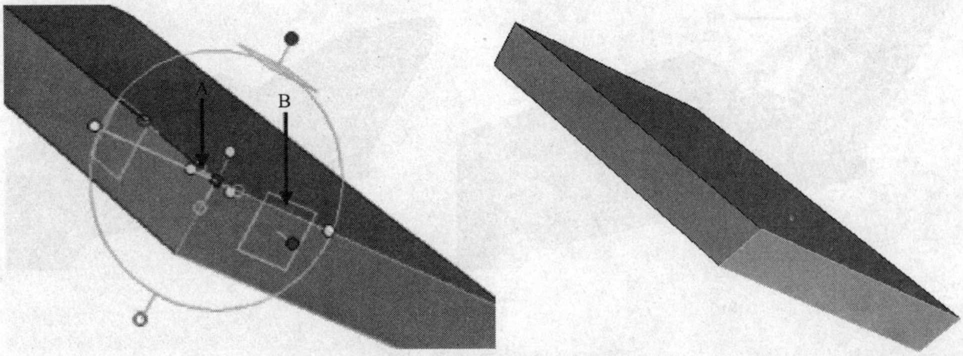

a) b)

图 2-32 对实体表面编辑

16）按“空格”键使【三维球】重新与零件关联，沿图 2-32a 所示轴 B 将下表面向内旋转 30°。

17）完成移动后结果如图 2-32b 所示。

18）单击显示【零件树】按钮，在零件设计树中找到隐藏的第一个零件（呈现为白色），右键单击后选择【压缩】选项，第一个零件再次显示出来。

19）选择长方体，然后打开【三维球】，单独移动【三维球】到图 2-33a 所示角点。

20）按“空格”键使【三维球】与长方体重新关联，向旁边略微移动后精确地将它定位于零件一的角点上。

21）按住“Shift”键的同时在零件状态下选择两个零件，然后单击【设计工具】/【布尔运算】选项，结果如图 2-33b 所示。

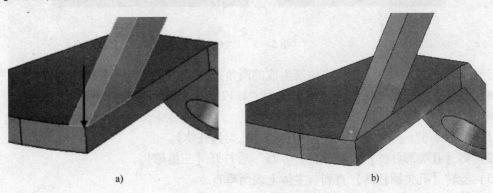

a) b)

图 2-33 精确定位并组合零件

22）单击图2-34a所示的侧翼表面进入【面边点】编辑状态。

23）右键单击侧翼表面，选择【移动】后打开【三维球】。

24）按“空格”键后，单独移动【三维】球到图2-34a所示角点A。

25）按“空格”键【三维球】颜色变蓝后，右键单击定位手柄B，在弹出的菜单中选择【到点】选项，单击零件一上的角点C。

26）单击完成平面移动的绿色圆点按钮，结果如图2-34b所示。

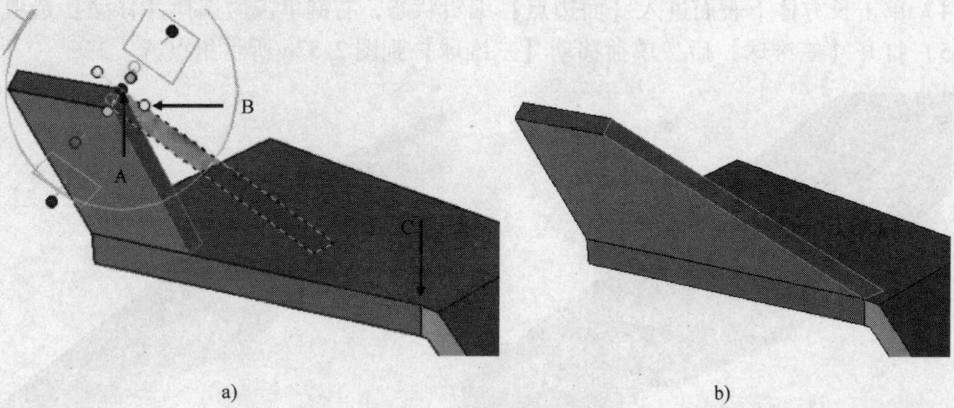

图2-34 面操作结果

5. 侧翼的过渡与孔的生成

1）单击图2-35a所示的侧翼边，使其处于【面边点】编辑状态。

2）右键单击后在弹出的菜单中选择【边过渡】选项，在【边过渡】对话框中将【半径】值改为“1.0625”后，单击【应用】按钮，结果如图2-35b所示。

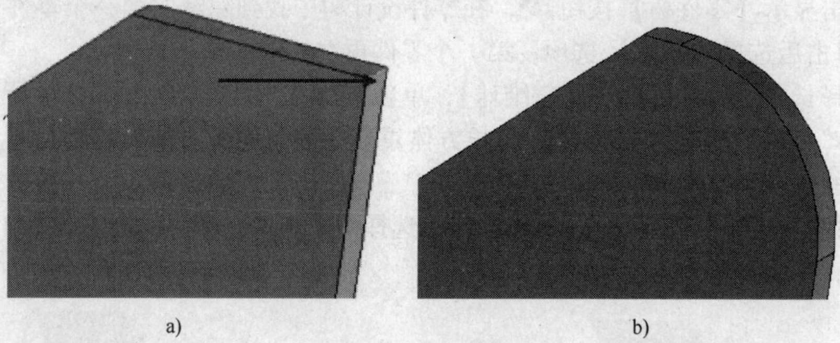

图2-35 边过渡

3）从【图素】设计元素库中向新生成的圆角过渡中心拖入一个【孔类圆柱体】。

4）将【孔类圆柱体】的【直径】改为“1.125”，结果如图2-36所示。

6. 零件一主体的孔生成和边缘的修改

1）向图2-37a所示零件一的点A拖入【孔类圆柱体】。

2）将【孔类圆柱体】直径改为“0.75”后打开【三维球】。

3）旋转【孔类圆柱体】直到与主体上表面垂直。

4）如图2-37b所示，将孔类圆柱体向主体内部分别移动“1.0625”和“0.75”。

5）右键单击图2-38a所示手柄A，并向右拖动，释放光标后选择【拷贝】选项，输入【距离】为“2.5”。

6）单击【确定】按钮后，结果如图2-38b所示。

7）单击【过渡】按钮后，将半径值改为“0.25”。

8）单击图2-39a所示的两条边。

9）单击应用过渡的绿色圆点按钮后，结果如图2-39b所示。

10）单击【拉伸特征】按钮后，单击图2-40a所示点A。

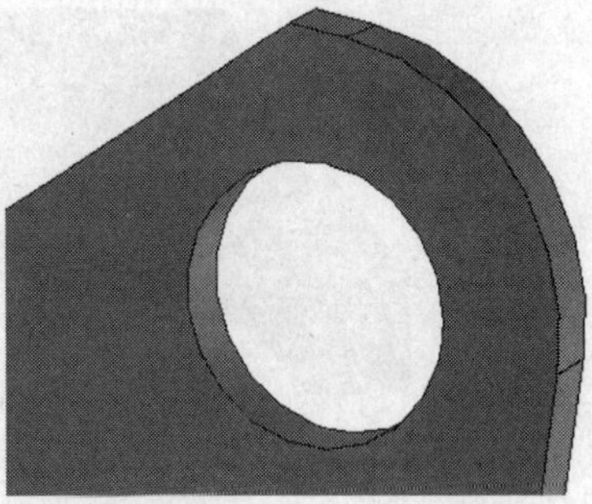

图2-36　添加孔图素

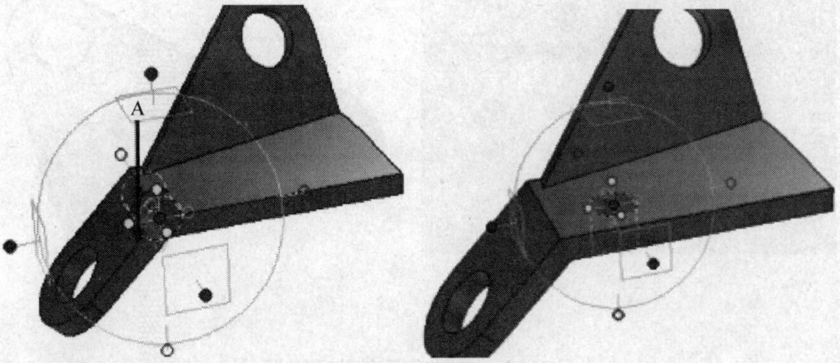

a)　b)

图2-37　定位孔图素

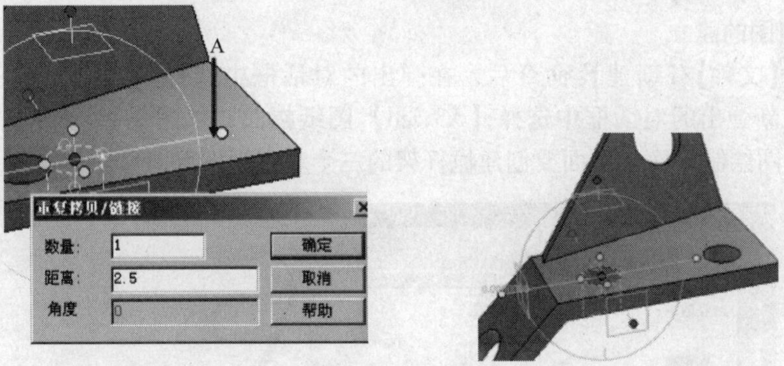

a)　b)

图2-38　拷贝孔图素

11）在向导第一步中将它改为【除料】，然后单击【完成】按钮。

12）单击【投影3D边】按钮后，单击图2-40a所示边B。

13）利用二维绘图工具绘制一封闭曲线，单击【完成造型】生成减料图素。

14）向上拖动所生成的造型，除去侧翼多余部分，枪杆架造型至此结束，最终结果如图2-39b所示。

15）保存枪杆架造型文件。

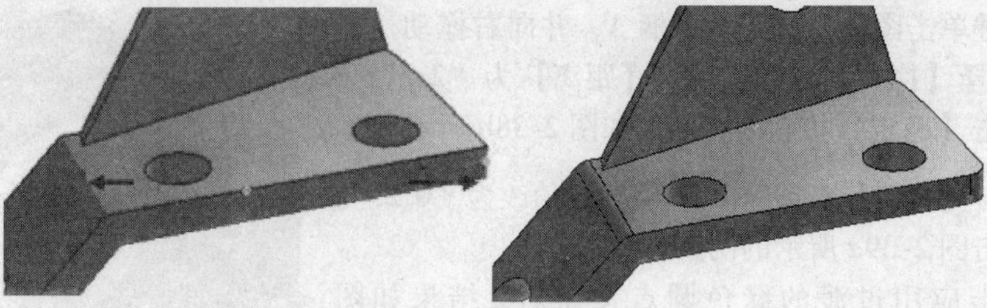

a) b)

图 2-39 边过渡

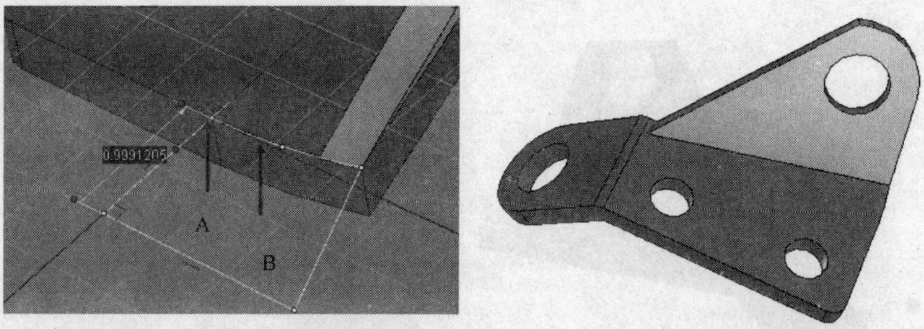

a) b)

图 2-40 减料后得到最后结果

二、生成布局图设计环境

1. 基本视图的建立

1）选择【文件】/【新建】命令后，在弹出的对话框中选择【绘图】选项，单击【确定】按钮后在新弹出的对话框中选择【A3. icd】图纸幅面，如图 2-41 所示，单击【确定】按钮生成布局图绘制界面。下面要创建桅杆架的三个基本视图和一个轴测图。

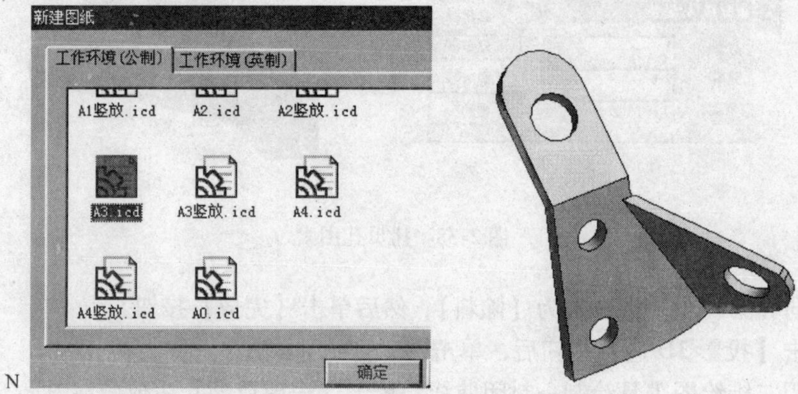

图 2-41 选择图纸幅面

2）单击【标准视图】按钮。

3）单击右下角的箭头按钮，使零件位置如图2-42所示。

4）单击选择左下角的【正视图】、【顶部视图】、【右视图】和【T. F. R】（轴测图），所选视图有蓝色边框。

5）单击【确定】按钮，结果如图2-43所示。

2. 扩大轴测图的比例

1）在轴测视图上右键单击后选择【属性】选项。

2）在弹出的图2-44所示【视图属性】对话框A处将比例扩大为“15:1”。

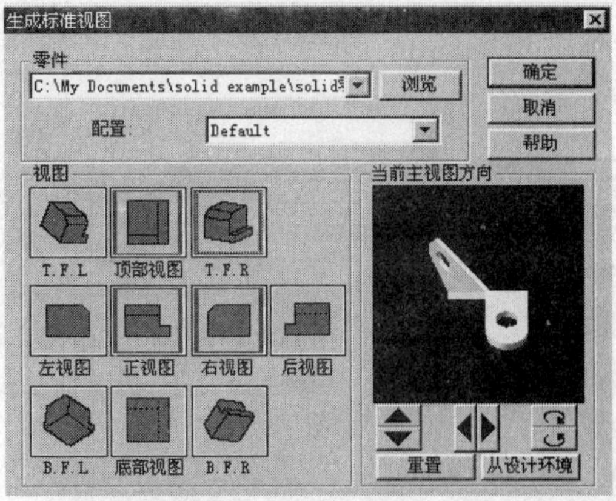

图2-42　【生成标准视图】对话框

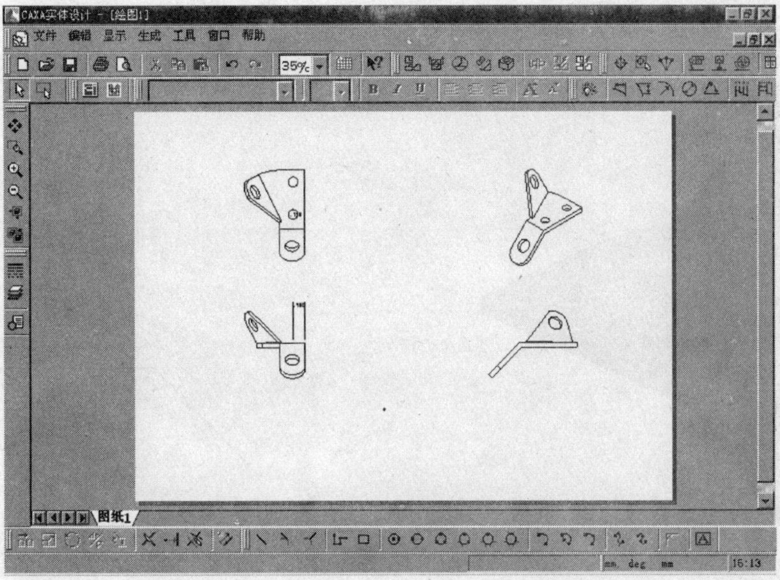

图2-43　生成布局图设计环境

3）单击【确定】按钮后在边框处将轴测图拖到合适的位置，结果如图2-45所示。

4）在轴测图上再次右键单击，并选择【明暗图渲染】选项，可以得到经过渲染的轴测图，如图2-46所示。

3. 在右视图旁添加一个辅助视图来观察枪杆架的扭转部分

1）单击【辅助视图】按钮后，在枪杆夹的扭转部分单击两点生成图2-47所示的视角。

2）单击【转换方向】按钮，使视角方向如图2-47箭头B所示。

3）单击【完成】按钮（即绿色圆点）后即生成辅助视图，在图样的适当位置单击，将新生成的视图释放，结果如图2-48所示。

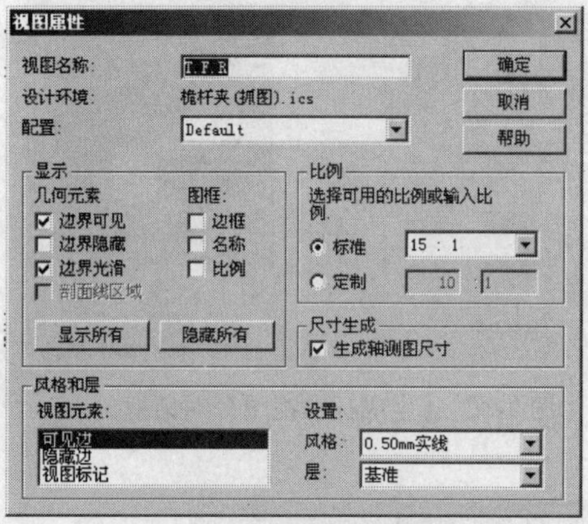

图 2-44 【视图属性】对话框

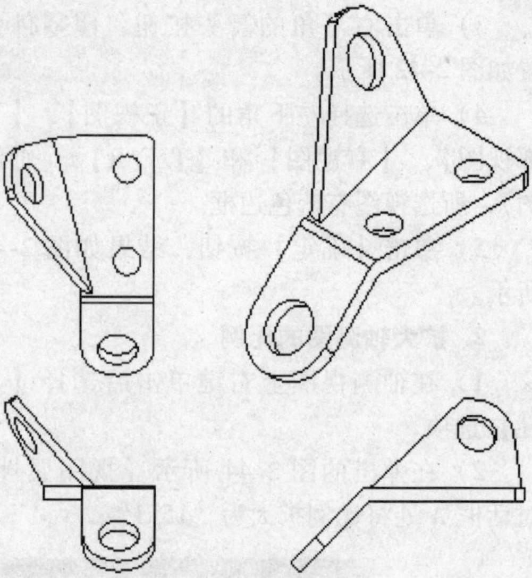

图 2-45 扩大轴测图比例

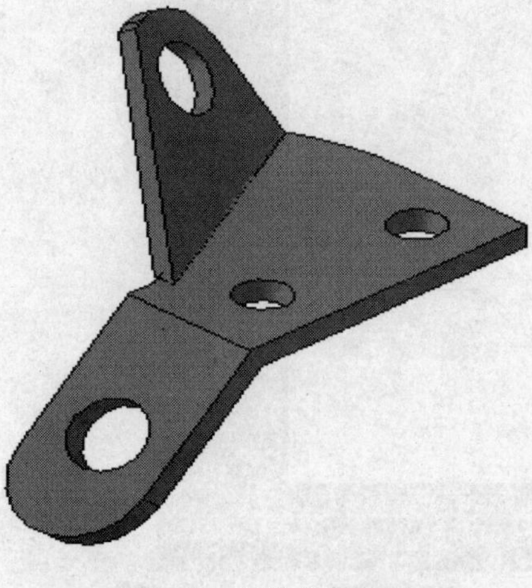

图 2-46 渲染的轴测图

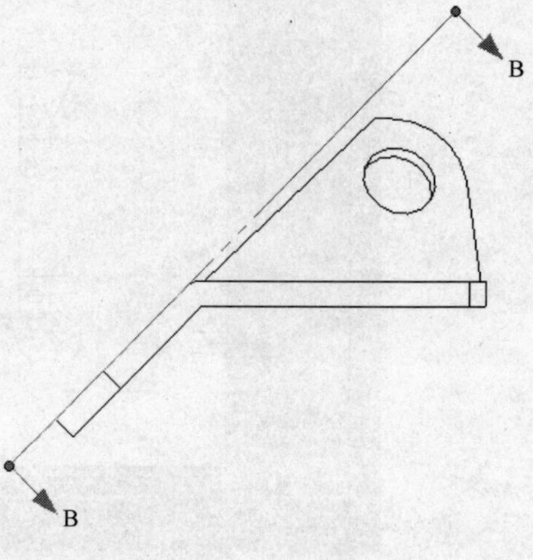

图 2-47 选择【辅助视图】方向

4. 在顶部视图的右侧生成一个通过两个中心圆孔的剖视图

1）单击【剖视图】按钮，在图 2-49 所示 A 处选择【垂直剖】选项。

2）在图 2-49 所示 B 处单击（圆心）后，选择图 2-50a 所示的 C-C 方向进行剖视。

3）单击【完成】按钮（即绿色圆点）后，生成顶部剖视图，在顶部视图右侧的适当位置单击将新生成的视图释放，结果如图 2-50b 所示。

5. 生成一个普通的布局视图以便对零件有一个整体的认识

1）单击【文件】后切换到三维视图环境。

2）将零件调整到图 2-51 所示位置，这个位置就是即将生成的视图，也可以根据实际需要和个人喜好做适当的调整。

3）单击【文件】后切换到二维布局图环境。

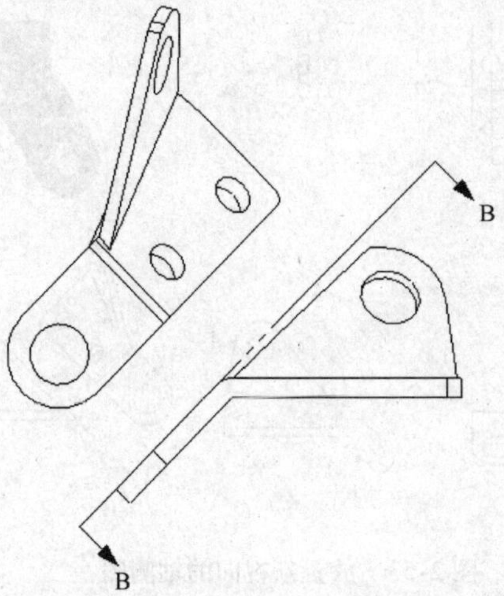

图 2-48　生成 B 视向的辅助视图

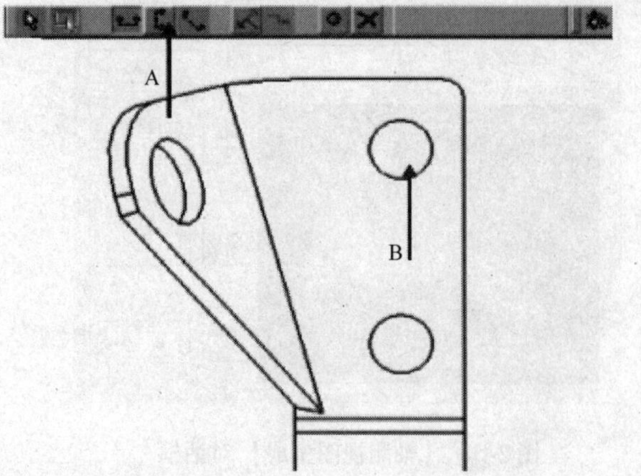

图 2-49　选择【垂直剖】

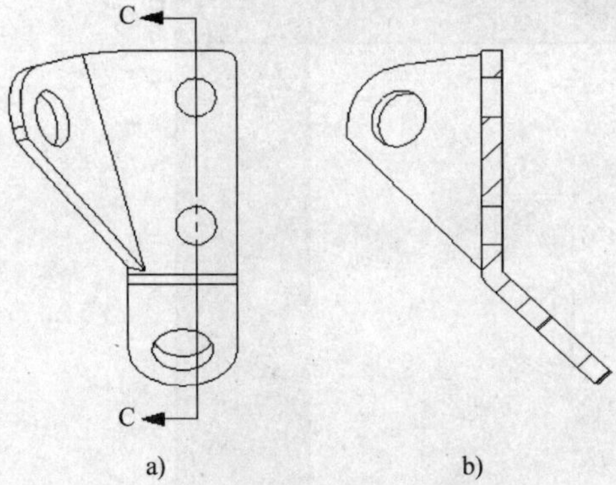

图 2-50　生成顶部视图的一个剖视图

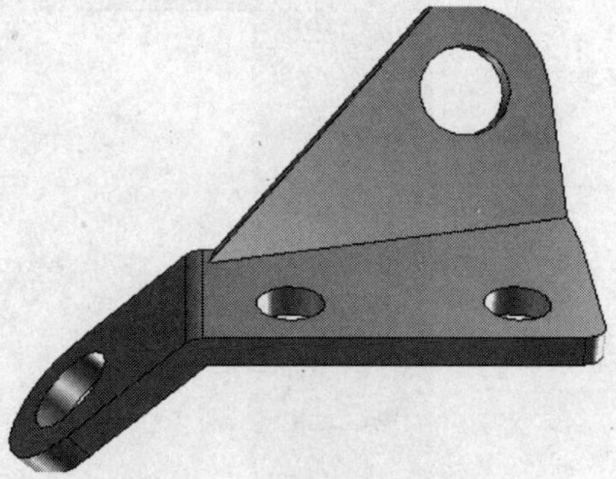

图 2-51　调整视图视向

4）单击【轴侧图】按钮后，系统弹出图 2-52 所示对话框，单击【确定】按钮后生成视图。

5）如果系统弹出【如果所有视图与图纸不匹配，重新排列视图】选项，请选择【否】后，将新生成的视图移动到图样下半部分的中间部分，结果如图 2-53 所示。

三、布局图输出到 CAXA 电子图板

1. 调整布局图并输出到电子图板

1）回到布局图，重新调整各个视图的位置，如图 2-54 所示。未出现的视图已被删除。

2）单击【输出布局图】按钮，在【输出选项】对话框中单击【确定】按钮，然后再单击【完成输出】对话框中的【确定】按钮，即完成布局图的输出。

2. 在电子图板接收布局图

1）单击【接口】工具条中的【启动电子图板】按钮，桌面变成【CAXA 电子图板】设计界面。

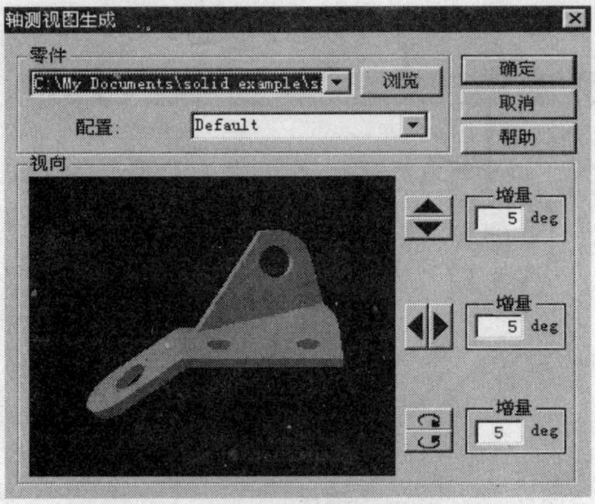

图 2-52 【轴测视图生成】对话框

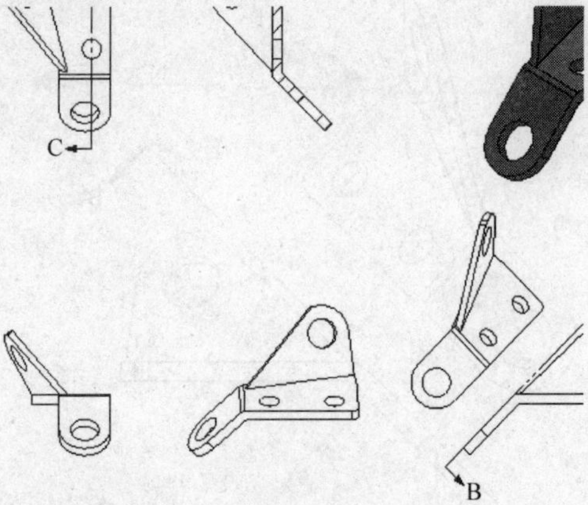

图 2-53 放置新视向的轴测图

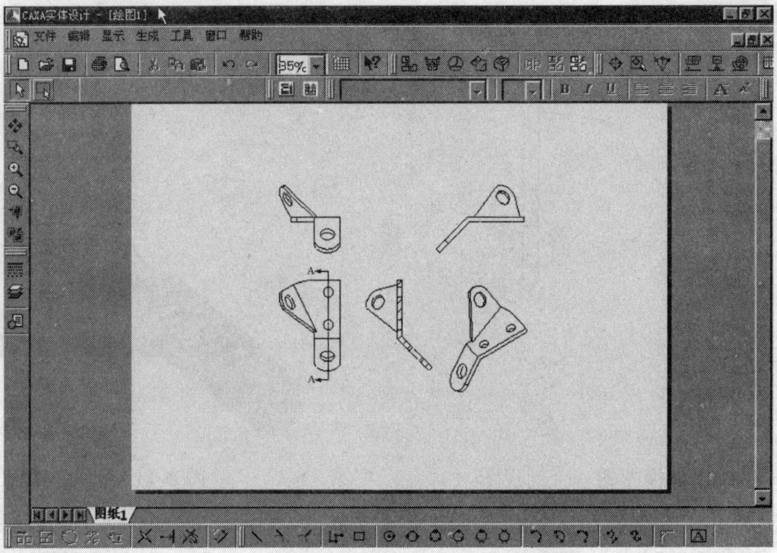

图 2-54 调整布局图

2）选择【文件】/【数据接口】/【接收布局图】菜单命令，系统弹出有关图纸设置的对话框，选择 A4 幅面，绘图比例 5:1，标题栏选【院校暂用格式】，如图 2-55a、b 所示。

3）在 CAXA 电子图板接收到的图形如图 2-56 所示。

注意：输入到电子图板的图形都处于"块"状态，所以如要在电子图板环境中进一步编辑，需使用【块打散】命令。

3. 工程标注

1）先使用【块打散】命令将所有视图进行块打散，使所有图形处于线、点编辑状态。

2）由于剖面线不符合国家标准需要重画，先单击【剖面线】按钮，选择原来的剖面线位置，选左向箭头，如图 2-57 所示。

3）选择【绘制】/【工程标注】/【基本标注】菜单命令，对有关长度、直径尺寸进行标注，结果如图 2-58 所示。

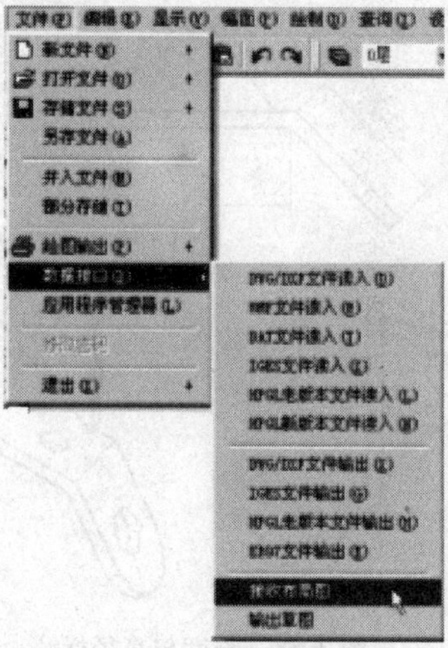

a)

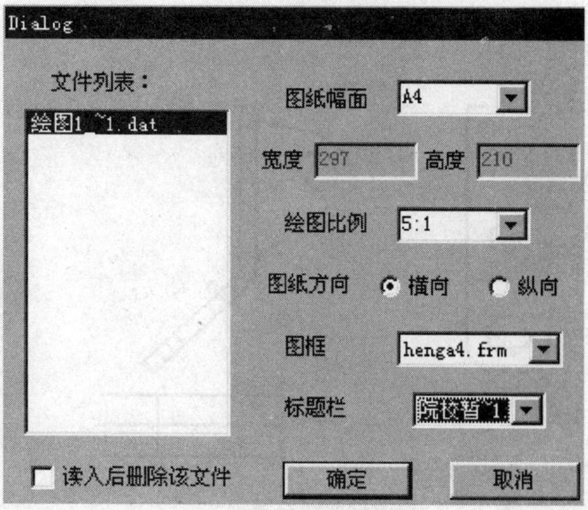

b)

图2-55　接收布局图对话框

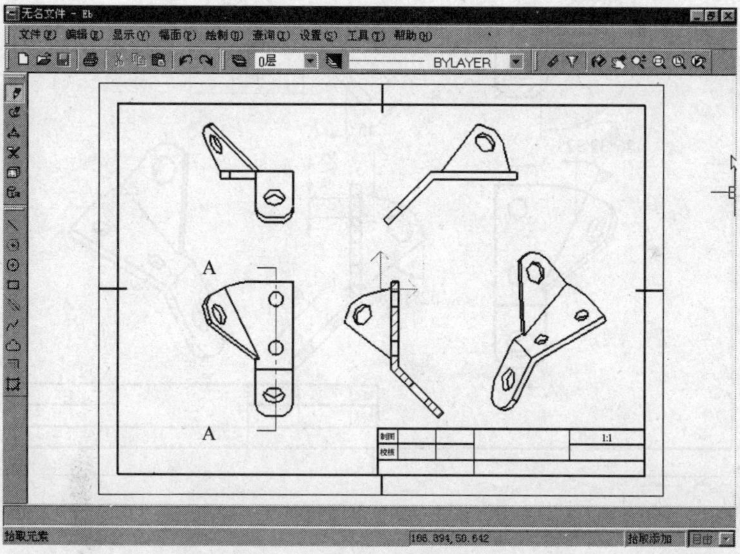

图2-56　在电子图板接收到多个视图

4）在【基本标注】状态，以Y轴为基准标注自动计算的角度值，如图2-59所示。

5）假如两个小孔间距有公差要求，先应用【基准标注】方式标注两孔间的距离，然后单击【标注编辑】按钮，选择距离值，单击右键，在弹出的【尺寸标注公差与配合查询】对话框中设置公差参数，如图2-60a、b所示。

4. 技术说明和填写标题栏

1）单击【库操作】按钮，再单击【技术要求库】按钮，系统弹出【技术要求生成及技术要求库管理】对话框，选择“一般技术要求”选项，选项设置如图2-61所示。

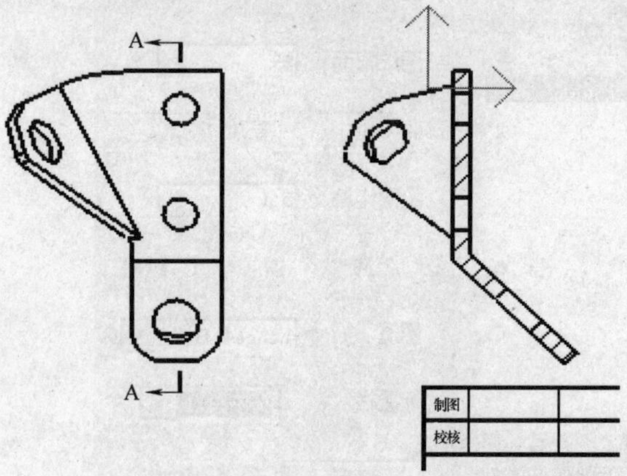

图2-57　修改剖面线符号

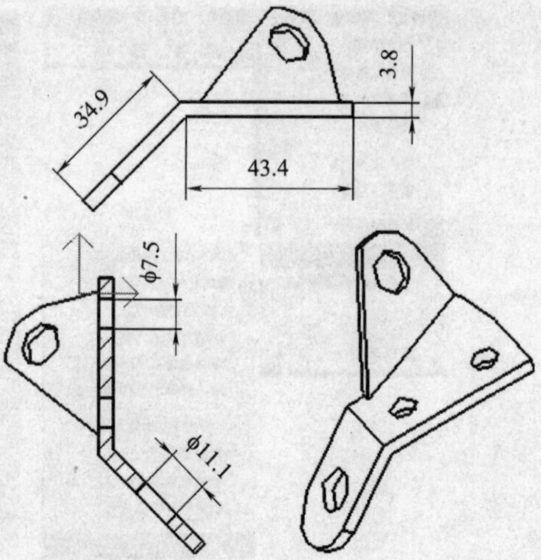

图2-58　长度与直径标注

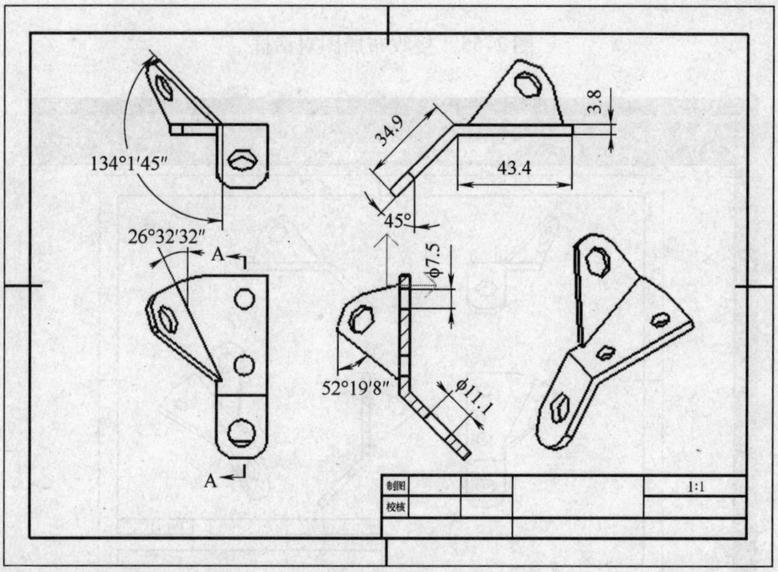

图2-59　角度标注

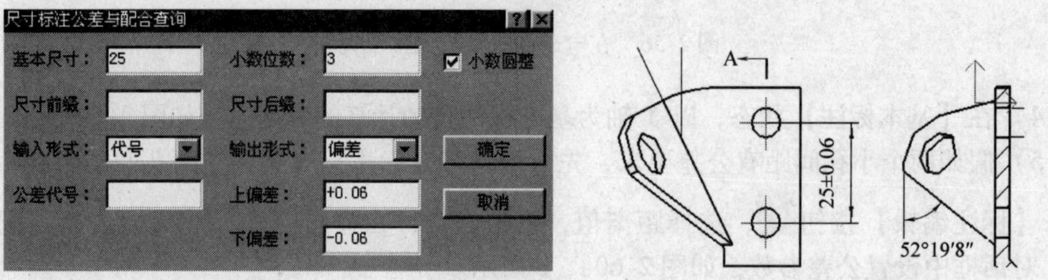

a)　　b)

图2-60　标注公差

2）选择【幅面】/【标题栏】/【填写标题栏】命令，在弹出的标题栏中按图2-62所示填写即可。至此基本绘图工作即告完成，结果如图2-63所示。

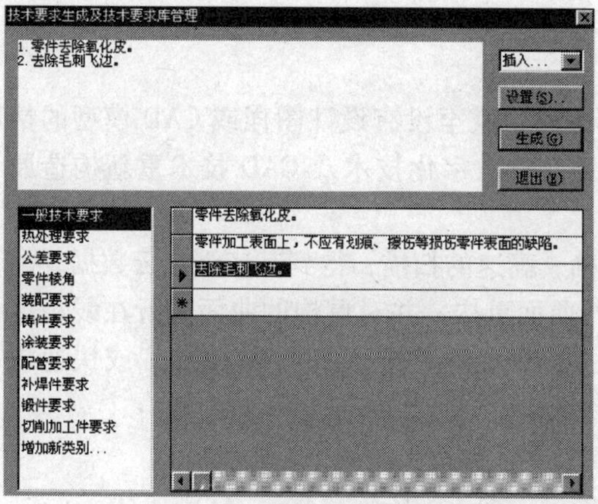

图2-61　标注技术要求

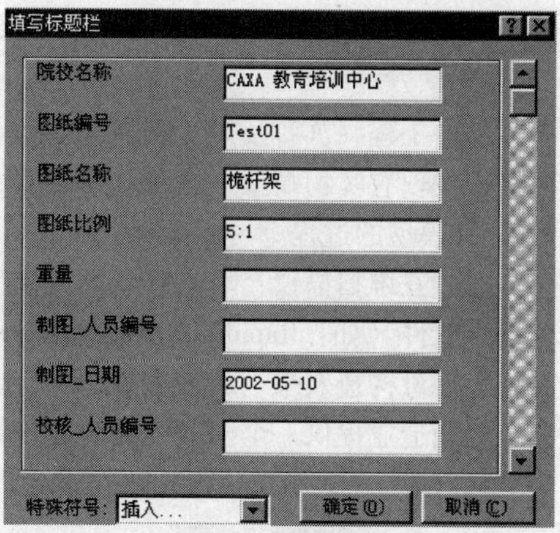

图2-62　填写标题栏

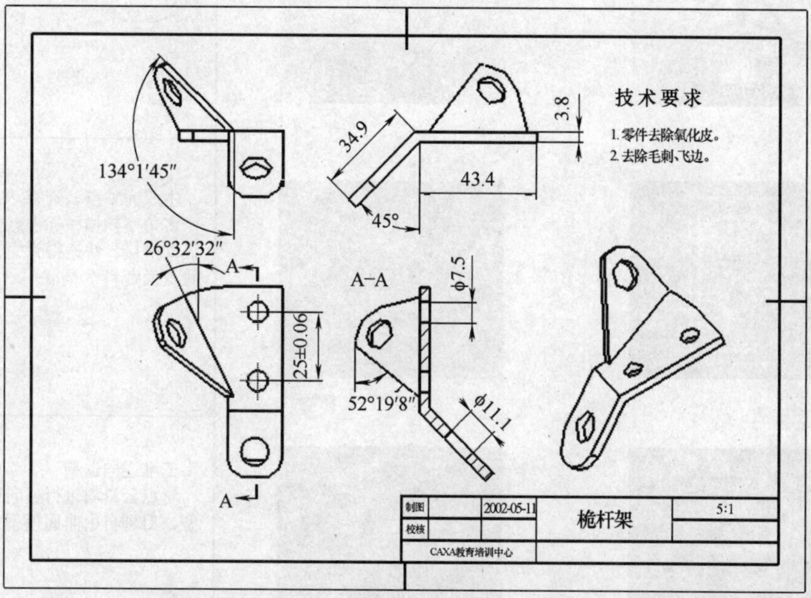

图2-63　由CAXA电子图板生成的零件图

注意：由于书本页面尺寸的限制，不可能把所有标注都标上，读者可以把余下的标注工作当作练习来完成，标注内容自定。

【完成学习工作页】

表2-2　完成学习工作页

序　　号	名　　称	数　　量	格　　式	备　　注
1	CAXA钣金设计文件	1	.ics	三维造型作品
2	钣金展开料的图样文件	1	.ics	展开料的图样作品
3	本项目学习总结	1	word文档	总结学习本项目的体会和收获

【知识拓展】

逆向工程（亦称反求工程）是在设计图样不完整，甚至没有设计图样或CAD模型的情况下，按现有实物模型（或称为零件原形），利用各种数字化技术及CAD技术重新构造原形CAD模型的过程。

通过三维扫描仪，对已有样品或模型进行准确、高速的扫描，得到其三维点云数据，配合反求软件（如：Rapidform、Imageware等）进行曲面重构，并对重构的曲面进行在线精度分析、评价构造效果，最终生成IGES或STL数据，据此就能进行CNC数控加工或快速成型，为制造业提供一个全新、高效的三维制造路线。

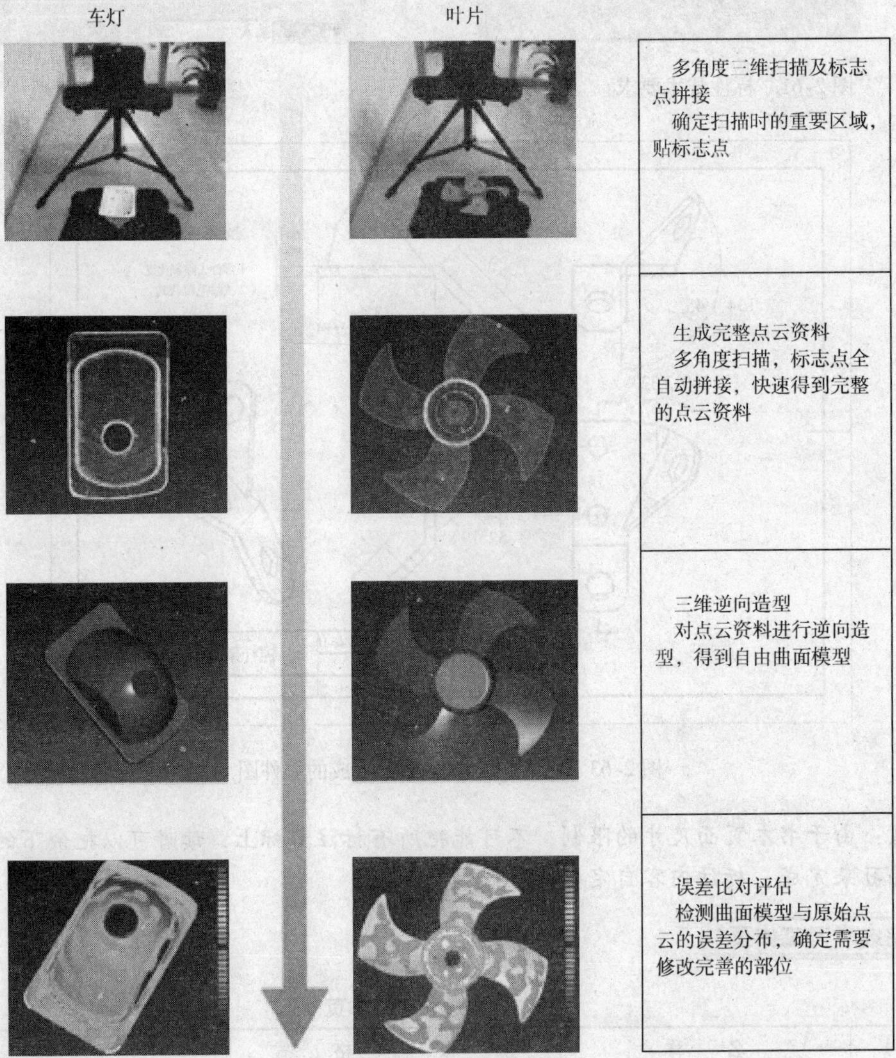
车灯
叶片
多角度三维扫描及标志点拼接
确定扫描时的重要区域，贴标志点
生成完整点云资料
多角度扫描，标志点全自动拼接，快速得到完整的点云资料
三维逆向造型
对点云资料进行逆向造型，得到自由曲面模型
误差比对评估
检测曲面模型与原始点云的误差分布，确定需要修改完善的部位

【小贴士】

绿色制造工艺技术是以传统的工艺技术为基础，并结合材料科学、表面技术、控制技术

等新技术的先进制造工艺技术。其目标是对资源的合理利用，节约成本，降低对环境造成的污染。根据这个目标可将绿色制造工艺划分为三种类型：节约资源的工艺技术；节省能源的工艺技术；环保型工艺技术。节约资源的工艺技术是指在生产过程中简化工艺系统组成、节省原材料消耗的工艺技术。它的实现可从设计和工艺两方面着手，在设计方面，通过减少零件数量、减轻零件重量、采用优化设计等方法使原材料的利用率达到最高；在工艺方面，可通过优化毛坯制造技术、优化下料技术、少/无切屑加工技术、干式加工技术、新型特种加工技术等方法减小材料消耗。环保型工艺技术是指通过一定的工艺技术，使生产过程中产生的废液、废气、废渣、噪声等对环境和操作者有影响或危害的物质尽可能减少或完全消除。

【教学评价】（见表2-3、表2-4、表2-5）

表2-3　学生自评表

姓　名		班　级		学　号	
项目编号	1	项目名称		完成日期	
项目内容			分　值	得　分	
独立完成枪杆架造型及图样生成			40		
三维实体生成平面布局图			10		
进行布局图标注与输出			10		
将布局图输出到CAXA电子图板			10		
团结互助			10		
拓展学习能力			20		
总分			100		
个人任务完成情况：（在对应位置打“√”）			提前完成		
			准时完成		
			超前完成		
个人认为完成好的方面					
个人认为完成不满意的方面					
值得改进的方面					
自我评价				非常满意	
				满意	
				不太满意	
				不满意	

表 2-4 小组成员互评表

<table>
<tr><td>被评学生</td><td colspan="2"></td><td>承担任务</td><td></td></tr>
<tr><td>考核项目</td><td colspan="2">考核内容</td><td>满　分</td><td>得　分</td></tr>
<tr><td rowspan="4">社会能力</td><td colspan="2">尊敬师长</td><td>10</td><td></td></tr>
<tr><td colspan="2">尊重同学</td><td>10</td><td></td></tr>
<tr><td colspan="2">相互协作</td><td>8</td><td></td></tr>
<tr><td colspan="2">主动帮助他人</td><td>10</td><td></td></tr>
<tr><td rowspan="5">学习态度
学习能力</td><td rowspan="3">出勤</td><td>迟到</td><td>3</td><td></td></tr>
<tr><td>早退</td><td>3</td><td></td></tr>
<tr><td>旷课</td><td>6</td><td></td></tr>
<tr><td colspan="2">学习态度认真</td><td>10</td><td></td></tr>
<tr><td colspan="2">能独立思考解决问题</td><td>10</td><td></td></tr>
<tr><td rowspan="2">动手能力</td><td colspan="2">使用软件的熟练程度</td><td>20</td><td></td></tr>
<tr><td colspan="2">创造性</td><td>10</td><td></td></tr>
<tr><td colspan="4">合　计</td><td></td></tr>
<tr><td colspan="5">评语</td></tr>
<tr><td>评价人</td><td colspan="2"></td><td>学　号</td><td></td></tr>
</table>

表 2-5 教师评价表

<table>
<tr><td>班　级</td><td></td><td>姓　名</td><td></td><td rowspan="2">项　目
名　称</td><td colspan="2" rowspan="2"></td></tr>
<tr><td>组　别</td><td></td><td>学　号</td><td></td></tr>
<tr><td colspan="4">评分内容</td><td>分　值</td><td>得　分</td><td>备　注</td></tr>
<tr><td colspan="4">学生按时完成工作任务</td><td>40</td><td></td><td rowspan="10"></td></tr>
<tr><td colspan="4">三维实体生成平面布局图</td><td rowspan="3">30</td><td rowspan="3"></td></tr>
<tr><td colspan="4">进行布局图标注与输出</td></tr>
<tr><td colspan="4">将布局图输出到 CAXA 电子图板</td></tr>
<tr><td colspan="4">是否能独立解决学习中所遇到的问题</td><td rowspan="3">10</td><td rowspan="3"></td></tr>
<tr><td colspan="4">是否能帮助他人共同进步</td></tr>
<tr><td colspan="4">是否具有知识的迁移能力及创造性</td></tr>
<tr><td colspan="4">小组间的评价客观性</td><td>10</td><td></td></tr>
<tr><td colspan="4">上交文档是否齐全、正确</td><td>10</td><td></td></tr>
<tr><td colspan="4">总　分</td><td>100</td><td></td></tr>
<tr><td>评　语</td><td colspan="6"></td></tr>
<tr><td>评价教师</td><td colspan="6"></td></tr>
</table>

【学后感言】

【思考与练习】

1. 实体设计是否可以直接投影生成二维工程图？
2. 实体设计中三维图是否和二维工程图关联？
3. 实体设计中三维球工具的作用？
4. 工程图里能否自动生成相关的尺寸？
5. 完成图2-64所示的三维造型，并输出二维工程图。

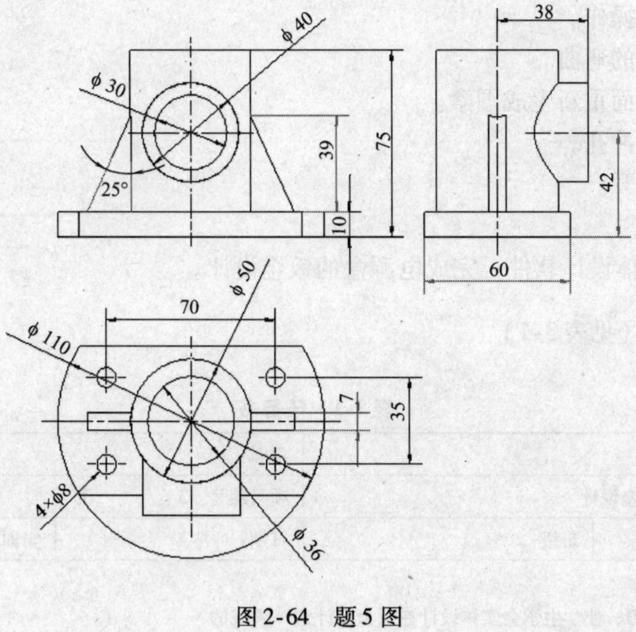

图2-64　题5图

项目3

电源盒的钣金设计

通过本项目的学习，使学生学会实体设计在钣金设计这一领域的应用和操作，学会板料的选择，平板与板料的弯曲，并编辑板料截面重新生成图素。按照图样要求，能够生成型孔与冲孔，学会钣金件的展开及添加其他板料的操作。

【学习目标】

知识目标

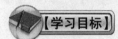

1. 板料的选择操作。
2. 平板与板料的弯曲。
3. 编辑板料截面重新生成图素。
4. 生成型孔与冲孔。
5. 钣金件的展开。

技能目标

使用 CAXA 实体设计软件，完成电源盒的钣金设计。

【工作任务】（见表 3-1）

表 3-1　任务书

<table>
<tr><td colspan="2">适用专业：数控技术</td><td colspan="2">学时：10</td></tr>
<tr><td colspan="2">项目名称：电源盒的钣金设计</td><td colspan="2">项目编号：3</td></tr>
<tr><td>姓名：</td><td>班级：</td><td>日期：</td><td>实训室：</td></tr>
<tr><td colspan="4">一、项目目标
通过本项目的学习，使学生学会实体设计在钣金设计这一领域的应用和操作，学会板料的选择，平板与板料的弯曲，编辑板料截面重新生成图素。按照图样要求，能够生成型孔与冲孔，学会钣金件的展开及添加其他板料的操作。
在学习过程中，重视培养学生知识迁移能力，使学生能够利用所学的知识举一反三，进行自主学习。
二、本学习项目内容
1. 板料的选择操作。
2. 平板与板料的弯曲。
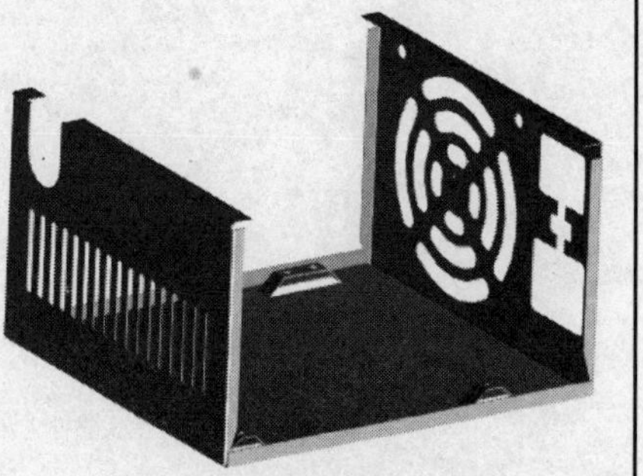
微机电源盒</td></tr>
</table>

（续）

3. 编辑板料截面重新生成图素。
4. 生成型孔与冲孔。
5. 钣金件的展开。

三、教学方法

任务驱动法、小组讨论法、角色扮演法、演示法等。

四、上交材料

序　号	名　称	数　量	格　式	备　注
1	CAXA 钣金设计文件	1	. ics	三维造型作品
2	钣金展开料的图样文件	1	. ics	展开料的图纸作品
3	学生自评表	1	word 文档	对工作过程及成果进行评价
4	小组成员互评表	1	word 文档	同组同学进行互评及对协作建议
5	本项目学习总结	1	word 文档	总结学习本项目的体会和收获

五、教学条件

1. 硬件要求：学生机 40 台，教师机 1 台，多媒体设备一套。
2. 软件要求：CAXA 实体设计，“极域电子教室”软件（广播软件）。

六、教学资源

教学录像、多媒体课件、丰富的网络资源、CAXA 软件实用教程、本校特色教材。

七、教学评价

教师评价：70%；学生自评：20%；学生互评：10%。

【任务实施】

教学组织实施建议：任务驱动法、小组讨论法、演示法等。

一、板料的选择

1）在开始钣金设计前，进行板料的选择是很重要的工作，板料的属性参数关系到后面的加工工艺和造型设计参数。

2）选择【工具】/【选项】菜单命令，在弹出的【选项】对话框中选择【板料】选项卡，并选择铝合金板料“Aluminum 6061-24”，有关板料参数如图 3-1 所示。

3）单击【确定】按钮后，就可以开始进行后面的钣金设计。

注意：6061-24 属美国铝板商品牌号。

二、平板与板料的弯曲

1）从桌面右侧【钣金】设计元素库中拖出一【板料】图素，在空白处释放，结果如图 3-2 所示。

2）单击板料进入智能图素编辑状态，单击图 3-3 所示状态图标（见图中箭头所指），进入【包围盒】状态。

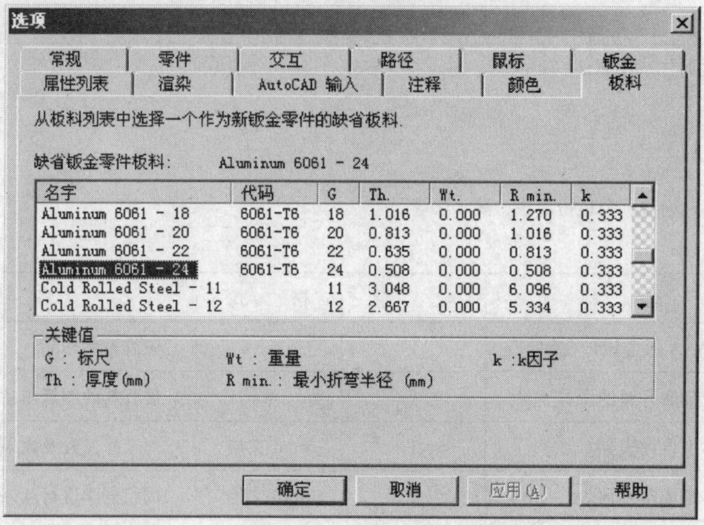

图 3-1 选择板料

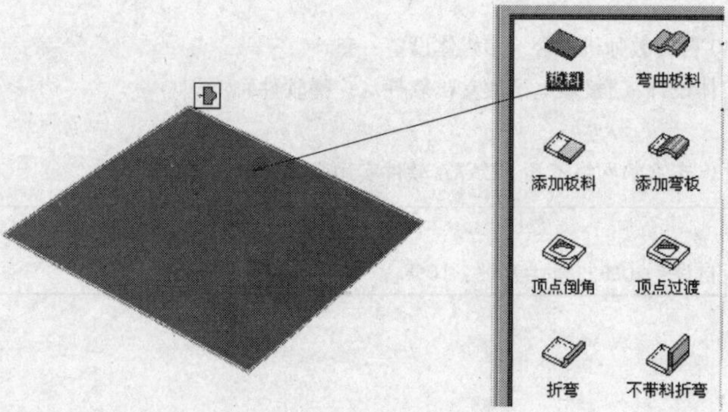

图 3-2 拖放【板料】图素

注意：标记表示钣金形状设计状态；标记表示包围盒设计状态。

3）右键单击显示出的任意一个智能手柄，在【编辑包围盒】对话框中将【长度】改为“148”，【宽度】改为“140”，单击【确定】按钮，结果如图 3-4 所示。

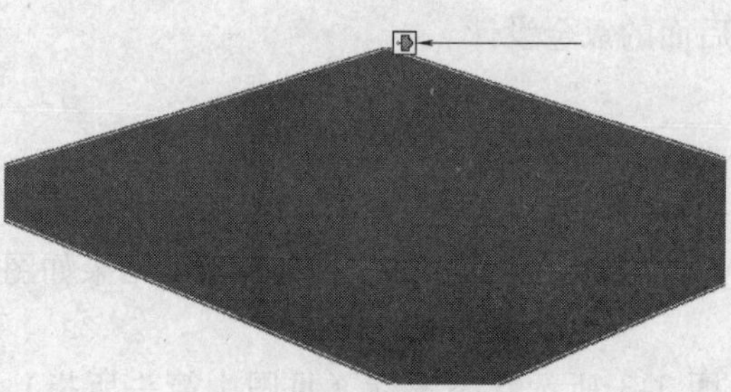

图 3-3 选择编辑状态

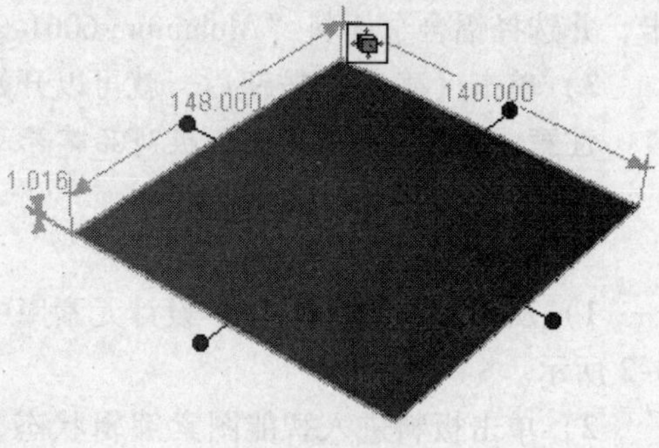

图 3-4 编辑包围盒

4）从右侧【钣金】设计元素库中拖入一【不带料折弯】图素，在长度为140边的上边缘中心点释放，结果如图3-5所示。

5）单击【显示设计树】按钮后，将新生成的钣金零件设计树展开，单击图3-6所示的【增加板料】选项。

图3-5 添加折弯图素

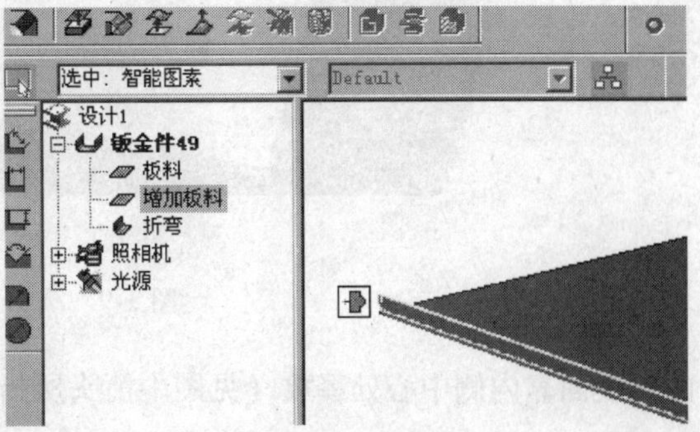

图3-6 选择图素

6）单击转换图标，使增加板料图素进入包围盒编辑状态。

7）右键单击向上的智能手柄，将板料长度改为85，单击【确定】按钮，结果如图3-7所示。

8）从右侧【钣金】设计元素库中拖入一【添加板料】图素，在增加板料图素的上表面边缘中心处释放。

9）单击转换图标，使增加板料进入包围盒编辑状态。

10）右键单击向上的智能手柄，将添加板料长度改为“5”，单击【确定】按钮，结果如图3-8所示。

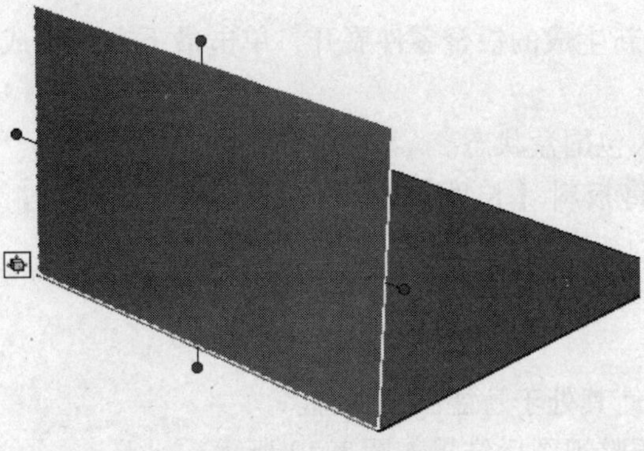

图3-7 编辑图素

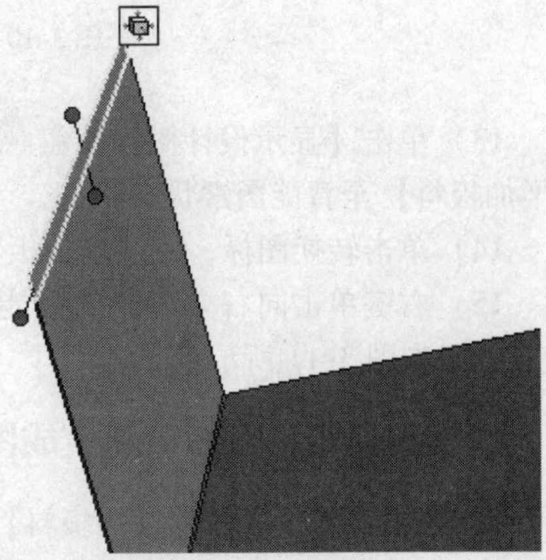

图3-8 添加板料

11）从右侧【钣金】设计元素库中拖入一【折弯】图素，在图3-9a所示添加板料的上表面靠内侧中心点释放（见图中箭头所指），结果如图3-9b所示。

12）从右侧【钣金】设计元素库中拖入一【不带料折弯】图素，在图3-10a所示板料

a)　　　　b)

图3-9　添加【折弯】图素

的侧表面靠内侧中心处释放（见图中箭头所指），结果如图3-10b所示。

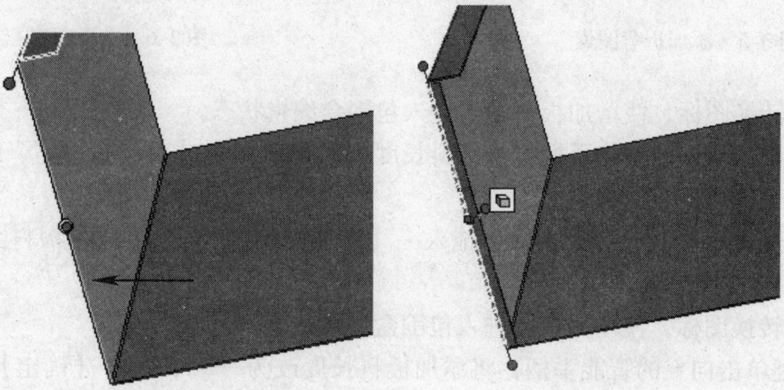

a)　　　　b)

图3-10　添加【不带料折弯】图素

13）单击【显示设计树】按钮后，将新生成的钣金零件展开，单击最下方新生成的【增加板料】至智能图素状态。

14）单击转换图标，使【增加板料】进入包围盒状态。

15）右键单击向右方内侧的智能手柄，将板料【长度】改为“4”，单击【确定】按钮，结果如图3-11所示。

三、编辑板料截面重新生成图素

1）单击最新生成的【增加板料】图素，使其处于智能图素状态。

2）右键单击图素后选择【编辑截面】，调整视图后结果如图3-12所示。

3）单击【显示曲线尺寸】按钮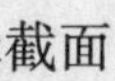，在图3-13所示靠近底板的位置单击上方的直线A；在表示直线长度的数字上单击右键，将【长度】改为“80”。

4）如果【保持末端条件】处于选中状态，请取消选择，单击【确定】按钮，结果如图3-14所示。

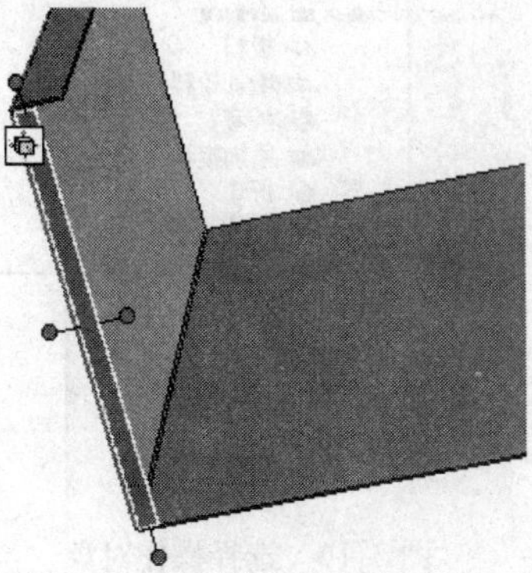

图3-11　编辑包围盒

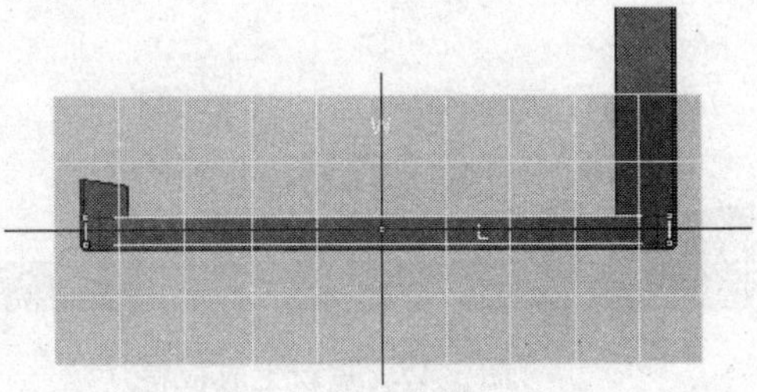

图3-12　进入二维截面编辑

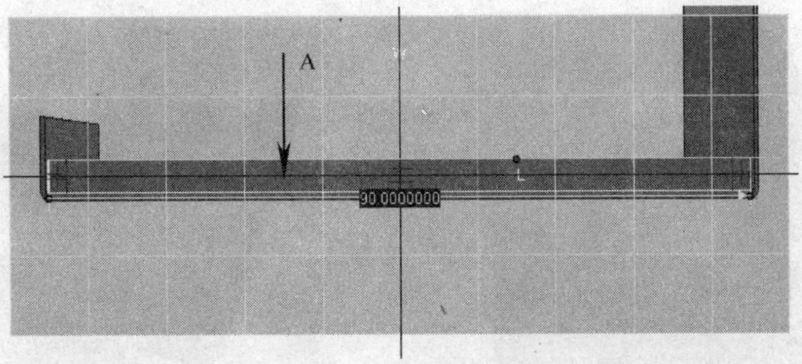

图3-13　编辑直线

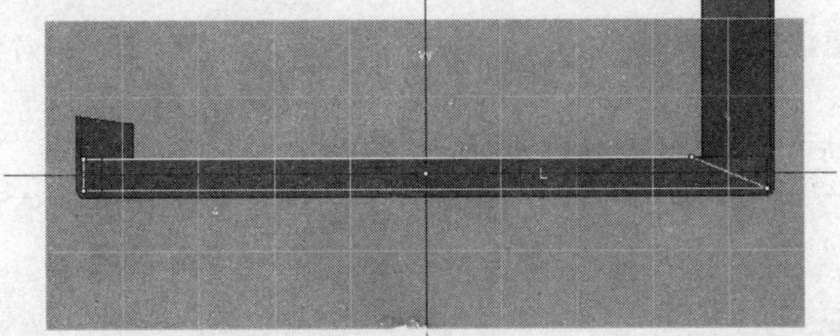

图3-14　直线编辑结果

5）单击【完成造型】后结果如图3-15所示。

四、添加其他板料

1）单击【显示设计树】按钮打开设计树。

2）按住“Shift”键的同时依次选择最下方的【增加板料】和【折弯】选项，如图3-16所示。

3）打开【三维球】，按“空格”键后单独移动三维球，右键单击中心手柄，选择【到点】后，单击图3-17所示底板直角边一侧中点位置（见图中箭头所指）。

4）再次按下“空格”键，使三维球与侧面折弯图素重新结合在一起。

图 3-15　重新生成板料

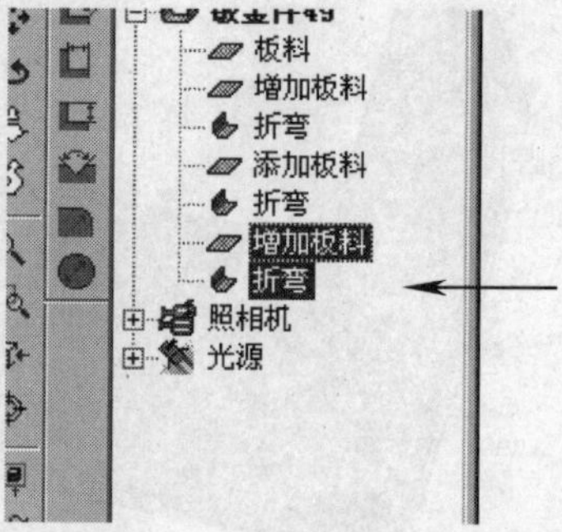

图 3-16　选择操作对象

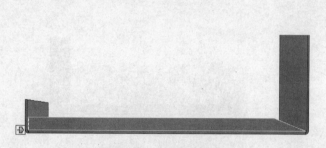

5）右键单击如图 3-18 所示定位手柄后，选择【镜向】/【拷贝】命令。

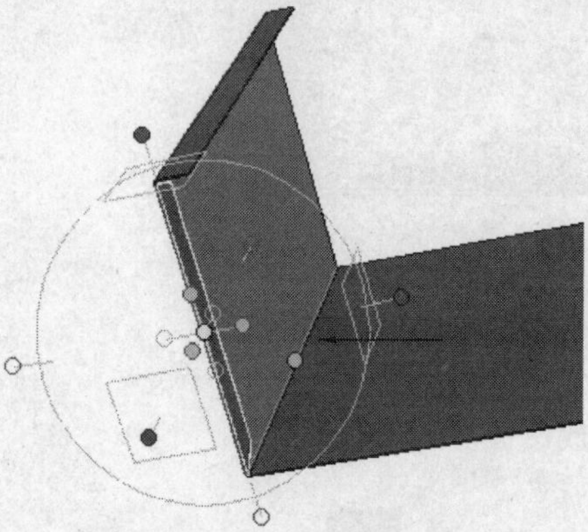

图 3-17　重新定位三维球

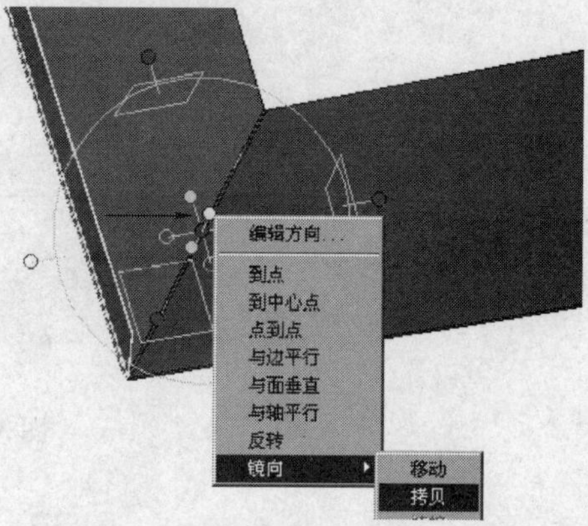

图 3-18　镜向拷贝图素

6）关闭三维球后，结果如图 3-19 所示。

7）打开设计树，按住“Ctrl”键的同时依次选择除了底板的所有板料和折弯，如图 3-20所示。

图 3-19　完成镜向拷贝

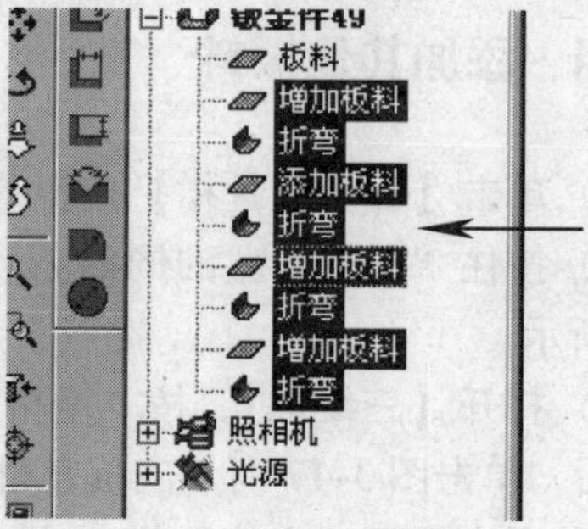

图 3-20　选择对象

8）打开【三维球】，按“空格”键后可以单独移动三维球，右键单击中心手柄，选择【到点】后，单击图3-21所示底板中心位置A。

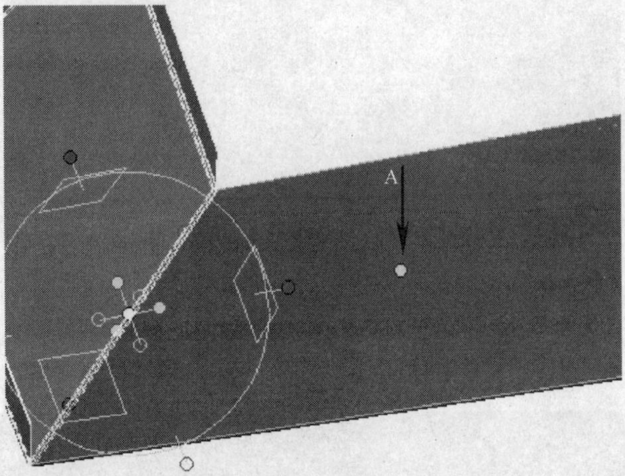

图3-21 重新定位三维球

9）再次按下“空格”键，使三维球与侧面折弯图素重新结合在一起。

10）右键单击如图3-22所示定位手柄A后，选择【镜向】/【拷贝】命令。

11）关闭【三维球】后，结果如图3-23所示。

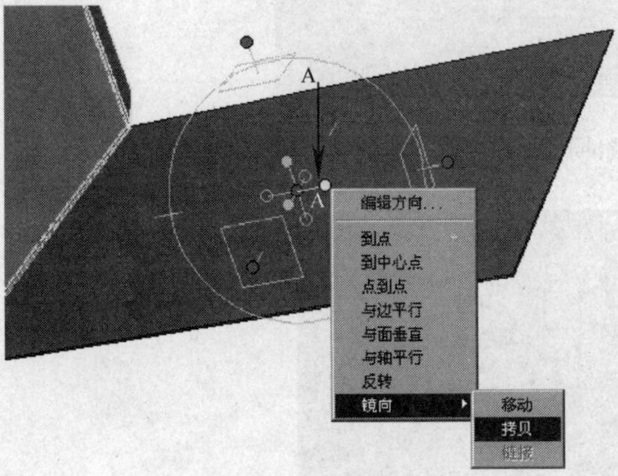

图3-22 选择镜向拷贝命令

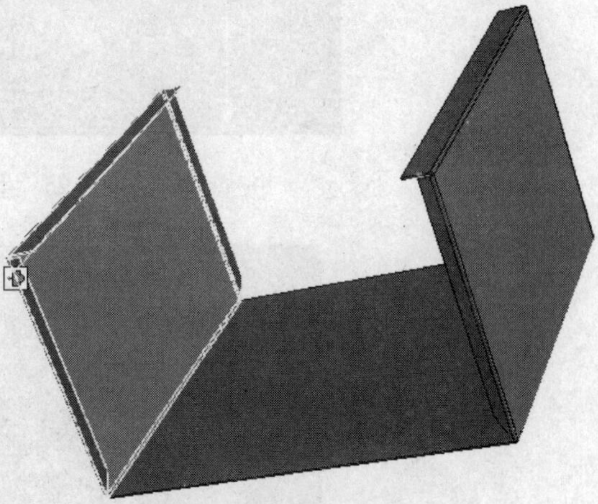

图3-23 完成图素的镜向拷贝

五、生成型孔与冲孔

1. 在电源外壳的一侧面上生成一排【窄缝】和一个U形开口

1）调整视图到图3-24所示的盒体侧面的正视图。

2）从右侧【钣金】设计元素库中拖入一个【窄缝】图素，在侧面的正中心释放。右键单击图3-25所示数字A，将窄缝距底板的【距离】改为“35”。

3）利用【三维球】将窄缝旋转90°，结果如图3-26所示。

图 3-24 调整视图

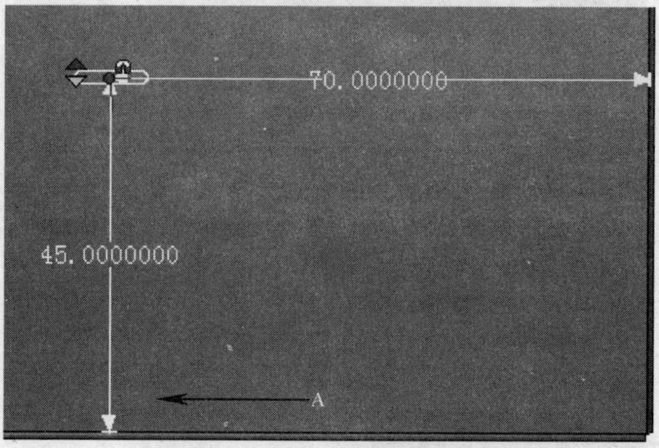

图 3-25 生成冲孔图素

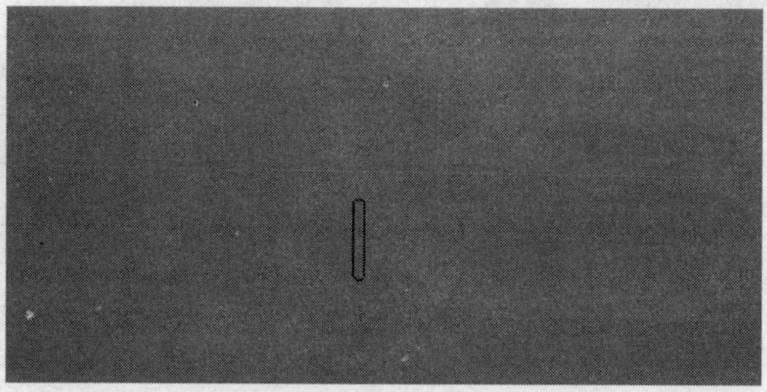

图 3-26 调整孔图素方向

4）打开设计树后，右键单击【窄缝】选项，选择【加工属性】，在弹出的【冲孔属性】对话框中选择【自定义】选项，依次填入【长度】为“30”、【宽度】为“4”，如图 3-27 所示。

5）单击【确定】按钮后，结果如图 3-28 所示。

6）在零件设计树中将【窄缝】展开，将图 3-29 所示两个约束尺寸删除。

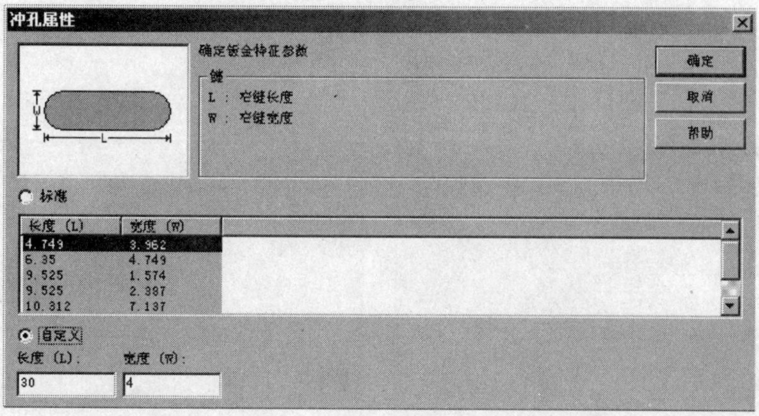

图3-27　定义孔属性

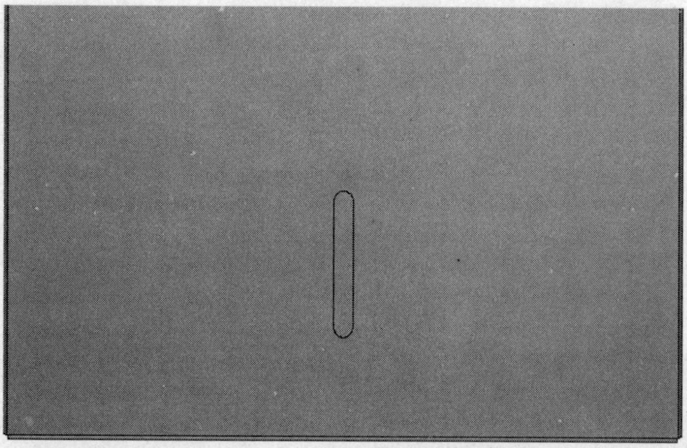

图3-28　完成孔的属性定义

7）打开【三维球】，利用三维球将窄缝向右移动“42”，结果如图3-30所示。

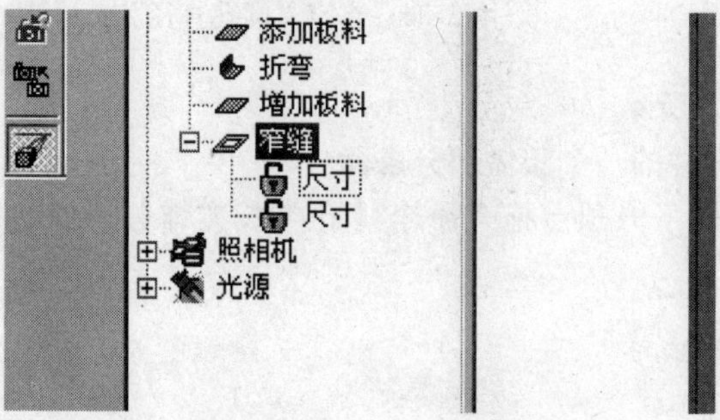

图3-29　删除约束尺寸

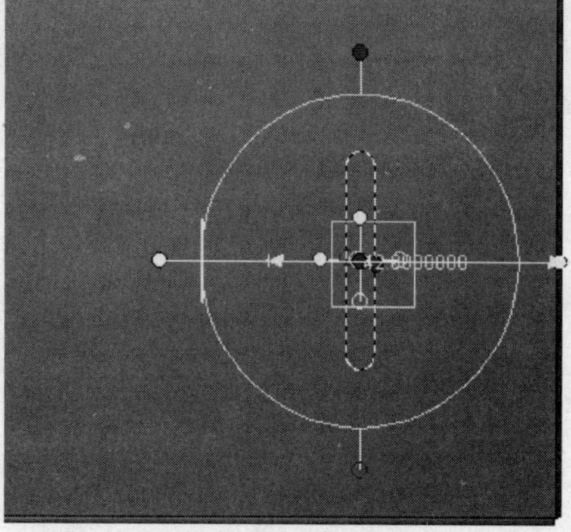

图3-30　向右移动图素

8）右键单击图 3-31 所示手柄，选择【直线风格】后，输入【数量】为“13”，【距离】为“7”。

9）单击【确定】按钮后，结果如图 3-32 所示。

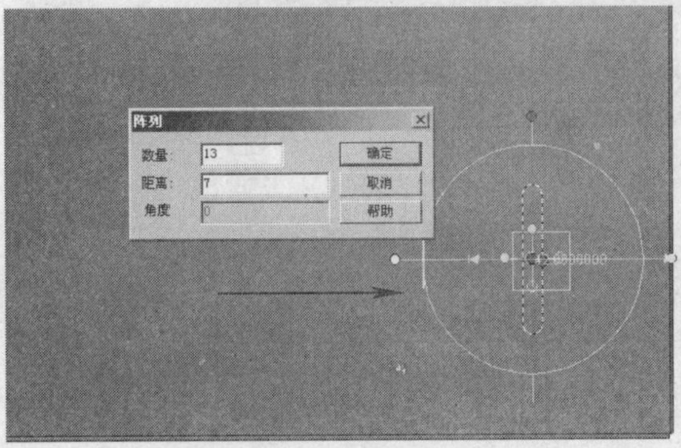

图 3-31　应用图素的阵列

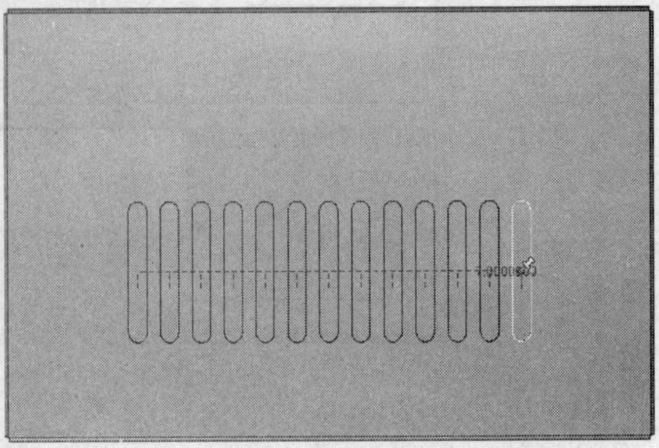

图 3-32　生成孔图素阵列

10）从右侧【图素】设计元素库中向最左侧的窄缝的上顶点拖入一个【圆孔】，结果如图 3-33 所示。

11）右键单击图 3-33 所示数字 A，将它改为“65”；右键单击图 3-33 所示数字 B，将它改为“120”。

12）在右侧的设计树上右键单击【圆孔】后，选择【加工属性】。如图 3-34 所示，将【直径】自定义为“20”。

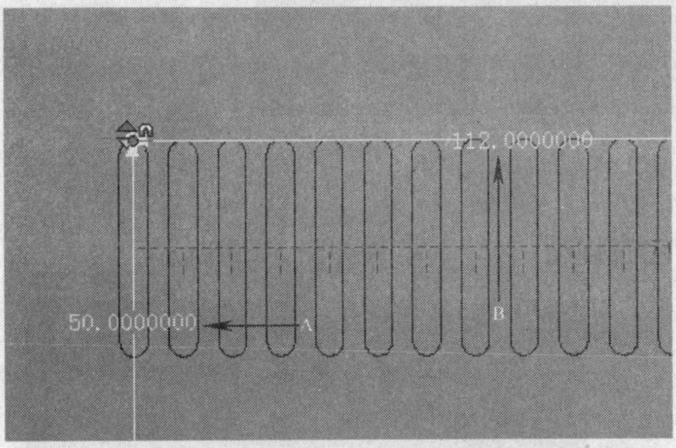

图 3-33　修改智能标注

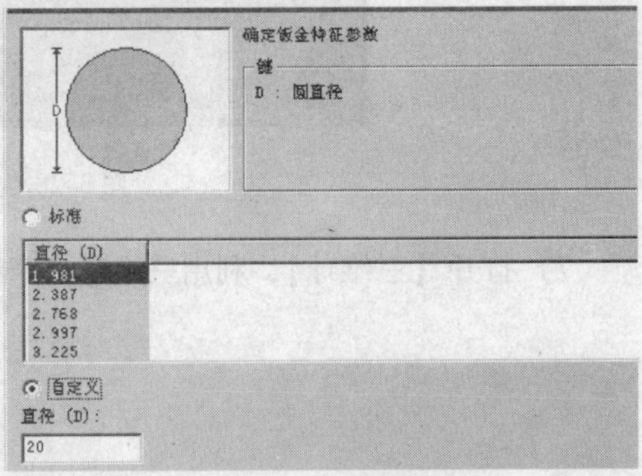

图 3-34　自定义圆孔直径

13）单击【确定】按钮后，结果如图 3-35 所示。

2. 拖入【孔类长方体】图素可以将钣金零件的一个整体部分去除

1）从右侧【图素】设计元素库中向圆孔的下方顶点拖入一个【孔类长方体】，结果如图 3-36 所示。

2）调整孔类长方体图素到图 3-37 所示位置。

3. 在底板上添加 4 个对称的散热孔

1）调整视图到底面正视图。从右侧【钣金】设计元素库中向底面中心拖入一个【散热孔】图素，结果如图 3-38 所示；将图 3-38 所示数字 A 改为“24”，所示数字 B 改为“20”。

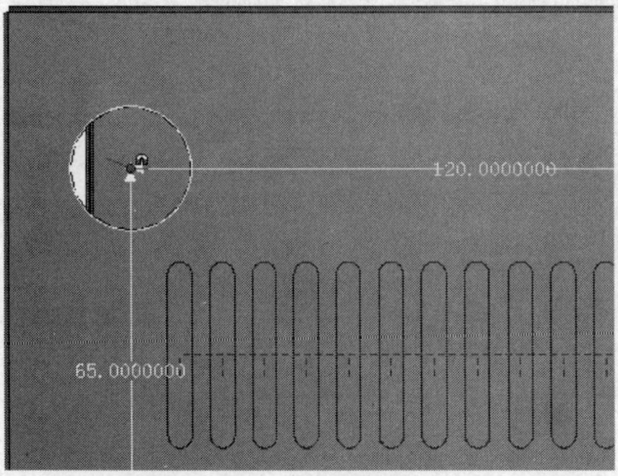

图 3-35　生成圆孔图素

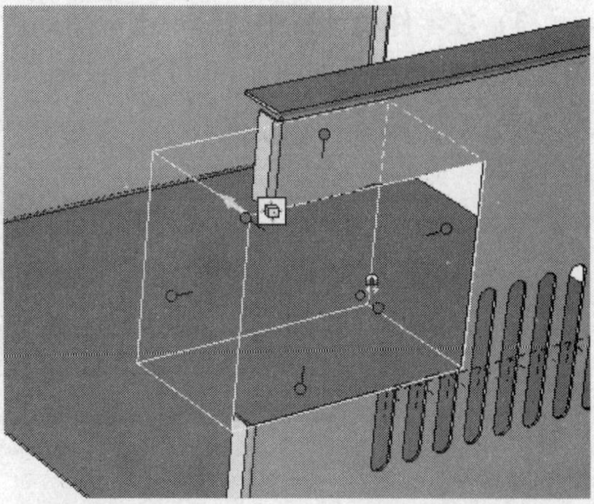

图 3-36　添加孔类长方体

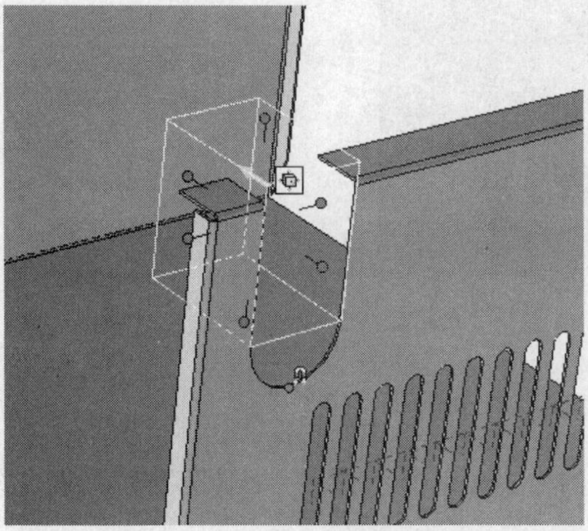

图 3-37　调整图素

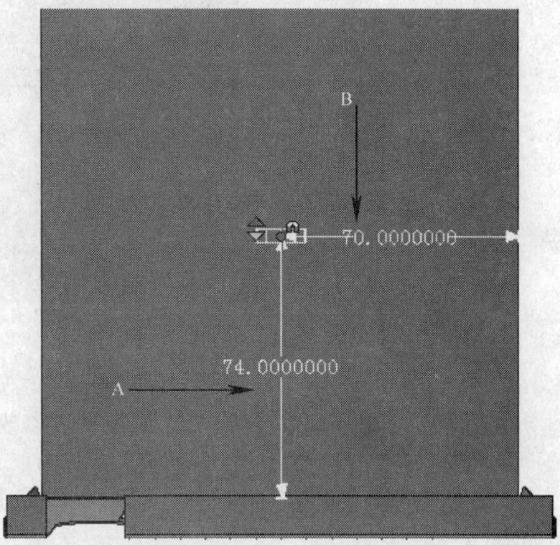

图 3-38　用智能标注定位孔的位置

2）打开【三维球】，利用三维球将散热孔旋转 90°，结果如图 3-39 所示。

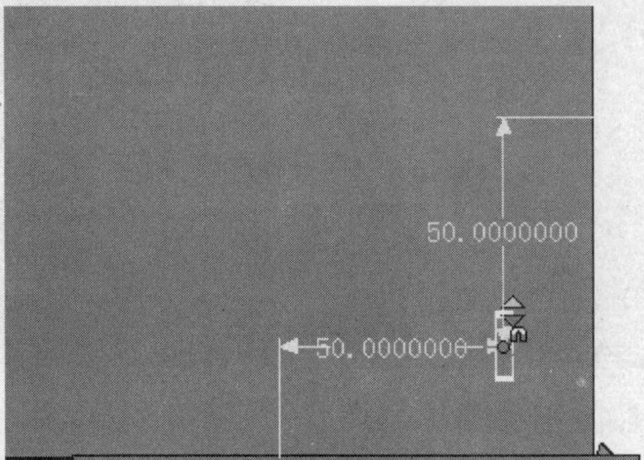

图 3-39　旋转散热孔

3）在零件设计树中右键单击散热孔后，选择【加工属性】选项。如图3-40a所示填入自定义数据，结果如图3-40b所示；

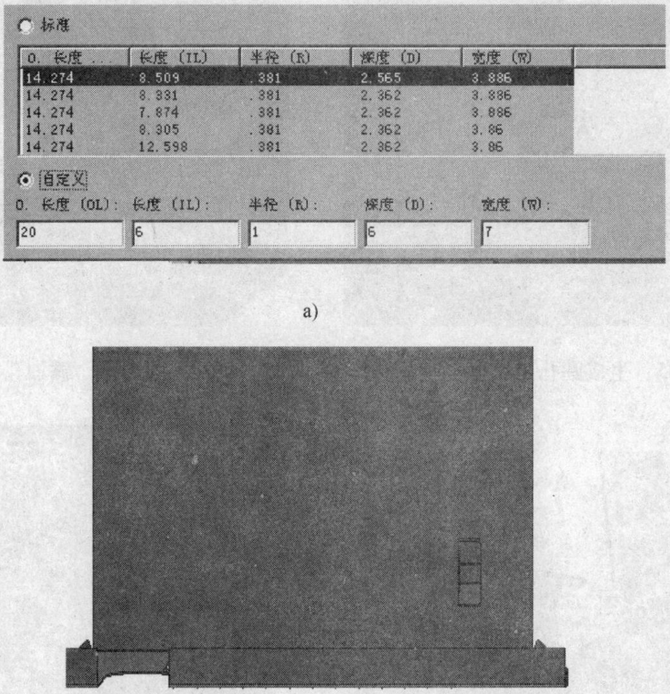
标准
O. 长度
长度（IL）
半径（R）
深度（D）
宽度（W）
14.274 8.509 .381 2.565 3.886
14.274 8.331 .381 2.362 3.886
14.274 7.874 .381 2.362 3.886
14.274 8.305 .381 2.362 3.86
14.274 12.598 .381 2.362 3.86
自定义
O. 长度（OL）:
长度（IL）:
半径（R）:
深度（D）:
宽度（W）:
20
6
1
6
7

a)

b)

图3-40　修改散热孔的加工属性

4）从右侧【钣金】设计元素库中向散热孔的上表面正中心拖入一个【圆孔】图素，结果如图3-41所示。

5）打开【三维球】，右键单击并向左拖动如图3-42所示智能手柄，释放后选择【拷贝】选项，在弹出的对话框中填入图3-42中所示的数据。

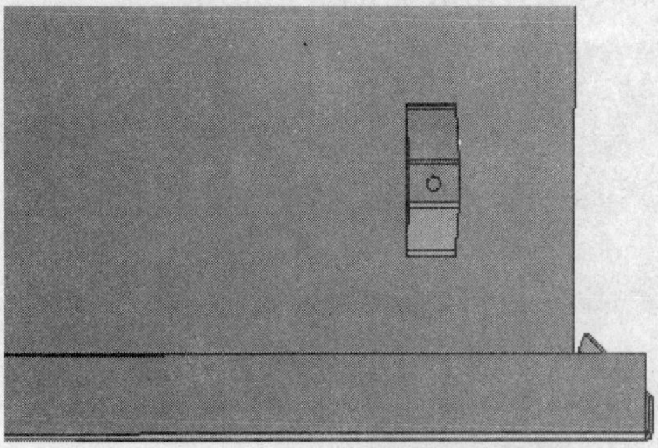

图3-41　在散热孔上生成图素

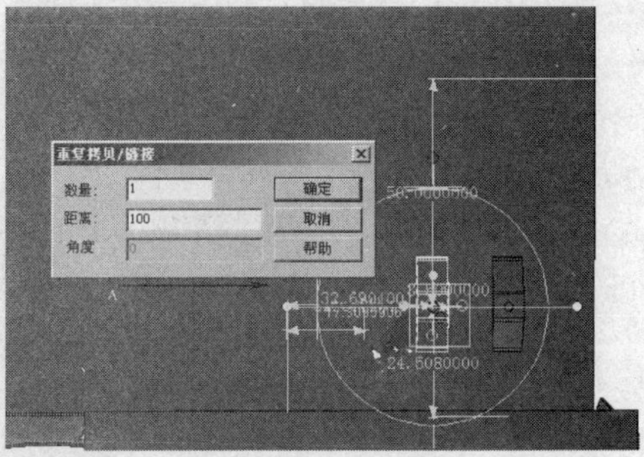

图3-42　复制散热孔

6）单击【确定】按钮后，结果如图3-43所示。

7）在设计树中将刚刚生成的两个散热孔以及其上的圆孔同时选中，打开【三维球】后向上拷贝刚刚生成的两个散热孔，结果生成如图 3-44 所示的 4 个对称的散热孔。

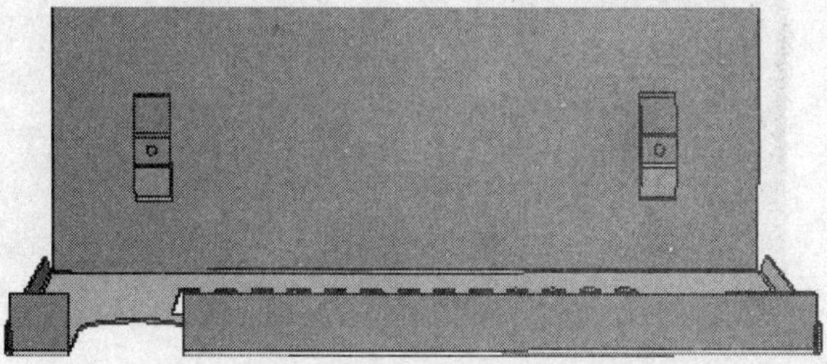

图 3-43　完成定位

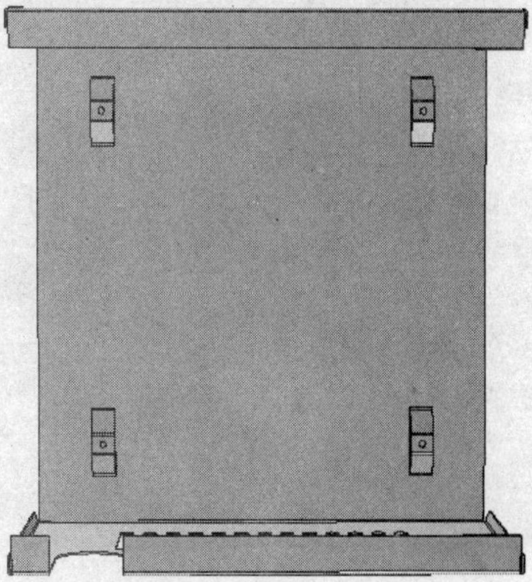

图 3-44　生成对称的散热孔

4. 在电源盒的另一侧添加冲孔及风扇孔

1）从右侧的【钣金】设计元素库中向另一侧面正中心拖入一【圆角矩形孔】，结果如图 3-45 所示。将图 3-45 中所示数据 A 改为“30”，所示数据 B 改为“65”。

2）在零件设计树中右键单击【圆角矩形孔】选项，完成自定义孔的【长度】、【宽度】、【半径】参数的设置，如图 3-46 所示。

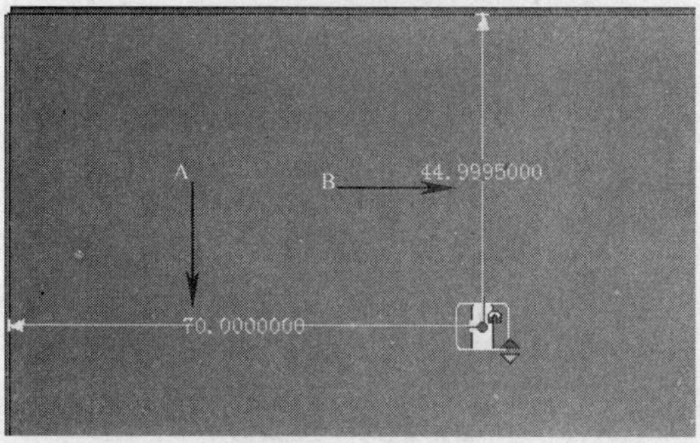

图 3-45　修改智能标注

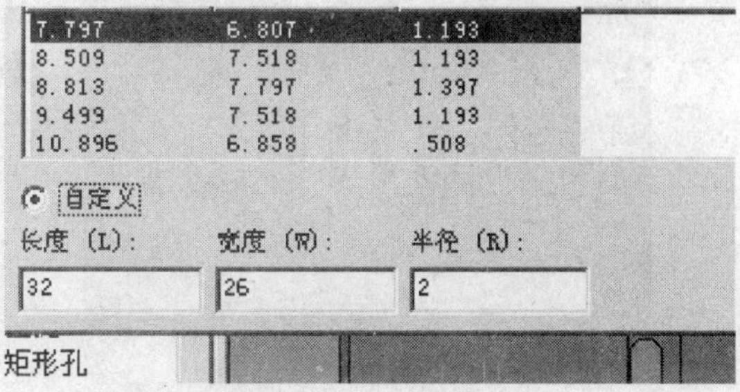

图 3-46　进行孔的自定义

3）单击【确定】按钮后，结果如图 3-47 所示。

4）从右侧的【钣金】设计元素库中向第一个圆角矩形孔上方中心拖入一【圆角矩形孔】，结果如图 3-48 所示；将图 3-48 所示数据 A 改为“36”。

5）在设计树中右键单击【圆角矩形孔】选项，自定义孔的【长度】为“13”、【宽度】为“7”、【半径】为“1.5”。

6）从右侧的【钣金】设计元素库中向第二个圆角矩形孔上方中心拖入一【圆角矩形孔】，结果如图 3-49 所示；将图 3-49 所示数据 A 改为“22”。

7）在设计树中右键单击【圆角矩形孔】选项，自定义孔的【长度】为“28”、【宽度】为“21”、【半径】为“2”。

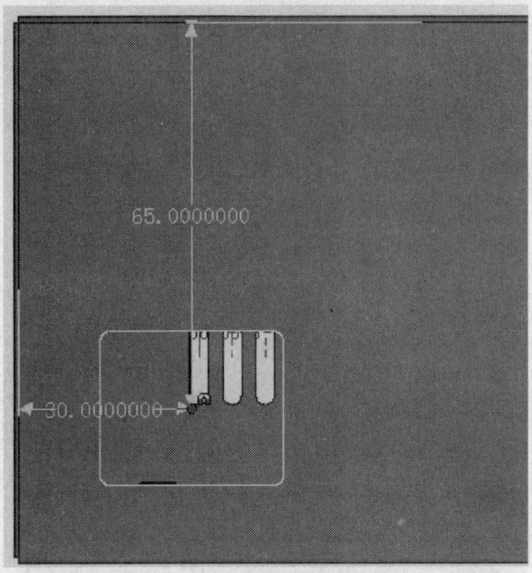

图 3-47 生成圆角矩形孔

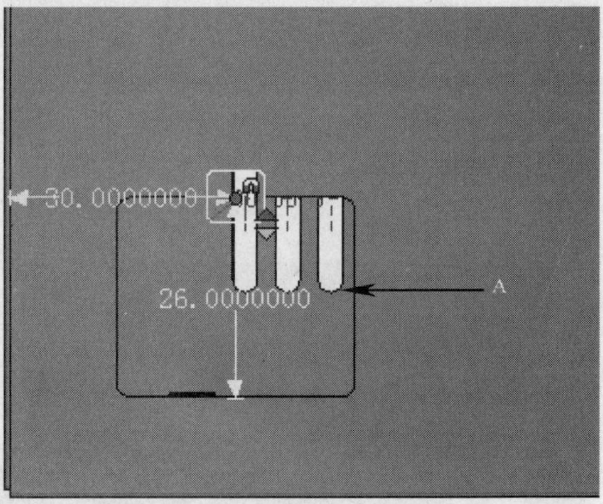

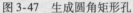

图 3-48 添加【圆角矩形孔】图素

8）单击【确定】按钮后，结果如图 3-50 所示。

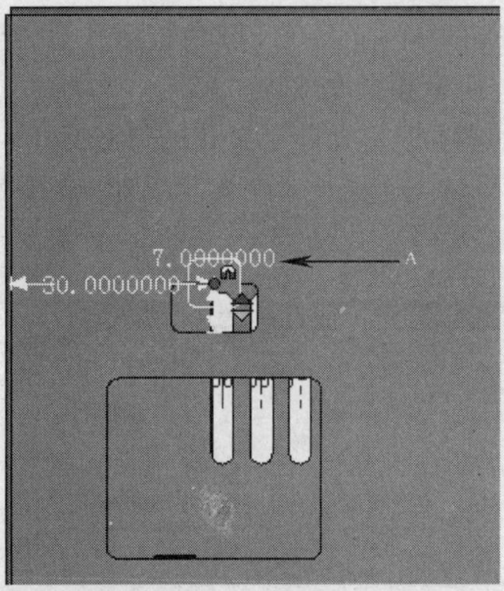

图 3-49 添加【圆角矩形孔】图素

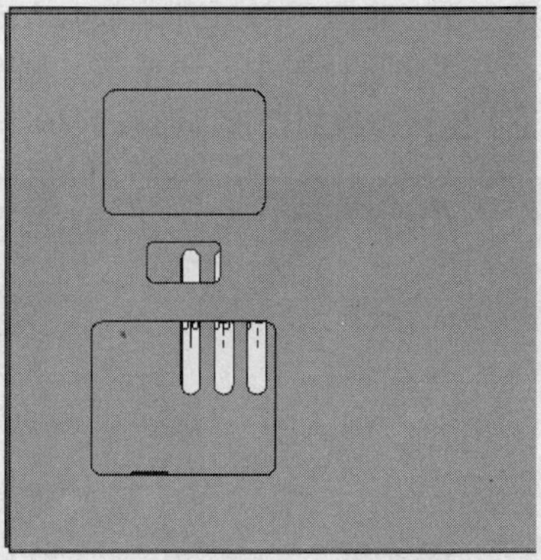

图 3-50 生成图素

9）从右侧【钣金】设计元素库中向第二个圆角矩形孔的上方中心处拖入一个【矩形孔】，在零件设计树中右键单击矩形孔后，选择【加工属性】选项，自定义矩形，将【长度】改为“5”，【宽度】改为“30”，单击【确定】按钮后，结果如图 3-51 所示。

5. 生成自定义轮廓

1）从右侧【钣金】设计元素库中向侧面中心处拖入一个【自定义轮廓】，结果如图 3-52 所示。右键单击图 3-52 所示数据 A，将它改为“100”。

2）在零件设计树中右键单击【自定义轮廓】后，选择【编辑截面】选项，利用二维编辑工具绘制图 3-53 所示的图形。

3）单击【完成造型】后，结果如图 3-54 所示。

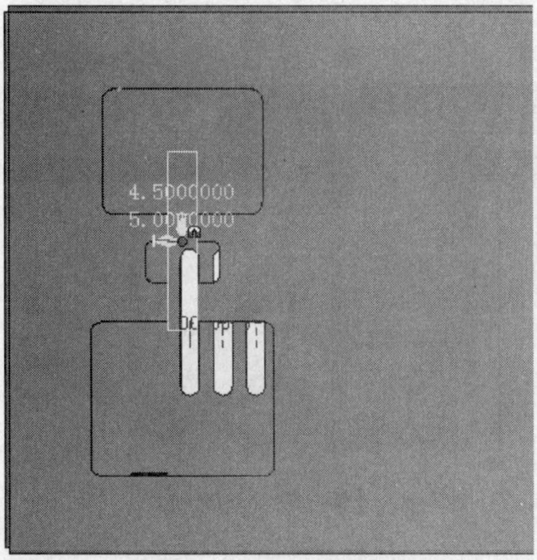

图3-51　生成矩形孔图素

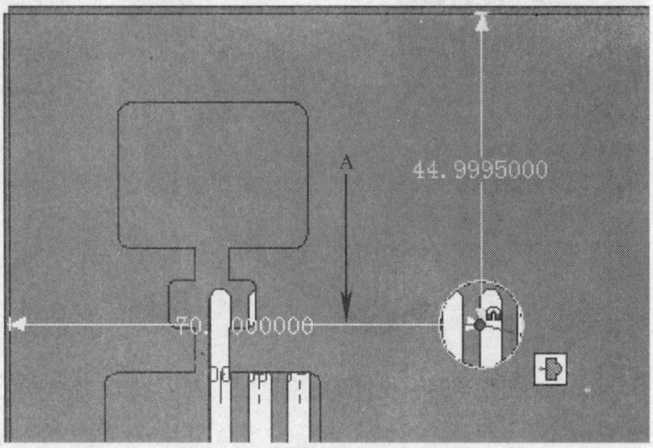

图3-52　定位自定义轮廓

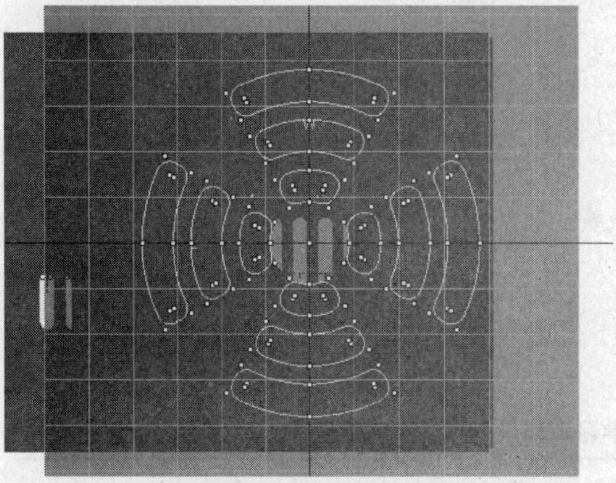

图3-53　自定义轮廓线

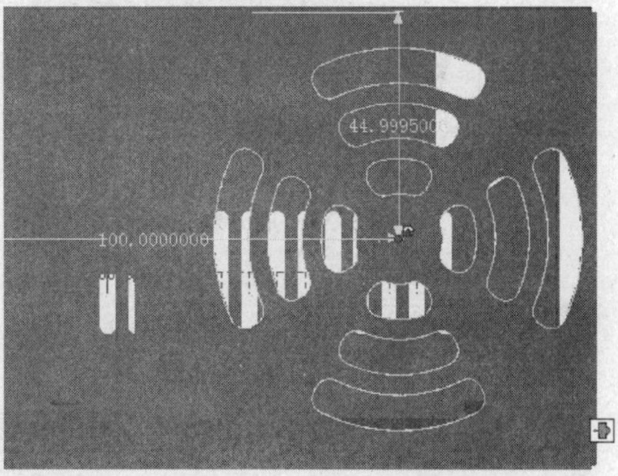

图3-54　生成自定义图素

4）适当转换视角，如图3-55所示，至此电源钣金件的设计过程就完成了。

六、钣金件的展开

钣金零件设计完成后，需要确定钣金加工中下料的尺寸，CAXA实体设计提供了钣金零件自动展开的功能，这样有助于简化计算，提高设计和加工效率。

1）选择【设计树】中的钣金零件，选择【工具】/【钣金展开】命令，如图3-56所示。

2）执行【钣金展开】命令后，在提示栏中会有【零件重新生成】的提示，结果设计环境会生成展开料，如图3-57所示。从设计树中可以看到，原来的钣金件自动压缩，目前的设计环境中只有用于下料用的展开料。

注意：突起的散热孔没有展平。

3）如果需要，可以输出当前环境中的展开料到平面布局图环境中，结果如图3-58所示。

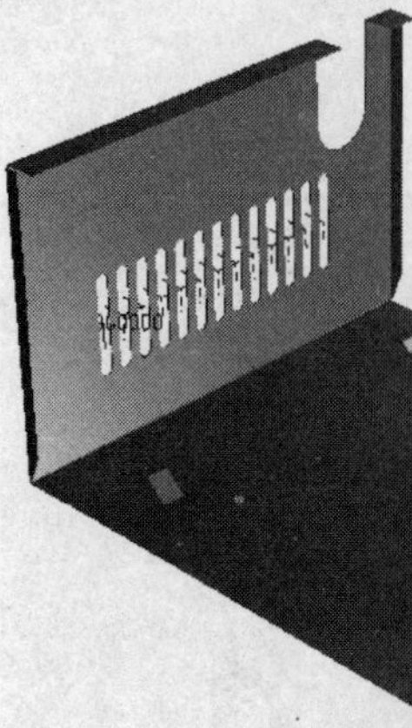

图 3-55 设计完成图

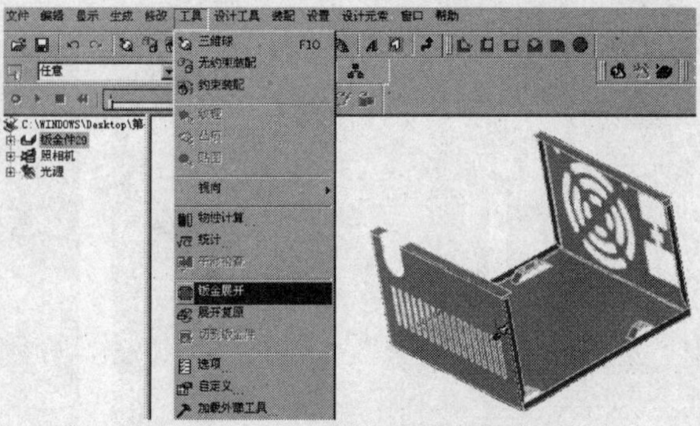

图 3-56 【钣金展开】选项

图 3-57 展开料

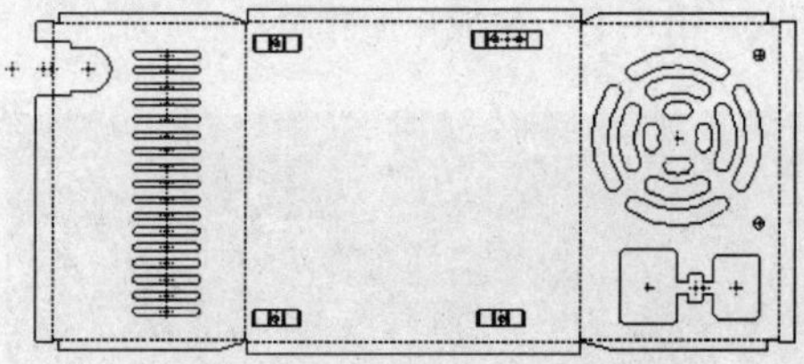

图 3-58 展开料的图样生成

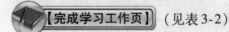

【完成学习工作页】（见表 3-2）

表 3-2 完成学习工作页

序 号	名 称	数 量	格 式	备 注
1	CAXA 钣金设计文件	1	. ics	三维造型作品
2	钣金展开料的图样文件	1	. ics	展开料的图样作品
3	本项目学习总结	1	word 文档	总结学习本项目的体会和收获

【小贴士】

金属钣金件是指以金属薄板为材料，通过塑性变形而制成的零件或产品。金属板材是一类重要的产品造型材料，钣金件在当代工业产品中应用十分广泛，如汽车、电焊机、加油机、加气机以及一些工业仪器等均是典型的钣金件。随着市场竞争的日渐激烈以及业内人士审美品位的提高，这些原本被认为不需要进行外观设计的产品，其外观造型的质量日益受到业内重视。因而，研究金属钣金件产品的成型工艺与产品造型的关系便显得十分重要而紧迫，这对于相关企业及设计师来说都是非常有意义的。

【教学评价】（见表3-3、表3-4、表3-5）

表3-3　学生自评表

姓　　名		班　　级		学　　号	
项 目 编 号	3	项 目 名 称	电源盒的钣金设计	完 成 日 期	
项 目 内 容			分　　值	得　　分	
独立完成电源盒的钣金设计			40		
编辑板料截面重新生成图素			10		
生成型孔与冲孔			10		
钣金件的展开			10		
团结互助			10		
拓展学习能力			20		
总　　分			100		
个人任务完成情况： （在对应位置打"√"）			提前完成		
			准时完成		
			超前完成		
个人认为完成好的方面					
个人认为完成不满意的方面					
值得改进的方面					
自我评价				非常满意	
				满意	
				不太满意	
				不满意	

表3-4　小组成员互评表

被 评 学 生		承 担 任 务	
考 核 项 目	考 核 内 容	满　　分	得　　分
社会能力	尊敬师长	10	
	尊重同学	10	
	相互协作	8	
	主动帮助他人	10	

（续）

被评学生			承担任务	
考核项目	考核内容		满　分	得　分
学习态度 学习能力	出勤	迟到	3	
		早退	3	
		旷课	6	
	学习态度认真		10	
	能独立思考解决问题		10	
动手能力	使用软件的熟练程度		20	
	创造性		10	
合　计				
评　语				
评　价　人			学　号	

表3-5　教师评价表

班　级		姓　名		项　目 名　称	电源盒的钣金设计	
组　别		学　号				
评分内容				分　值	得　分	备　注
按时完成工作任务				40		
编辑板料截面重新生成图素				30		
生成型孔与冲孔						
钣金件的展开						
是否能独立解决学习中所遇到的问题				10		
是否能帮助他人共同进步						
是否具有知识的迁移能力及创造性						
小组间的评价客观性				10		
上交文档是否齐全、正确				10		
总　分				100		
评　语						
评价教师						

【学后感言】

【思考与练习】

1. 钣金件设计中，用户如何定义新的板料厚度或修改板料的参数？
2. 钣金件如何生成一些不规则形状的凸起？

项目4

自行车中轴的装配

装配设计是在零件设计的基础上，进一步对零件进行组合或配合，以满足机器的使用要求和实现设计功能。装配设计内容的重点不在于几何造型设计，而在于几何体的空间位置关系。CXAX 实体设计的装配功能非常强大，可以利用三维球、约束/非约束装配、智能标注、空间坐标等工具实现任何实体或曲面的复杂装配，自行车中轴的装配属于轴类零件的装配，是装配设计中较为简单的内容，零件间几乎都有共轴的几何配合关系。

【学习目标】

知识目标

1. 掌握插入零件/组件的方法。
2. 学会利用设计树来修改装配件。
3. 掌握三维球定位控制方法，完成零件的装配定位。
4. 学会无约束装配定位工具的使用。
5. 能够利用干涉检查进行装配设计的检验。

技能目标

使用 CAXA 实体设计软件，完成自行车中轴的造型及装配设计。

【工作任务】（见表 4-1）

表 4-1　任务书

适用专业：数控技术		学时：10	
项目名称：自行车中轴的造型及装配		项目编号：4	
姓名：	班级：	日期：	实训室：
一、项目目标 通过本项目的学习，了解 CXAX 实体设计的装配功能。CXAX 实体设计利用三维球、约束/非约束装配、智能标注、空间坐标等工具能实现任何实体或曲面的复杂装配，在本项目中要求学生能够利用三维球、非约束装配功能完成自行车中轴的装配。 掌握插入零件/组件的方法，学会利用设计树修改装配件，通过三维球、无约束装配的定位控制进行装配定位，同时使学生学会装配设计检验。			

（续）

二、本学习项目内容

1. 掌握插入零件/组件的方法。
2. 学会利用设计树来修改装配件。
3. 掌握三维球定位控制方法，完成零件的装配定位。
4. 学会无约束装配定位工具的使用。
5. 能够利用干涉检查进行装配设计的检验。

三、教学方法

任务驱动法、小组讨论法、演示法等。

自行车中轴零件

四、上交材料

序号	名称	数量	格式	备注
1	CAXA 文件	1	. ics	自行车中轴的装配作品
2	学生自评表	1	word 文档	对工作过程及成果进行评价
3	小组成员互评表	1	word 文档	同组同学进行互评及对协作建议
4	本项目学习总结	1	word 文档	总结学习本项目的体会和收获

五、教学条件

1. 硬件要求：学生机 40 台，教师机 1 台，多媒体设备一套。
2. 软件要求：CAXA 实体设计，“极域电子教室”软件（广播软件）。

六、教学资源

教学录像、多媒体课件、丰富的网络资源、CAXA 软件实用教程、本校特色教材。

七、教学评价

教师评价：70%；学生自评：20%；学生互评：10%。

【知识准备】

一、插入零件/组件

在 CAXA 实体设计中，可以利用已有的零部件生成装配件。

单击【装配】工具条中的【插入零件/装配】选项，系统出现【插入零件】对话框，如图 4-1 所示。

在查找范围中选择零部件所在的地址，选择文件名，然后单击【打开】按钮，则零部件插入到当前设计环境中。

二、三维球定位控制

除外侧平移操纵件外，三维球工具还有一些位于其中心的定位操纵件。这些工具为操作对象提供了相对于其他操作对象上的选定面、边或点的快速轴定位功能，也提供了操作对象的反向或镜向功能。利用这些操纵件可对操作对象的三个轴实施定位操作，就像移动操纵件一样。

1. 定位三维球轴

选定某个轴后，在该轴上单击鼠标右键，从随之弹出的菜单中选择下述选项即可确定特定的定位操作特征：

【到点】：选择此选项可使三维球上选定轴与从三维球中心延伸到第二个操作对象上选定点的一条虚线平行对齐。

【到中心点】：选择此选项可使三维球上选定轴与从三维球中心延伸到圆柱操作对象一端或侧面中心位置的一条虚线平行对齐。

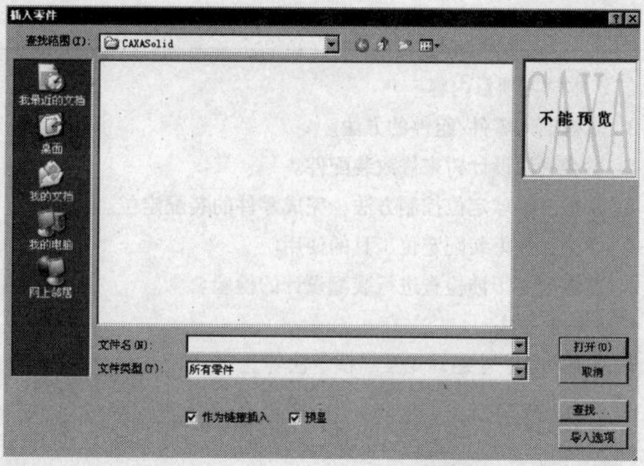

图4-1 “插入零件”对话框

【点到点】：选择此选项可使三维球的选定轴与第二个操作对象上两个选定点之间的一条虚线平行对齐。

【与边平行】：选择此选项可使三维球的选定轴与第二个操作对象的选定边平行对齐。

【与面垂直】：选择此选项可使三维球的选定轴与第二个操作对象的选定面垂直对齐。

【与轴平行】：选择此选项可使三维球的选定轴与第二个圆柱形操作对象的轴平行对齐。

【反向】：选择此选项可使三维球的当前位置相对于指定轴反向。

【镜向】：选择下述选项定义【镜向】操作：

- 【移动】：选择此选项可使三维球的当前位置相对于指定轴镜向并移动操作对象。
- 【拷贝】：选择此选项可使三维球的当前位置相对于指定轴镜向并生成操作对象的备份。
- 【链接】：选择此选项可使三维球的当前位置相对于指定轴镜向并生成操作对象的链接复制。

【编辑方向】：选择此选项可为选定三维球手柄的方向设定相应的坐标。

2. 定位三维球的球心

【到点】：选择此选项可使三维球的中心与第二个操作对象上的选定点对齐。

【到中心点】：选择此选项可使三维球的中心与某个圆柱形操作对象的一端或侧面的中心点对齐。

【到中点】：选择此选项可使三维球的中心与边的中点对齐，可以是两点之间的中点或是两面之间的中点。

【编辑位置】：选择此选项可设置长度、宽度和高度值来定义三维球相对于背景栅格轴的中心位置。

三、利用无约束装配定位工具

采用【无约束装配】工具可参照源零件和目标零件快速定位源零件。在指定源零件重定位/或重定向操作方面，CAXA实体设计提供了极大的灵活性。

激活【无约束装配】工具并在源零件上移动光标，以显示出可通过按“空格”键予以改变的黄色对齐符号。源零件相对于目标零件作点到点移动，可考虑也可不考虑方位，或仅以相对于目标零件平面的空间导向。

四、装配设计

插入零部件，经过定位后，表面上看已经形成了装配体，但打开设计树或者在设计环境中单击选择零件，就会发现，这些零件依然是独立的个体，并没有真正形成上下级、装配体所包含零件的关系。要形成装配关系，需要使用装配工具。

装配件中的两个独立零件的组件可能会在同一位置时发生相互干涉。所以在装配件中经常检查零件之间的相互干涉。

以下为进行干涉检查的步骤：

1）选择需要作干涉检查的项。若要在设计环境中进行多项选择，则应按住“Shift”键，然后在零件或装配状态单击鼠标选择。若要在【设计树】中作多项选择，则应在单击鼠标时按住“Shift”键或“Ctrl”键（应根据被选择项是否连续出现在树结构中来确定）。若要选择全部设计环境组件，可从【编辑】菜单中选择【全选】选项。

2）从“工具”菜单中选择【干涉检查】选项。如果所作的选择对干涉检查无效或者如果在零件编辑状态未作任何选择，此选项将呈不可用状态。

【任务实施】

教学组织实施建议：任务驱动法、演示法、讨论法、自主学习法等。

一、打开教程文件

选择【文件】/【打开文件】菜单命令，在本书所附光盘内的装配文件夹中找到文件“中轴零件图 . ics”，读入后设计环境中共有图4-2所示的8种零件。

图4-2 读入的中轴零件

二、装配中轴套

1）选择【显示】/【设计树】命令，打开零件设计树。

2）在设计树里选择【中轴套】选项，使其处于装配件编辑状态，然后选择【工具】/【无约束装配】命令。

3）选择图4-3所示的圆（A），外圆变成绿色，并出现黄色箭头。然后选择【中轴杆】左端的外圆轮廓（B）。

4）单击【无约束装配】按钮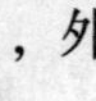，结束【无约束装配】，结果如图4-4所示。

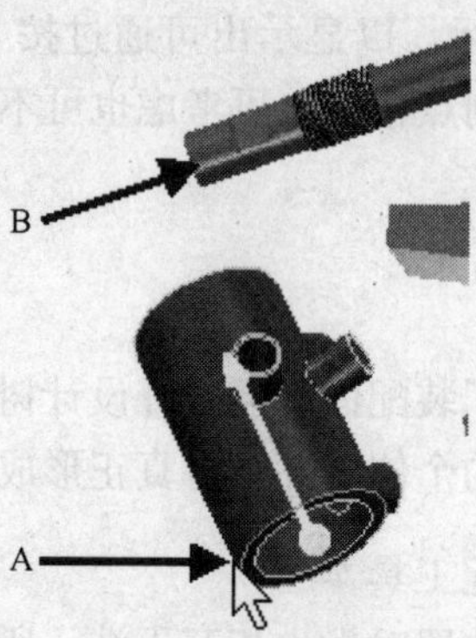

图 4-3 应用【无约束装配】

图 4-4 完成轴杆/轴套定位

5）使轴套处于零件编辑状态，选择【三维球】按钮，激活【三维球】装配工具，然后单击中轴套沿中轴线方向的定位手柄，向右移动 120mm，如图 4-5 所示。

6）按“F10”键，关闭【三维球】命令。

注意：应用【无约束装配】和【三维球】工具实施的装配无几何约束，如要使用几何约束，可以应用【约束装配】。

图 4-5 移动轴套

三、装配中轴碗

1）在【设计树】中，选择【中轴碗】，单击【无约束装配】按钮，接着选择图 4-6 所示中轴碗的外圆 A，如图 4-6 所示。

2）然后选择图 4-6 所示中轴套的左外圆 B，使外圆 A 和圆 B 相对齐，结果如图 4-7 所示。

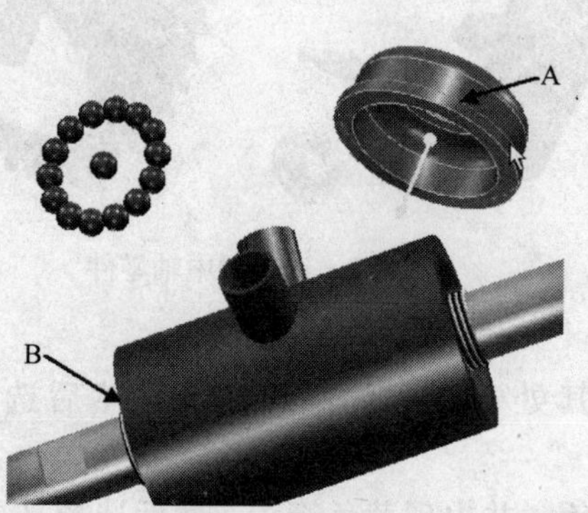

图 4-6 选中轴碗

图 4-7 完成中轴碗的装配

四、滚动体装配

1）在【设计树】中，选择【中轴碗】，单击【三维球】按钮，激活三维球。按

“空格”键，三维球变成白色。右键单击三维球中心手柄，在弹出的菜单中选择【到中心点】命令，接着选择中间滚动体零件，如图4-8a所示，将三维球移到滚动体的中心，再次按“空格键”，使三维球变为绿色，结果如图4-8b所示。

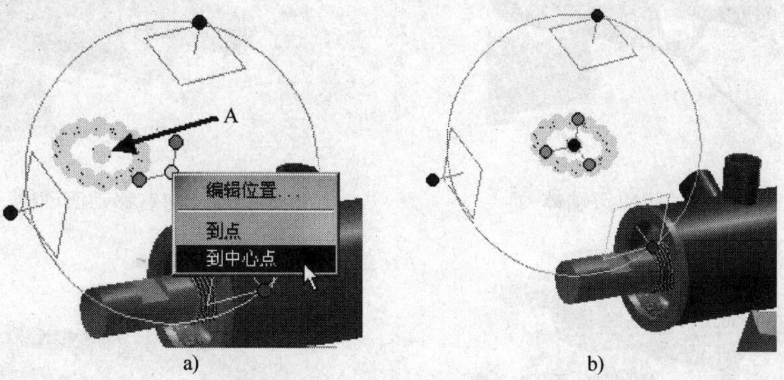

图4-8 选择滚动体零件

2）右键单击图4-9a所示的定向手柄A，图中出现一条黄色的轴线，并在弹出的菜单中选择【与面垂直】命令，接着单击中轴杆的左端面B，结果如图4-9b所示。

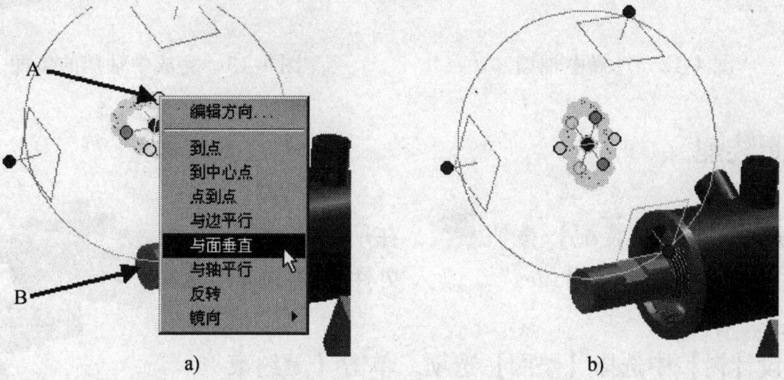

图4-9 定向滚动体

3）右键单击三维球中心手柄，在弹出的菜单中选择【到中心点】命令，选择中轴碗上的外圆A，结果如图4-10所示。

4）单击水平方向的手柄，将滚动体沿中轴杆的轴线方向向右移动4mm，结果如图4-11所示。

5）单击“F10”键，关闭【三维球】命令。

五、装配中轴挡

1）中轴挡的装配和前面的类似。在【设计树】中，选择【中轴挡】选项，单击【无约束装配】按钮，接着选择中轴挡的外圆A，如图4-12所示。

2）然后选择图4-12的中轴碗的左外圆B，使外圆A和圆B相对齐，结果如图4-13所示。

3）单击【无约束装配】按钮，结束无约束装配。

图 4-10　定位滚动体

图 4-11　向右移动滚动体

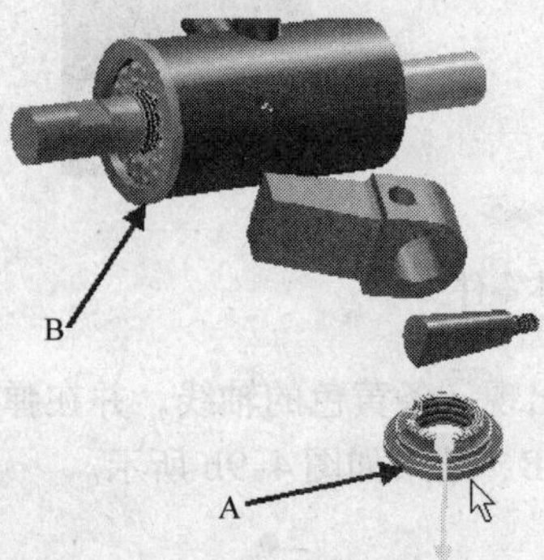

图 4-12　选择中轴挡

图 4-13　完成中轴挡的装配

六、垫圈装配

1）单击【插入零件/装配】按钮，在所附光盘内装配文件夹中找到文件“垫圈.ics”。读入文件后结果如图 4-14 所示。

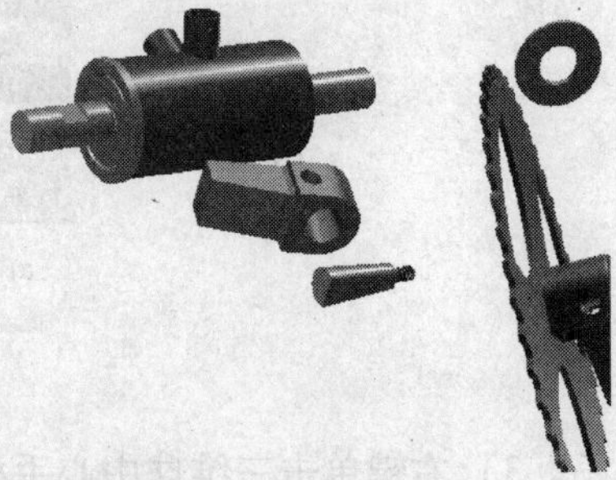

图 4-14　插入垫圈零件

2）在【设计树】中选择【垫圈】选项，单击【无约束装配】按钮，接着选择垫圈的外圆 A，如图 4-15 所示。

3）然后选择中轴碗的左外圆 A，当光标移动到圆 A 位置时，按“空格”键，切换垫圈的位置，结果如图 4-16 所示。

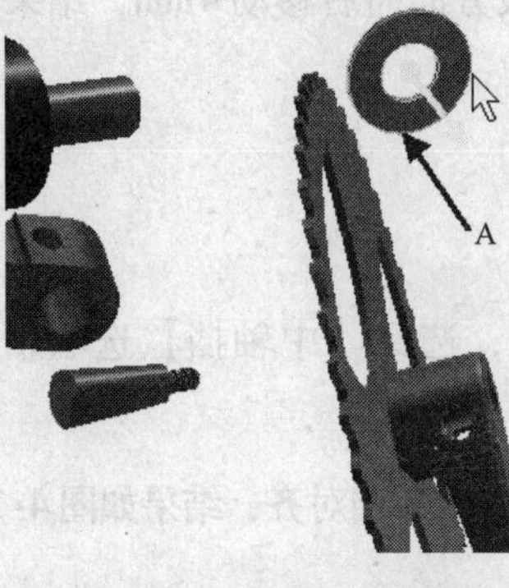

图 4-15　选择垫圈外圆

图 4-16　装配垫圈

4）单击【无约束装配】按钮，结束无约束装配。

5）单击【插入零件/装配】按钮，在所附光盘内的装配文件夹中找到文件“垫圈2. ics”，读入后结果如图4-17所示。

6）采用同样的操作，将第二垫圈装配到中轴垫圈左侧，结果如图4-18所示。

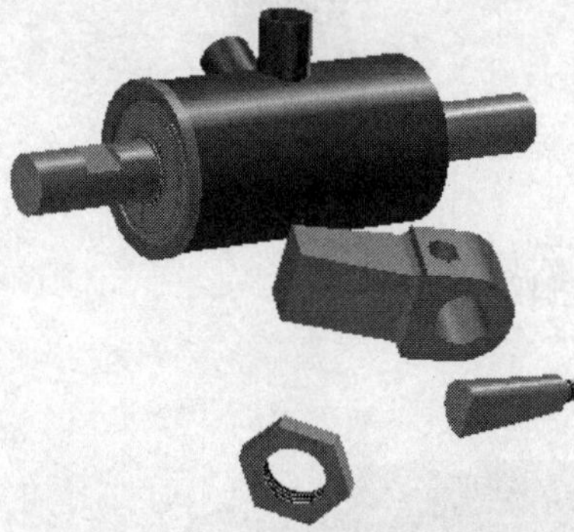

图4-17　插入第二个垫圈

图4-18　装配第二个垫圈

七、装配左脚蹬

1）在【设计树】中选择【左脚蹬】选项，单击【三维球】按钮，右键单击定位手柄A，在弹出的菜单中选择【与面垂直】命令，接着单击中轴杆的左端面B，如图4-19所示。

2）右键单击定向手柄A，在弹出的菜单中选择【与边平行】命令，接着单击中轴杆上凹槽上的边B，如图4-20所示。

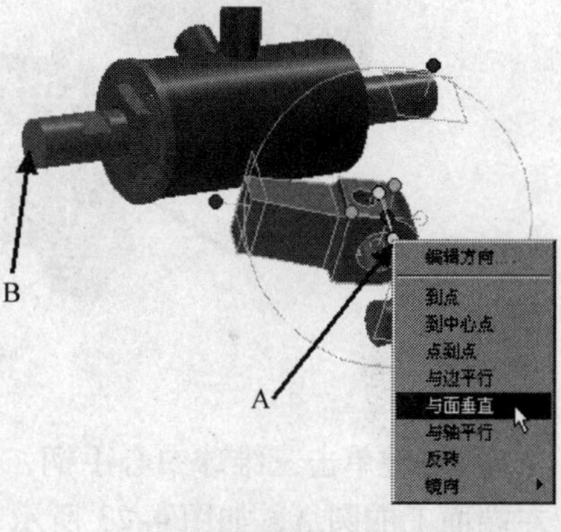

图4-19　选择定位方式

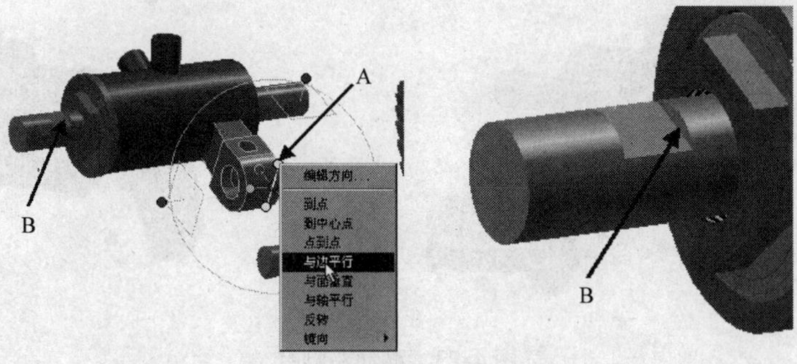

图4-20　定向脚蹬

3）单击手柄A，使左脚蹬绕轴B旋转180°，结果如图4-21所示。

4）按“空格”键，三维球变成白色。右键单击三维球中心手柄，在弹出的菜单选择【到中心点】命令，接着选择左脚蹬圆洞上的圆A，将三维球移到圆洞的中心，再按“空

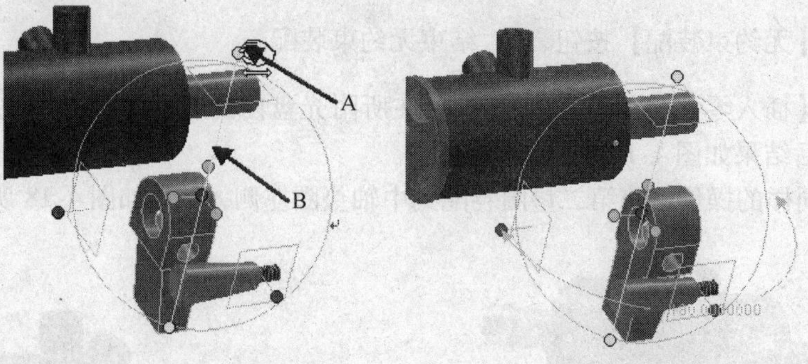

a)　　　b)

图4-21　定位左脚蹬

格”键，使三维球变为绿色，结果如图4-22所示。

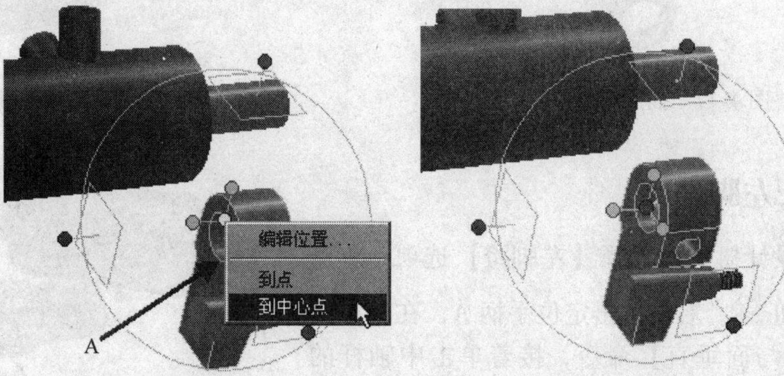

图4-22　定位三维球位置

5）右键单击三维球中心手柄，在弹出的菜单中选择【到中心点】命令，接着选择中轴杆左端面上的圆A，如图4-23所示。

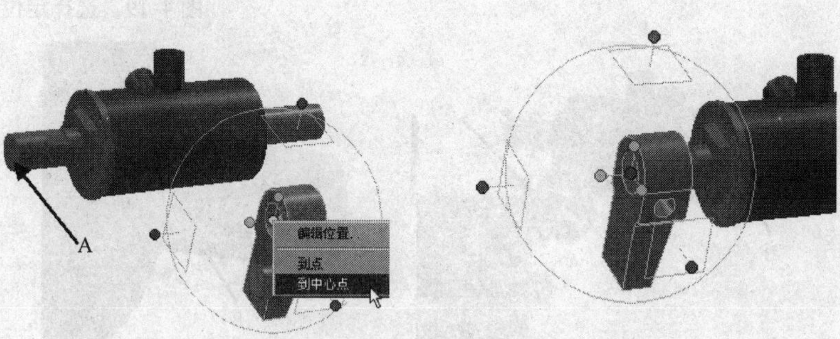

图4-23　移动左脚蹬

6）单击轴向的手柄，沿轴向方向向右拖动手柄移动4mm，结果如图4-24所示。

7）将左脚蹬绕轴A旋转180°，结果如图4-25所示。

8）按“F10”键，关闭三维球命令。

图 4-24 移动左脚蹬

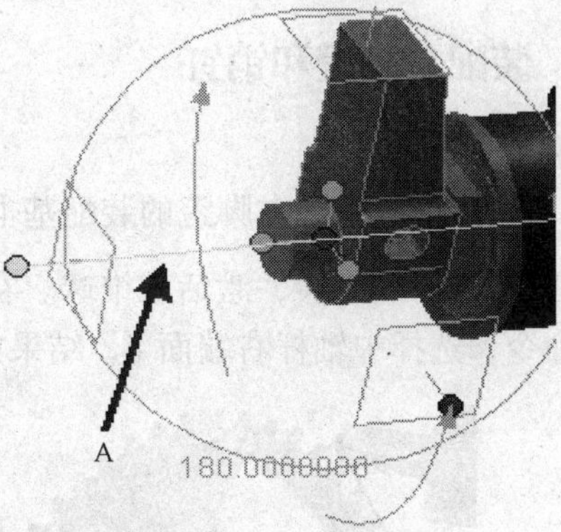

图 4-25 旋转左脚蹬

八、利用镜向拷贝零件

1）在【设计树】中，按住“Shift”键，同时选择【中轴碗】、【滚珠】、【中轴档】选项。单击【三维球】按钮，激活三维球。按“空格”键，三维球变成白色。右键单击三维球中心手柄，在弹出的菜单中选择【到中心点】命令，如图 4-26 所示。

2）选择中轴套突出圆柱上的圆 A，将三维球移到中轴套的中间，结果如图 4-27 所示。

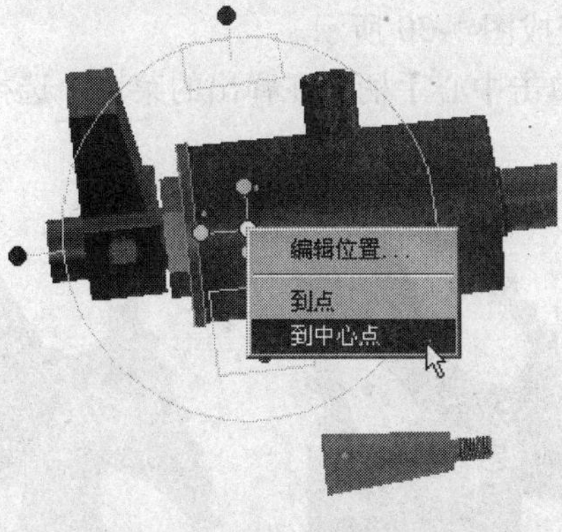

图 4-26 选择三维球移动

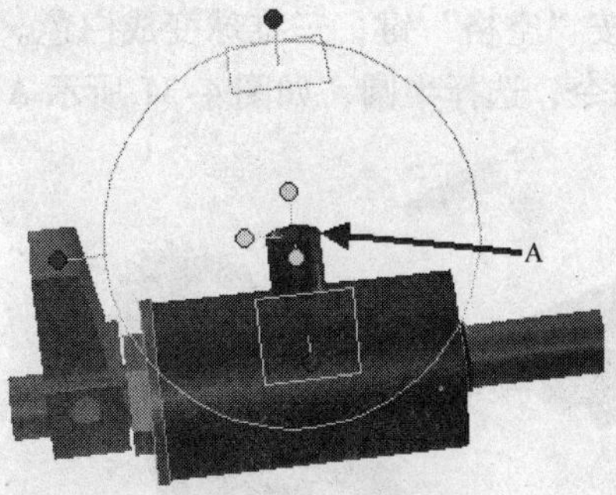

图 4-27 定位三维球

3）如图 4-28 所示，右键单击手柄 A，在弹出的菜单中选择【镜向】/【拷贝】命令，完成零件的镜向。

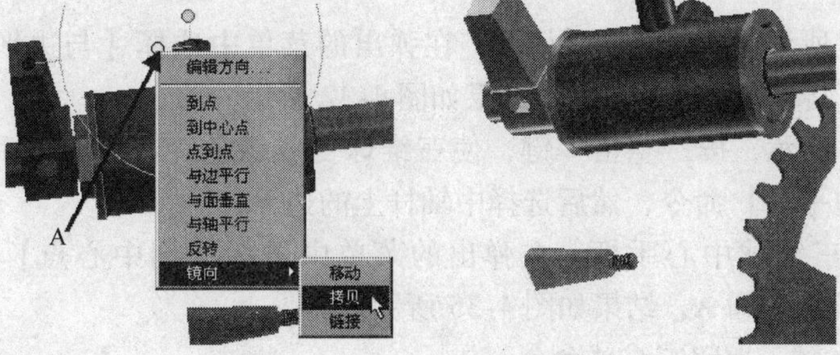

图 4-28 完成零件的镜向

九、装配右脚蹬和销钉

1. 装配右脚蹬

1）右脚蹬的装配和左脚蹬的装配基本相同。在【设计树】中，选择【右脚蹬】选项，单击【三维球】按钮，激活三维球。右键单击定位手柄A，在弹出的菜单中选择【到中心点】命令，选择中轴杆右端面B，结果如图4-29所示。

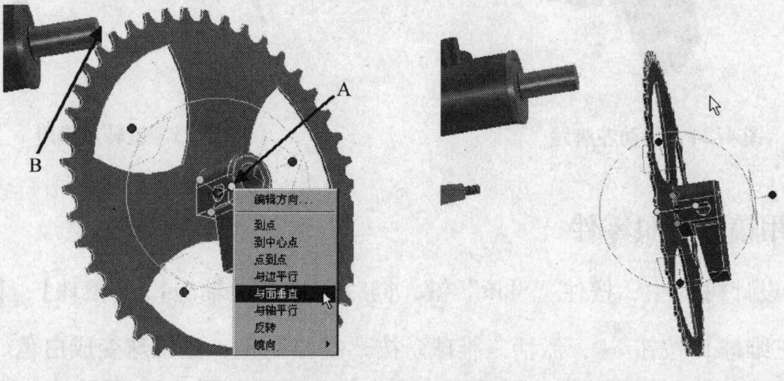

图4-29　定向右脚蹬

2）单击【动态旋转】按钮，将视图转变成图4-30所示。

3）按“空格”键，三维球变成白色。右键单击中心手柄，在弹出的菜单中选择【到中心点】命令，选择半圆，如图4-31所示A。

图4-30　旋转显示视图

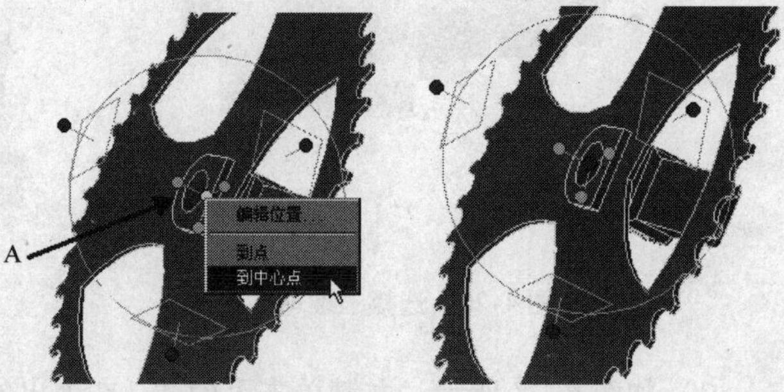

图4-31　定位三维球

4）如图4-32所示，右键单击手柄A，在弹出的菜单中选择【与边平行】命令。单击右脚蹬上的边B，调整三维球的位置，结果如图4-32所示。

5）如图4-33所示，按“空格”键，使三维球变成绿色。右键单击手柄A，在弹出的菜单中选择【与边平行】命令，然后选择中轴杆上的边B。

6）右键单击三维球中心手柄，在弹出的菜单中选择【到中心点】命令，接着选择图4-34所示中轴碗上的圆A，结果如图4-35所示。

7）按“F10”键，关闭三维球命令。

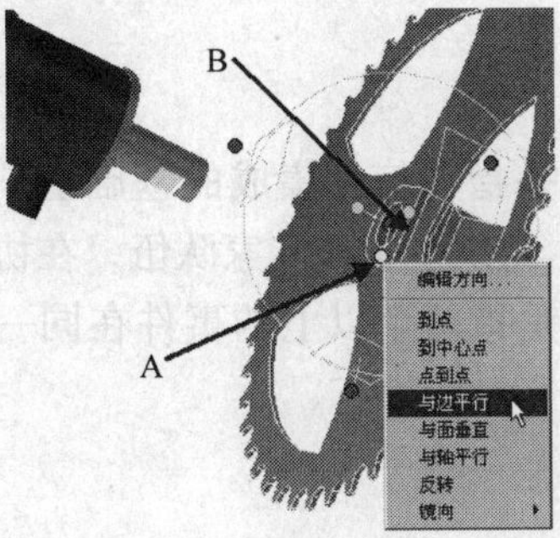

图 4-32 调整三维球位置

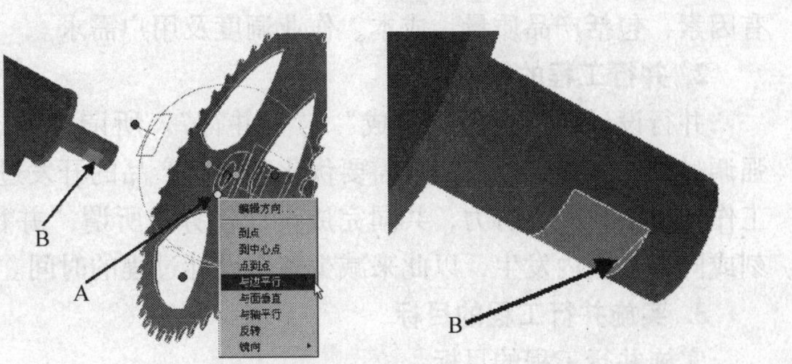

图 4-33 定位右脚蹬

2. 装配销钉

应用【三维球】或【无约束装配】工具，用同样的操作步骤可将用于连接脚蹬和中轴的销钉零件装上，结果如图 4-36 所示。

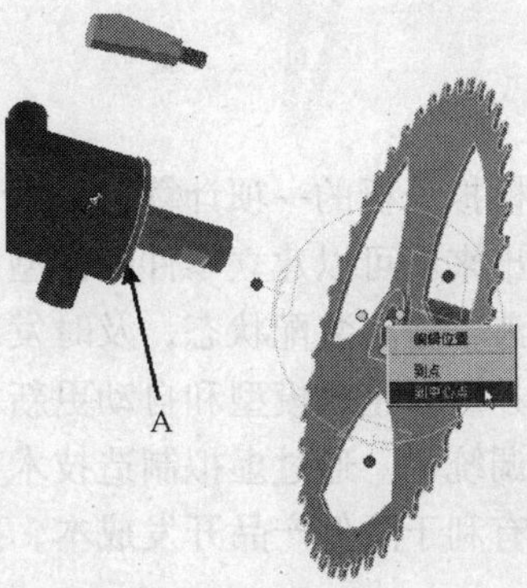

图 4-34 选择右脚蹬的定位方式

图 4-35 完成右脚蹬的装配

图 4-36 完成最后的销钉装配

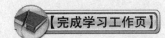

【完成学习工作页】

表 4-2 完成学习工作页

序 号	名 称	数 量	格 式	备 注
1	CAXA 文件	1	. ics	自行车中轴装配作品
2	本项目学习总结	1	word 文档	总结学习本项目的体会和收获

【知识拓展】

1. 并行工程的概念

并行工程（CE），也称并行设计（Conurrent Design）或同步工程（Simultaneous Engineering），其概念是由美国国防部防御分析研究所于 1988 年 12 月首先提出的：CE 是一种系统的集成方法，采用并行方法处理产品设计及相关过程，包括制造和支持过程。这种方法力图使产品开发人员从一开始就能考虑到，产品从概念设计到报废的整个产品生产周期中的所有因素，包括产品质量、成本、作业调度及用户需求。

2. 并行工程的特点

并行设计的特点是“集成”与“并行”。所谓“集成”是指在信息集成的基础上，更强调过程的集成，过程集成需要优化和重组产品的开发过程，组织多学科专家队伍，在协同工作环境下，齐心协力，共同完成设计任务；所谓“并行”是指两个以上的事件在同一时刻或同一时段内发生，以此来减少整个设计过程的时间。

3. 实施并行工程的目标

实施并行工程的目标：

1）提高全过程（设计、工艺、制造、服务）中的质量。

2）降低产品全生命周期（产品设计、制造、发送、服务支持直到报废回收）综合成本。

3）缩短产品开发的周期（缩短设计时间、减少设计反复、减少生产准备直至产品发送时间等），加快上市的速度。这一点也是实施并行工程的首要目标。

【小贴士】

虚拟制造技术，是在虚拟环境下对计算机数据模型进行模拟分析的一项计算机辅助设计技术。利用虚拟制造技术，技术人员不必等待零件全部制造出来就可以建立零件的模型，对这些模型进行虚拟装配，并检查零部件之间的装配间隙和干涉，检查装配状态，及时发现错误，若零件不符合要求，可以在计算机里方便地更改模型，并重新生成模型和自动更新相关的零部件图和装配图，从而实现设计、装配和制造检验的协调统一。通过虚拟制造技术，可以缩短产品的开发周期，有利于提高产品的质量和可靠性，有利于降低产品开发成本，提高企业的竞争力。

【教学评价】（见表4-3、表4-4、表4-5）

表4-3 学生自评表

姓　名		班　级		学　号	
项目编号	3	项目名称	自行车中轴的装配	完成日期	
项目内容			分　值	得　分	
独立完成自行车中轴的装配			40		
三维球定位控制方法			10		
无约束装配定位工具的使用			10		
干涉检查，进行装配设计的检验			10		
团结互助			10		
拓展学习能力			20		
总　分			100		

（续）

姓　名		班　级		学　号	
项目编号	3	项目名称	自行车中轴的装配	完成日期	
项目内容			分值	得　分	
个人任务完成情况： （在对应位置打“√”）			提前完成		
			准时完成		
			超前完成		
个人认为完成好的方面					
个人认为完成不满意的方面					
值得改进的方面					
自我评价			非常满意		
			满意		
			不太满意		
			不满意		

表4-4　小组成员互评表

被评学生			承担任务	
考核项目	考核内容		满　分	得　分
社会能力	尊敬师长		10	
	尊重同学		10	
	相互协作		8	
	主动帮助他人		10	
学习态度 学习能力	出勤	迟到	3	
		早退	3	
		旷课	6	
	学习态度认真		10	
	能独立思考解决问题		10	
动手能力	使用软件的熟练程度		20	
	创造性		10	
合　计				
评　语				
评价人			学　号	

表4-5 教师评价表

<table>
<tr><td>班 级</td><td></td><td>姓 名</td><td></td><td rowspan="2">项 目
名 称</td><td colspan="3" rowspan="2">自行车中轴的装配</td></tr>
<tr><td>组 别</td><td></td><td>学 号</td><td></td></tr>
<tr><td colspan="4">评分内容</td><td>分 值</td><td>得 分</td><td colspan="2">备 注</td></tr>
<tr><td colspan="4">按时完成工作任务</td><td>40</td><td></td><td colspan="2" rowspan="10"></td></tr>
<tr><td colspan="4">三维球定位控制方法</td><td rowspan="3">30</td><td></td></tr>
<tr><td colspan="4">无约束装配定位工具的使用</td><td></td></tr>
<tr><td colspan="4">干涉检查，进行装配设计的检验</td><td></td></tr>
<tr><td colspan="4">是否能独立解决学习中所遇到的问题</td><td rowspan="3">10</td><td></td></tr>
<tr><td colspan="4">是否能帮助他人共同进步</td><td></td></tr>
<tr><td colspan="4">是否具有知识的迁移能力及创造性</td><td></td></tr>
<tr><td colspan="4">小组间的评价客观性</td><td>10</td><td></td></tr>
<tr><td colspan="4">上交文档是否齐全、正确</td><td>10</td><td></td></tr>
<tr><td colspan="4">总 分</td><td>100</td><td></td></tr>
<tr><td>评 语</td><td colspan="7"></td></tr>
<tr><td>评价教师</td><td colspan="7"></td></tr>
</table>

【学后感言】

____

____

____

____

____

【思考与练习】

1. 打开本书所附光盘给定的文件，进行图4-37所示机用台虎钳的装配设计。
2. 打开本书所附光盘给定的文件，进行图4-38所示千斤顶的装配设计。

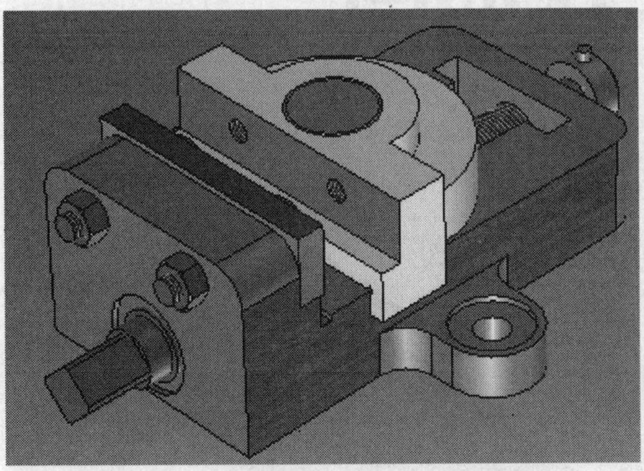

图 4-37　机用台虎钳

图 4-38　千斤顶

项目5

棘轮机构装配及动画

棘轮机构是机械设计中实现周期性间歇运动的一种机构，不同于一般连续、完整的运动机构。图 5-1 所示是一个由棘轮和凸轮构成的一对运动副，凸轮是主动轮，棘轮是从动轮，当主动轮作循环往复摆动旋转时可以拨动棘轮也作往复转动。本项目先学会棘轮的装配过程动画模拟，再进行凸轮与棘轮运动合成，重点是保证凸轮与棘轮的协调运动。

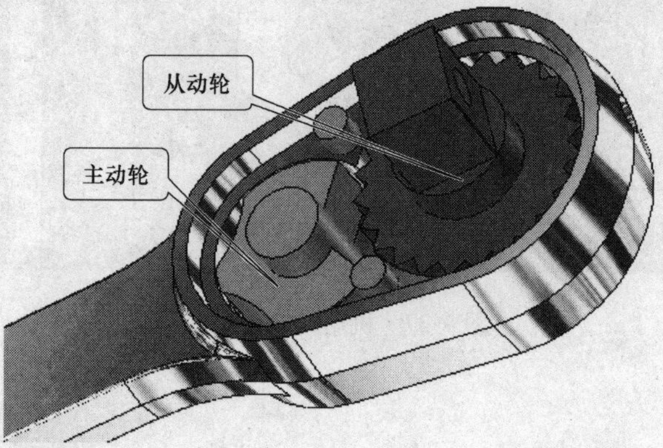

图 5-1　棘轮/凸轮机构

【学习目标】

知识目标

1. 利用三维球，完成棘轮、凸轮及其他零件的装配。
2. 利用智能动画向导，创建动画方法，完成棘轮机构的装配动画。
3. 利用关键帖调整动画路径。
4. 学会利用智能动作编辑器编辑动画，完成凸轮与棘轮运动合成。

技能目标

使用 CAXA 实体设计软件，完成机械产品的装配及动画设计。

【工作任务】（见表 5-1）

表 5-1　任务书

<table>
<tr><td colspan="2">适用专业：数控技术</td><td colspan="2">学时：16</td></tr>
<tr><td colspan="2">项目名称：棘轮机构装配及动画</td><td colspan="2">项目编号：5</td></tr>
<tr><td>姓名：</td><td>班级：</td><td>日期：</td><td>实训室：</td></tr>
<tr><td colspan="4">一、项目目标
通过本项目的学习，使学生进一步巩固利用“三维球”进行装配的技巧，通过“智能动画向导”学习，使学生掌握简单动画的创建方法，并能够利用“关键帖”调整“动画路径”，同时通过“智能动作编辑器”学习，使学生能够利用“智能动作编辑器”编辑动画。</td></tr>
</table>

（续）

本项目应先学会棘轮的装配过程动画模拟，再进行凸轮与棘轮运动合成，重点是保证凸轮与棘轮的协调运动。

二、本学习项目内容

1. 利用三维球，完成棘轮、凸轮及其他零件的装配。

2. 利用智能动画向导、创建动画方法，完成棘轮机构的装配动画。

3. 利用关键帖调整动画路径。

4. 学会利用“智能动作编辑器”编辑动画，完成凸轮与棘轮运动合成。

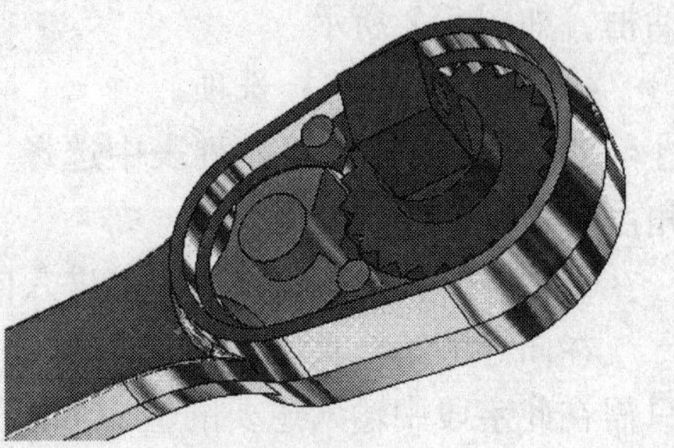

棘轮机构

三、教学方法

任务驱动法、小组讨论法、演示法等。

四、上交材料

序　号	名　称	数　量	格　式	备　注
1	CAXA 文件	1	. ics	棘轮机构装配作品
2	棘轮机构动画视频	1	. avi	棘轮机构动画作品
3	学生自评表	1	word 文档	对自己的工作过程及成果进行评价
4	小组成员互评表	1	word 文档	同组同学进行互评及对协作建议
5	本项目学习总结	1	word 文档	总结学习本项目的体会和收获

五、教学条件

1. 硬件要求：学生机40台，教师机1台，多媒体设备一套。

2. 软件要求：CAXA 实体设计，“极域电子教室”软件（广播软件）。

六、教学资源

教学录像、多媒体课件、丰富的网络资源、CAXA 软件实用教程、本校特色教材。

七、教学评价

教师评价：70%；学生自评：20%；学生互评：10%。

【知识准备】

一、智能动画向导

创建自定义动画轨迹最简单的方法是使用智能动作向导。虽然向导中可用动作的范围是有限的，但对于许多常用动作来说仍是较好的起点。

利用智能动画向导，可以创建三种类型的动画，即绕某一坐标轴旋转、沿某一坐标轴移动或自定义动画。这些运动的定义都是以定位锚为基准的，如，添加绕高度方向旋转动画，则物体围绕自身的定位锚的长轴旋转。

1. 旋转动画

1）新建一设计环境。

2）从【图素】设计元素库中将一个圆柱体拖放到设计环境的左下角。

3）从【智能动画】工具栏中选择【智能动画】按钮，系统弹出【智能动画向导】对话框，如图5-2所示。

4）选择【旋转】选项。

5）从【旋转】下拉列表中选择“绕长度方向轴”选项，在第二个输入框里定义旋转的角度，默认值为“360”。

6）单击【下一步】按钮，进入向导的第2页。

在向导的第2页中，指定【运动持续的时间】，输入“5”s。要调整动画的持续时间，只需在此字段中输入想要的值，如图5-3所示。

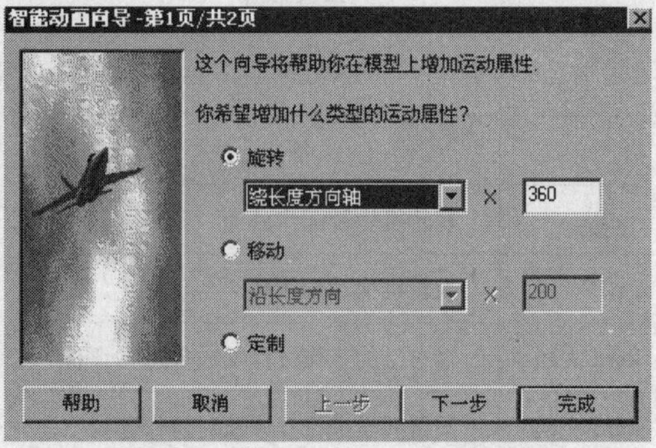

图5-2 【智能动画向导】对话框

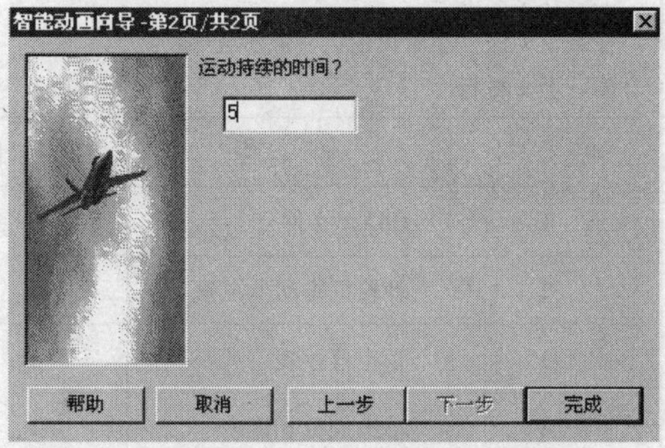

图5-3 智能动画向导的第2页

7）单击【完成】按钮关闭向导。

8）单击【智能动画】工具栏上【打开】按钮，如图5-4所示，然后单击【智能动画】工具栏上的【播放】按钮，即可播放动画。

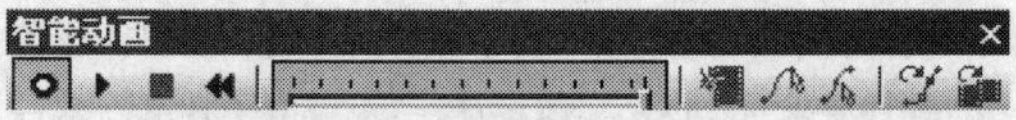

图5-4 “智能动画”工具栏

2. 直线移动动画

1）继续上一个设计。进行其他操作前，首先单击【智能动画】工具栏上的【打开】按钮，以退出动画播放状态。

2）选择圆柱体，从【智能动画】工具栏中选择【智能动画】按钮，系统弹出【智能动画向导】对话框，如图5-2所示。

3）选择【移动】选项。

4）从【移动】下拉列表中选择“沿长度方向”选项，并且在第二个输入框中输入移动的距离值。

5）单击【下一步】按钮，进入向导的第2页。在向导的第2页中，指定【运动持续的时间】，使用默认值“2”。

6）单击【完成】按钮关闭向导。

此时，向导将消失，动画路径在设计环境中显示，并且动画已经可以播放。

7）单击【智能动画】工具栏上【打开】按钮，然后单击【智能动画】工具栏上的【播放】按钮，即可播放动画。

3. 定制动画

在实体设计中，除了可以添加旋转和直线移动两种简单动画外，还可以添加丰富的自定义动画。操作者可以使用定制动画来自定义实体的运动路径。

1）从【图素】设计元素库中将一个长方体拖放到设计环境的左下角。

2）从【智能动画】工具栏中选择【智能动画】按钮，系统弹出【智能动画向导】对话框，如图5-5所示。

3）选择【定制】选项。

4）如果希望修改默认的时间，单击【下一步】按钮。也可以直接单击【完成】按钮，保留默认的时间设置。

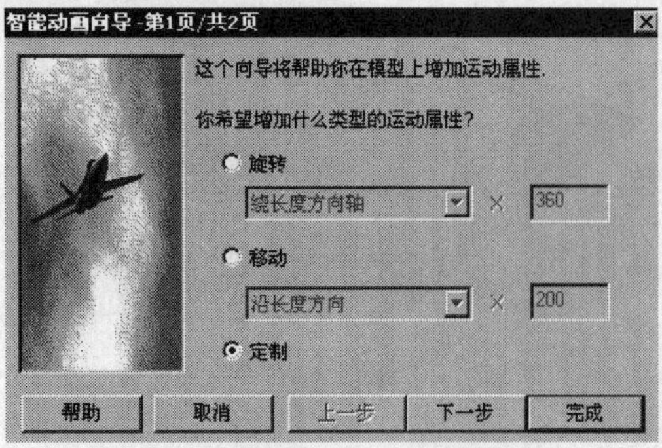

图5-5 【智能动画向导】对话框

为了创建零件的自定义动画路径，将使用一些【智能动画】工具栏上的时间栏滑块右侧的工具。这些工具包括：【智能动画】按钮、【延长路径】按钮、【插入关键点】按钮、【下一个关键点】按钮和【下一个路径】按钮。如图5-6所示。

CAXA实体设计目前显示一个动画栅格，圆柱体位于该栅格的中央。因为目前只定义了一个关键帧，所以不能使用【智能动画】工具栏来播放动画，长方体不能移动，如图5-7所示。

图5-6 “智能动画”工具栏

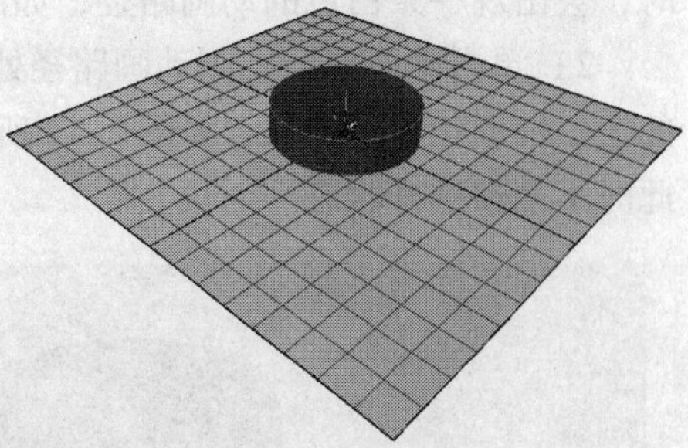

图5-7 圆柱体

5）按下【延长路径】按钮，如图5-8所示。

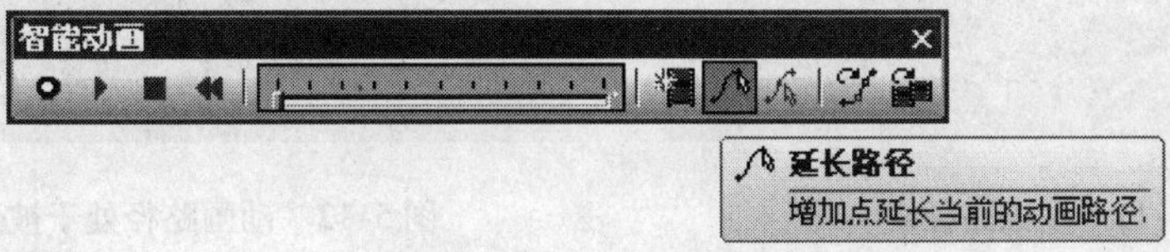

图 5-8

6）在栅格上单击鼠标左键，以创建第二个关键点。

如果选择动画栅格外面的点，则CAXA实体设计将自动扩展栅格，被选中的点，出现一个蓝色轮廓的圆柱体形状，在它的定位点有一个红色小手柄，如图 5-9 所示。

7）单击栅格左前边缘附近的某个点，创建第三个关键点，如图 5-10 所示。

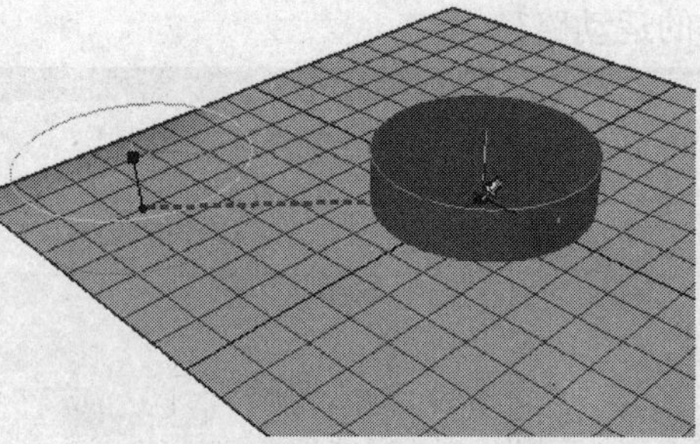
图 5-9

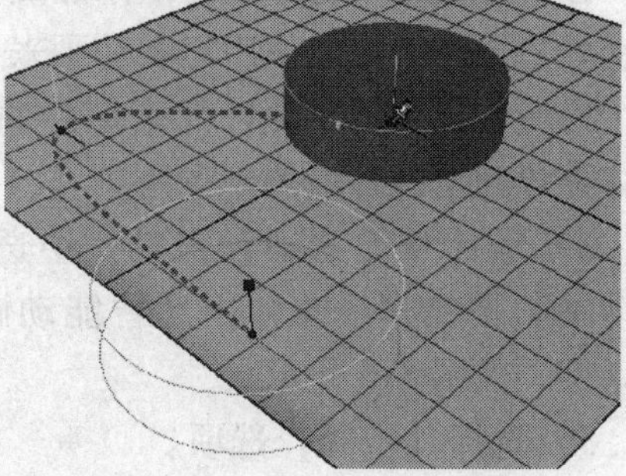
图 5-10

8）弹起按下的【延长路径】按钮。

9）播放该动画，可以看到长方体沿着用户自定义的路径运动。

二、动画路径与关键帧

实体设计的动画设计中，实体的运动路径是由动画路径控制的，而动画路径是由关键帧组成的，所以，改变关键帧的方向与位置，即可改变实体的运动路径。

1. 动画路径与关键帧

1）除了旋转动画，直线移动和定制动画都有一条动画路径。当零件处于被选择状态时，会出现一条白色的动画路径，如图 5-11 所示。

2）单击动画路径，则动画路径处于黄色被选择状态，其上的关键帧则以蓝绿色带红点的定位锚形状显示出来，如图 5-12 所示。此时可以修改动画路径的方向等属性，但关键帧此时不是被选择状态。

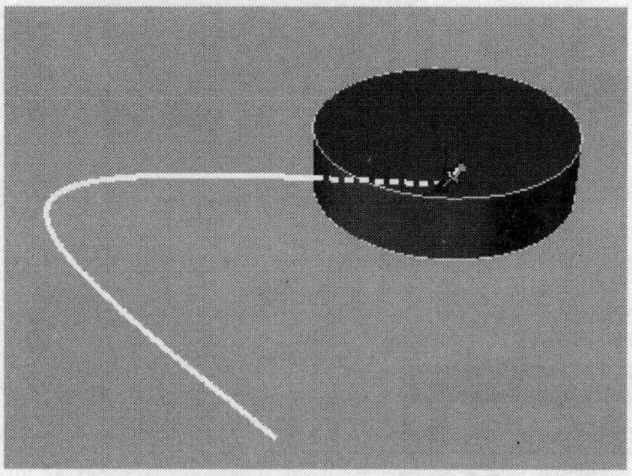
图 5-11　动画路径线

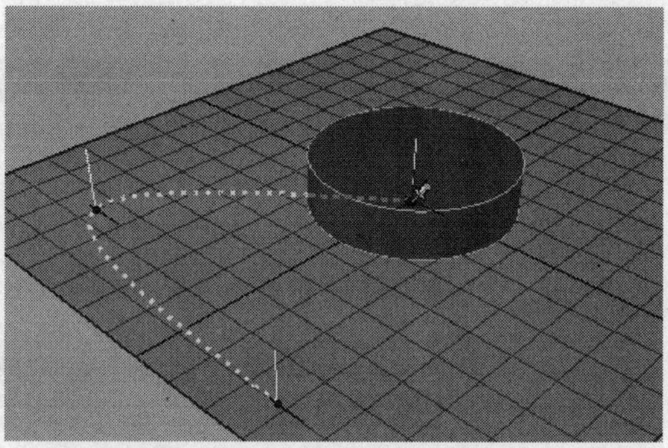
图 5-12　动画路径处于被选择状态

3）将鼠标移到关键帧的定位点，即每个关键帧的小红点处，鼠标变成“小手”图标，此时单击鼠标左键，则选择了关键帧，被选中的点，出现一个蓝色轮廓的圆柱体形状，在它的定位点有一个红色小手柄，如图 5-13 所示。此时，可以对关键帧的位置和方向进行调整，从而改变整个零件的动画路径。

2. 插入关键帧、延长动画路径

1）单击长方体，显示其动画路径。

2）单击路径，选中路径并显示动画关键帧。

3）选择【智能动画】工具栏中的【插入关键帧】工具。

4）在路径上选择想要插入新的关键帧的位置。

将光标移至路径上时，它将变成一个“小手”。当“小手”在想要的位置上时，单击鼠标左键，即可在此位置插入关键帧，如图5-14所示。

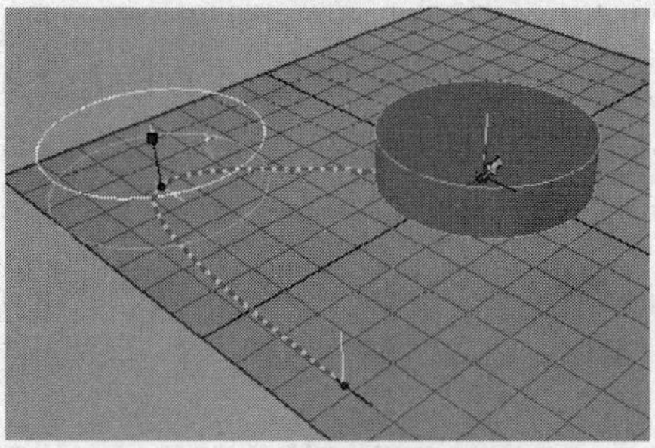

图5-13　关键帧处于被选择状态

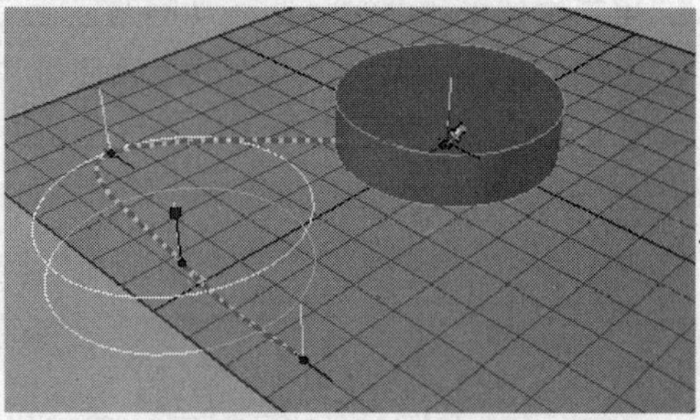

图5-14　插入关键帧

5）取消对【插入关键帧】的选择。

6）播放动画，并观察修改后的路径。

3. 删除关键帧

当不需要某些关键帧时，可以选择删除关键帧。

1）单击长方体，显示其动画路径。

2）单击路径，选中路径并显示动画关键点。

3）在想要删除的关键点的红色小手柄上单击鼠标右键。

4）从随后弹出的菜单中选择【删除】选项，如图5-15所示。

4. 拖放关键帧调整动画路径

如果需要修改动画路径上某关键帧的位置，重新确定它在动画栅格上的位置，则将光标移至关键帧的红色小手柄上面，直到它变成一个“小手”。单击关键点并将它拖到一个新位置，然后释放，此时，就修改了关键帧的位置，如图5-16所示。

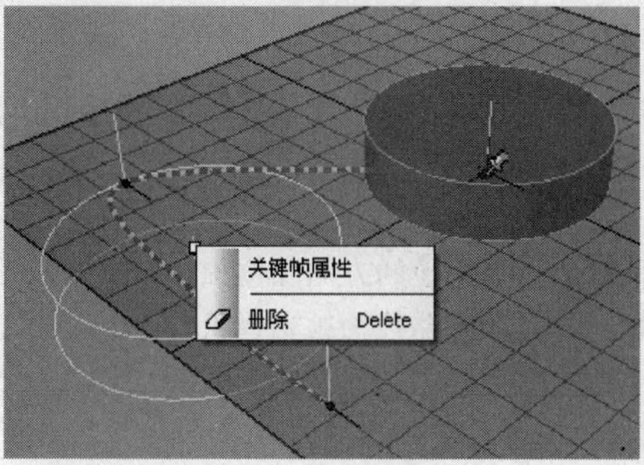

图5-15　删除关键帧

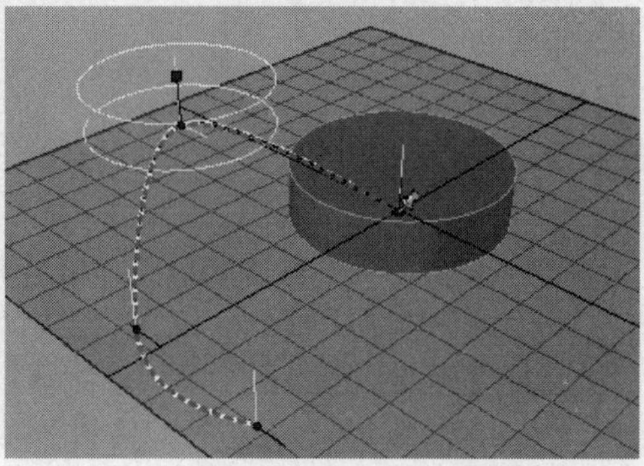

图5-16　拖放关键帧调整动画路径

以上所讲述的动画制作过程都是在动画栅格平面内进行的，有时我们需要制作脱离该平面、在其上或其下的动画。

用以下步骤在动画栅格平面上面或下面设置动画路径：

1）单击想要修改的关键点，圆柱体的蓝色轮廓出现，中央有红色的小手柄，上方有红色的大手柄。

2）单击红色的大手柄并向上拖动，将关键点重新定位在动画栅格平面的上方，在想要的高度释放，如图5-17所示。

3）播放动画，此时将看到长方体会沿着动画路径先向上运动，再向下运动。

5. 用三维球操作关键帧调整动画路径

在CAXA实体设计中，三维球无疑是非常方便的定位工具。三维球也可以附着在关键帧上，用来调整关键帧的方向和位置。在动画路径的关键帧处调整零件的方位，CAXA实体设计会把方位调整运用在此关键帧两个相邻的关键帧之间。

在某个特定关键帧旋转零件：

1）单击圆柱体，再单击其动画路径。

2）单击第三个关键帧。

3）选择【标准】工具栏中的【三维球】工具或按“F10”打开三维球工具，三维球在第三个关键帧的蓝色长方体轮廓上面显示，如图5-18所示。

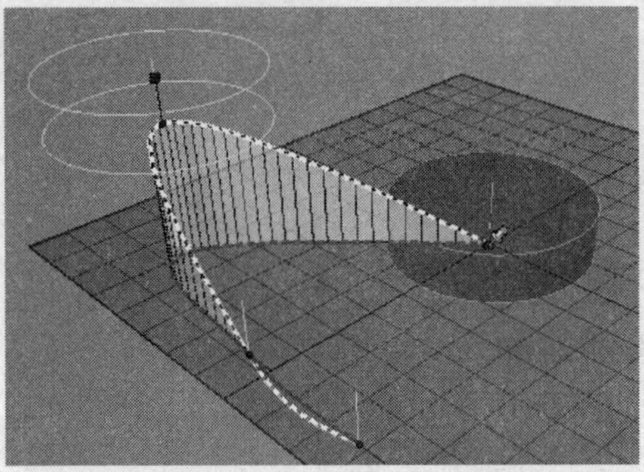

图5-17 在动画栅格平面上方重新定位关键点

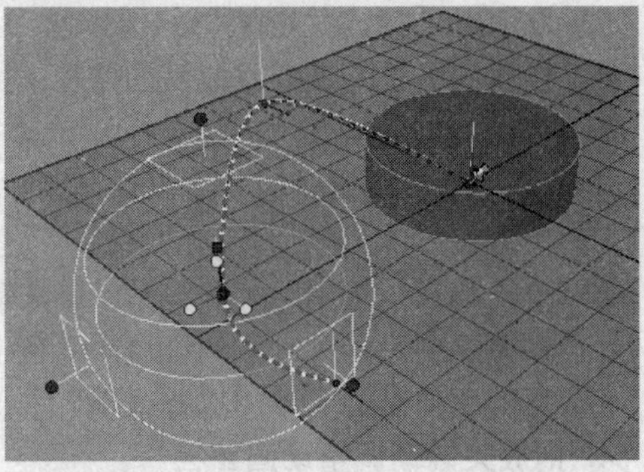

图5-18 三维球附着在动画关键点上

4）按照需要，使用三维球来旋转轮廓。

5）取消对三维球的选择。

6）播放该动画。

圆柱体运动到第二个关键点时，会从它的初始方位开始旋转，在到达第三个关键点时完成旋转，在第四个关键点处旋转回它的开始方位。

6. 用三维球操作动画路径

三维球也可以附着在动画路径上，用来调整整个动画路径的方向和位置。

1）为一圆柱体添加如图5-19所示定制动画，此时动画路径为被选择状态。

2）选择【标准】工具栏中的【三维球】工具或按“F10”打开三维球工具。

3）用三维球对动画路径进行旋转和平移操作时，整个动画路径的方向发生了变化，如图5-19所示。

此时，圆柱体由原来的左、右晃动并前行的动画转变为上、下晃动并前行的动画。播放动画观察更改后的结果。

三、智能动画编辑器

智能动画编辑器允许调整动画的长度，使多个智能动作的效果同步。操作者也可以使用智能动画编辑器来访问动画轨迹和关键属性表，以便进行高级动画编辑。

要显示智能动画编辑器，从【视图】菜单中选择其选项。【智能动画编辑器】对话框显示时带有设计背景中每个动画模型的水平轨迹，如图5-20所示。轨迹中的矩形表示模型的动画片段，并且标有该模型名称。动画沿着动画片段的长度从左到右进行，可以通过调整轨迹片段的位置来调整动画的开始和结束，可以通过拖动动画片段的边缘（伸长或缩短）来调整动画的持续时间。

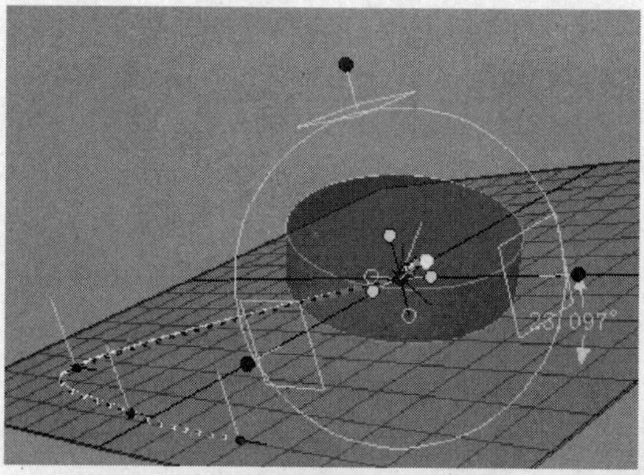

图5-19　用三维球工具旋转动画路径

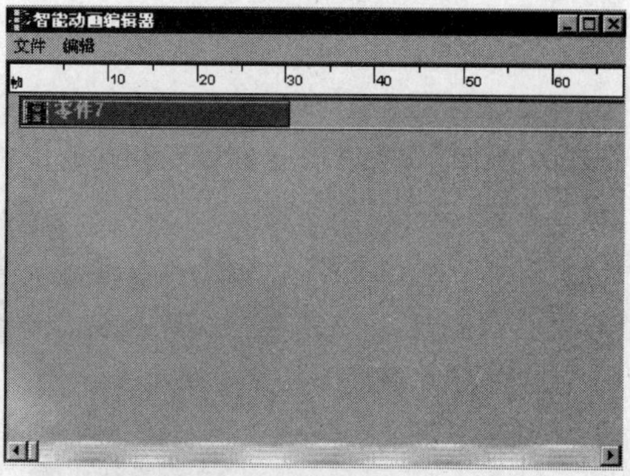

图5-20　【智能动画编辑器】对话框

【智能动画编辑器】的其他独特元素包括：

（1）标尺　显示动画持续时间（以帧为单位）。帧以15帧/s的速度进行。使用标尺可测量每个动画片段的持续时间，并可测量连续动作之间的延迟时间。

（2）帧滑块　此蓝色垂直条表示动画的当前帧，它对应于【智能动作】工具栏上的时间栏滑块。播放动画时，帧滑块随着每个连续帧的显示从左到右移动。和时间栏滑块一样，可以将帧滑块拖到动画序列中的任意一点，然后播放它预览从该点到结束的动画序列。

【任务实施】

教学组织实施建议：任务驱动法、小组讨论法、演示法等。

一、棘轮机构的装配

1. 棘轮的装配

1）打开所附光盘中的文件“棘轮机构零件”，所有组成本机构的零件都在这里给出，结果如图5-21所示。

2）首先进行棘轮的装配。棘轮是放置于机壳内部的，在这里进行装配要注意它的配合表面。

3）在零件编辑状态下选择棘轮，打开【三维球】，将三维球的中心定位到图5-22所示的光标箭头所指的圆的中心。

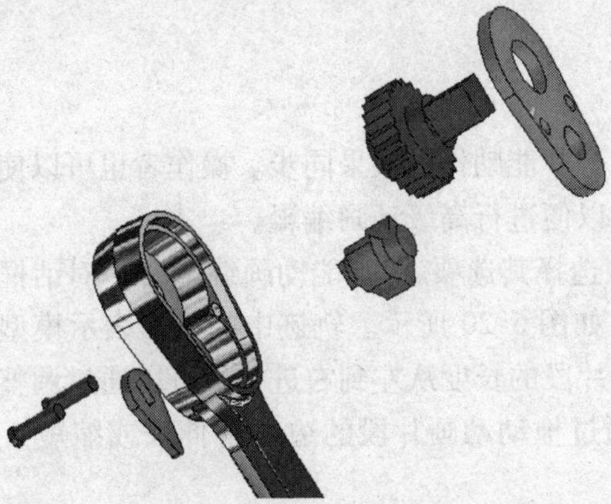
图 5-21　组成棘轮机构的零件

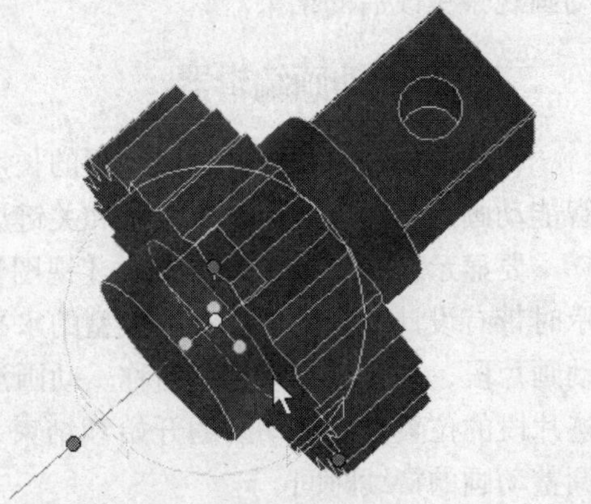
图 5-22　定三维球中心

4）选择图 5-23 所示的定向手柄 A，右键单击，然后选择【点到点】选项，选择壳体件孔的两个圆 B 和 C，这样棘轮和孔的位置就对齐了。

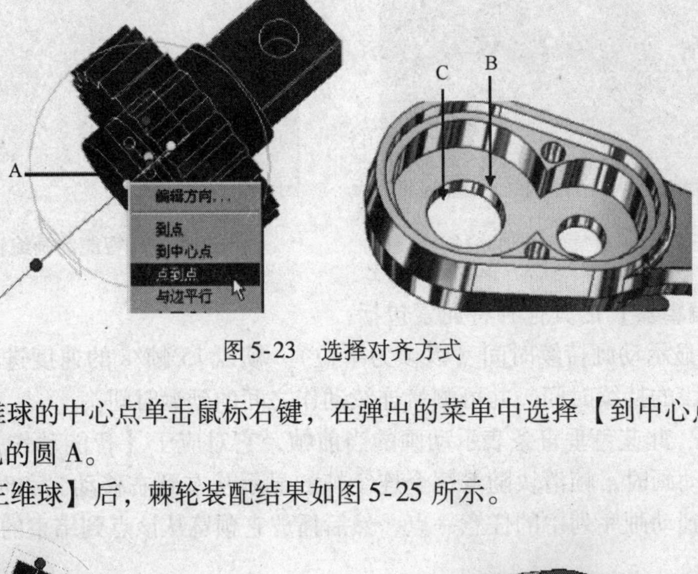

图 5-23　选择对齐方式

5）选择三维球的中心点单击鼠标右键，在弹出的菜单中选择【到中心点】选项，选择图 5-24 所示的孔的圆 A。

6）关闭【三维球】后，棘轮装配结果如图 5-25 所示。

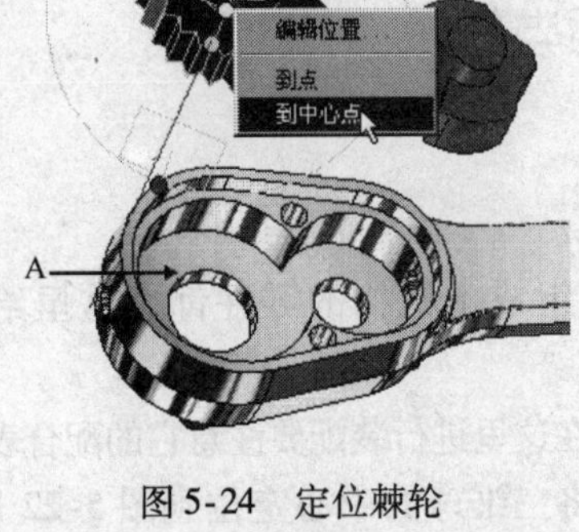

图 5-24　定位棘轮

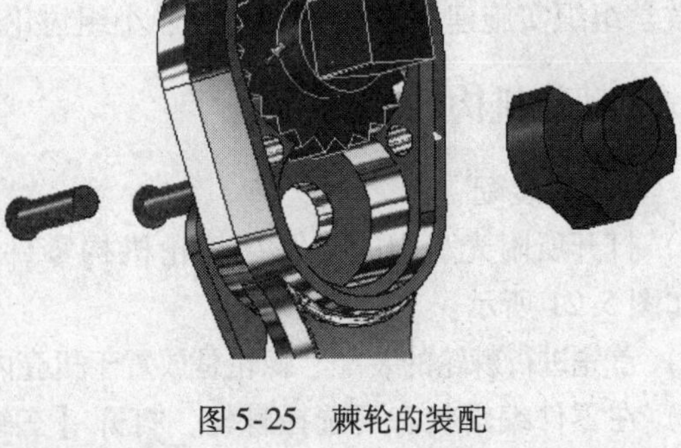
图 5-25　棘轮的装配

2. 凸轮的装配

1）凸轮2的装配方法和棘轮的装配基本相同。打开【设计树】在零件状态下选择凸轮2，然后打开【三维球】选项，将图5-26所示的定位手柄设定在和壳体上的配合孔中心共轴的位置上，并保证三维球的中心手柄在圆A的圆心上，然后右键单击中心手柄，选择【到点】选项，单击孔的外圆B。

2）凸轮2的装配完成之后，结果如图5-27所示。注意凸轮与棘轮的齿在开始状态不是啮合在一起的。

图5-26　定位凸轮

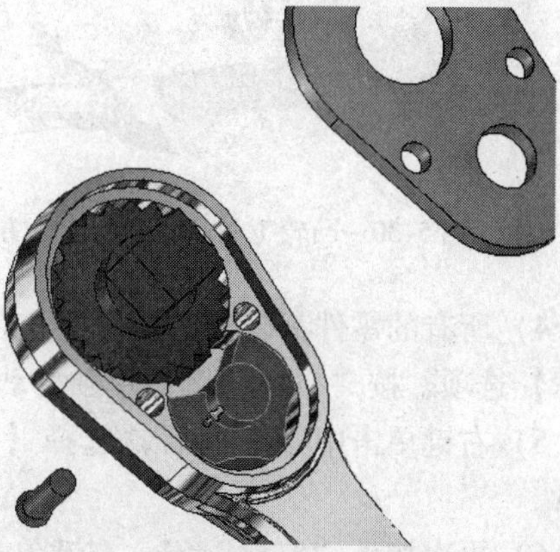

图5-27　完成凸轮的装配

3. 其他零件的装配

1）压盖的装配表面与棘轮和凸轮的表面是不同的。在零件状态下选择压盖零件，然后打开【三维球】选项，三维球中心位于大孔的中心，如图5-28所示，将三维球中心和棘轮中心对齐，压盖放入壳体内后须保证压盖的上表面和壳体的边缘上表面平齐。

2）压盖的装配完成之后，棘轮和凸轮2的就被挡住了，在进行动画制作时要将压盖压缩隐藏，压盖的装配结果如图5-29所示。

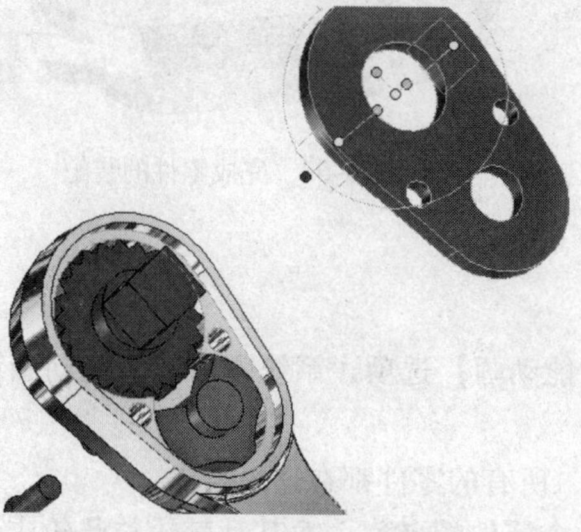

图5-28　定位压盖零件

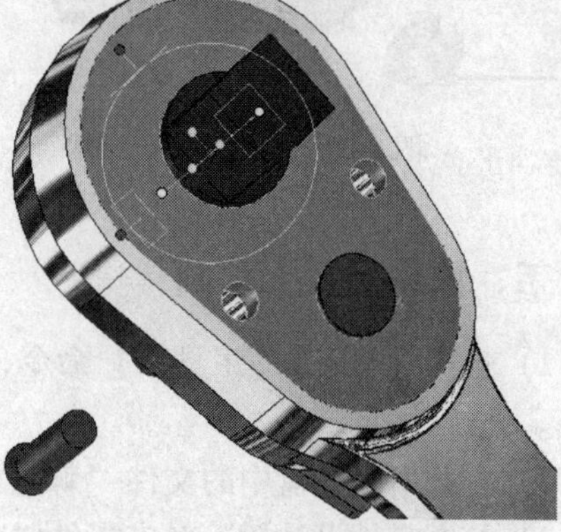

图5-29　压盖的装配结果

3）凸轮1是与凸轮2一同运动，它们是通过矩形槽孔的配合进行运动的，如图5-30所示。在零件状态下选择凸轮1，仍然利用三维球将矩形凸槽放置到矩形孔内，结果如图5-31所示。

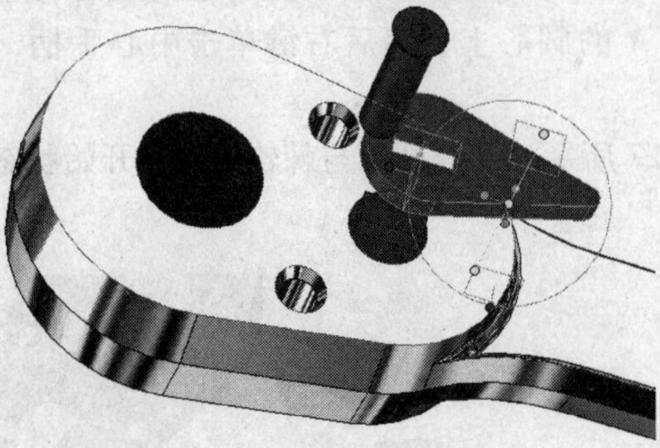

图5-30　凸轮1和凸轮2的配合方式

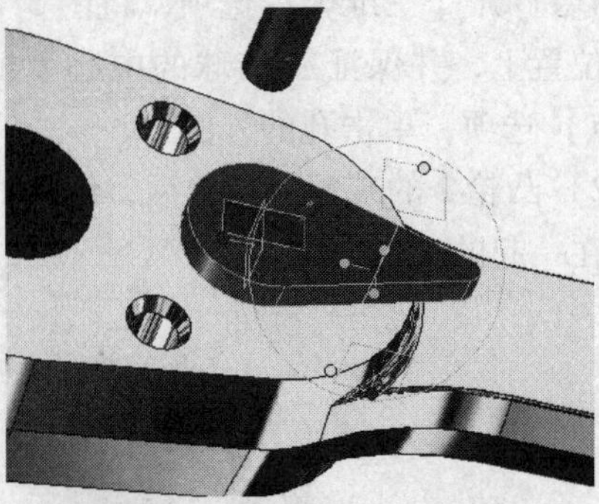

图5-31　凸轮1和凸轮2的装配

4）所有的零件都已经安装到位之后，就应该安装紧固件了。选择【pin1】后打开【三维球】选项，按“空格”键后单独移动三维球。

5）右键单击中心手柄后，选择【到中心点】选项，选择图5-32所示的销钉头的外圆A。

6）再次按下“空格”键，右键单击中心手柄后，选择【到点】选项，单击图5-32所示孔的外圆B。另一个销钉的装配方法也完全相同，结果如图5-33所示。

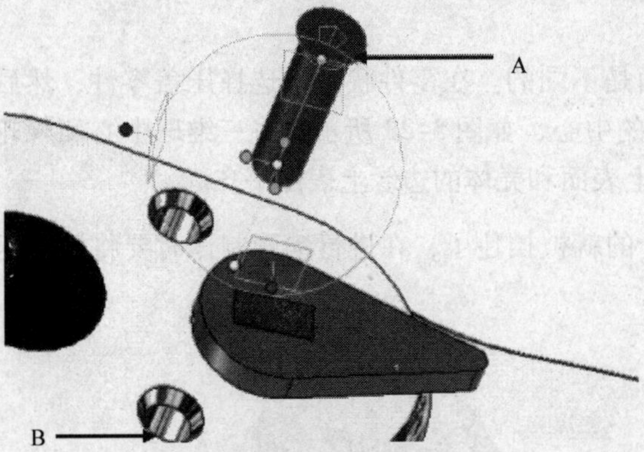

图5-32　重新定位三维球

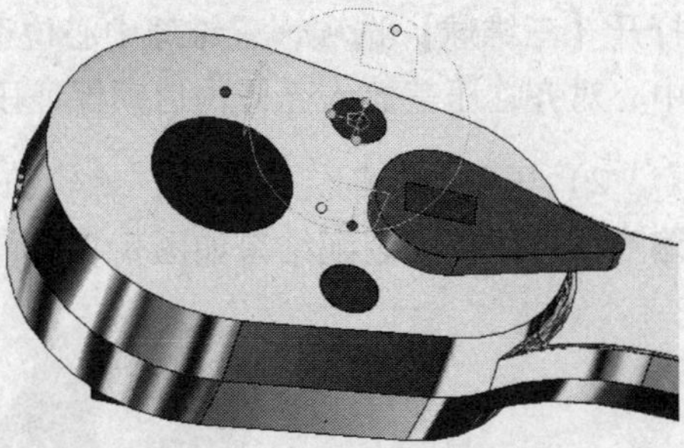

图5-33　完成零件的装配

二、棘轮的装配动画

1）选择【显示】/【工具条】命令，选择【智能动画】选项，系统弹出【智能动画】工具条。

2）打开所附光盘中的文件“棘轮机构零件”，所有的零件都在这里给出。

3）打开零件设计树，对应零件树中显示有各个零件的名称，尤其是棘轮与凸轮应该引起重视，零件树如图5-34所示。

4）在零件编辑状态下选择棘轮，单击【智能动画】按钮后，系统弹出图5-35所示的【智能动画向导】对话框，选择【移动】选项后，在相应显示的下拉菜单中选择“along height direction”选项。

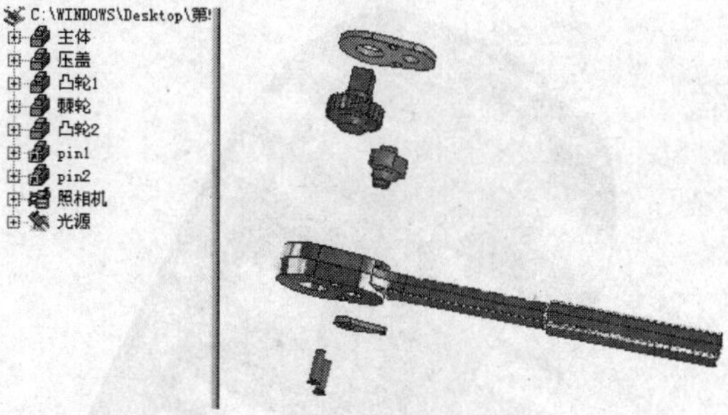

图5-34　零件设计树

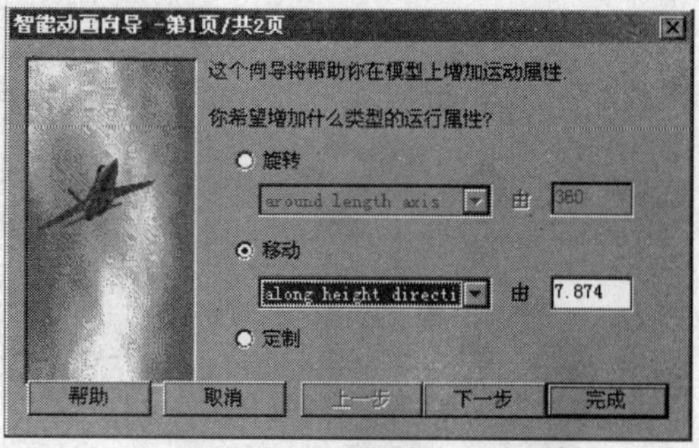

图5-35　【智能动画向导】对话框

5）单击【完成】按钮后，结果如图5-36所示，图中蓝色的栅格平面是定位平面，黄色的直线是运动的轨迹，调整动画时最主要的工作就是调整运动轨迹，在这里主要介绍棘轮运动轨迹末点的调整。

6）找到棘轮轨迹线的轨迹末点，单击后显现出棘轮的蓝色外形轮廓线，如图5-37所示。

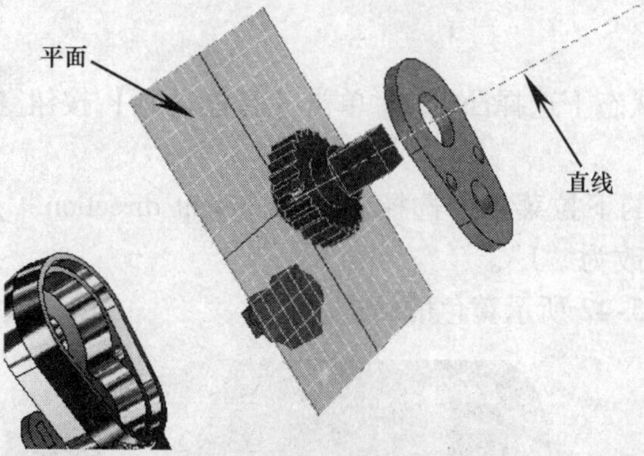

图5-36　棘轮动画轨迹

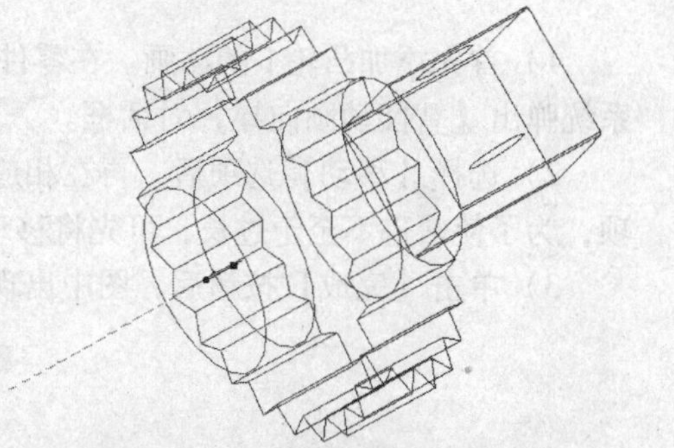

图5-37　轨迹末点的棘轮外形轮廓线

7）棘轮最后的装配位置在主体的壳体内部，所以必须将轨迹末端移动到主体的内部。打开【三维球】选项，选择与棘轮高度线相对应的一维手柄，拖动它向主体移动，结果如图5-38所示。

8）动画栅格平面所在位置恰好是棘轮装配时与主体外表面相接触的表面，所以利用三维球将它移动到装配位置，如图5-39所示的表面A就是末点表面。

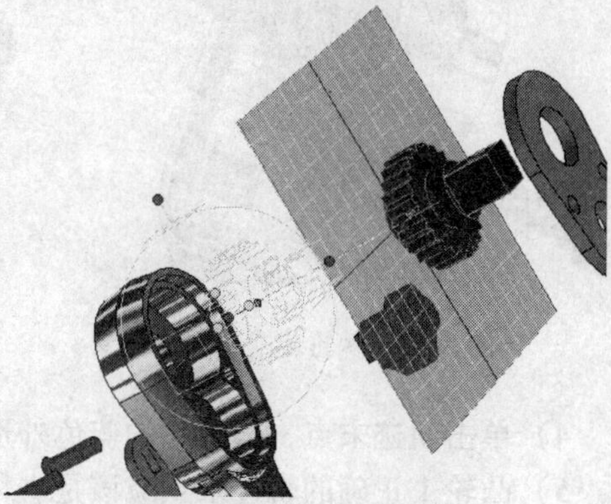

图5-38　移动轨迹末点

注意：移动前必须保证栅格平面位于棘轮轴

的圆柱端面上。

9）棘轮的蓝色外形轮廓移动到主体内部，结果如图 5-40 所示。

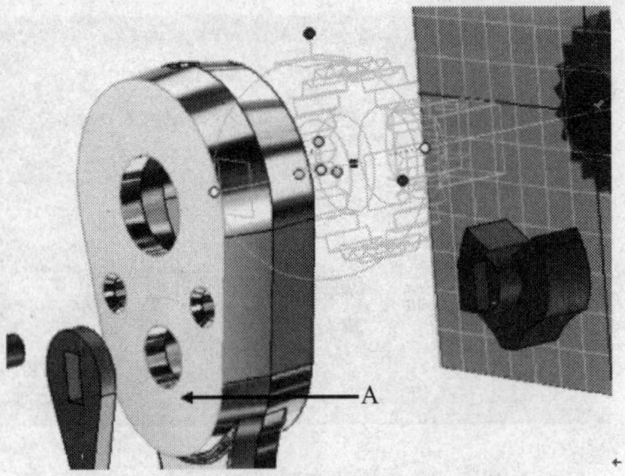

图 5-39　选择棘轮轨迹末点

图 5-40　棘轮外形轮廓线位于壳体内

10）关闭【三维球】选项，单击动画播放【打开】按钮进入动画状态，单击【播放】按钮观察动画效果，结果如图 5-41 所示，棘轮沿直线运动最后恰好停止于图 5-41 所示蓝色外形轮廓线所在位置。

三、凸轮装配动画的制作

1）首先添加凸轮 1 的动画。在零件编辑状态下选择凸轮 1，单击【智能动画】按钮系统弹出【智能动画向导】对话框。

2）选择【移动】选项后，再在相应显示的下拉菜单中选择“along height direction”选项，为了使轨迹不至于过长，可先将移动距离改为“1”。

3）单击【完成】按钮后，图中出现如图 5-42 所示黄色的轨迹。

图 5-41　棘轮装配动画的结果

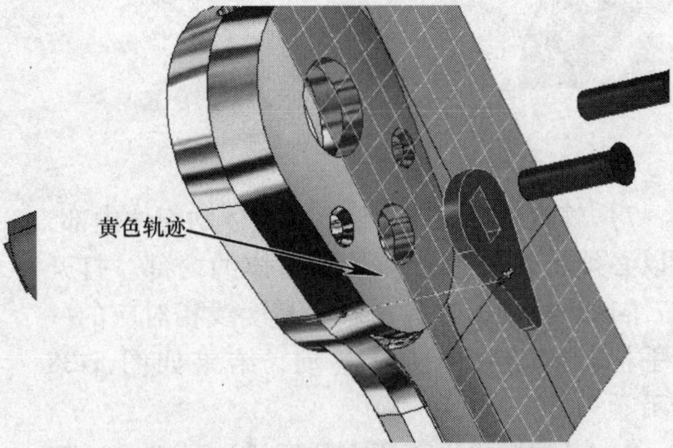

图 5-42　设置凸轮 1 的动画轨迹

4）单击轨迹末点，凸轮 1 的蓝色外形轮廓线将显现。

5）凸轮 1 正确的轨迹末点应该是主体零件的的背部平面。打开【三维球】选项，选择并锁定与凸轮 1 高度线相对应的定位手柄，移动三维球，使球中心手柄和主体背面（见图

5-43 中 A）平齐。

6）关闭【三维球】选项，单击【打开】按钮进入动画状态。

7）单击【播放】按钮观察动画效果，结果如图 5-44 所示，凸轮 1 沿直线运动，当凸轮 1 的表面和主体壳体平面接触时就停止运动。

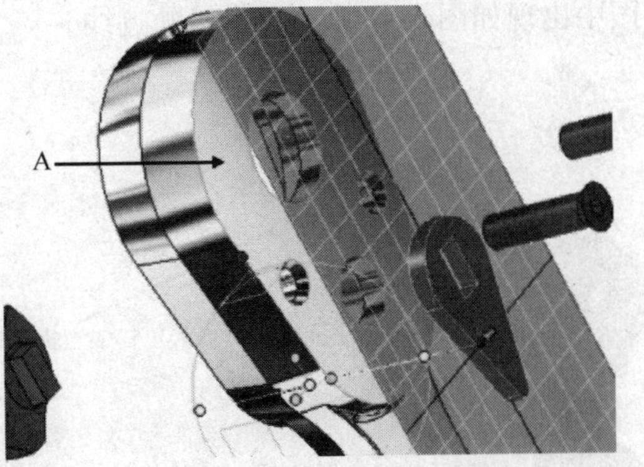

图 5-43　凸轮 1 的轨迹末点

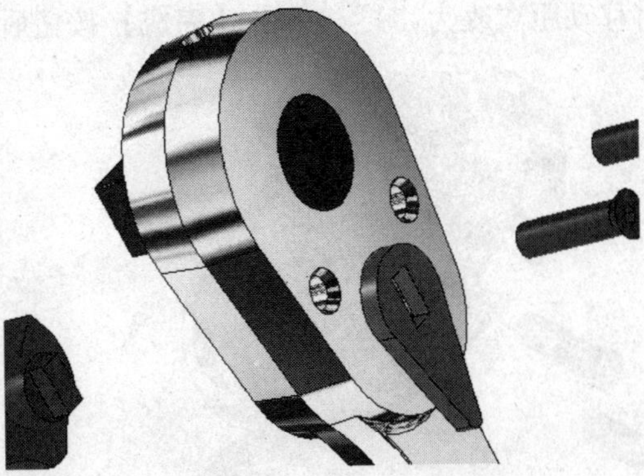

图 5-44　凸轮 1 的运动轨迹

8）添加凸轮 2 的动画。在零件编辑状态下选择凸轮 2，单击【智能动画】按钮后，系统弹出【智能动画向导】对话框。

9）选择【移动】选项后，在相应显示的下拉菜单中选择“along height direction”选项，将移动距离改为“1”。单击【完成】按钮后，结果如图 5-45 所示。

10）单击轨迹末点，凸轮 2 的蓝色外形轮廓线显现。打开【三维球】选项，选择并锁定与高度线相对应的定位手柄，利用三维球将它移动到装配定位位置，如图 5-46 所示。

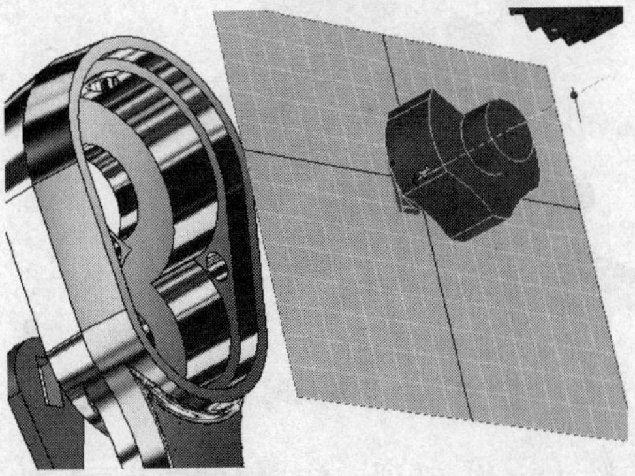

图 5-45　设定凸轮 2 的动画轨迹

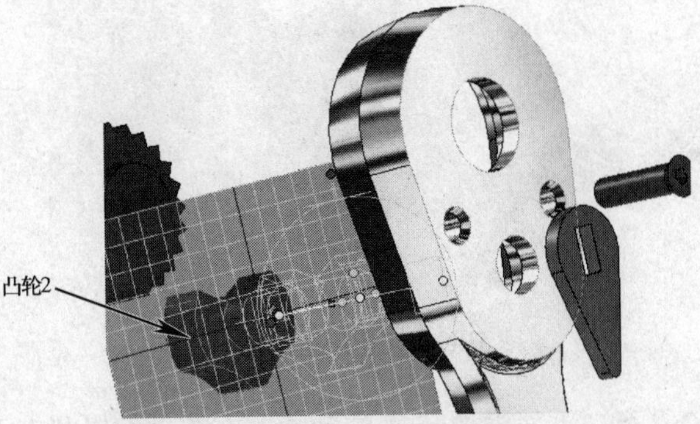

图 5-46　调整凸轮 2 的轨迹末点

11）关闭【三维球】选项，单击【打开】按钮进入动画状态。单击【播放】按钮观察动画效果，结果如图 5-47 所示，凸轮 2 恰好停止于图 5-47 所示的凸轮蓝色外形轮廓线所在位置。

四、压盖及销钉的装配动画

1）首先添加压盖的动画。在零件编辑状态下选择压盖，单击【智能动画】按钮后，系统弹出【智能动画向导】对话框。

2）选择【移动】选项后，在相应显示的下拉菜单中选择“along height direction”选项，将移动距离改为“1”，单击【完成】按钮后，图中出现如图5-48所示的黄色轨迹线。

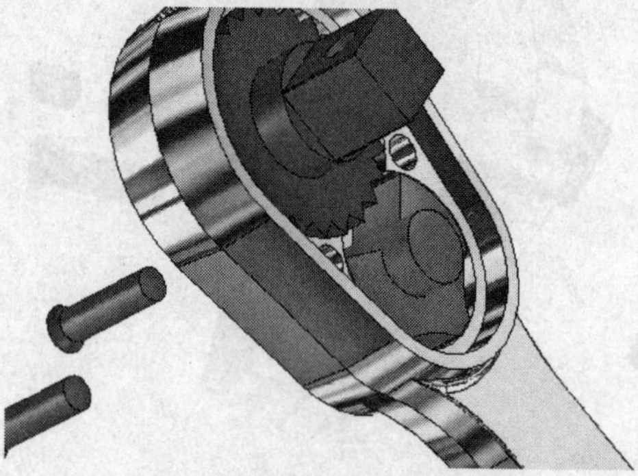

图5-47　凸轮2的装配动画

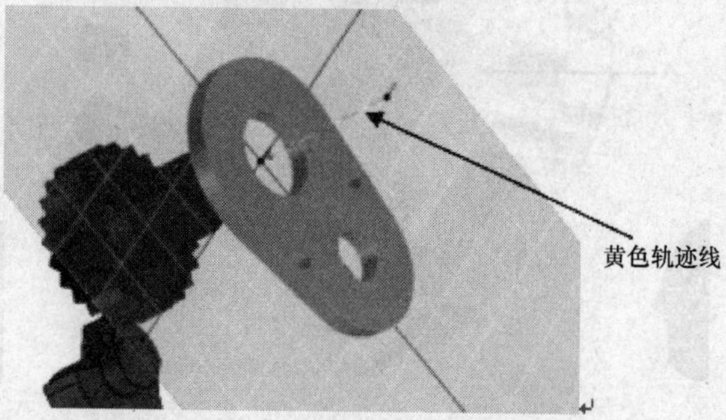

图5-48　添加压盖的智能动画

3）单击轨迹末点，压盖的蓝色外形轮廓线将显现，打开【三维球】选项，选择并锁定与高度线相对应的定位手柄，利用三维球将它移动到装配位置，如图5-49所示。

4）关闭【三维球】选项，单击【打开】按钮进入动画状态。

5）单击【播放】按钮观察动画效果，压盖的运动结果如图5-50所示。

图5-49　调整压盖的运动末点

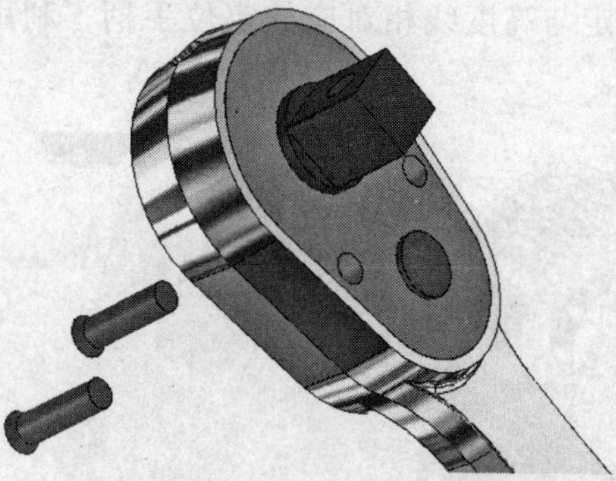

图5-50　压盖的装配动画

6）下面添加pin1的动画。在零件编辑状态下选择【pin1】选项，单击【智能动画】按钮后，系统弹出【智能动画向导】对话框。

7）选择【移动】选项后，在相应显示的下拉菜单中选择“along height direction”选项，将移动距离改为“1”，单击【完成】按钮后，结果如图5-51所示。

8）单击轨迹末点，pin1销钉的蓝色外形轮廓线将显现。

9）打开【三维球】选项，选择并锁定与高度线相对应的定位手柄，利用三维球将它移动到销钉的装配定位位置，如图5-52所示。

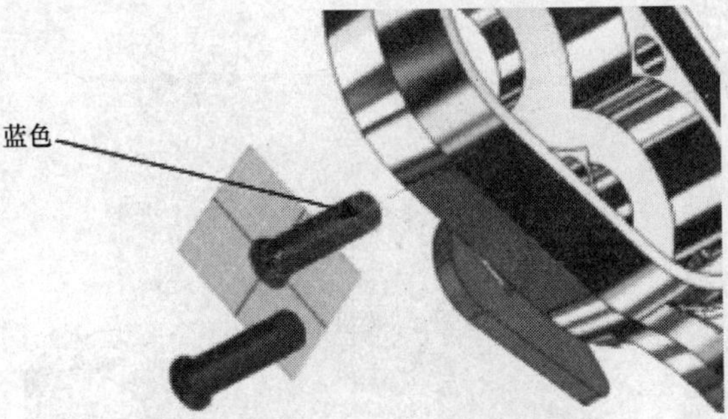

图5-51　添加pin1零件的智能动画

图5-52　定位pin1零件的轨迹末点

10）关闭【三维球】选项，继续添加pin2的装配动画，方法与pin1完全相同，请读者自行完成。

11）单击【打开】按钮进入动画状态，单击【播放】按钮观察动画效果，两个销钉动画结果如图5-53所示。

注意：凸轮2和棘轮在动画轨迹的末点不能产生装配干涉。

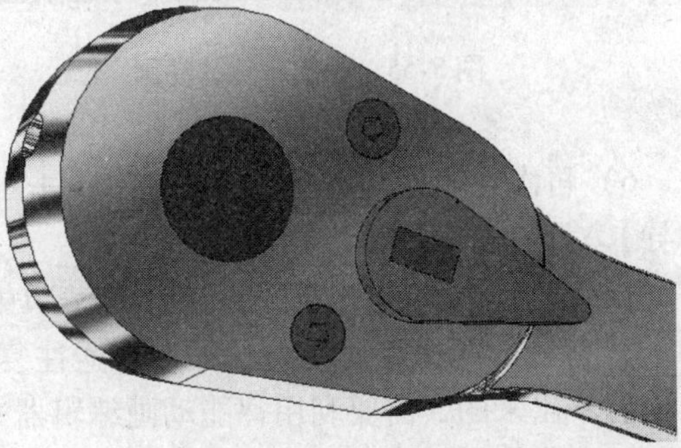

图5-53　动画结果

五、棘轮工作原理的动画制作

棘轮的运动特点是间歇运动，更重要的是要求凸轮和棘轮的动画要“合拍”，需要进行动画参数的精心搭配才可以有比较真实的效果。在这里所给出的动画片段属性都是经过多次试验才成功的，读者在以后的练习中要注意调节不动零件间动画的协调性。

1. 棘轮的动画添加

1）选择【显示】/【智能动画编辑器】菜单命令，系统弹出如图5-54所示的【智能动画编辑器】对话框，在本小节中它是主要的编辑工具。此编辑器显示出每个动画零件的动画片段。

2）在零件设计树中右键单击【压盖】后，选择【压缩】选项，这样可以观察到零件内部棘轮与凸轮的运转情况。

3）首先添加棘轮的动画，它是在凸轮的带动下先左转后右转的一种运动，所以在这里添加两个方向的运动各一个。

4）在零件编辑状态下选择棘轮，单击【智能动画】按钮后，系统弹出【智能动画向导】对话框，选择【旋转】选项后，

图5-54　【智能动画编辑器】对话框

在其下拉菜单中选择“around height direction”选项，将旋转角度改为“－12”，结果如图5-55所示。

5）单击【完成】按钮后，结果如图5-56所示。

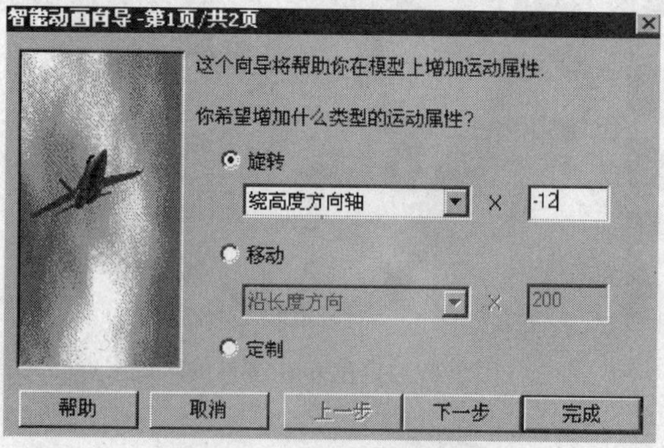

图5-55　添加棘轮的动画

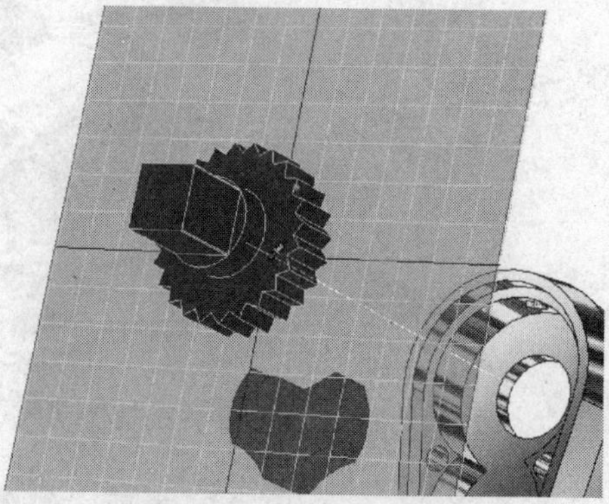

图5-56　棘轮的动画轨迹

6）再次在零件状态下选择棘轮，单击【智能动画】按钮后，系统弹出【智能动画向导】对话框。

7）选择【旋转】选项后，在下拉菜单中选择“绕高度方向轴”选项，将旋转角度改为“12”。棘轮的两次运动动画（即顺、逆往复转动）都已经添加完毕，可是这时观察，却什么也看不出来的，需要利用智能动画编辑器来进行时间编辑。

8）打开【智能动画编辑器】对话框，双击【棘轮】打开动画片段，结果如图5-57所示。

注意：需打开动画片段也可以右键单击片段名称，选择【展开】选项即可。

9）右键单击最上方的【棘轮】选项后，选择【片段属性】，将【长度】改为“6”，结果如图5-58所示。

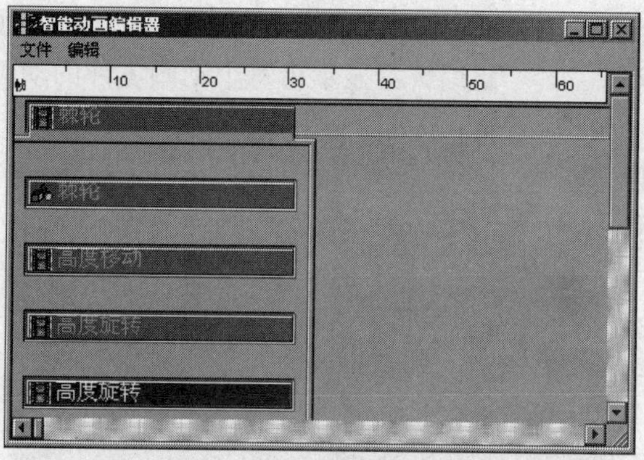

图5-57　展开棘轮的动画片段

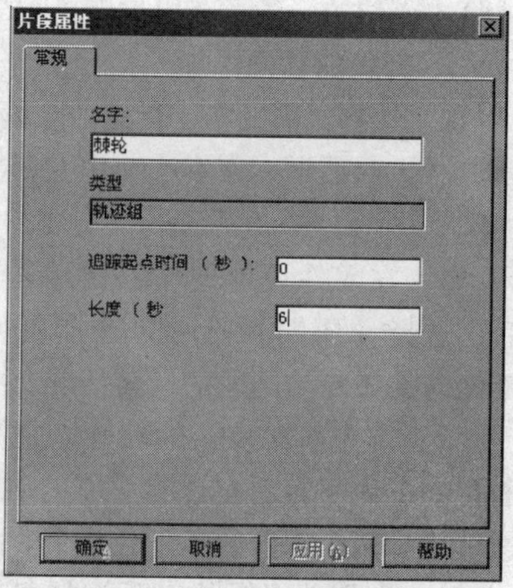

图5-58　定义片段时间

10）右键单击最上面的【高度移动】选项后，选择【属性】，将【长度】改为“2”。

11）右键单击第一个【高度旋转】选项后，选择【属性】，将【起始时间】改为“2.55”，将【长度】改为“0.8”。

12）右键单击第二个【高度旋转】选项后，选择【属性】，将【起始时间】改为“4.55”，将【长度】改为“0.8”，【智能动画编辑器】如图5-59所示。

13）单击【智能动画】工具条上的【打开】按钮进入动画状态，单击【播放】按钮观察动画效果，结果如图5-60所示，棘轮在装配完成后逆时针和顺时针各旋转一下。

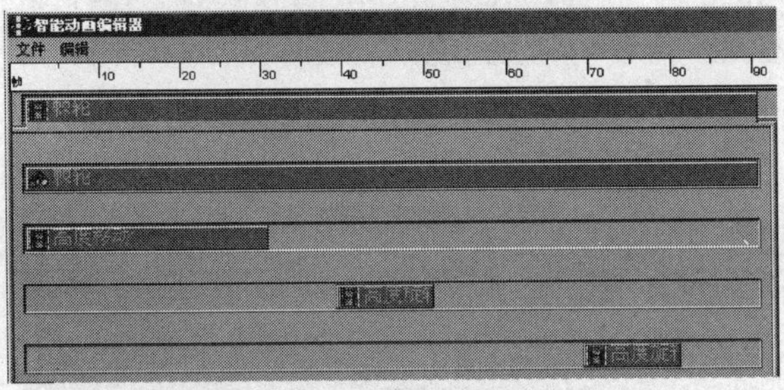

图5-59　棘轮动画展开编辑

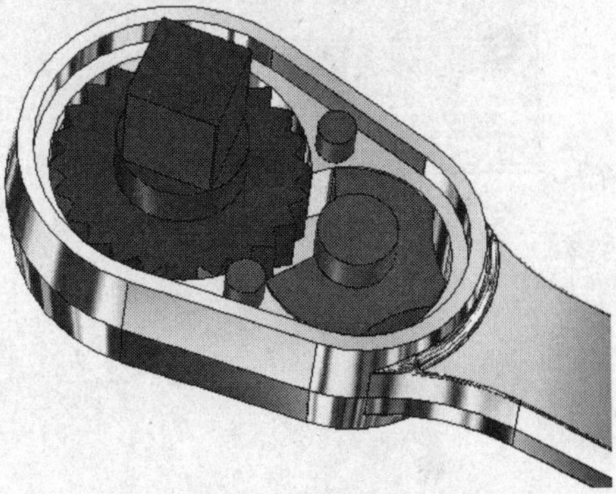

图5-60　棘轮增加了顺逆方向的转动

2. 凸轮的动画添加

1）由于凸轮1和凸轮2在旋转运动时是完全同步的，所以在左侧零件设计树中将它们合并制作成为一个装配件并命名为【凸轮】，结果如图5-61所示。

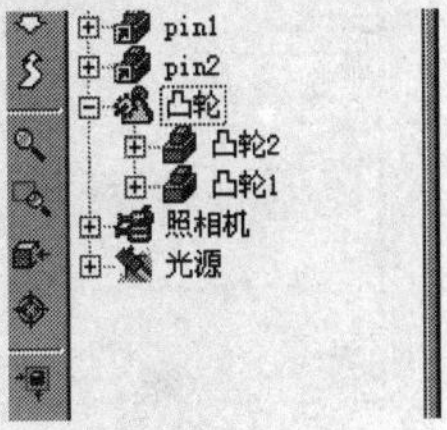

图5-61　将凸轮1、2合并成装配件

2）在零件设计树中选择【凸轮】，单击【智能动画】按钮后，系统弹出【智能动画向导】对话框。

3）选择【旋转】选项后，在下拉菜单中选择“绕高度方向轴”选项，将旋转角度改为“25”。

4）再次在左侧零件设计树中选择【凸轮】，单击【智能动画】按钮后，系统弹出【智能动画向导】对话框，选择【旋转】选项后，再相应显示的下拉菜单中选择【绕高度方向轴】选项，将旋转角度改为“-25”。

5）打开【智能动画编辑器】，双击【凸轮】打开动画片段，结果如图5-62所示。

6）右键单击最上方的【凸轮】选项后，选择【片段属性】，将【追踪起始时间】改为“2”，将【长度】改为“4”，结果如图5-63所示。

7）右键单击第一个【高度旋转】选项后，选择【片段属性】，将【长度】改为“2”。

8）右键单击第二个【高度旋转】选项后，选择【片段属性】，将【追踪起始时间】改为“2”，将【长度】改为“2”，【智能动画编辑器】如图5-64所示。

9）右键单击第一个【高度旋转】选项后，选择【片段属性】对话框，并选择【时间效果】选项卡后将【类型】选择为“Linear”，将【重叠】和【反转】分别选中，结果如图5-65所示。

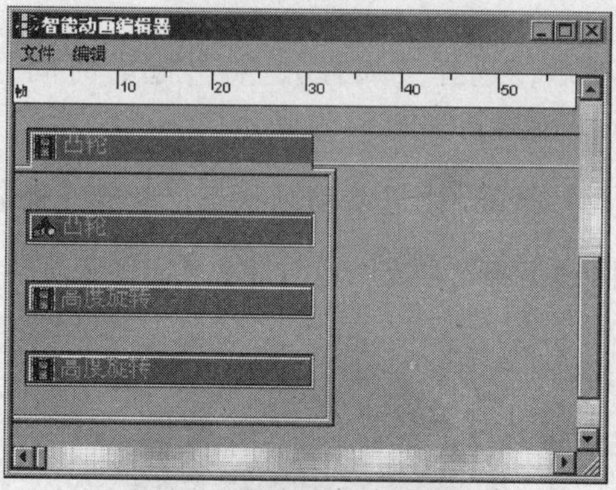

图5-62 展开凸轮的动画片段

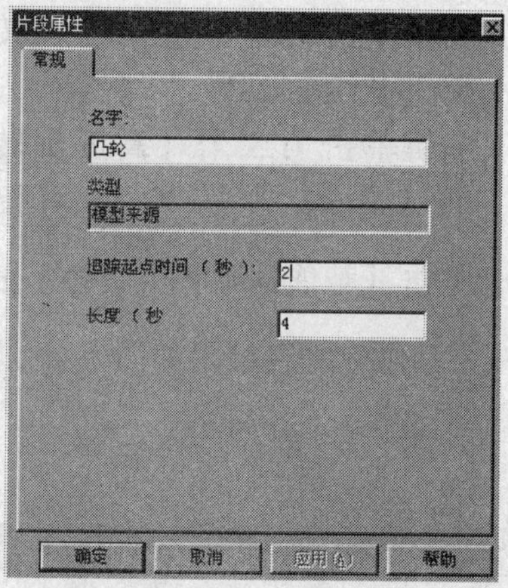

图5-63 修改属性

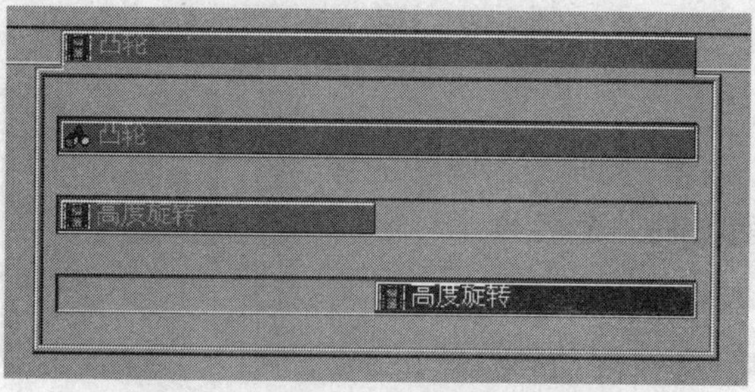

图5-64 属性改动后的【智能动画编辑器】

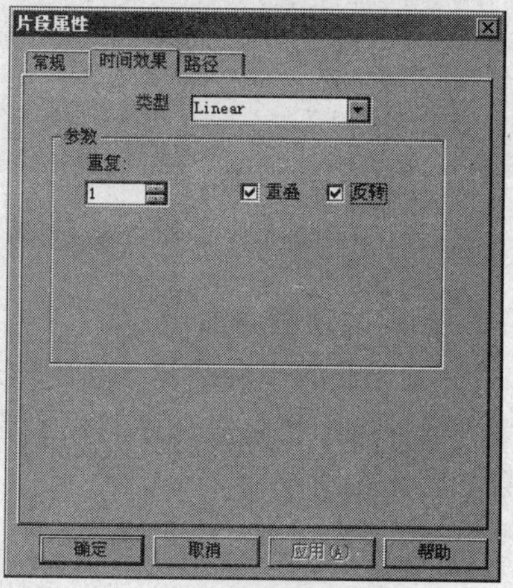

图5-65 修改旋转属性

10）对第二个【高度旋转】进行相同的处理，动画编辑器结果如图5-66所示。

11）单击【智能动画】工具条上的【打开】按钮进入动画状态，单击【播放】按钮观察动画效果，结果如图5-67所示，棘轮和凸轮在装配完成后发生逆时针和顺时针往复旋转动画，动作和谐并没有发生干涉。

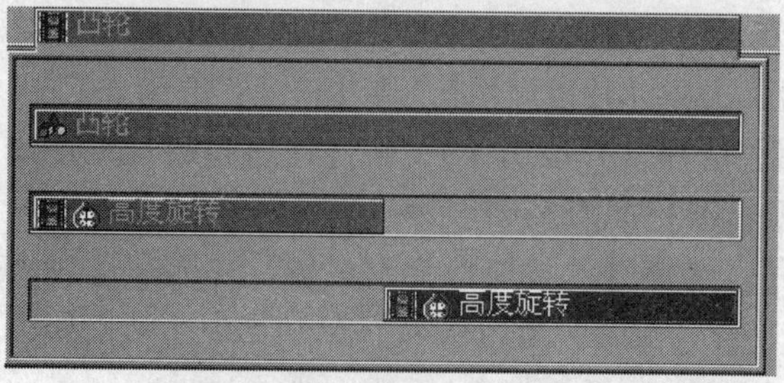

图5-66 动画编辑器结果

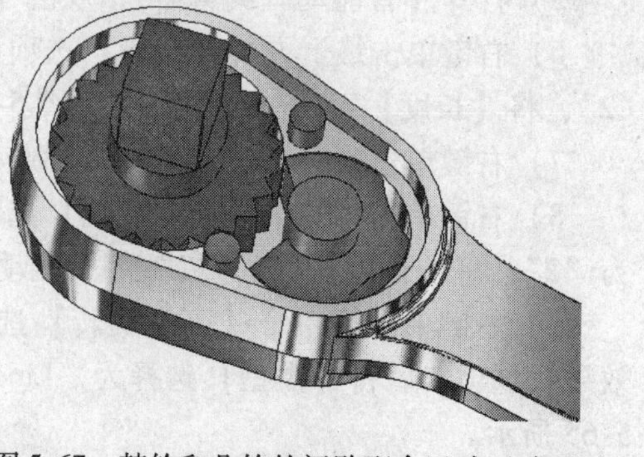
图5-67 棘轮和凸轮的间歇配合运动（动画）

【完成学习工作页】

表5-2　完成学习工作页

序　号	名　称	数　量	格　式	备　注
1	CAXA 文件	1	. ics	棘轮机构装配作品
2	棘轮机构动画视频	1	. avi	棘轮机构动画作品
3	本项目学习总结	1	word 文档	总结学习本项目的体会和收获

【知识拓展】

导出动画为“Windows”视频文件：

1）选择【文件】/【输出】/【动画】命令，系统弹出【输出动画】对话框，提示输入【文件名】，如图5-68所示。

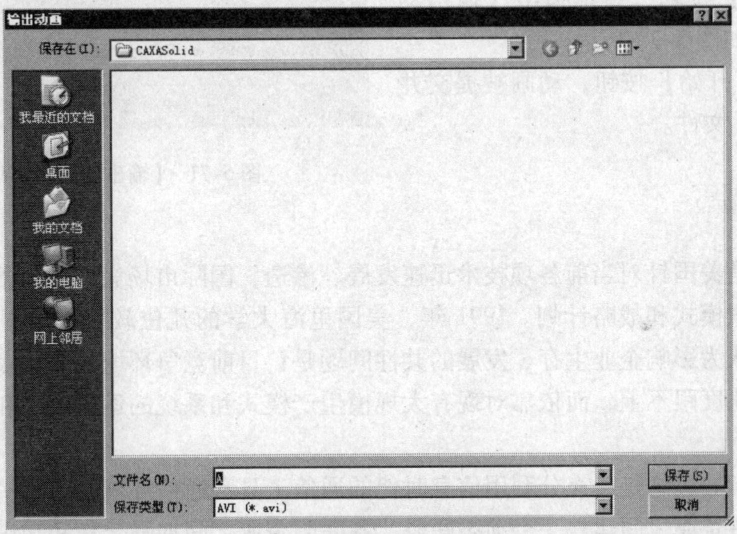

图5-68　【输出动画】对话框

2）在【文件名】字段输入“A”，无需输入文件扩展名。在【保存类型】字段，默认的“AVI”类型即是所需的正确类型。因此，只需单击【保存】按钮，“AVI”文件扩展名将自动附加到文件名后面。

3）显示【动画帧尺寸】对话框。此对话框允许指定如大小、分辨率和动画文件的渲染之类的选项，如图5-69所示。虽然“Windows”视频支持许多分辨率，但当前版本“输出图像大小”优化为【320×200】像素，这是CAXA实体设计的默认选项。

4）根据需要，从【渲染风格】选项中选择【真实感图】选项。

5）单击【选项】按钮，系统将显示【视频压缩】对话框，如图5-70所示。

此对话框中的默认值反映了“Microsoft”的建议设置，以便在文件大小（最大存储量）、回放速度和图像质量之间实现平衡。当准备产生动画的最终输出时，建议尝试几种设置，注意每种设置的文件大小、回放速度以及图像质量，直到找到最佳组合。

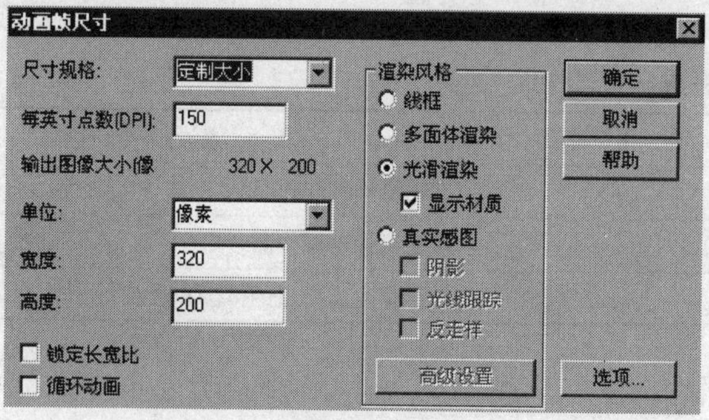

图5-69 “动画帧尺寸”对话框

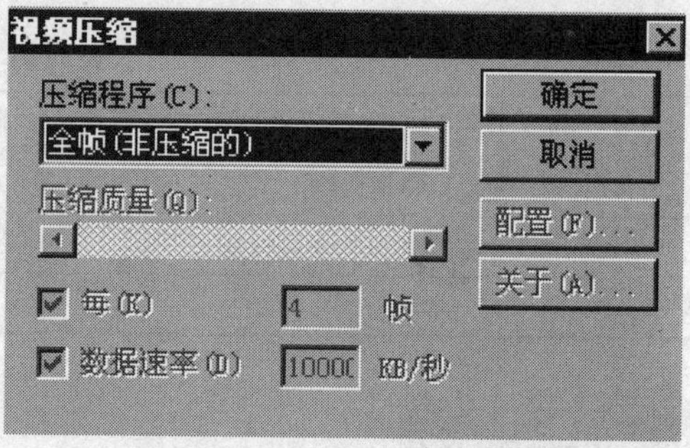

图5-70 【视频压缩】对话框

6）在【视频压缩】对话框中单击【确定】按钮，然后在【动画帧尺寸】对话框中单击【确定】按钮，系统弹出【输出动画】对话框，如图5-71所示。

7）单击【开始】按钮，动画被提交并且输出“AVI”文件。

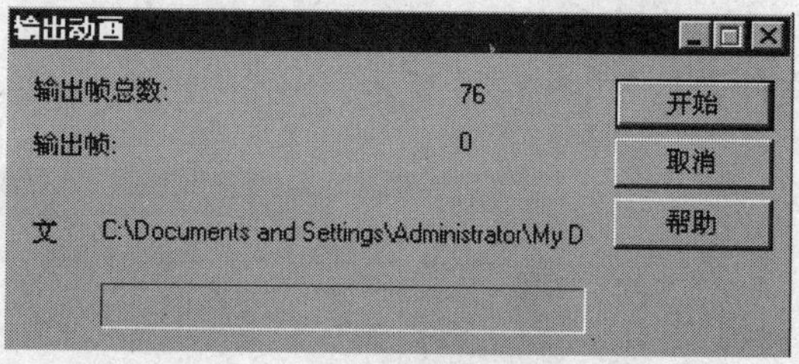

图5-71 【输出动画】对话框

【小贴士】

敏捷制造是美国针对当前各项技术迅速发展、渗透，国际市场竞争日趋激烈的形势，而提出的一种组织模式和战略计划。1991年，美国里海大学的几位教授首次提出了敏捷制造的概念。他们认为影响企业生存、发展的共性问题是：目前竞争环境的变化太快而企业自我调整、适应的速度跟不上，而依靠对现有大规模生产模式和系统的逐步改进和完善不能解决根本问题。

敏捷制造指导思想是：充分利用信息时代的通信工具和通信环境，为某一产品的快速开发，在一些制造企业之间建立一个动态联盟，各联盟企业之间加强合作和知识、信息、技术资源共享，充分发挥各自的优势和创造能力，在最短的时间内以最小的投资完成产品的设计制造过程，并快速把产品推向市场。各企业间严格履行企业合约，利益同享，风险共担。

【教学评价】（见表5-3、表5-4、表5-5）

表5-3 学生自评表

姓 名		班 级		学 号	
项目编号	3	项目名称	棘轮机构装配及动画	完成日期	
项目内容			分 值	得 分	
独立完成棘轮机构装配及动画			40		
利用智能动画向导，完成棘轮机构的装配动画			10		
利用关键帖调整动画路径			10		

（续）

姓　　名		班　　级		学　　号	
项 目 编 号	3	项 目 名 称	棘轮机构装配及动画	完 成 日 期	
项 目 内 容			分　　值	得　　分	
利用智能动画编辑器编辑动画，完成凸轮与棘轮运动合成			10		
团结互助			10		
拓展学习能力			20		
总　　分			100		
个人任务完成情况： （在对应位置打“√”）			提前完成		
			准时完成		
			超前完成		
个人认为完成好的方面					
个人认为完成不满意的方面					
值得改进的方面					
自我评价			非常满意		
			满意		
			不太满意		
			不满意		

表5-4　小组成员互评表

被 评 学 生			承 担 任 务	
考 核 项 目	考 核 内 容		满　　分	得　　分
社会能力	尊敬师长		10	
	尊重同学		10	
	相互协作		8	
	主动帮助他人		10	
学习态度 学习能力	出勤	迟到	3	
		早退	3	
		旷课	6	
	学习态度认真		10	
	能独立思考解决问题		10	
动手能力	使用软件的熟练程度		20	
	创造性		10	

（续）

<table>
<tr><td>被评学生</td><td></td><td>承担任务</td><td></td></tr>
<tr><td>考核项目</td><td>考核内容</td><td>满　分</td><td>得　分</td></tr>
<tr><td colspan="2">合　计</td><td></td><td></td></tr>
<tr><td colspan="4">评　语</td></tr>
<tr><td>评　价　人</td><td></td><td>学　　号</td><td></td></tr>
</table>

表 5-5　教师评价表

<table>
<tr><td>班　级</td><td></td><td>姓　名</td><td></td><td rowspan="2">项　目
名　称</td><td colspan="2" rowspan="2">棘轮机构装配及动画</td></tr>
<tr><td>组　别</td><td></td><td>学　号</td><td></td></tr>
<tr><td colspan="4">评分内容</td><td>分　值</td><td>得　分</td><td>备　注</td></tr>
<tr><td colspan="4">按时完成工作任务</td><td>40</td><td></td><td></td></tr>
<tr><td colspan="4">利用智能动画向导，完成棘轮机构的装配动画</td><td rowspan="3">30</td><td rowspan="3"></td><td rowspan="9"></td></tr>
<tr><td colspan="4">利用关键帖调整动画路径</td></tr>
<tr><td colspan="4">利用智能动画编辑器编辑动画，完成凸轮与棘轮运动合成</td></tr>
<tr><td colspan="4">是否能独立解决学习中所遇到的问题</td><td rowspan="3">10</td><td rowspan="3"></td></tr>
<tr><td colspan="4">是否能帮助他人共同进步</td></tr>
<tr><td colspan="4">是否具有知识的迁移能力及创造性</td></tr>
<tr><td colspan="4">小组间的评价客观性</td><td>10</td><td></td></tr>
<tr><td colspan="4">上交文档是否齐全、正确</td><td>10</td><td></td></tr>
<tr><td colspan="4">总　分</td><td>100</td><td></td></tr>
<tr><td colspan="2">评　语</td><td colspan="5"></td></tr>
<tr><td colspan="2">评价教师</td><td colspan="5"></td></tr>
</table>

【学后感言】

【思考与练习】

打开本书所附文件，进行球阀的装配设计，并生成球阀（见图5-72）的爆炸动画。

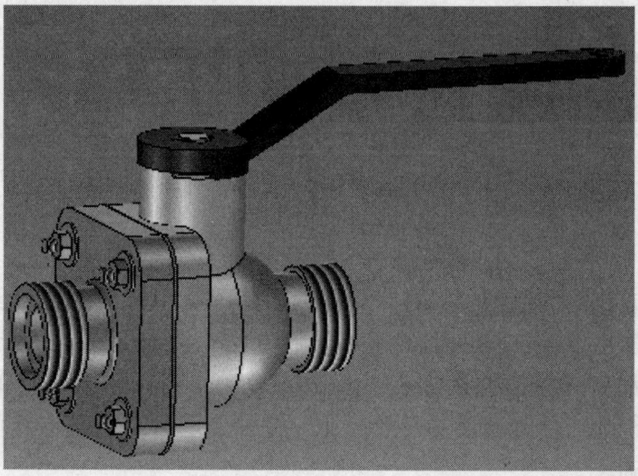

图5-72　球阀

项目 6

凸轮的建模及加工

本项目通过完成凸轮的造型、刀具路径设置、加工及相关文档等，介绍了二维图形的编辑与修剪操作，使学生掌握二维图形的基本绘制方法；同时介绍了二维铣削刀具路径的设置，包括外形铣削加工、挖槽铣削加工、面铣削加工、钻孔加工等操作，让学生对 CAXA 制造工程师的二维铣削刀具路径设置及数控加工有一个全面的掌握与了解，为进一步学习三维铣削加工打下基础。

【学习目标】

知识目标

1. 能完成图素、图层设置。
2. 能完成直线、圆弧、二维曲线编辑、修剪。
3. 能进行平面轮廓加工、平面区域加工、钻孔刀具路径的设置。
4. 能完成零件加工属性及仿真加工设置。
5. 掌握数控工艺基础知识。

技能目标

1. 会应用 CAXA 制造工程师软件完成零件的造型及刀具路径设置。
2. 会进行中等复杂零件的数控加工工艺分析。
3. 会使用数控仿真软件完成零件的仿真加工。
4. 会操作数控机床完成零件的加工。

【工作任务】（见表 6-1）

表 6-1　任务书

<table>
<tr><td colspan="2">适用专业：数控技术</td><td>学时：24</td><td>任务编号：6</td></tr>
<tr><td colspan="2">项目名称：凸轮的建模及加工</td><td colspan="2">实训室：</td></tr>
<tr><td>姓名：</td><td>班级：</td><td colspan="2">日期：</td></tr>
<tr><td colspan="4">一、项目目标
通过知识准备的学习，掌握 CAXA 制造工程师二维铣削刀具路径的设置及各参数的含义；同时综合之前所学的 CAXA 实体设计完成凸轮的建模及刀具路径的设置，最终完成凸轮的刀具路径轨迹的仿真。通过该项目的学习学会如何使用公式曲线绘图，掌握平面轮廓加工、平面区域加工、钻孔刀具路径的设置。</td></tr>
</table>

（续）

二、本项目学习内容

1. 完成凸轮的造型。
2. 完成零件的加工工艺分析。
3. 完成凸轮加工刀具路径的设置。
4. 完成零件的仿真和实际加工。
5. 完成学习工作页。

三、教学方法

任务驱动法、小组讨论法、角色扮演法、演示法等。

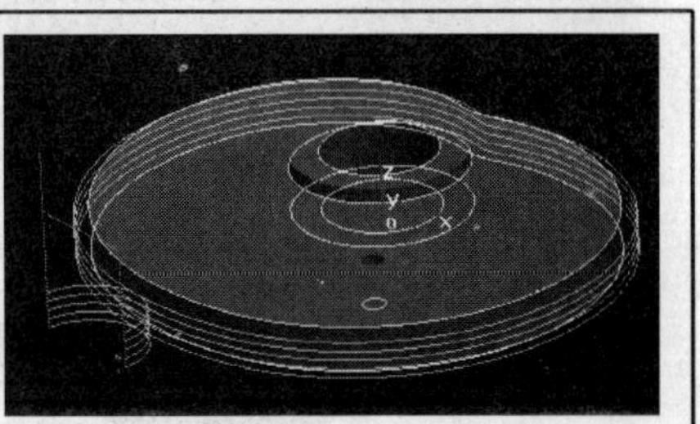

凸轮及生成的刀具路径

四、上交材料

序　号	名　称	数　量	格　式	备　注
1	凸轮文件	1	. mxe	完成凸轮的造型及刀具路径设置
2	任务安排计划书	1	word 文档	制定计划、安排任务
3	项目成本核算表	1	word 文档	完成零件的成本核算
4	数控加工工序卡片	1	word 文档	制订零件的加工工艺
5	凸轮仿真加工文件	1	仿真文件夹	用仿真软件完成凸轮的仿真加工
6	学生自评表	1	word 文档	对工作过程及成果进行评价
7	小组成员互评表	1	word 文档	同组同学进行互评及对协作建议
8	本项目学习总结	1	word 文档	总结学习本项目的体会和收获

五、教学条件

1. 硬件要求：学生机 40 台，教师机 1 台，多媒体设备一套。
2. 软件要求：CAXA 实体设计，CAXA 制造工程师，UG、Pro/E、SolidWorks 等。
3. “极域电子教室”软件。

六、教学资源

网络课程、教学录像、多媒体课件、CAXA 实用教程、本校特色教材。

七、教学评价

教师评价 40%；企业教师评价：30%；学生互评：20%；学生自评：10%。

【知识准备】

一、加工管理

图 6-1a 所标的 CAXA 制造工程师加工轨迹的“轨迹树”，记录了跟生成加工轨迹有关的全部参数和操作记录，用户可以直接查看、修改或重置；图 6-1b 是加工轨迹仿真用户界面。

1. 【模型】的设定

【模型】：模型一般表达为系统存在的所有线架、曲面和实体的总和。模型一旦修改，

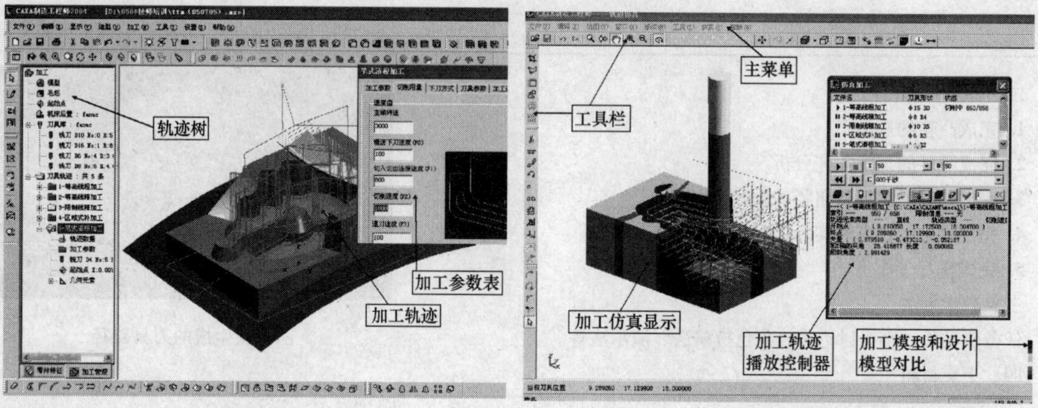

a)　　　　　　　　　　b)

图6-1　CAXA制造工程师的加工轨迹和轨迹仿真用户界面

a）生成加工轨迹用户界面　b）加工轨迹仿真用户界面

可以通过轨迹树中的【轨迹重置】命令重新生成新的轨迹。

【几何精度】：描述模型的几何精度。进行CAM加工时，几何模型可以看作是把理想形状的曲面离散成一系列小三角片，由这一系列三角片所构成的模型与理想几何模型之间的误差，我们称为几何精度。

2.【毛坯】的设定

【两点方式】：通过拾取毛坯的两个角点（与顺序、位置无关）来定义毛坯。

【三点方式】：通过拾取基准点，拾取定义毛坯大小的两个角点（与顺序、位置无关）来定义毛坯。

【参照模型】：系统自动计算模型的包围盒，以此作为毛坯。

3.【起始点】

双击轨迹树中的【起始点】按钮，系统弹出【刀具起始点】对话框，可以直接输入坐标值或单击【拾取点】按钮来设定全局加工起始点。双击轨迹树中某轨迹名下的【起始点】，可以编辑此条加工轨迹的起始位置，如图6-2所示。

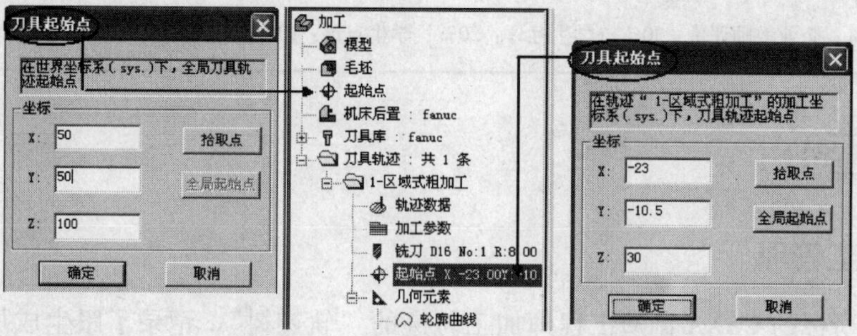

图6-2　刀具起始点的交互界面

4. 机床后置处理

根据所选用的数控系统，系统调用其机床数据文件，运行数控编程系统提供的后置处理程序，将刀位源文件转换成 G 代码格式的数控加工 NC 程序。

5. 对刀具轨迹修改重置和处理

一旦修改了几何模型的任何几何要素，原来的加工规迹就不能再用，为了简化计算，系统具有刀具轨迹的重置功能，方法是在轨迹树中先选择某轨迹名称，单击鼠标右键，在弹出的菜单中选择【轨迹重置】命令，原有轨迹就会即刻更新，设置的切削参数不变。

二、公共参数设置

参数设置可视为对工艺分析和规划的具体实施，即工艺分析和规划的结果在 CAM 软件上实施的过程，它构成了利用 CAD/CAM 软件进行自动编程的主要操作内容。参数设置主要包括：切削方式设置、加工对象及加工区域设置以及加工工艺参数设置等。

1.【刀具参数】选项卡

CAXA 制造工程师的刀具设置，主要是针对数控铣和加工中心的模具加工，目前提供三种立铣刀的参数：球刀（r=R）、平底刀（r=0）和圆角刀（又称 R 刀、牛鼻刀）（r<R），其中 R 为刀具的半径、r 为刀角半径。刀具参数中还有刀杆长度 L 和刀刃长度 l，如图 6-3 所示。

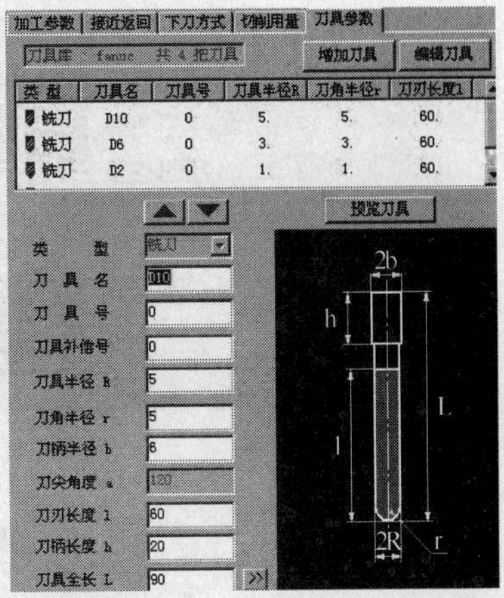

图 6-3 刀具参数示意

2.【切削用量】选项卡

用于设定加工过程中不同阶段的与轨迹运动（即刀具）相关的进给速度及主轴转速，如图 6-4a、b 所示，其中：

【主轴转速】：设定机床主轴的角速度的大小，单位 rpm（r/min）。

【慢速下刀速度（F0）】：设定慢速下刀轨迹段的进给速度的大小，单位 mm/min。

【切入切出连接速度（F1）】：设定切入轨迹段、切出轨迹段、连接轨迹段、接近轨迹段、返回轨迹段的进给速度的大小，单位 mm/min。

【切削速度（F2）】：设定切削轨迹段的进给速度的大小，单位 mm/min。

【退刀速度（F3）】：设定退刀轨迹段的进给速度的大小，单位 mm/min。

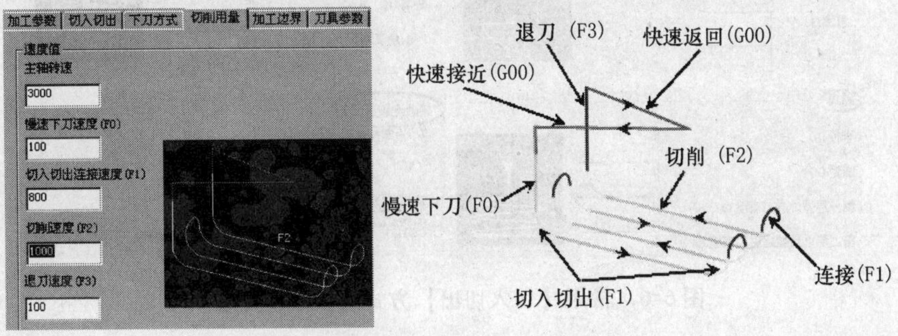

a) b)

图 6-4 刀具运动轨迹的各种速度值设定

3.【下刀方式】选项卡

此选项卡主要规定刀具从高度方向切入零件时的轨迹方式，如图6-5a、b所示，【下刀方式】选项卡首先需要设定进/退刀时的距离，主要参数有：

【安全高度H0】：刀具快速移动而不会与毛坯或模型发生干涉的高度，有相对与绝对两种模式，单击【相对】或【绝对】按钮可以实现两者的互换，如选择【拾取】方式，则可以从绘图区选择任意位置作为高度点。

【慢速下刀距离H1】：在入刀点或切削开始前的一段刀位轨迹的长度，这段轨迹需设定慢速垂直下刀速度，选项内容同【安全高度】。

【退刀距离H2】：在退刀点或切削结束后的一段刀位轨迹的长度，这段轨迹要设定垂直向上退刀速度，选项内容同【安全高度】。

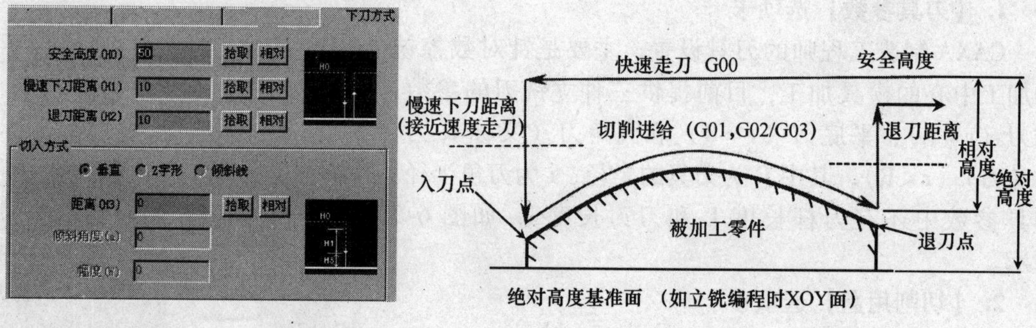

a) b)

图6-5 进刀退刀时的距离设置

4.【切入切出】选项卡

上述【下刀方式】主要针对在高度方向刀具切入零件时的策略，而【切入切出】选项卡用来设置高度方向和水平方向切入切出时的路径。

【切入切出】选项卡中，基本方式有图6-6所示的四种常用轨迹方式和一种刀位点设置方式，它们分别是【XY向】、【沿着形状】、【螺旋】和【接近点和返回点】。

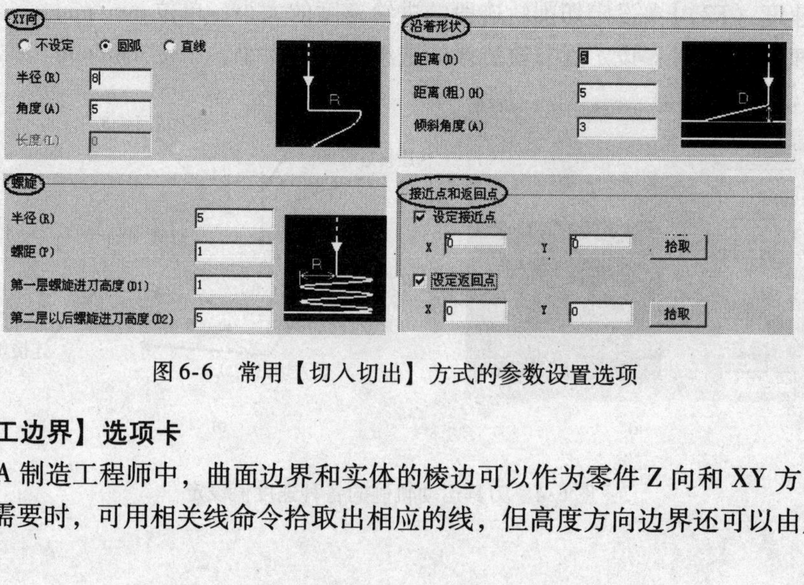

图6-6 常用【切入切出】方式的参数设置选项

5.【加工边界】选项卡

在CAXA制造工程师中，曲面边界和实体的棱边可以作为零件Z向和XY方向的加工边界来使用，需要时，可用相关线命令拾取出相应的线，但高度方向边界还可以由用户设定。

【Z 设定】：设定毛坯的有效的高度范围。

【使用有效的 Z 范围】：设定是否使用有效的 Z 范围，是指使用指定的最大、最小 Z 值所限定的毛坯的范围进行计算，而不使用定义的毛坯的高度范围进行计算。

【最大】：指定 Z 范围最大的 Z 值，可以采用输入数值和拾取点两种方式。

【最小】：指定 Z 范围最小的 Z 值，可以采用输入数值和拾取点两种方式。

【参照毛坯】：通过毛坯的高度范围来定义 Z 范围最大的 Z 值和指定 Z 范围最小的 Z 值。

三、与轨迹生成有关的工艺选项与参数

加工轨迹的生成是 CAM 软件的主要工作内容，它是影响数控加工效率和质量的重要因素，一个零件往往可以生成多种加工轨迹，工艺员应该能够找出工艺性最优的一种。加工轨迹的生成是由加工参数设置决定的，每种轨迹功能实际上反映一种工艺策略，理解并实践轨迹工艺参数表中的选项及参数设定，将决定今后在实际工作中能否熟练应用软件来进行辅助编程与加工。

按加工轴数的不同，通常可将刀具轨迹的形式分为三种，如图 6-7 所示。

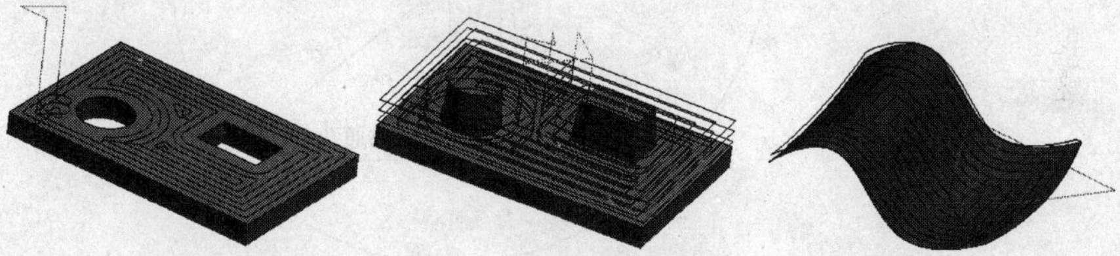

a)　　b)　　c)

图 6-7　刀具轨迹的形式

a）2 轴加工轨迹　b）2.5 轴加工轨迹　c）3 轴加工轨迹

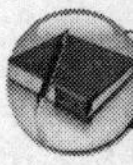

【任务实施】

一、完成凸轮的造型

凸轮造型较为简单，关键要会利用【公式曲线】功能。单击【公式曲线】按钮 f(x)，系统弹出【公式曲线】对话框，输入图 6-8 所示的渐开线参数方程，将渐开线定位在坐标原点。本项目既可以建立线架模型，也可以建立实体模型。

二、完成凸轮加工轨迹设置

1. 平面轮廓加工轨迹

单击【应用】/【轨迹生成】/【平面轮廓加工】命令，系统弹出【平面轮廓参数表】对话框，按照图 6-9a、b、c、d、e 所示分别填写【铣刀参数】、【平面轮廓加工参数】、【切削用量】、【进退刀方式】和【下刀方式】选项卡。所有设置结束后，单击【确定】按钮，系统提示【拾取轮廓和加工方向】；用光标拾取轮廓图形，系统提示【确定链拾取方向】；用光标选取顺时针箭头方向，系统提示【拾取箭头方向】（选择加工外轮廓还是内轮廓）；用光标拾取指向凸轮外部箭头，系统提示【拾取进刀点】；单击鼠标右键，系统提示【拾取退刀点】，再单击鼠标右键，系统将生成刀路轨迹，如图 6-9f 所示。

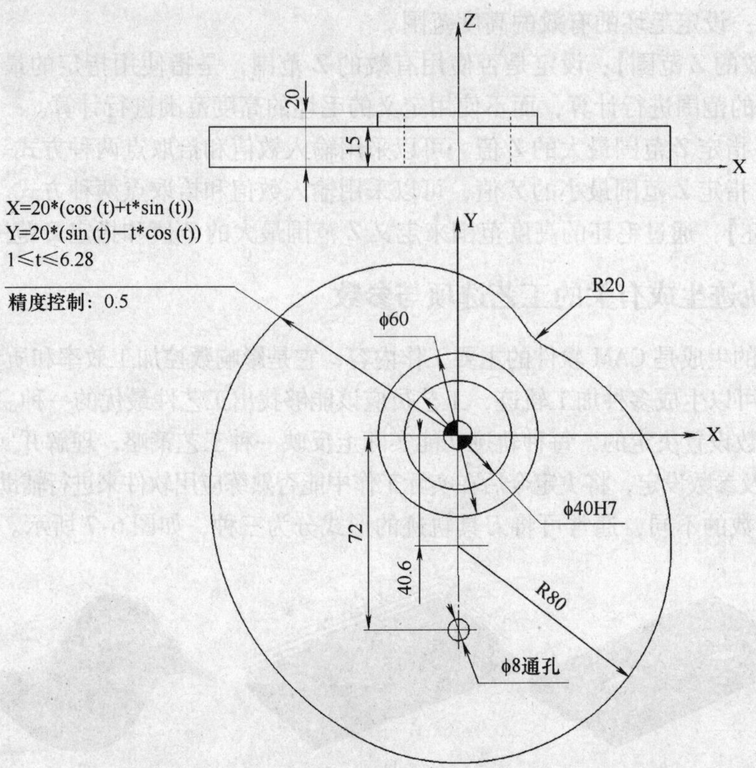

图 6-8　凸轮的图样与尺寸

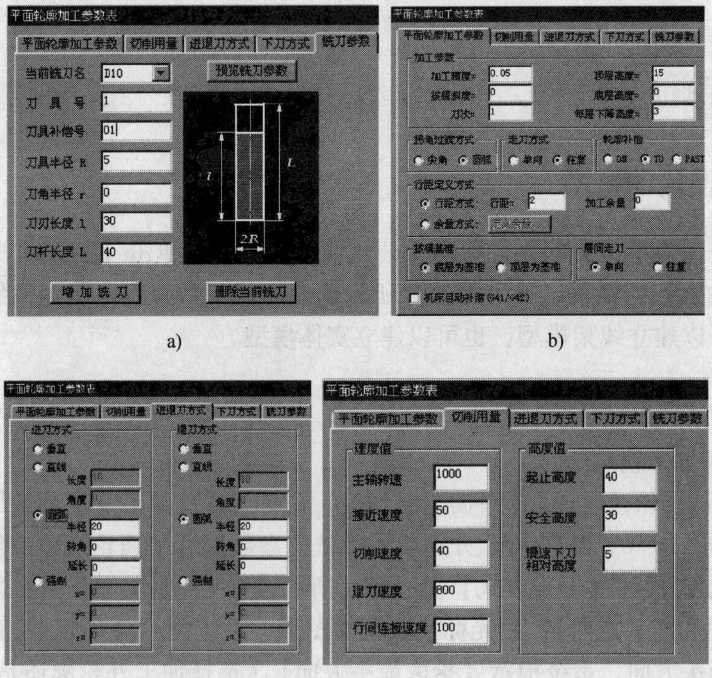

图 6-9　加工参数和轨迹生成

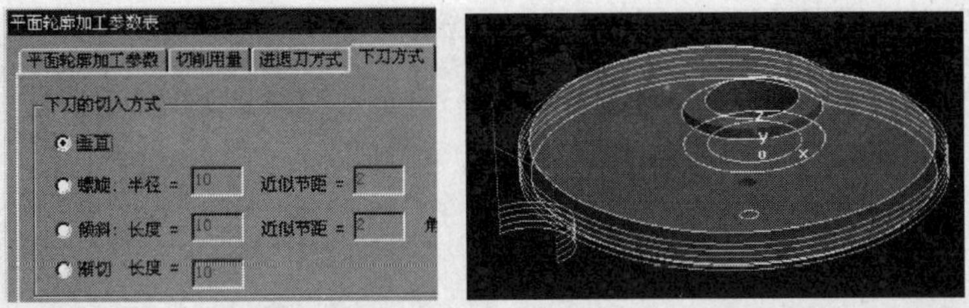

e)　　　　f)

图6-9　加工参数和轨迹生成（续）

2. 平面区域加工轨迹

单击【应用】/【轨迹生成】/【平面区域加工】命令，系统弹出【平面区域加工参数表】对话框，按照图6-10a所示填写【平面区域加工参数】选项卡，其他同上。所有设置结束后，单击【确定】按钮，系统提示【拾取轮廓和加工方向】；用光标拾取轮廓图形，系统提示【确定链拾取方向】；用光标选取顺时针箭头方向，系统提示【拾取岛屿】；用光标指向ϕ60凸台外圆，并拾取顺时针箭头作为搜索方向，单击鼠标右键，系统将生成刀路轨迹，如图6-10b所示。

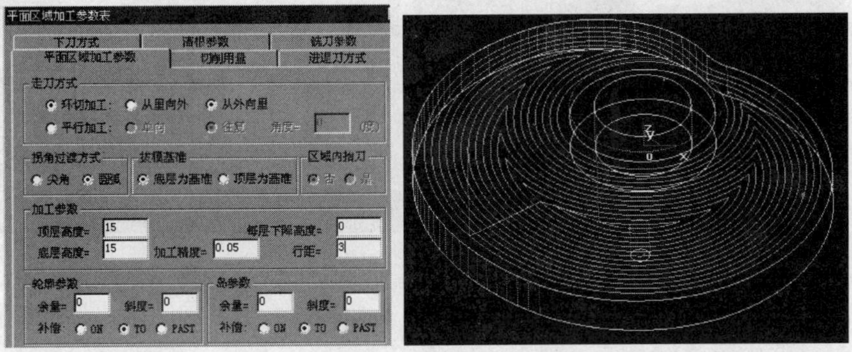

a)　　　　b)

图6-10　平面区域加工轨迹

操作技巧：每层内选择了圆弧切入/切出，使层间下刀点已在毛坯外，所以这里可使用垂直下刀。

3. 平面轮廓加工轨迹

由于选用了键槽刀，在此可以不预钻孔，【平面轮廓加工参数表】选项卡中的【顶层高度】数值需改动，如图6-11a所示，进刀点和退刀点为圆孔圆心，生成轨迹如图6-11b所示。

4. 钻孔

单击【应用】/【轨迹生成】/【钻孔】命令，系统弹出【钻孔参数表】对话框，填写【钻孔参数】和【钻头参数】选项卡，如图6-12a、b所示；输入钻孔定位坐标（0，－72，15），右键单击后，系统生成钻孔轨迹。

单击【应用】/【后置处理】/【生成工序单】命令，系统会自动生成“-htm”格式的“加工轨迹明细表”，见表6-2。

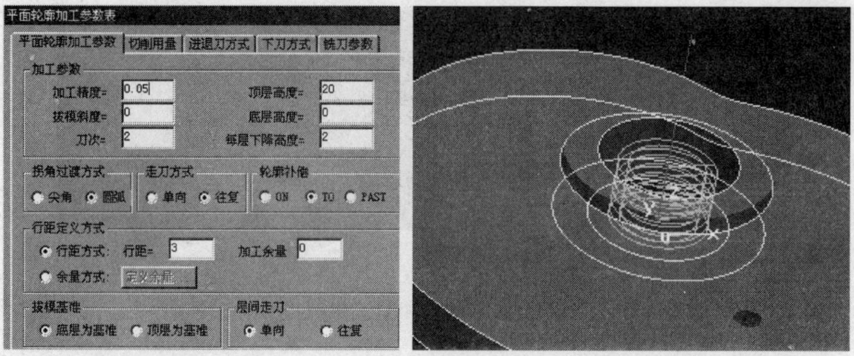

a) b)

图6-11 ϕ40孔内表面加工轨迹

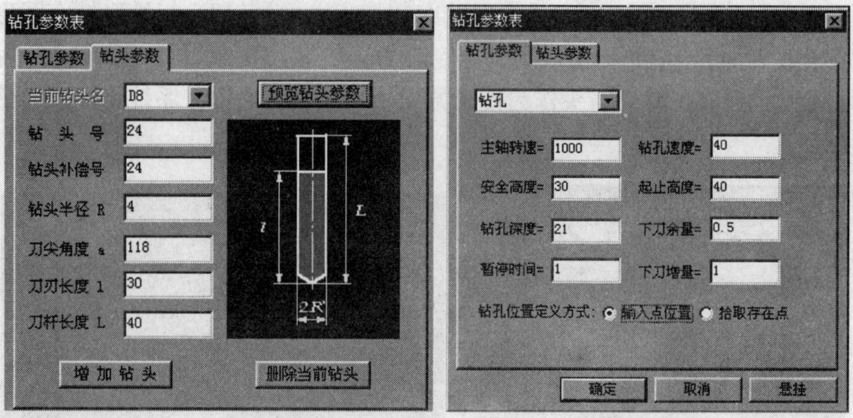

a) b)

图6-12 钻孔参数设置

表6-2 加工轨迹明细表

加工轨迹明细单						
序 号	代码名称	刀 具 号	刀具参数/mm	切削速度/(mm/min)	加工方式	加工时间
1	轮廓加工	1	刀具直径=10.00 刀角半径=0.00 刀刃长度=30.000	200	平面轮廓	17min
2	平面加工	1	刀具直径=10.00 刀角半径=0.00 刀刃长度=30.000	200	平面区域	32min
3	内孔加工	6	刀具直径=12.00 刀角半径=0.00 刀刃长度=30.000	200	平面轮廓	7min
4	钻孔	24	刀具直径=8.00 刀角半径=118.00 刀刃长度=30.000	40	钻孔	1min

【完成学习工作页】（见表6-3、表6-4、表6-5）

表6-3　任务安排计划书

项目名称	凸轮的建模及加工		制定人	
组　员				
流　程	任　务	负责人	方法/手段	预期成果及检查项目
1				
2				
3				
4				
5				
6				
7				
8				
9				
10				

表6-4　项目成本核算表

项目名称		凸轮的建模及加工		
核算项目		单位成本/(元/kg)	质量/kg	成本/元
材料成本	铝合金	80		
核算项目		单位成本/(元/h)	工时/h	成本/元
加工成本	刀具使用费	10		
	机床使用费	50		
人工成本	编制加工程序	20		
环境保护成本	环保费	20		
合　计				
填表人		审核人		

表6-5　数控加工工序卡片

数控加工工序卡片			工序号		工序内容			
单　位			零件名称		材　料	夹具名称	使用设备	
工步号	程序号	工步内容	刀具号	刀具规格/mm	主轴转速/(r/min)	进给速度/(mm/min)	被吃刀量/mm	备　注
1								
2								

（续）

数控加工工序卡片			工序号		工序内容			
单位			零件名称		材料	夹具名称	使用设备	
工步号	程序号	工步内容	刀具号	刀具规格/mm	主轴转速/(r/min)	进给速度/(mm/min)	被吃刀量/mm	备注
3								
4								
5								
6								
编制					审核			

【教学评价】（见表6-6、表6-7、表6-8、表6-9）

表6-6 学生自评表

班级			姓名	
项目名称			组别	
考核项目	考核内容		满分	得分
社会能力	尊敬师长、尊重同学		5	
	相互协作		5	
	主动帮助他人		5	
	办事能力		5	
学习态度 学习能力	出勤	迟到	3	
		早退	3	
		旷课	4	
	学习态度认真		5	
	能独立思考解决问题		5	
专业能力	安全规范意识		5	
	5S遵守情况		5	
	零件加工分析能力		10	
	工艺处理能力		10	
	仿真验证能力		10	
	实操能力		10	
	零件加工检验能力		10	
合计			100	
自我评价				

表 6-7 小组成员互评表

被评价学生		承担任务	
考核项目	考核内容	满　分	得　分
方法能力	创新能力	10	
	学习态度认真	10	
	能独立思考解决问题	10	
社会能力	尊敬师长	5	
	尊重同学	5	
	团队协作	10	
	主动帮助他人	10	
专业能力	所承担的工作量	20	
	理论及实操能力	10	
	5S 遵守情况	10	
合　计			
评　语			
评价人		学　号	

表 6-8 教师评价表

班　级		姓　名		
项目名称		组　别		
评分内容		分　值	得　分	备　注
资讯	起始情况评价	5		
	收集信息评价	5		
计划	工作计划情况	5		
决策	解决问题情况	5		
实施	零件加工分析	5		
	确定装夹方案	5		
	刀具正确选用及安装	5		
	确定加工方案	5		
	切削参数选用	5		
	编制加工工艺文件	5		
	编制加工程序	5		
	仿真加工验证	5		
	实际加工	5		

（续）

班　　级			姓　　名		
项目名称			组　　别		
评分内容			分　　值	得　　分	备　　注
检查	零件检测		10		
	上交文件齐全、正确		5		
评价	完成工作量		5		
	工作效率及文明施工		5		
	学生自我评价		5		
	同组学生的评价		5		
总　　分			100		
评　语					
评价教师					

表 6-9　企业教师评价表

班级：	姓名：	学号：
项目：凸轮的建模及加工		得分：
一、专业能力：60%		
本人工作量完成情况	5	
凸轮的造型	5	
加工工艺制定	5	
刀具路径设置	5	
零件的仿真和实际加工	10	
工艺过程合理性	5	
工艺文件规范性	5	
刀具选用是否合适	5	
切削用量选用是否合理	5	
数控程序是否正确	5	
是否正确操作机床	5	
二、职业素质：40%		
责任意识	10	
专业素质	10	
5S	10	
团队合作	5	
环保意识	5	
总　　分		

【学后感言】

____

____

____

____

____

【思考与练习】

完成图6-13所示凸轮的三维造型和加工轨迹的生成。

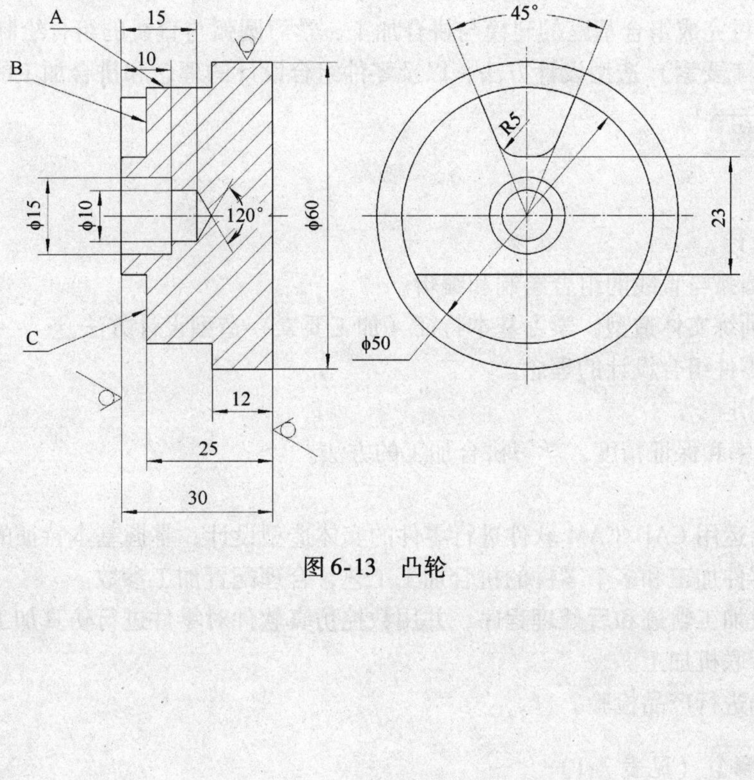

图6-13　凸轮

项目 7

组合基座的建模与拼合加工

本项目通过完成组合基座的建模与拼合加工，学习圆弧与直线的组合绘制和编辑，学习基本特征（加工要素）造型设计方法，以及零件组合设计的理念和拼合加工的方法。

【学习目标】

知识目标

1. 造型设计

1）学习圆弧与直线的组合绘制和编辑。

2）强化训练实体造型，学习基本特征（加工要素）造型设计方法。

3）学习零件组合设计的理念。

2. 工艺制定

为提高效率和保证精度，学习拼合加工的方法。

技能目标

1. 能灵活运用 CAD/CAM 软件进行零件的实体造型设计，掌握基本特征的设计方法。
2. 学会零件加工和多个零件的拼合加工工艺，合理配置加工参数。
3. 能生成加工轨迹和后处理程序，并用数控仿真软件对零件进行仿真加工。
4. 能进行联机加工。
5. 能正确进行产品检验。

【工作任务】（见表 7-1）

表 7-1　任务书

适用专业：数控技术		学时：24	
项目名称：组合基座的建模与拼合加工		项目编号：7	
姓名：	班级：	日期：	实训室：
一、项目目标 本项目通过完成组合基座的建模与拼合加工，学习零件组合设计的理念和拼合加工的方法，学会零件加工和多个零件的拼合加工工艺，合理配置加工参数；能生成加工轨迹和后处理程序，并用数控仿真软件对零件进行仿真加工。			

（续）

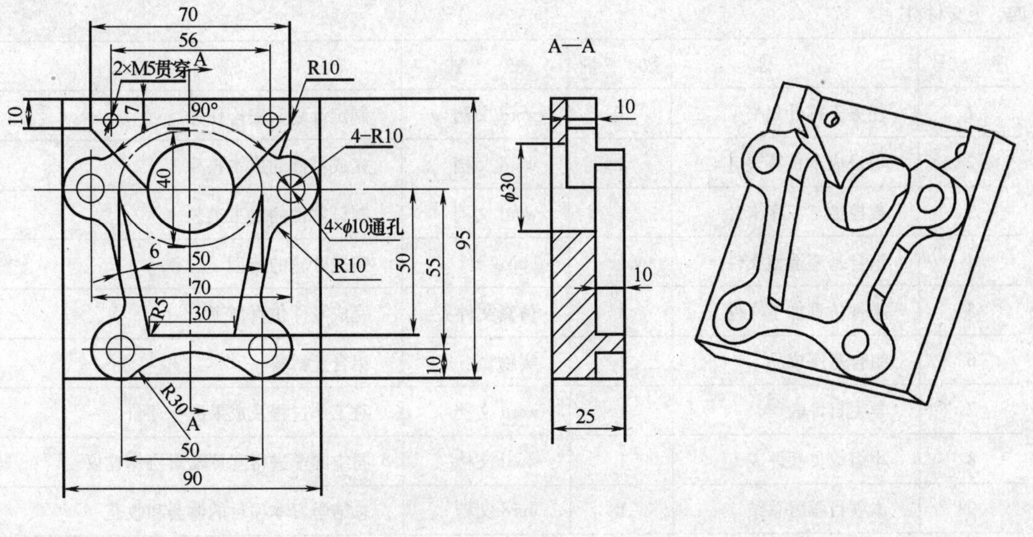

底座

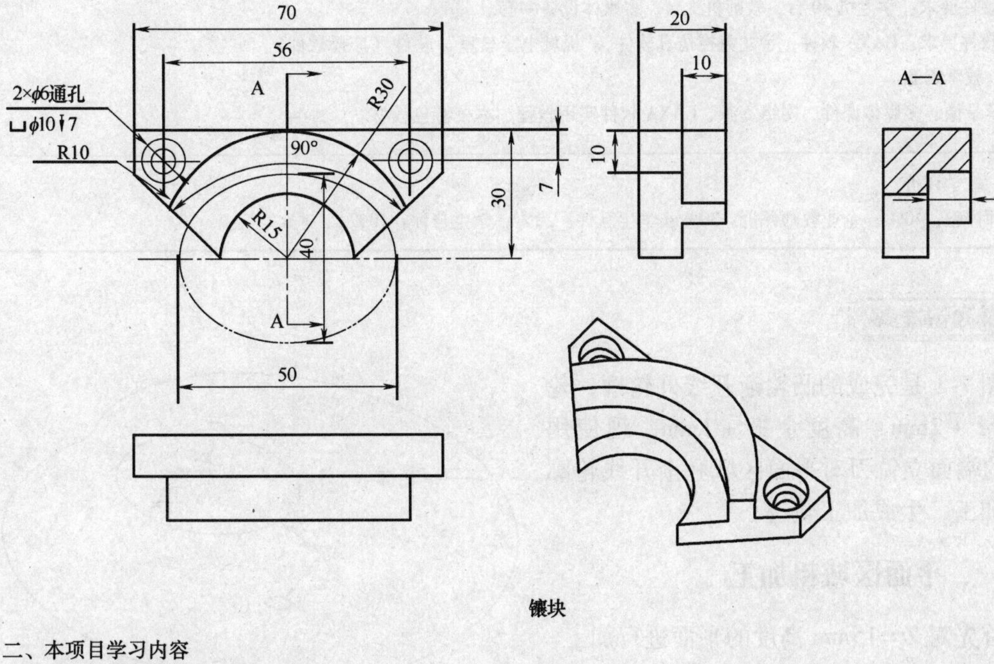

镶块

二、本项目学习内容

1. 完成组合基座的建模。
2. 完成组合基座的加工工艺分析。
3. 完成组合基座加工刀具路径的设置。
4. 完成零件的仿真和实际加工。
5. 完成工作页。

三、教学方法

任务驱动法、小组讨论法、讲授法、演示法等。

（续）

四、上交材料

序　号	名　称	数　量	格　式	备　注
1	任务安排计划书	1	word 文档	制定计划、安排任务
2	项目成本核算表	1	word 文档	完成零件的成本核算
3	数控加工工序卡片	1	word 文档	制订零件的加工工艺
4	组合基座造型文件	1	. mxe	完成叶轮的造型
5	零件仿真加工文件	1	仿真文件夹	完成零件仿真加工
6	组合基座成品	1	实物	铝合金材料
7	学生自评表	1	word 文档	对工作过程及成果进行评价
8	小组成员互评表	1	word 文档	同组同学进行互评及对协作建议
9	本项目学习总结	1	word 文档	总结学习本项目的体会和收获

五、教学条件

1. 硬件要求：学生机 40 台，教师机 1 台，多媒体设备一套。

2. 软件要求：CAXA 软件，宇龙数控仿真软件，“极域电子教室”软件（广播软件）。

六、教学资源

教学录像、多媒体课件、网络资源、CAXA 软件实用教程、本校特色教材。

七、教学评价

教师评教：40%；企业教师评价：30%；学生互评：20%；学生自评：10%。

【知识准备】

图 7-1 是完成的凸轮渐开线外轮廓，轮廓余量 +2mm，高度余量 +1mm，现使用 ϕ16 的端面立铣刀对平面区域和渐开线轮廓进行加工，生成加工轨迹。

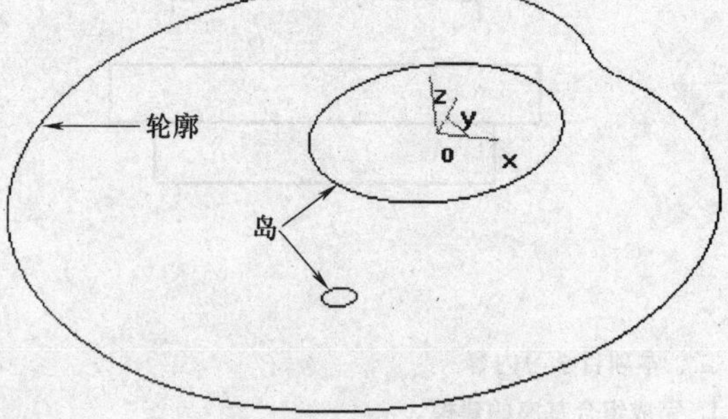

图 7-1　线架造型

一、平面区域粗加工

首先对 Z = 15mm 高度的平面进行加工。

1）选择【加工】/【粗加工】/【平面区域粗加工】命令，在弹出的如图 7-2 所示的对话框中输入加工参数。

2）采用垂直下刀，但下刀点要选在零件轮廓的外部，进刀方向垂直轮廓线。

3）所有设置结束后，单击【确定】按钮，系统提示【拾取轮廓和加工方向】，用光标拾取轮廓图形，系统提示【确定链拾取方向】，用光标选取顺时针箭头方向，系统提示【拾

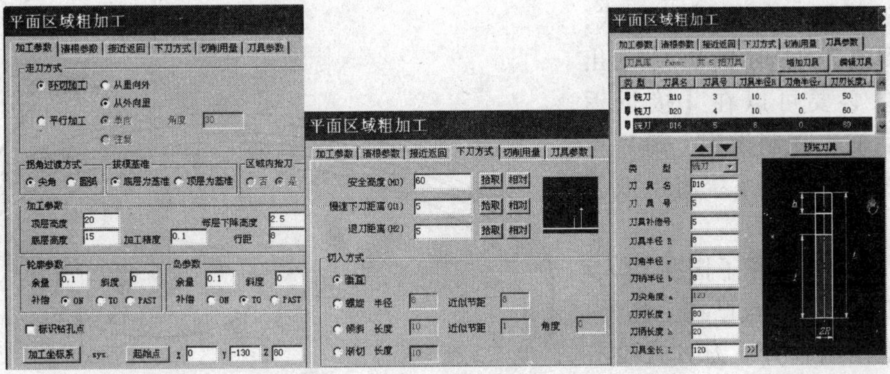

图7-2　平面区域粗加工加工参数设置

取岛屿】，用光标指向图7-3中的岛，并拾取顺时针箭头作为搜索方向，单击鼠标右键，系统将生成图7-3所示的加工轨迹。

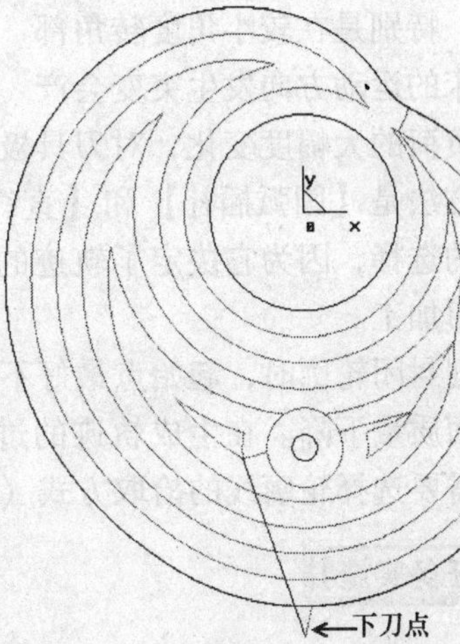

图7-3　平面区域加工轨迹生成

二、平面轮廓精加工

平面轮廓线精加工是一种针对工件轮廓——系列首尾相接曲线的集合，所进行的一种2轴联动加工，它主要用于加工零件的平面轮廓和槽，轮廓线加工属2.5轴加工，只需二维平面图即可生成刀具轨迹。此处选择凸轮的轮廓线（圆弧和公式曲线）为加工对对象，采用圆弧进刀可以有效提高下刀处表面精度。

1）选择【加工】/【粗加工】/【平面轮廓精加工】命令，在弹出的如图7-4所示的对话框中输入加工参数。所有设置结束后，单击【确定】按钮，系统提示【拾取轮廓和加工方向】，用光标拾取轮廓图形，系统提示【确定链拾取方向】，用光标选取顺时针箭头方向，系统提示【拾取箭头方向】（选择加工外轮廓还是内轮廓），用光标拾取指向凸轮外部箭头。【拾取进刀点】、【拾取退刀点】可由系统自定。由

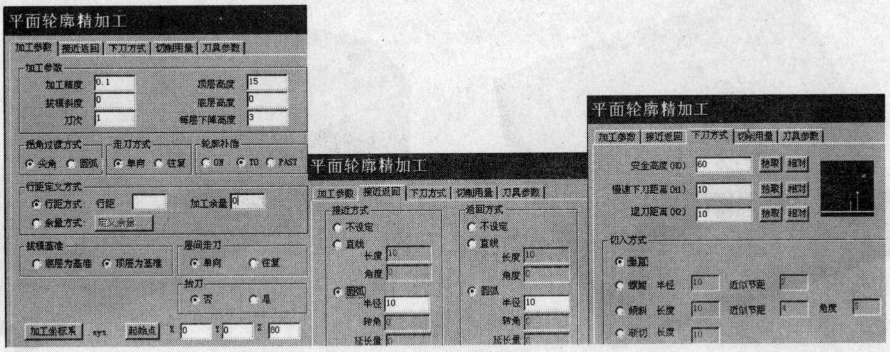

图7-4　平面轮廓精加工对话框

于已经选择圆弧接近返回方式，自动得到图7-5所示的切入/切出点，如果必要可以在【接近返回】对话框中强制设定，最后单击鼠标右键确定，系统将生成刀路轨迹。

2）每层内选择了圆弧切入/切出，使层间下刀点已在毛坯外，所以这里使用垂直下刀方式没有问题。

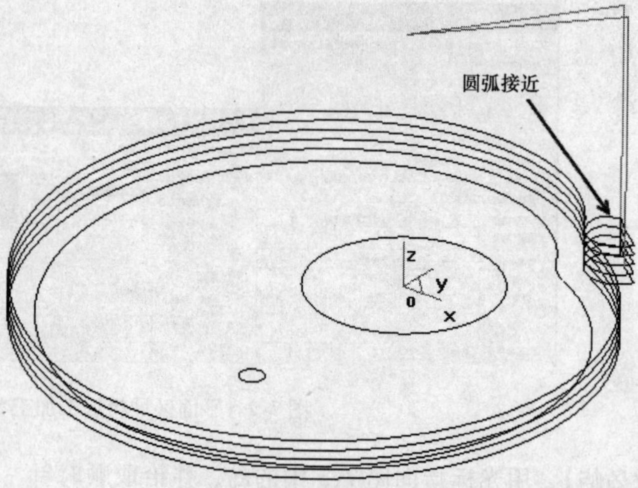

图7-5 平面轮廓精加工轨迹

应用平面轮廓精加工时，在转角部位，特别是在较小角度转角部位，机床的运动方向发生突变会产生切削负荷的大幅度变化，对刀具极其不利。软件提供了两种过渡方式，以降低切削负荷。这两种方法是【圆弧插补】和【直线插补】。如选取【偏移】方式加工轮廓时，请注意加工方向的选择，因为它决定了轨迹的偏移方向。当XY向加工余量较大时，可以输入刀次，进行多刀加工。

铣削封闭轮廓时，起始点最好不要设置在转角附近的位置，以免由于挤压造成下刀点处零件表面质量下降。在生成轨迹的过程中，当系统提示拾取轮廓线时，按“空格”键，可以根据需要选择轮廓线的拾取方式（链拾取、限制链拾取和单个拾取）。

【任务实施】

教学组织实施建议：任务驱动法、小组讨论法、讲授法、演示法等。

一、零件分析

图7-6和图7-7所示的零件为采用组合造型与加工的工艺方案，分析零件图后可看出，造型设计与加工的难点主要在于：

图7-6 底座

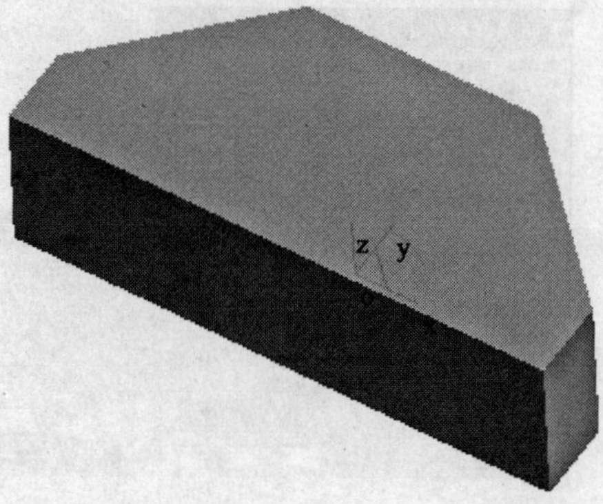

图7-7 镶块

1）底座与镶块为配合件，在设计造型时需将底座与镶块组合成整体，完成配合后的组合零件造型后，再分别进行剪裁，生成零件1（见图7-13）和零件2（见图7-17）。

2）在加工零件1和零件2时，需要先将零件1毛坯完成与零件2的配合部分（见图7-6），再将零件2毛坯完成与零件1配合部分（见图7-7），将两个完成部分配合的毛坯配合在一起后，进行零件1与零件2的轮廓组合加工，加工结果如图7-8所示。

图7-8　配合件

二、实体/曲面造型

1. 工作内容如下

1）完成零件1与零件2组合后整体造型。

2）在组合造型的基础上进行零件1和零件2的剪裁。

3）加工路线主要是零件1与零件2组合后的整体加工路线。

实体/曲面造型比较简单，大部分工作都是在拉伸、剪裁，没有利用CAD/CAM软件特殊的功能，特别注意的是完成组合造型后需要进行剪裁才能生成零件1和零件2。

2. 完成组合造型

组合造型如图7-9所示。

3. 生成零件

（1）生成零件1　在组合造型（见图7-9）的基础上，选择组合造型上表面作为基面，如图7-10所示；在基面上作剪裁辅助线，如图7-11所示；进行零件1的剪裁，如图7-12所示；生成零件1，如图7-13所示。

图7-9　组合造型

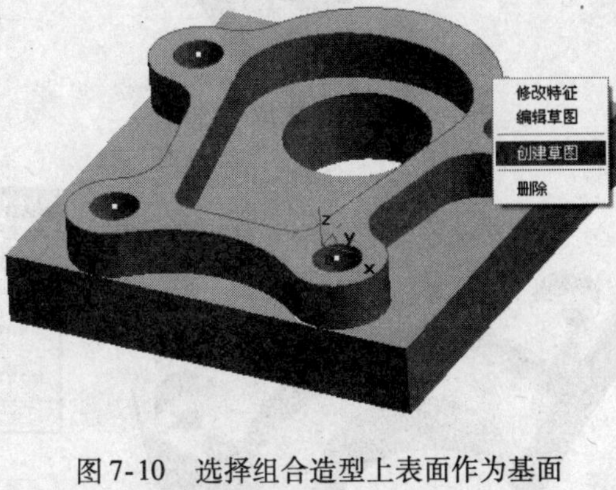

图7-10　选择组合造型上表面作为基面

（2）生成零件2　与零件1的生成方法相同，作剪裁辅助线，如图7-14所示；生成零件，如图7-15所示；以该零件背面为基面，再作部分剪裁，如图7-16所示；生成零件2，如图 7-17 所示。

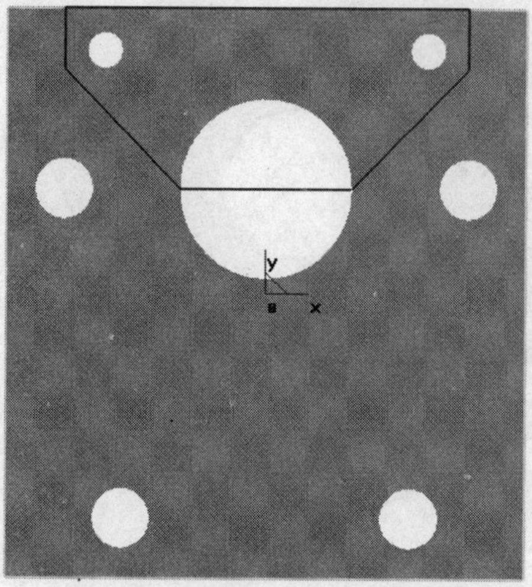

图 7-11　在基面上作剪裁辅助线

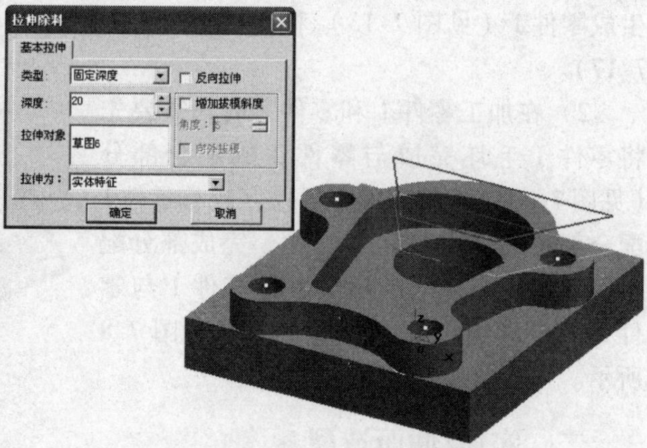

图 7-12　进行零件 1 的剪裁

图 7-13　生成零件 1

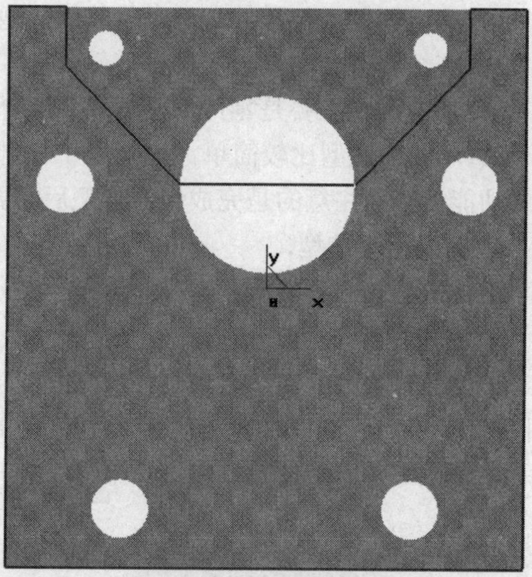

图 7-14　作剪裁辅助线

图 7-15　作剪裁辅助线后生成的零件

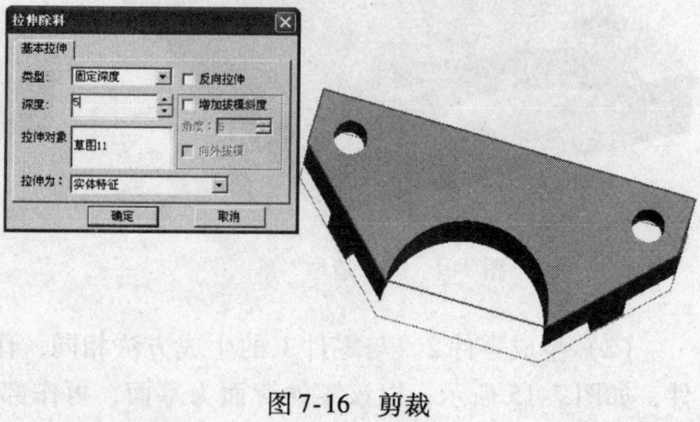

图 7-16　剪裁

三、加工轨迹的生成

图 7-17　生成零件 2

（1）【区域式粗加工】生成凹槽加工轨迹　单击【应用】/【轨迹生成】/【平面区域加工】命令，参照图 7-18 所示分别填写平面区域加工参数，其他同上，所有设置结束后，单击【确定】按钮，系统提示【拾取轮廓和加工方向】，用光标拾取轮廓图形，系统提示【确定链拾取方向】，用光标选取顺时针箭头方向，单击鼠标右键，系统将生成刀路轨迹，如图 7-19 所示。

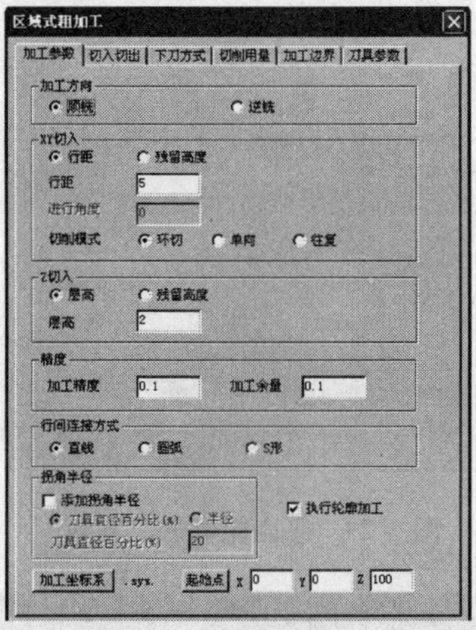

图 7-18　填写平面区域加工参数图

图 7-19　生成凹槽加工轨迹

（2）【区域式粗加工】生成圆孔加工轨迹　与凹槽加工方法类似，参照图 7-20 所示分别填写区域式粗加工参数，生成加工轨迹如图 7-21 所示。

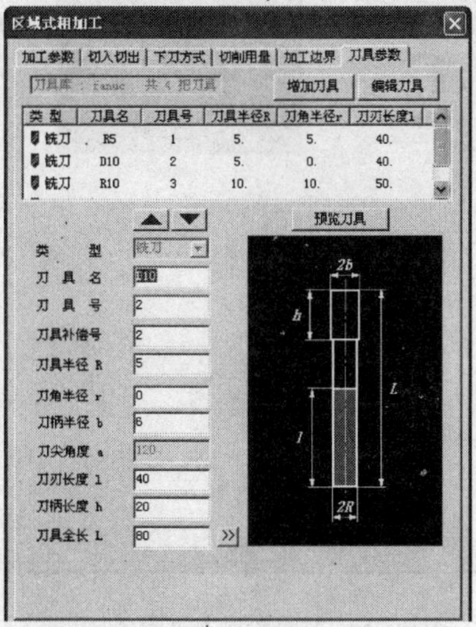

图 7-20　填写区域式粗加工参数图

图 7-21　生成圆孔加工轨迹

(3)【轮廓线加工】方法生成外轮廓的加工轨迹　单击【应用】/【轨迹生成】/【平面轮廓加工】命令，参照图 7-22～图 7-25 所示分别填写【刀具参数】、【加工参数】、【切入切出】、【切削用量】选项卡。

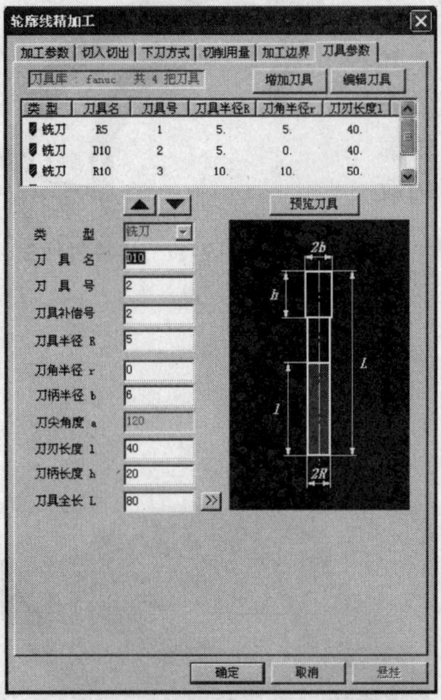

图 7-22　平面轮廓加工铣刀参数

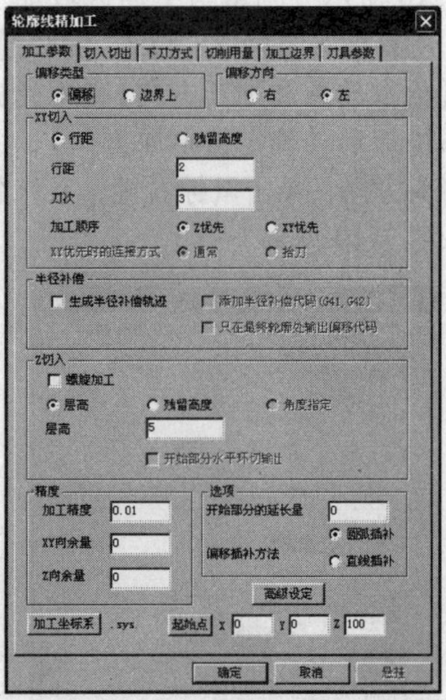

图 7-23　平面轮廓加工参数

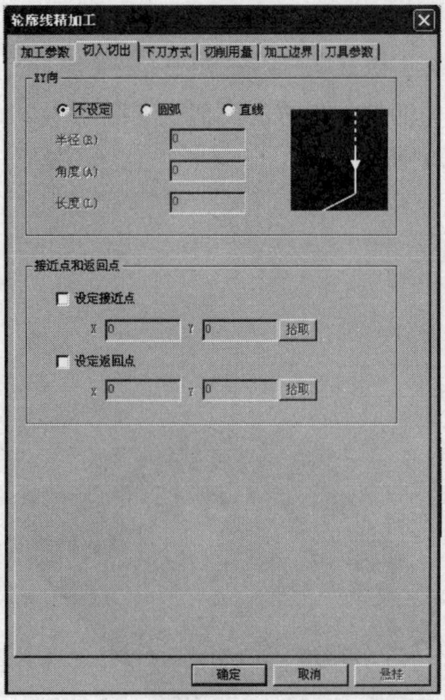

图 7-24　平面轮廓加工切入切出

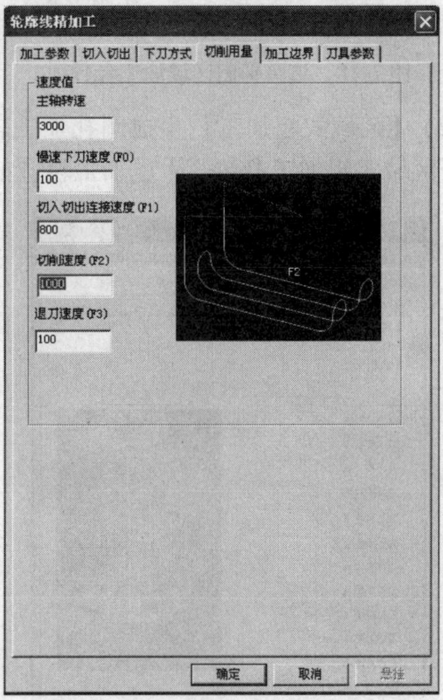

图 7-25　平面轮廓加工切削用量

所有设置结束后，单击【确定】按钮，系统提示【拾取轮廓和加工方向】，用光标拾取轮廓图，系统提示【确定链拾取方向】，用光标选取顺时针箭头方向，系统提示【拾取箭头方向】(选择加工外轮廓还是内轮廓)，用光标拾取指向凸轮外部箭头，系统提示【拾取进刀点】，单击鼠标右键，系统提示【拾取退刀点】，再单击鼠标右键，系统将生成刀路轨迹，如图7-26所示。

(4) 钻孔循环生成4×Φ10通孔的加工轨迹　单击【应用】/【轨迹生成】/【钻孔】命令，填写钻孔参数和钻头参数如图7-27、图7-28所示，输入钻孔定位坐标(-25，-37.5，25)、(25，-37.5，25)、(35、-17.5、25)、(-35、-17.5、25)，右键单击后系统生成图7-29所示钻孔轨迹。

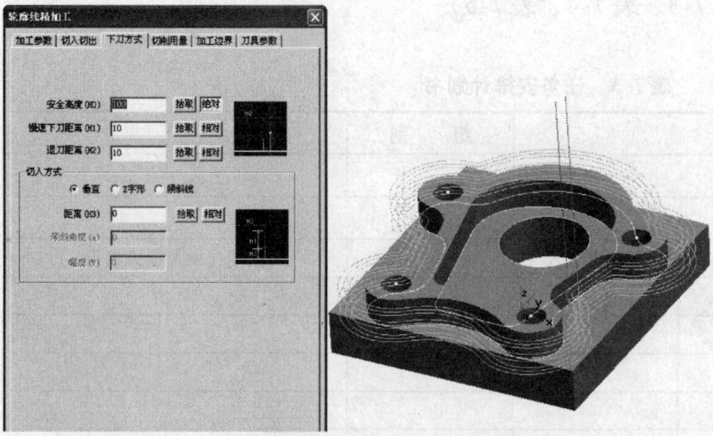

图7-26　生成刀路轨迹

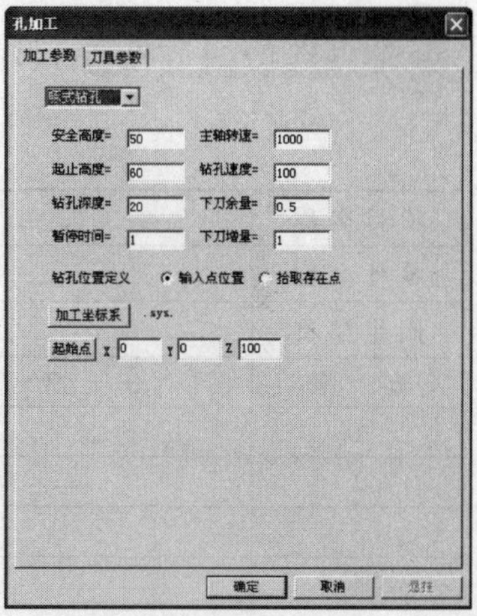

图7-27　钻孔参数

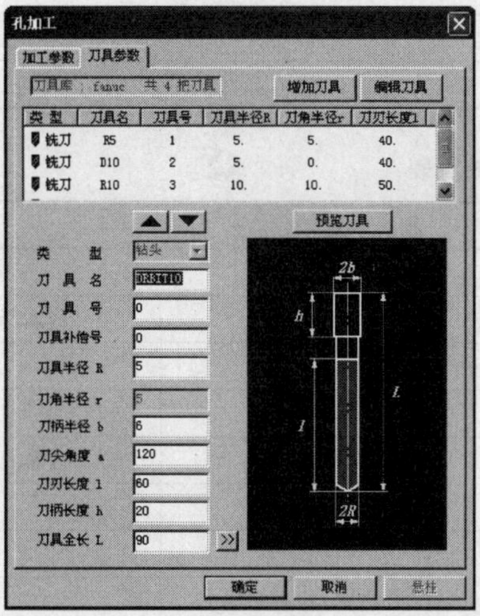

图7-28　钻头参数

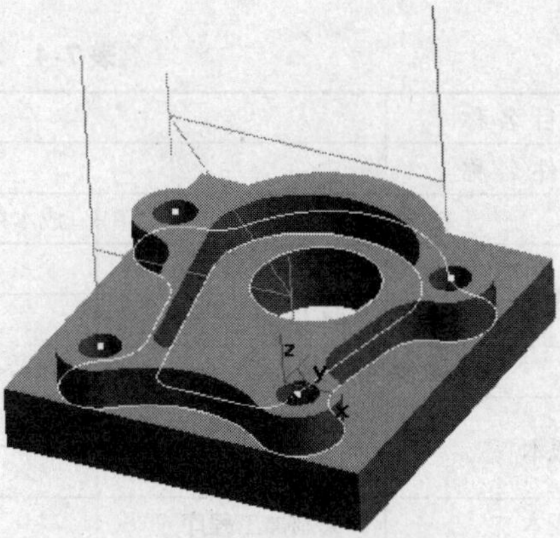

图7-29　生成钻孔轨迹

综上所述，组合基座加工轨迹明细表见表7-2。

表7-2 组合基座加工轨迹明细表

序号	代码名称	刀具号	刀具参数/mm	切削速度 mm/min	加工方式
1	轮廓加工	1	刀具直径=10.00 刀角半径=0.00 刀刃长度=30.000	200	平面轮廓
2	平面加工			200	平面区域
3	内孔加工			200	平面轮廓
4	钻孔	2	刀具直径=10.00 刀角半径=118.00 刀刃长度=30.000	40	钻孔

【完成学习工作页】（见表7-3、表7-4、表7-5）

表7-3 任务安排计划书

项目名称			组别	
零件名称			组长	
同组学员				
流程	任务	负责人	方法/手段	预期成果及检查项目
1				
2				
3				
4				
5				
6				
7				
8				
9				
10				

表7-4 项目成本核算表

项目名称			组别	
零件名称			零件图号	
核算项目		成本单位/(元/kg)	质量/kg	成本/元
材料成本	铝合金			
	45钢			
核算项目		单位成本/(元/h)	工时/h	成本/元
加工成本	刀具使用费			
	机床使用费			
人工成本	编制加工程序			
环境保护成本	环保费			
合计				
填表人		审核人		

表7-5 数控加工工序卡片

数控加工工序卡片			工序号	工序内容			
			1	数车			
(单位)			零件名称	材料	夹具名称		使用设备
工步号	程序号	工步内容	刀具号	主轴转速/(r/min)	进给速度/(mm/min)	背吃刀量/mm	备注
1							
2							
3							
4							
5							
6							
7							
8							
编制		审核			第 页		共 页

【教学评价】(见表7-6、表7-7、表7-8、表7-9)

表7-6 学生自评表

班级			姓名	
项目名称			组别	
考核项目	考核内容		满分	得分
社会能力	尊敬师长、尊重同学		5	
	相互协作		5	
	主动帮助他人		5	
	办事能力		5	
学习态度 学习能力	出勤	迟到	3	
		早退	3	
		旷课	4	
	学习态度认真		5	
	能独立思考解决问题		5	
专业能力	安全规范意识		5	
	5S遵守情况		5	
	零件加工分析能力		10	
	工艺处理能力		10	
	仿真验证能力		10	
	实操能力		10	
	零件加工检验能力		10	
合计			100	
自我评价				

表 7-7 小组成员互评表

姓　名		承担任务	
考核项目	考核内容	满　分	得　分
方法能力	创新能力	10	
	学习态度认真	10	
	能独立思考解决问题	10	
社会能力	尊敬师长	5	
	尊重同学	5	
	团队协作	10	
	主动帮助他人	10	
专业能力	所承担的工作量	20	
	理论及实操能力	10	
	5S 遵守情况	10	
合　计			
评　语			
评　价　人		学　号	

表 7-8 教师评价表

班　级			姓　名		
项目名称			组　别		
评分内容			分　值	得　分	备　注
资讯	起始情况评价		5		
	收集信息评价		5		
计划	工作计划情况		5		
决策	解决问题情况		5		
实施	零件加工分析		5		
	确定装夹方案		5		
	刀具正确选用及安装		5		
	确定加工方案		5		
	切削参数选用		5		
	编制加工工艺文件		5		
	编制加工程序		5		
	仿真加工验证		5		
	实际加工		5		

（续）

班　　级		姓　　名		
项目名称		组　　别		
评分内容		分　　值	得　　分	备　　注
检查	零件检测	10		
	上交文件齐全、正确	5		
评价	完成工作量	5		
	工作效率及文明施工	5		
	学生自我评价	5		
	同组学生的评价	5		
总　　分		100		
评　语				
评价教师				

表7-9　企业教师评价表

班　　级		姓　　名	
项目名称		组　　别	
一、专业能力：60%			
工作量完成情况	5		
造型情况	5		
加工工艺制订	5		
刀具路径设置	5		
零件的仿真和实际加工	10		
工艺过程合理性	5		
工艺文件规范性	5		
刀具选用是否合适	5		
切削用量选用是否合理	5		
数控程序是否正确	5		
是否正确操作机床	5		
二、职业素质：40%			
责任意识	10		
专业素质	10		
5S	10		
团队合作	5		
环保意识	5		
总　　分			

【学后感言】

____

____

____

____

____

【思考与练习】

利用现场条件和拼合加工的方法，完成图7-30和图7-31所示零件的三维造型、加工工艺方案、刀具加工路径、后处理程序、仿真加工，并提交相应文件。

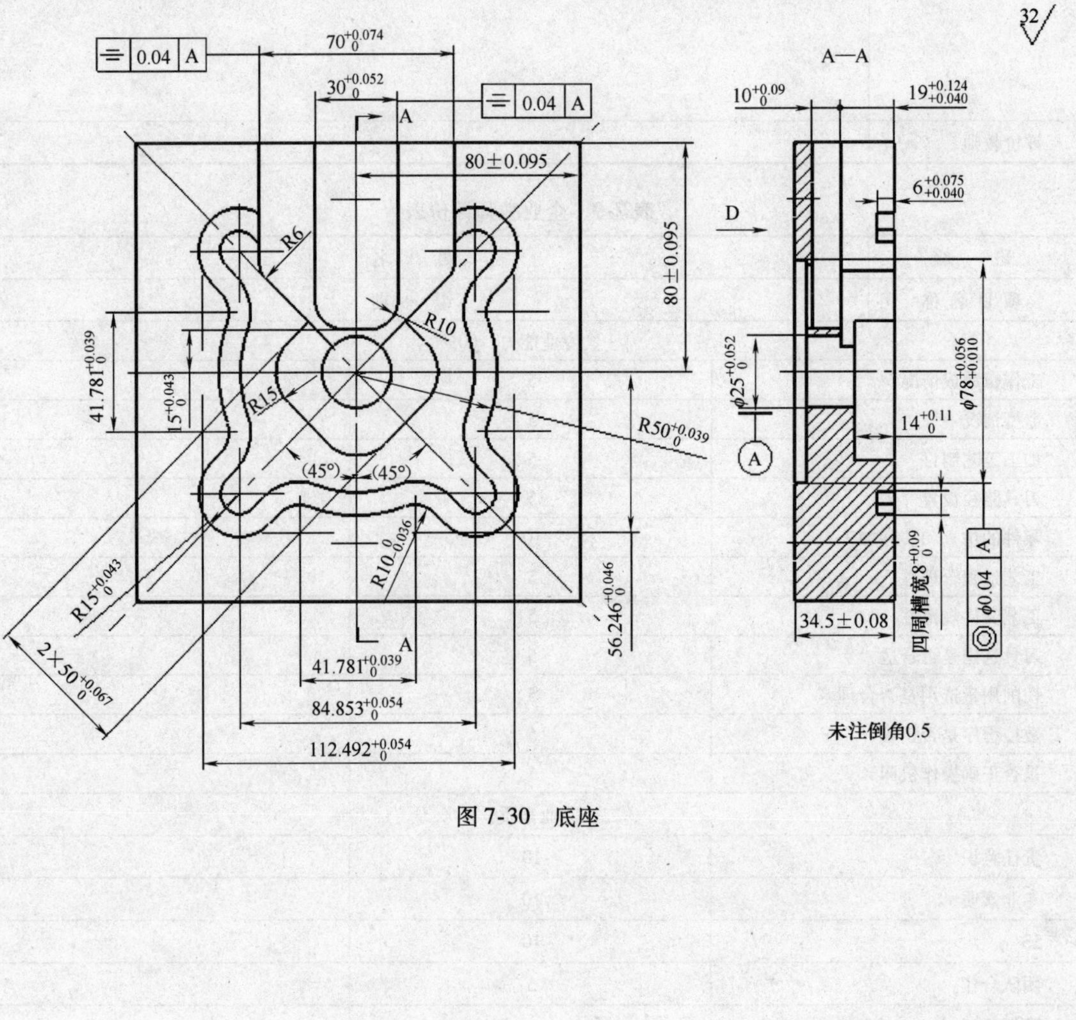

图7-30 底座

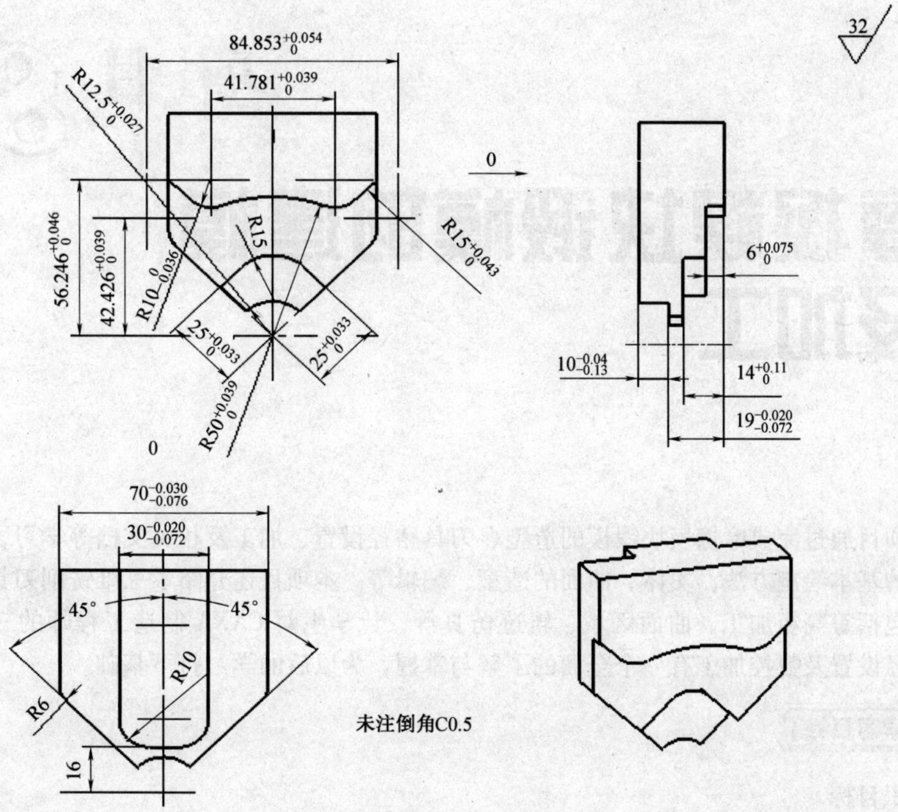
84.853
41.781
R12.5
56.246
42.426
R15
R10
R15
25
25
R50
6
10
14
19
70
30
45°
45°
R10
R6
16
未注倒角C0.5

图 7-31　滑块

项目8

摩擦楔块锻模的建模及加工

本项目通过完成摩擦楔块锻模的造型、刀具路径设置、加工及相关文档等学习，掌握三维图形的基本绘制方法，实体、曲面的造型、编辑等。本项目还介绍了三维铣削刀具路径的设置，包括等高粗加工、曲面区域、轨迹仿真等，让学生对 CAXA 制造工程师的三维铣削刀具路径设置及数控加工有一个全面的了解与掌握，为以后的学习打下基础。

【学习目标】

知识目标

1. 空间草图的绘制和修剪。
2. 实体、曲面的挤出、举升、修剪等。
3. 加工属性设置。
4. 等高粗加工、曲面区域、轨迹仿真的设置。
5. 三轴数控机床操作及数控工艺基础知识。

技能目标

1. 会应用 CAXA 制造工程师软件完成三维零件的造型及刀具路径设置。
2. 会进行三维零件的数控加工工艺分析。
3. 会使用数控仿真软件完成三维零件的仿真加工。
4. 会操作数控机床完成曲面类零件的加工。

【工作任务】（表 8-1）

表 8-1 任务书

适用专业：数控技术		学时：48	任务编号：8
项目名称：摩擦楔块锻模的建模及加工		实训室：	
姓名：	班级：	日期：	
一、项目目标 通过知识准备的学习，掌握 CAXA 制造工程师加工轨迹仿真和编辑，同时综合之前所学的 CAXA 实体设计完成摩擦楔块锻模的建模，最终完成摩擦楔块锻模的刀具路径轨迹的仿真。通过该项目的学习学会空间曲线的造型、实体造型、			

（续）

实体的布尔运算、拉伸和放样去除材料的方法；加工轨迹的设置等。

二、本项目学习内容

1. 完成摩擦楔块锻模的造型。
2. 完成摩擦楔块锻模的加工工艺分析。
3. 完成摩擦楔块锻模加工刀具路径的设置。
4. 完成零件的仿真和实际加工。
5. 完成工作页。

三、教学方法

任务驱动法、小组讨论法、角色扮演法、演示法等。

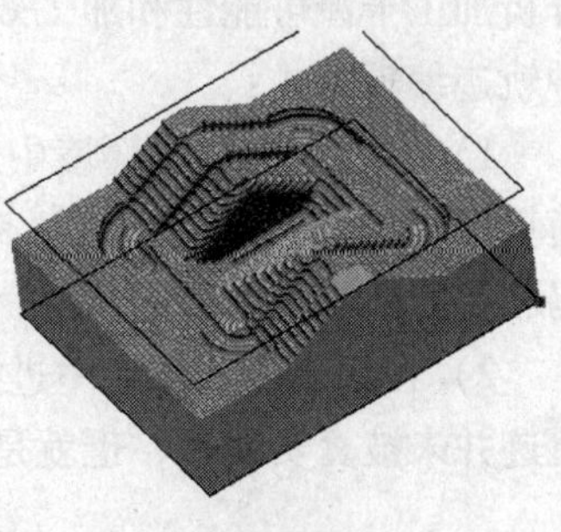

摩擦楔块锻模

四、上交材料

序号	名称	数量	格式	备注
1	锻模文件	1	. mxe	完成锻模的造型及刀具路径设置
2	任务安排计划书	1	word 文档	制订计划、安排任务
3	项目成本核算表	1	word 文档	完成零件的成本核算
4	数控加工工序卡片	1	word 文档	制订零件的加工工艺
5	锻模仿真加工文件	1	仿真文件夹	用仿真软件完成锻模的仿真加工
6	锻模成品	1	实物	铝合金材料
7	学生自评表	1	word 文档	对工作过程及成果进行评价
8	小组成员互评表	1	word 文档	同组同学进行互评及对协作建议
9	本项目学习总结	1	word 文档	总结学习本项目的体会和收获

五、教学条件

1. 硬件要求：学生机 40 台，教师机 1 台，多媒体设备一套。
2. 软件要求：CAXA 实体设计，CAXA 制造工程师，UG、Pro/E、SolidWorks 等。
3. “极域电子教室”软件。

六、教学资源

网络课程、教学录像、多媒体课件、CAXA 实用教程、本校特色教材。

七、教学评价

教师评价：40%；企业教师评价：30%；学生互评：20%；学生自评：10%。

【知识准备】

一、加工轨迹仿真和编辑

轨迹仿真模块可以实现进给路径动态模拟显示，同时显示相应的加工信息，并可对已有轨迹进行编辑，表 8-2 为轨迹显示与控制的常用按钮含义。用户有两种途径进入轨迹仿真环境，一是选择【加工】/【轨迹仿真】主菜单命令；二是从轨迹树中拾取若干轨迹，单击右键后选择【轨迹仿真】命令即可进入选定轨迹的仿真。轨迹仿真的最主要目的就是帮助用户分析加工干涉可能性和加工效率问题，保证刀具路径的绝对正确。制造工程师软件有下列两种轨迹编辑方式：

1）在造型和加工环境中进行的轨迹编辑。这种编辑方式要求对经过编辑后的轨迹重新运算（即执行【轨迹重置】命令），经过重置后的轨迹如果经过后置处理，其输出的NC代码和重置前是不一样的。

2）在轨迹仿真环境中进行的刀具轨迹编辑仅用于仿真观察和分析优化刀具路径，刀具轨迹并未被真实编辑，也就是说轨迹仿真不能编辑NC数据。

表8-2　轨迹显示与控制的常用按钮含义

图标按钮	操作含义
	显示轨迹切削部分的路径，不显示快速进给路径
	显示轨迹刀位点
	用颜色区分显示进给速度
	等高线加工时，在每个指定的高度显示轨迹
	单步或按指定步数显示轨迹
	选择刀具显示模式（渲染、半透明、不显示、线形）
	切换刀柄的显示/不显示
	刀具轨迹生成时涂抹表面代替轨迹线型区域
	快退到加工起始点
	快进到加工结束点
	按给定步距（如单步）进给到下一个刀位点
	按给定步距（如单步）返回到上一个刀位点
	选择是否显示刀具轨迹线
	切削显示步数，数值越大，单位时间内切削步数越多
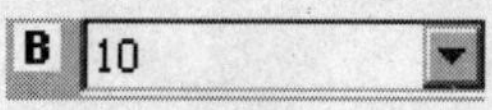	设定切削停止位置，如输入1可表示单步插补后刀具停止。还可在速度或高度变化处让刀具停止
	反复显示从开始到完成的加工过程
	模型对比时设定的色谱基准值
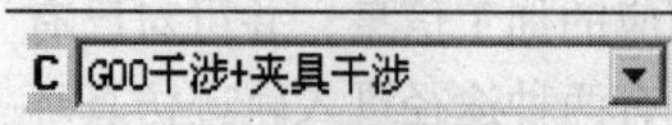	指定干涉检查方式
	模型形状比较显示

（续）

图标按钮	操作含义
	清除轨迹颜色（轨迹颜色默认为绿色）
	按住鼠标中键拖动，图像绕中心旋转
	按住鼠标中键拖动，图像平移
	按住鼠标中键拖动，图像缩放

二、后置处理与工艺模板

CAM 的最终目的是生成数控机床可以识别的代码程序。数控机床的所有运动和操作是执行特定的数控程序的结果，自动编程软件生成的加工轨迹不是数控程序，因此需要把这些轨迹转换为机床能执行的数控程序，后置处理就是针对特定的数控系统把 CAM 刀具轨迹转化成机床能够识别 G 代码指令，生成的 G 代码指令可以直接输入数控机床用于加工。CAXA 制造工程师提供了简捷的后置设置功能，可以根据数控系统的不同编码格式要求，设置不同的机床参数和特定的程序格式。同时，可以自动添加符合编码要求的程序头、程序尾和换刀部分的代码段，以保证生成的 G 指令可以直接输入数控机床用于加工。

后置处理模块包括【后置设置】、【生成 G 代码】、【校核 G 代码】等功能。

CAXA 制造工程师还具有工艺模板功能，用于记录用户已经成熟或定型的加工工序，这就是【知识加工】功能，可以将现有的工序内容以工艺模板方式继承下来，相当于继承了前人的加工知识经验，用于加工同一类型零件，这一功能对于实际生产是非常实用的。

【任务实施】

一、摩擦楔块锻模的造型

本项目来源于机车刹车系统中某摩擦楔块的锻模工件，如图 8-1 所示。设计此造型的目的是利用此造型结果进行 CAM 的编程加工，所以这样的零件造型设计必须严格按照工艺图样的尺寸标注进行，这样才能生成正确的加工程序。

图 8-1　摩擦楔块锻模造型

锻模的造型部分是整个编程的基础和关键，也是较为复杂的内容，下面先分析一下造型的思路：

用于 CAM 编程的三维实体造型必须是精确的设计，如果无法生成精确的实体或曲面造型就只能根据二维图样和三维坐标数据来进行编程，所以很好地理解图 8-2 所示的零件图样是能否做出实体造型的第一步。根据图样提供的五个视图我们要能想象出这个零件的空间形状：它中间有斜凹槽，四周有一圈槽，零件顶部有2°的斜度。此锻模零件四周有一圈宽度为30mm的凹槽，是锻造加工时用于飞边（跑料）的槽。真正的型腔是中间凹下去的那部分，也是这个零件加工最核心的部分。

图样中，确定零件形状的关键截面有四个：主视图的左端面、右端面和零件中间的B—B、A—A截面（剖视图）。图样中提供的最关键的尺寸是B—B截面尺寸和2°的斜线尺寸。根据这些数据可以推算出其余三个截面，造型的主要工作就是根据这四个关键截面来造型。利用给定的截面来作造型，首选的功能就是放样增料和放样除料。中间深度为56mm的凹槽底面形状是一个矩形，这为特征的草图提供了依据。凹槽四周是四个三种不同角度的斜面，这三个面也是可以作出的，这部分的形状可以考虑用多曲面裁剪实体，也可以考虑根据四周斜面的斜度求出上端的矩形，利用上下两个矩形作放样除料。这里采用第二种方案，第一种方案大家可以试着自己去做。这样整个造型的最主要部分都是用放样增料和放样除料来完成。四周6mm深、30mm宽的槽是本实例的一个难点，用特征工具很难作出来，因为这个槽的底面座落在多个面上，而且还有一个1.5mm的尺寸，所以这时要用到实体的布尔运算，它可以化难为易。根据图样给的条件直接做一个凹槽很麻烦，但如果按照图样给定条件做一个跟凹槽形状一样的凸型却很容易。我们把凸型做出，存为“.X_T”文件，然后再与已经做好的模型作一个布尔差运算，问题就解决了。

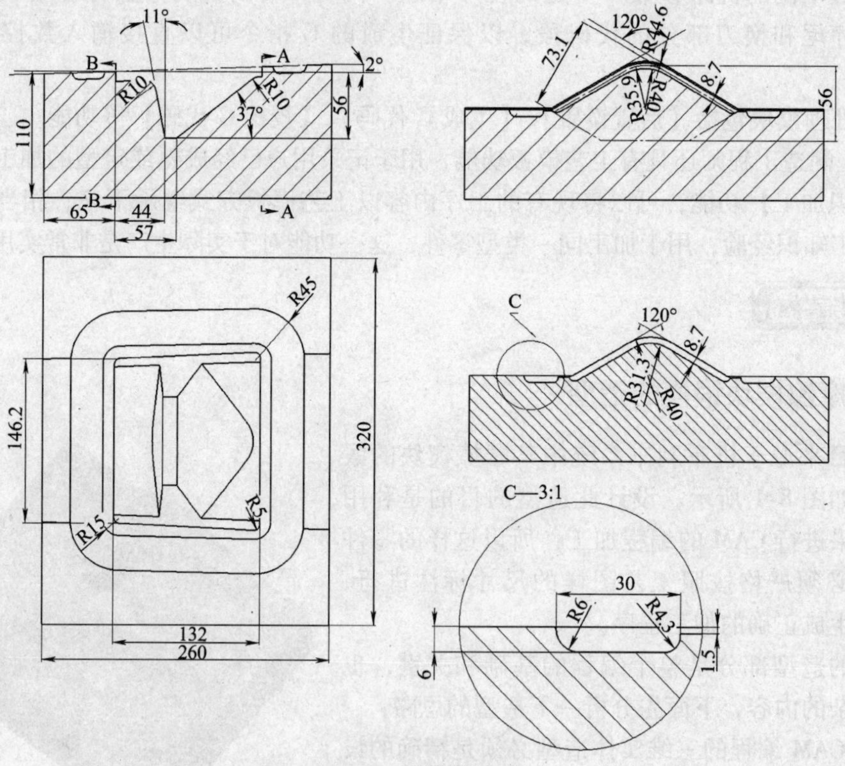

图8-2 锻模的视图

根据以上的分析，造型方案基本上按下列步骤进行：

1）先在空间坐标系中完成四个空间截面线。

2）根据左、右两端的截面线作拉伸增料，得到整个零件的主体部分。

3）根据中间两个截面作拉伸除料，生成型腔中8.7mm部分。

4）根据深度为56mm凹槽的矩形底面和四周的斜面斜度求出延伸到上面的截面，作放样除料。

5）作出6mm深槽的凸形，与已经做好的模型作布尔差运算。

6）按图样尺寸倒圆角。

1. 完成主体线架造型

1）确定坐标零点，将本例零件的工件坐标零点设定在B—B截面R40圆弧的中点，如图8-3所示。

2）作出底部的260mm×320mm矩形。按“F5”键后单击曲线工具条中的【矩形】按钮，在立即菜单中选择【中心_长_宽】选项，并输入【长度】为“260”、【宽度】为“320”。用鼠标拾取坐标原点或者输入坐标（0，0，0），这时260mm×320mm的矩形以原始坐标原点为中心点，如图8-4所示。

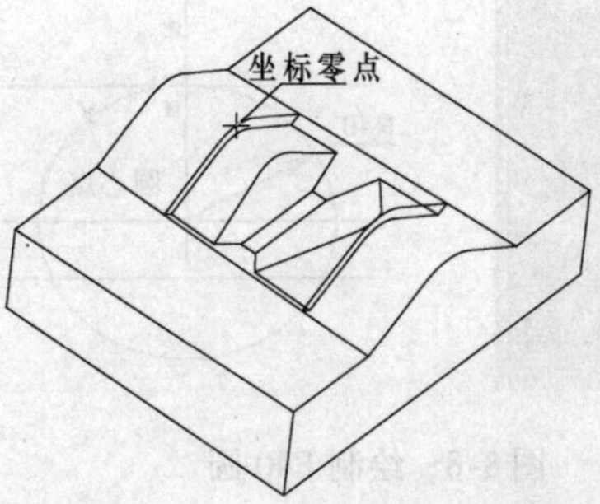

图8-3　确定工件坐标零点

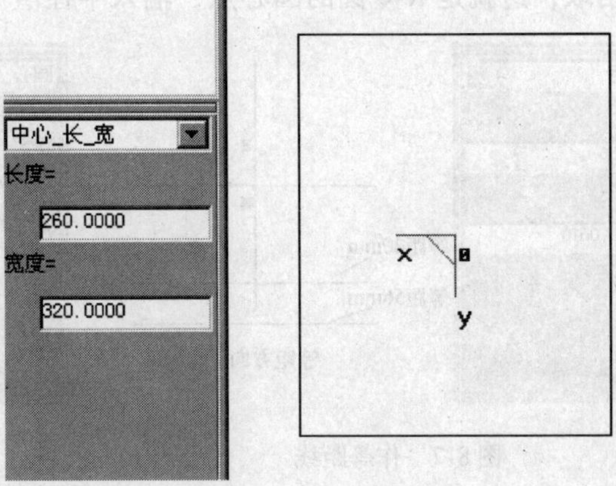

图8-4　生成矩形

3）平移矩形到图样所要求的位置上。单击几何变换工具条中的【平移】按钮，在立即菜单中选择【偏移量】、【移动】选项，输入偏移量【DX】为“65”、【DY】为“0”、【DZ】为“－110”，完成后单击鼠标右键确认，矩形立即被移动到相应位置上，如图8-5所示。

4）根据图样绘制B—B截面的图形。B—B截面就是坐标系中的YOZ截面。按“F9”键将工作平面切换到YOZ平面中作两条互相垂直的直线，长度任意，目的为下一步作其他线作准备。单击【曲线】工具条中的【直线】按钮，在立即菜单中选择【水平/铅垂线】、【水平＋铅垂】选项，【长度】取默认值“100”。把这两条线拖放到坐标系的零点，单击零点，十字线被定位到坐标原点，如图8-6所示。

5）作出R40圆弧的中心和Z＝56mm的直线。为了方便作图，请按“F6”键将工作平面切换到YOZ面显示，同时作图平面仍然是YOZ面。单击曲线工具条中的，【等距线】按钮，在立即菜单中选择【等距】选项，输入【距离】为“40”，根据提示拾取过零点的水平线，图中出现双向箭头，选择等距的方向，拾取向下的箭头，这时第一条等距线作出，

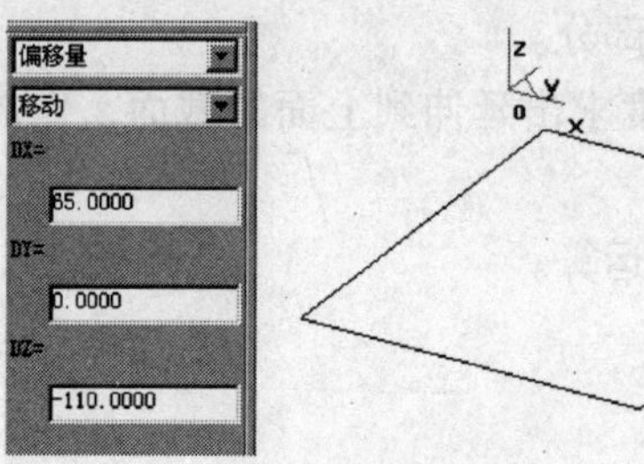

图 8-5 移动矩形

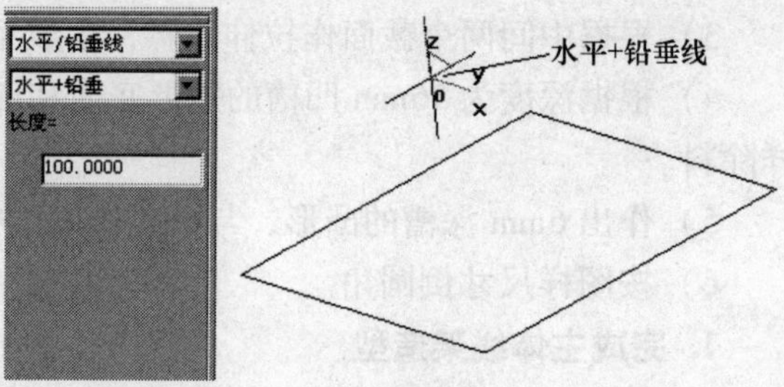

图 8-6 作辅助线

这条等距线和铅垂线的交点，就是 R40 圆弧的中心，用同样方法再作出另一条等距离为“56”的等线，如图 8-7 所示。

6）作 R40 圆。单击【曲线】工具条中的圆按钮，在立即菜单中选【圆心_半径】选项，根据提示输入【圆心点】，把光标移到等距“40”线和铅垂线交点处，当这一点加亮时单击拾取，这就是 R40 圆的圆心点，输入半径值“40”，R40 圆完成，如图 8-8 所示。

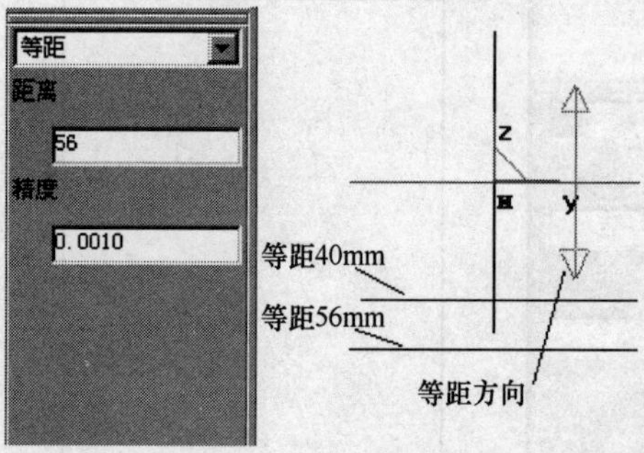

图 8-7 作等距线

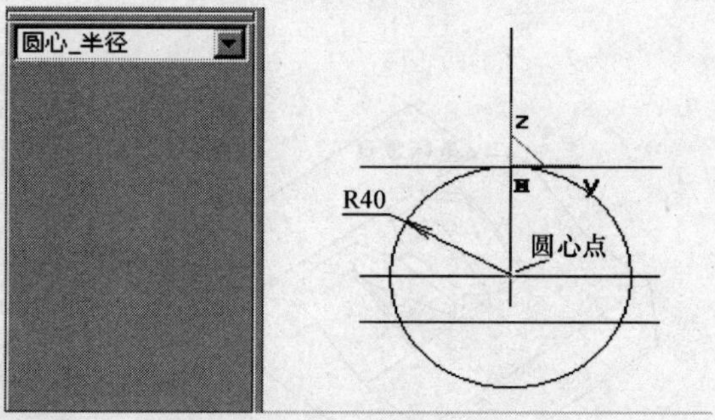

图 8-8 绘制 R40 圆

7）下面作 R40 圆的两条切线，两条切线与坐标轴的夹角分别为 30°和 -30°。单击【曲线】工具条中的【直线】按钮，在立即菜单选【角度线】、【X 轴夹角】选项，输入【角度】为“30”。根据提示输入【第一点】，或者按键盘中的字母“T”（切点），根据状态栏提示，拾取 R40 圆，并移动鼠标，可以看到有一条与 X 轴夹角为 30°的直线在屏幕上被拖动，长度发生着变化，系统提示输入第二点或长度。这时要注意当前点的状态为“T”（切点），一定要切换点的状态为 S（默认点），否则在屏幕上点取任意点时，就作不出结果来。这一步也可以直接输入长度值。用同样方法可以作出另一条与 X 轴夹角为 -30°的切线，如图8-9所示。

8）作两条切线的等距线。单击【曲线】工具条中的【等距线】按钮，输入【距离】为“73.1”。按图 8-10 所示拾取曲线和选择等距方向。

9）对已经作完的线进行裁剪，以达到图样要求的形状。单击【曲线编辑】工具条中的【曲线过渡】按钮，选择【尖角】选项。按图 8-11 中所示的编号顺序和位置，依次拾取直线，两线之间的多余部分将被裁剪掉，如图 8-11 所示。圆角过渡功能中的尖角过渡可以用来作两线之间的互相裁剪，使用起来很方便。

10）继续作尖角过渡。按图 8-12a、b 所示的顺序和拾取位置，继续裁剪其他曲线，单

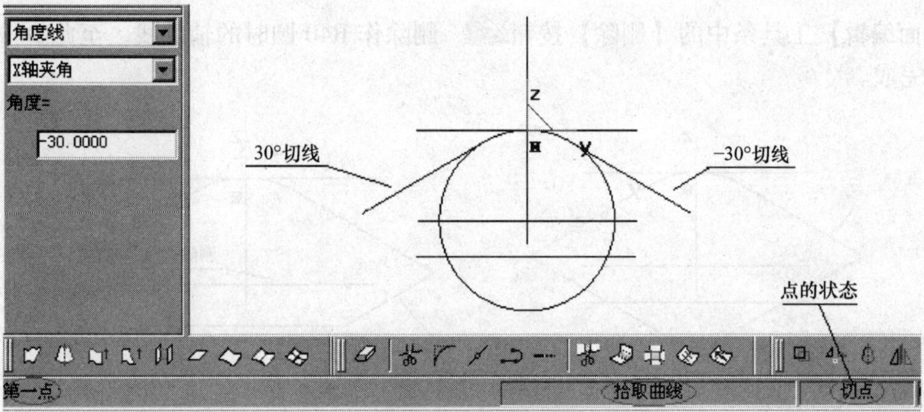

图 8-9　绘制 R40 圆的两条切线

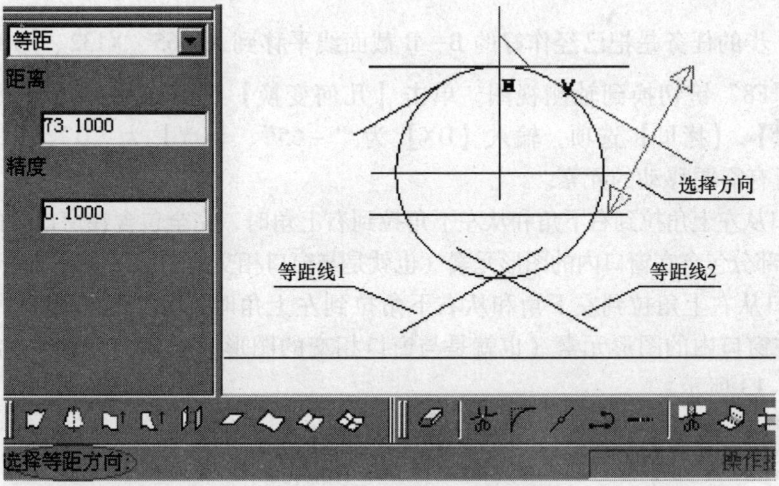

图 8-10　生成等距线

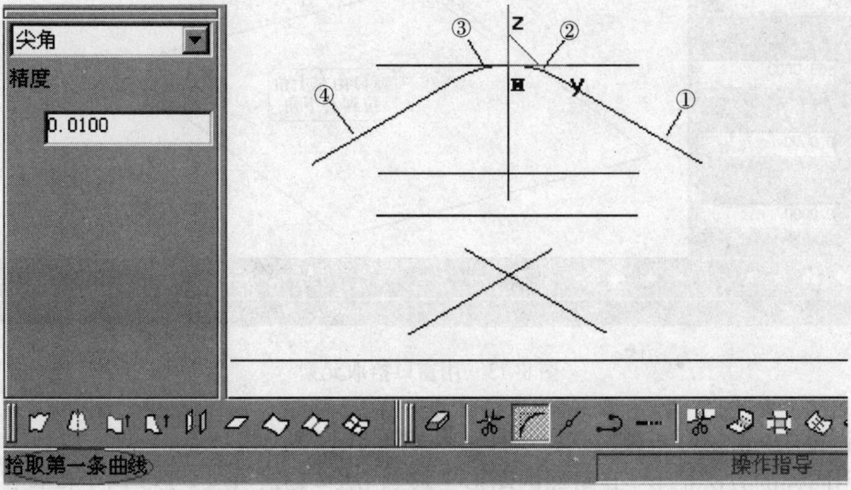

图 8-11　曲线裁剪

击【线面编辑】工具条中的【删除】按钮，删除作R40圆时的辅助线，至此B—B截面的曲线完成。

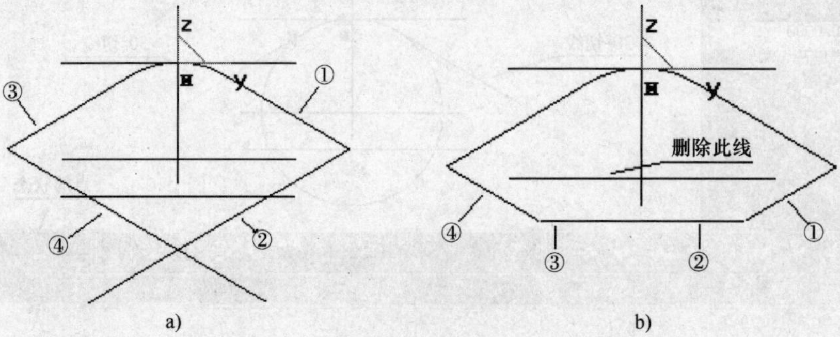

图8-12 曲线修剪

11）下一步的任务是把已经作好的B—B截面线平移到X-65、X132、X18、X195三个截面上。按“F8”键切换到轴测视图。单击【几何变换】工具条中的【平移】按钮，选择【偏移量】、【拷贝】选项，输入【DX】为“-65”、【DY】为“0”、【DZ】为“0”。用窗口拾取所有需要移动的元素。

① 当窗口从左上角拉到右下角和从左下角拉到右上角时，完全包含在窗口内的图形元素才会被拾取，而部分包含在窗口内的图形元素（也就是与窗口相交的图形元素），将不会被拾取到。

② 当窗口从右上角拉到左下角和从右下角拉到左上角时，完全包含窗口内的图形元素和部分包含在窗口内的图形元素（也就是与窗口相交的图形元素），将都会被拾取到。拾取的情况如图8-13所示。

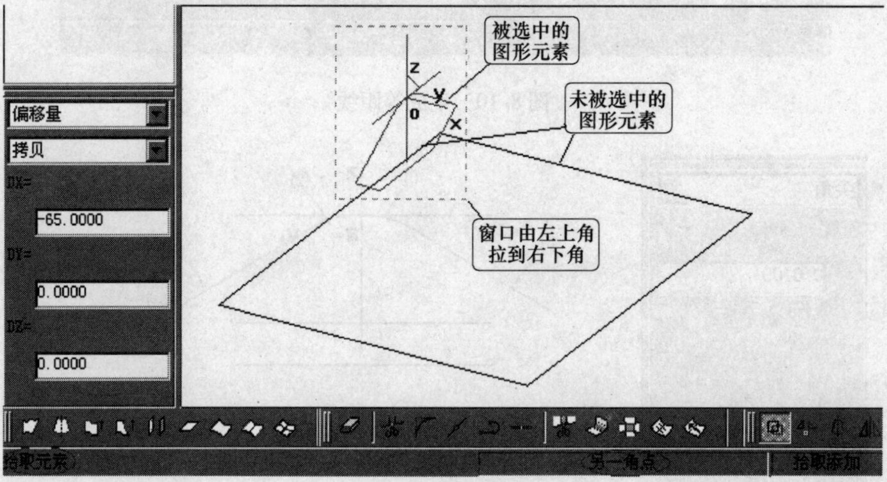

图8-13 用窗口拾取元素

拾取结束后单击鼠标右键确认，平移结果如图8-14所示。

12）用同样的方法把B—B截面的图形平移到DX=132、DX=195两个位置，平移结果如图8-15所示。

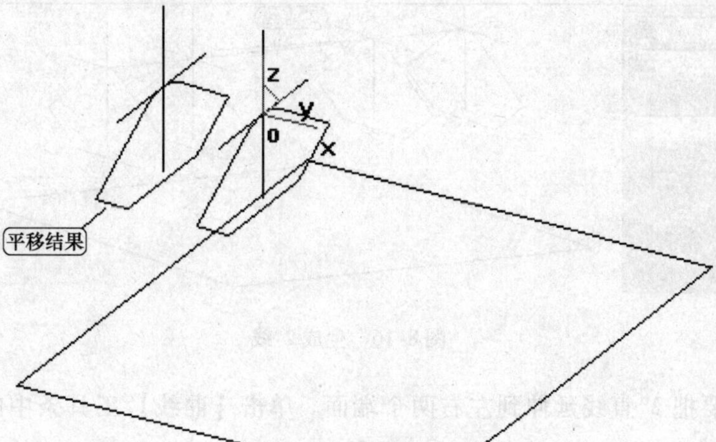

图8-14　平移结果

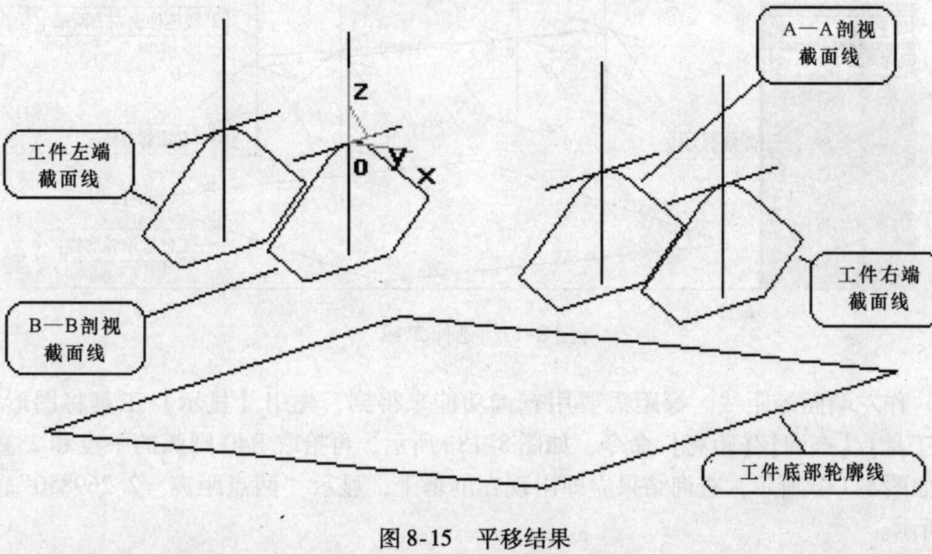

图8-15　平移结果

至此四个截面已经做完，但没有最后完成。根据图样，四个截面Z-56的尺寸是一样的，夹角为120°的两条切线和R40圆弧是不一样的，它是根据2°这个条件在变化，相当于是以B—B截面为基准的横贯两端的一个锥面。B—B截面已经符合图样的要求，其余三个截面还需要继续调整空间位置。下面将需要用到作图查询功能。

13）单击【曲线】工具条中的【直线】按钮，选择【二点线】选项，过左端R40中点和右端R40中点作直线，这是一条过坐标（0，0，0）零点的水平线。

14）按“F9”键切换作图平面到XOZ面。单击【曲线】工具条中的【直线】按钮，选择【角度线】、【X轴夹角】选项，输入【角度】为“2”。拾取XOZ平面的坐标零点（注意状态提示应为默认点，否则要按键盘上的“S”键），向左拖会有一条绿色的与X轴夹角为2°的线在随着光标的移动而移动。单点屏幕上任意点，2°线完成，如图8-16所示。

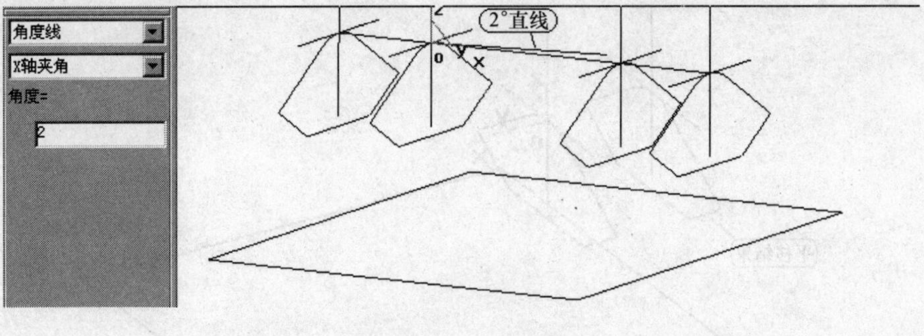

图 8-16　生成 2°线

15）现在要把 2°直线延伸到左右两个端面。单击【曲线】工具条中的【裁剪】按钮，选择【线裁剪】、【正常裁剪】选项，拾取工件左端面的铅垂线（剪刀线），被拾取到的线变红色。拾取 2°线，2°线被延伸到左端的铅垂线，右键单击确认。接着拾取右端的铅垂线，拾取 2°线，同样被延伸到右端的铅垂线，结果如图 8-17 所示。

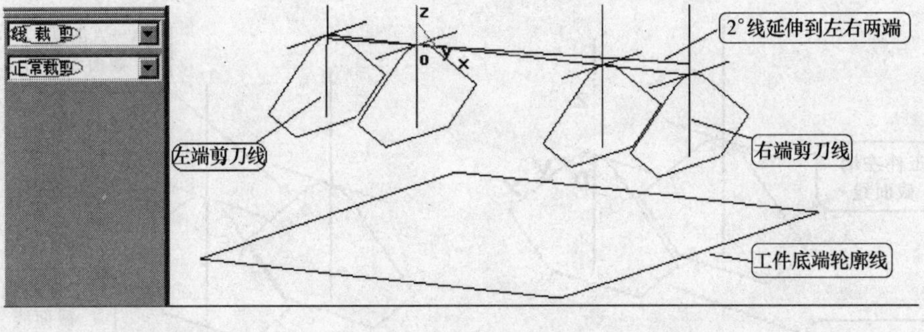

图 8-17　延伸 2°线

16）作左端面等距线。等距需要用查询功能来得到，先用【显示】工具将图形放大，选择【工具】/【查询】/【距离】命令，如图 8-18a 所示，再拾取 R40 圆弧的中点和 2°直线的端点，如图 8-18b 所示，查询结果立即出现在屏幕上，显示“两点距离 = 2.269850”，如图 8-18c 所示。

记下两点距离数据后，关闭查询结果对话框。注意现在作图平面应该在 YOZ 面，如果不是，那么就要按“F9”键进行切换。等距线是按照当前的作图平面来生成的，作图平面选的不对，将不能得到正确的结果。

17）单击【曲线】工具条中的【等距线】按钮，输入【距离】为“2.26985”，分别拾取 R40 圆弧和它的两条切线，等距方向选指向轮廓内部的箭头，生成的结果如图 8-19 所示。

18）单击【曲线编辑】工具条中的【曲线过渡】按钮，选择【尖角】选项，根据图 8-20a 所示拾取要作尖角过渡的曲线，图中有两处要作尖角过渡。尖角过渡完成后，单击【删除】按钮，把不需要的线删除，结果如图 8-20b 所示。

19）作两条水平线和两条垂直线完成左端面的轮廓线。旋转图形到合适位置，单击【曲线】工具条中的【直线】按钮，立即菜单设置如图 8-21 所示，拾取左端截面线 R40

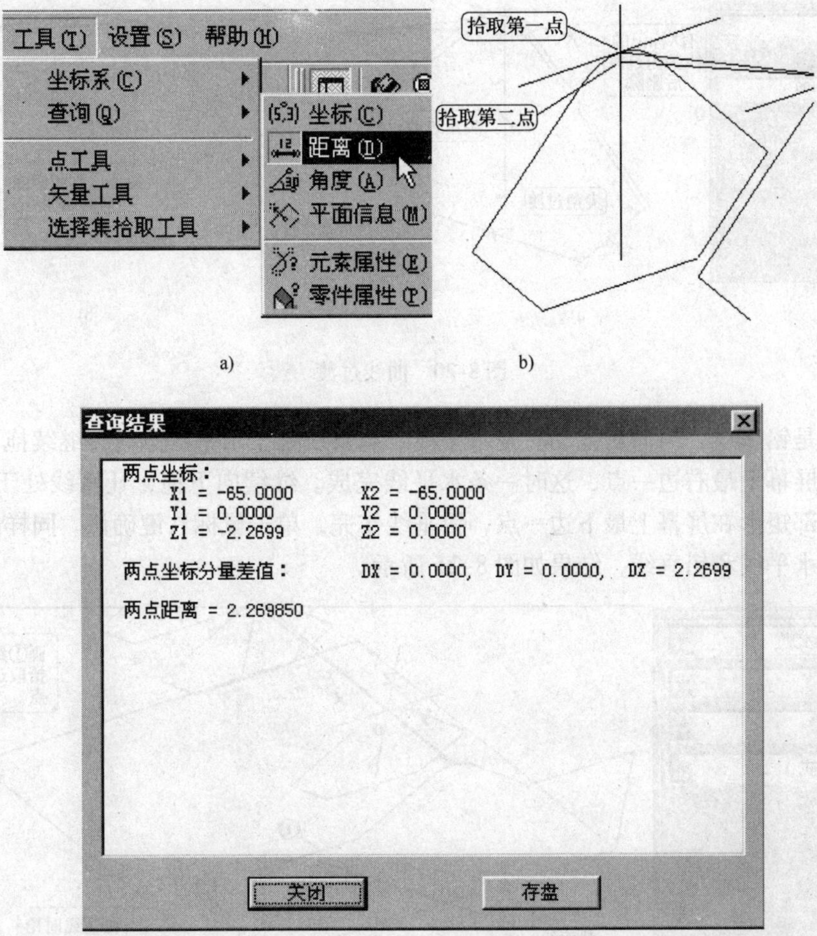

a)　b)

c)

图 8-18　距离查询

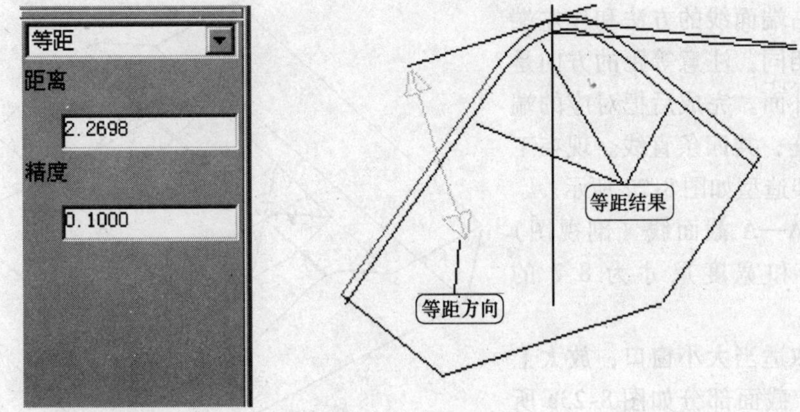

图 8-19　生成等距线

右面（从屏幕上看）那条切线的端点，向右拖动，可以看到一条绿色的线在随着鼠标移动，

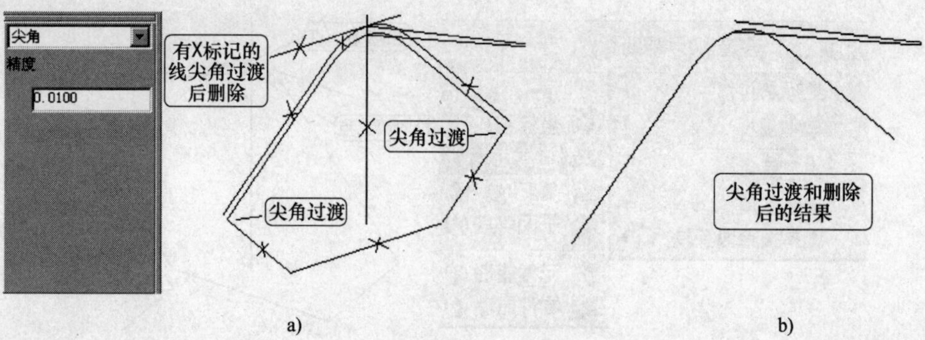

图 8-20 曲线过渡

当向下拖时是铅垂线，当向右拖动时是水平线。当直线处于水平状态时，继续拖，拾取工件底部矩形在屏幕上最右边一点，这时一条水平线完成。继续向下拖，让直线处于铅垂状态，拾取工件底部矩形在屏幕上最下边一点，铅垂线作完，单击鼠标右键确认。同样的方法作截面线左边的水平线和铅垂线，结果如图 8-21 所示。

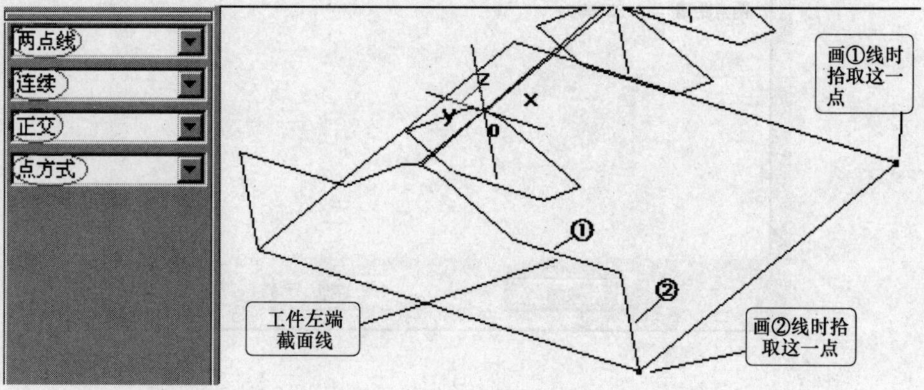

图 8-21 完成左端截面线

20）作右端面线的方法和作左端面线的方法相同，注意等距的方向是指向轮廓的外面。完成后把对应的端点用直线相连，共四条直线。现在工件的主体线架造型如图 8-22 所示。

下面作 A—A 截面线（剖视图）中的截面图和宽度尺寸为 8.7 的部分。

21）选取适当大小窗口，放大上图中的 A—A 截面部分如图 8-23a 所示。查询图 8-23a 所示两点距离，查询结果为“两点距离 = 4.609542”如图 8-23b 所示。

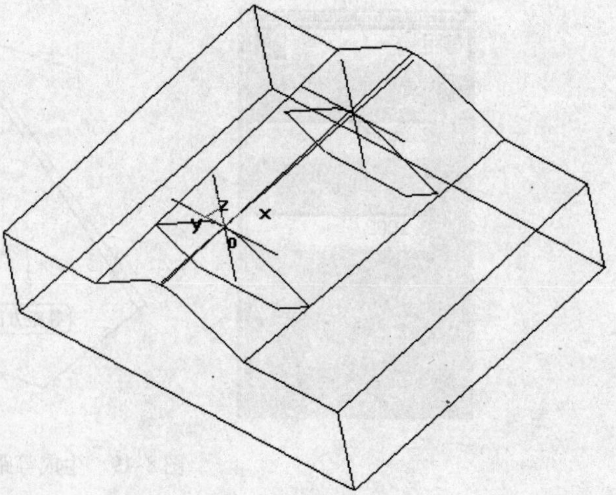

图 8-22 生成主体线架造型

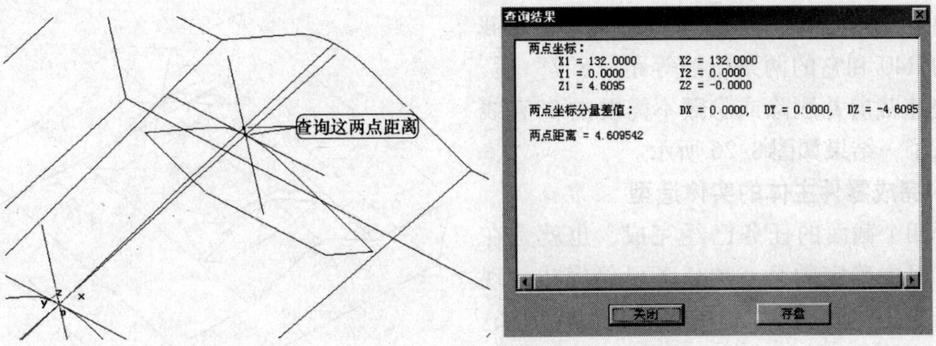

a)　　b)

图 8-23　查询两点距离

22）下面按上述查询的结果作等距线，等距【距离】为“4.609542”，方向向外。等距后作曲线裁剪，并把 R40 圆弧和它的两条切线删除，结果如图 8-24 所示。

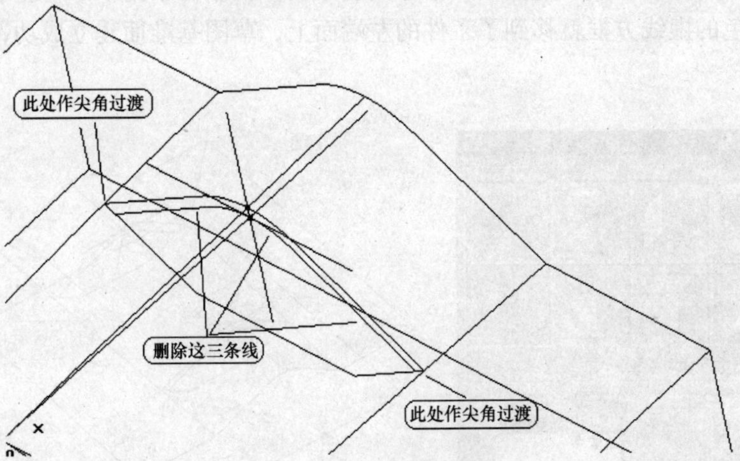

图 8-24　生成等距线

23）再作图 8-25a、b 所示的等距线。作等距线时要注意，绘图平面应为 YZ 平面，否则将不能够得到正确结果。

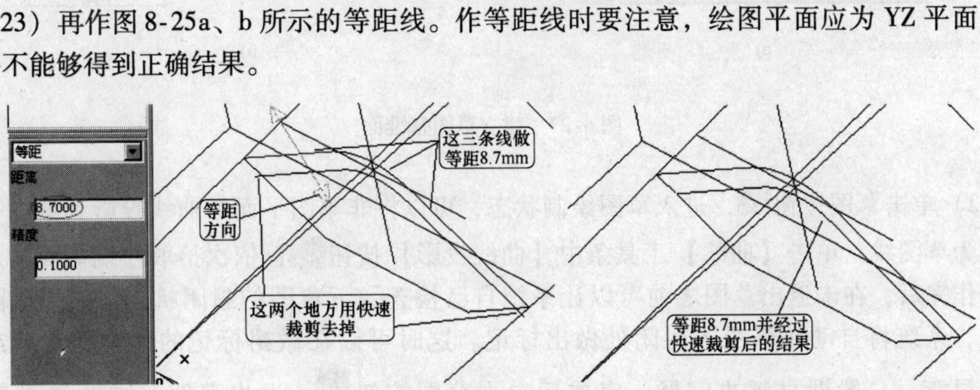

a)　　b)

图 8-25　生成等距线

24）继续做 B—B 截面。只须把 B—B 截面中的 R40 和它的两条切线等距“8.7”后，进行快速裁剪并删除或隐藏不需要的 2°直线就可以了，结果如图 8-26 所示。

2. 完成零件主体的实体造型

作四个截面的任务已经完成，也就是在造型方案中确定的第一项任务已经完成。现在的任务是要把零件主体的实体造型作出来。前面已经分析过了，要用放样增料特征，为此首先要构建草图线。

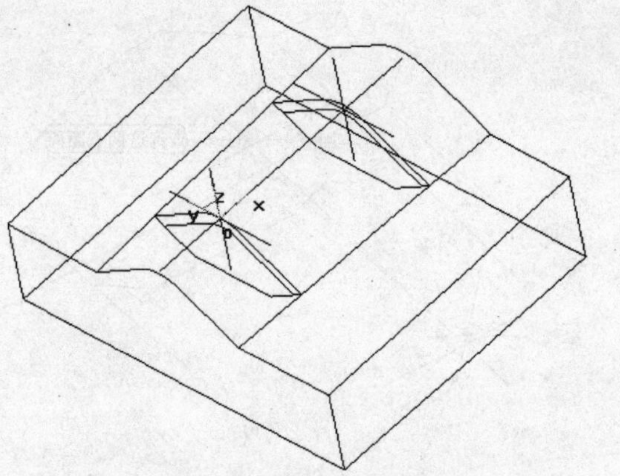

图 8-26 完成左右中间截面的“8.7”等距线

1）单击【基准平面】按钮，系统弹出【构造基准面】对话框，如图 8-27a 所示。选择【过点且平行平面确定基准平面】选项，拾取特征树栏 平面YZ，这时在屏幕上出现一个红色的虚线正方形方框，它表示所拾取到的平面。根据提示拾取工件左端平面上的任意一点，这时红色的虚线方框就移到了工件的左端面上，草图基准面建立成功，如图 8-27b 图所示。

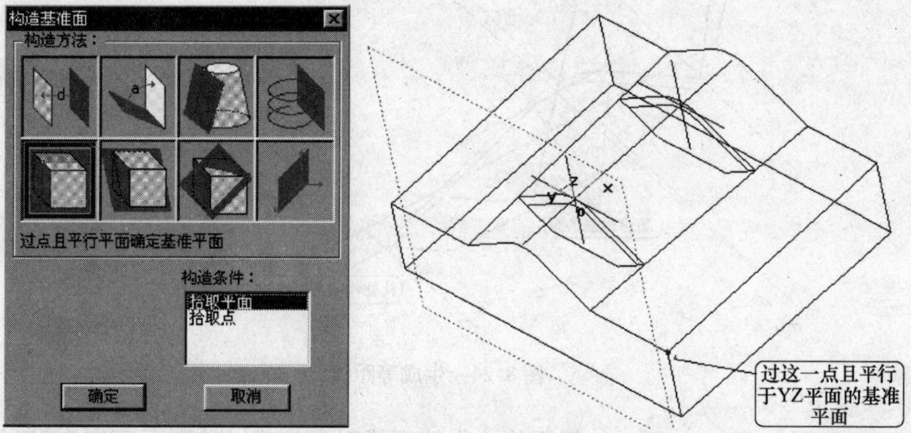

a)　　　　b)

图 8-27 建立草图基准面

2）单击草图按钮，进入草图绘制状态，可以将非草图平面的曲线投影到草图平面而成为草图线。单击【曲线】工具条中【曲线投影】按钮，依次拾取左端截面的八条线，作完后，在未退出草图之前可以让系统自己检查一下草图的封闭状态，如果草图不封闭，系统将自动在草图不封闭处做出标记。这时可以在做出标记的地方作裁剪或作尖角过渡，一般即可解决问题。完成后单击草图按钮，退出草图，结果如图 8-28 所示。

3）用同样的方法可以作出工件右端面的草图线，结果如图 8-29 所示。

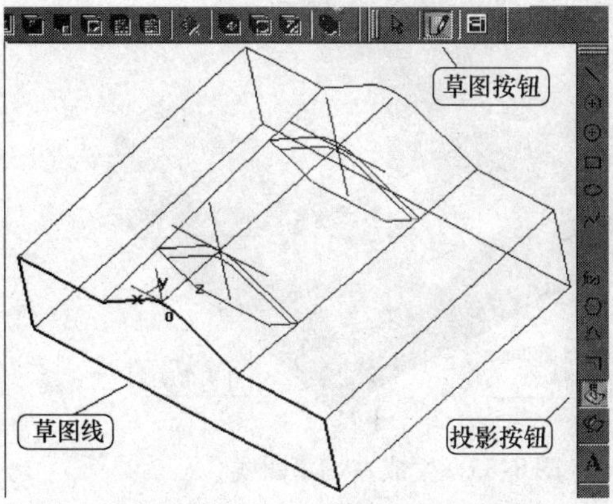

图 8-28　完成左端面的草图线

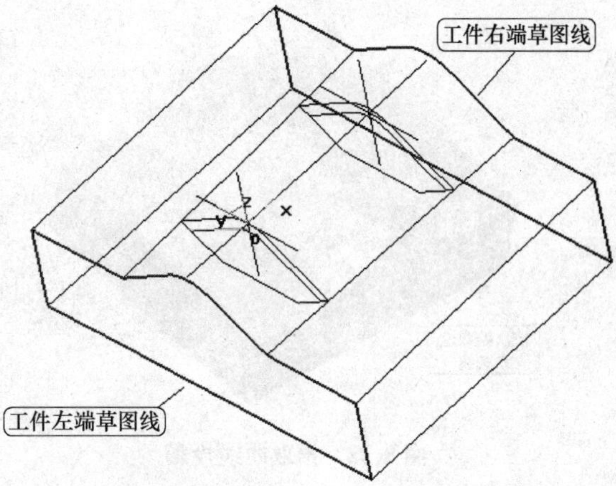

图 8-29　完成右端面的草图线

4）单击放样增料按钮，系统弹出【放样】对话框。分别按图 8-30 示拾取工件左端面和右端面的草图轮廓线。拾取时要注意拾取两条轮廓线的位置要对应，拾取后会有一条绿色的线把两条轮廓线的对应点连接起来，如果拾取的位置不对应，那么将不得到正确的结果。

拾取草图轮廓线结束后，单击图 8-30 所示对话框中的【确定】按钮，将得到图 8-31 所示的结果。在造型方案中确定的第二项任务现在完成。

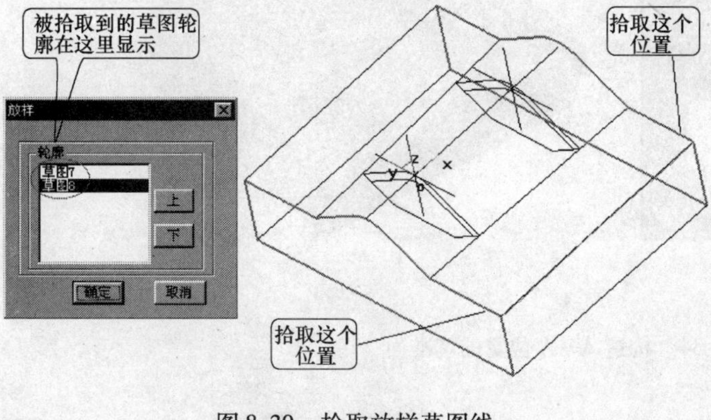

图 8-30　拾取放样草图线

图 8-31　完成零件主体造型

3. 用拉伸和放样除料方法作出型腔部分造型

1）下面要用放样除料的方法作出型腔中 8.7mm 尺寸部分。首先要作 B—B 截面的草图线，由于 B—B 截面过坐标原点，所以可以直接拾取特征树中的 平面YZ，然后单击草图按钮，进入草图绘制状态。单击曲线投影按钮，按图 8-32 所示依次拾取 B—B 截面中的各条线。

2）把上面的一条水平线向上等距 20mm，并删除原曲线。把各线之间作尖角过渡，完成后退出草图，结果如图 8-33 所示。

3）作 A—A 截面草图线。单击基准平面按钮，选择【过点且平行平面确定基准平

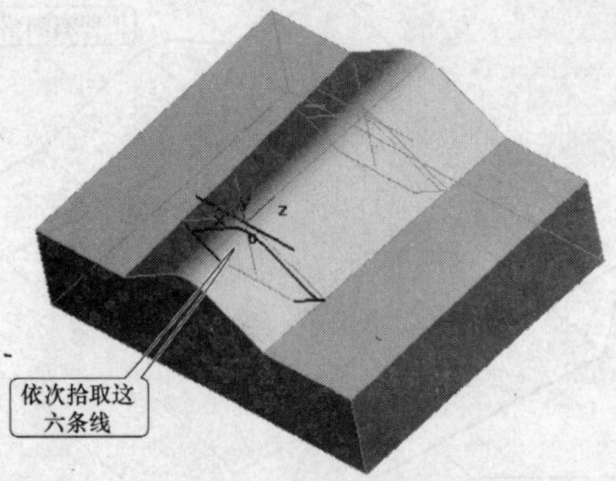

图 8-32　拾取曲线投影

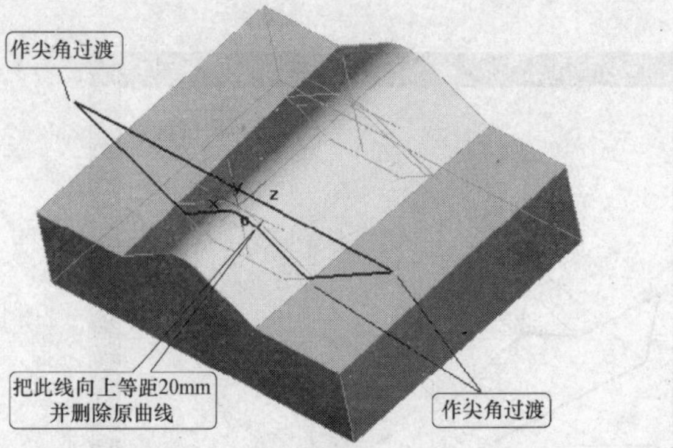

图 8-33　生成左端草图线

面】选项，拾取特征树的 平面YZ，如图 8-34a 所示；在 A—A 截面位置建立基准面，结果如图 8-34b 所示。

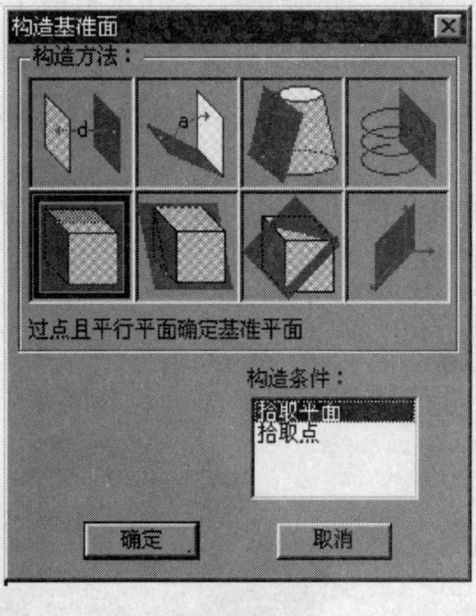

a)

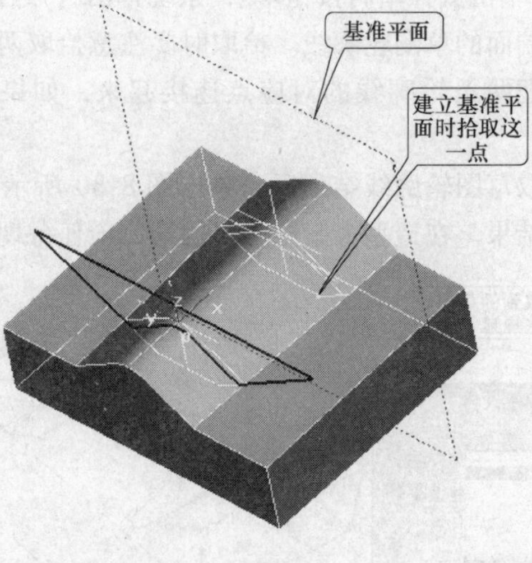

b)

图 8-34　构造 A—A 位置的基准面

4）单击草图按钮，进入草图绘制状态。单击曲线投影按钮，依次拾取左端截面的六条线，被拾取到线变粗，如图 8-35a 所示。把上面的一条水平线向上等距 20mm 并删除原曲线。把各线之间作尖角过渡，在未退出草图之前可以让系统自己检查一下草图的封闭状态，结果如图 8-35b 所示。

5）完成后，单击草图按钮，退出草图。单击放样除料按钮，系统弹出【放样】对话框如图 8-36a 所示。分别拾取工件 A—A 截面和 B—B 截面的草图轮廓线，如图 8-36b 所示。

拾取草图轮廓线结束后，单击对话框中的【确定】按钮，将得到如图 8-37 所示的结果。在造型方案中确定的第三项任务现在完成，下面用放样除料生成 Z-56 的凹槽。

6）先按图样作出 B—B 截面中 Z-56 直线的等距线，需等距两次，等距数值分别为

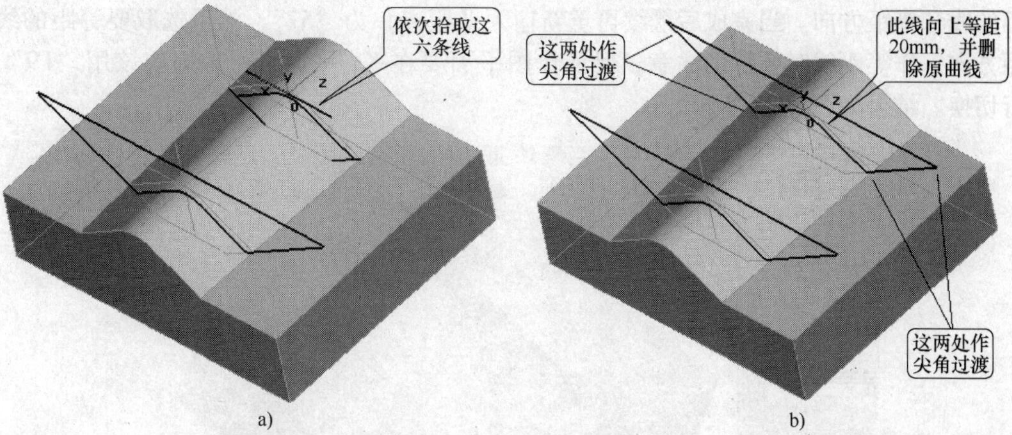

图 8-35　生成右端草图线

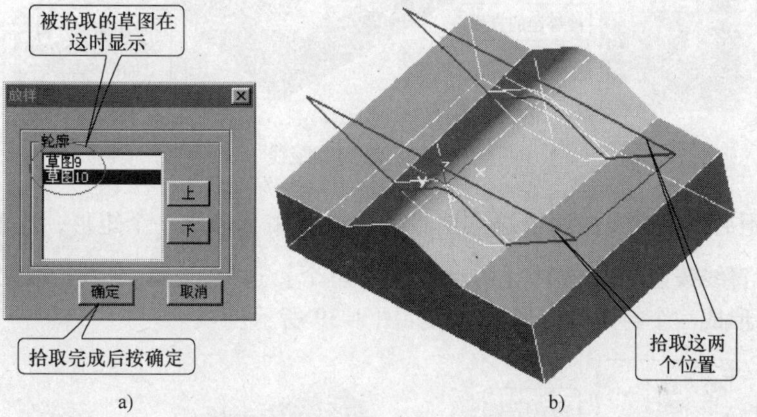

图 8-36　拾取放样除料用的草图线

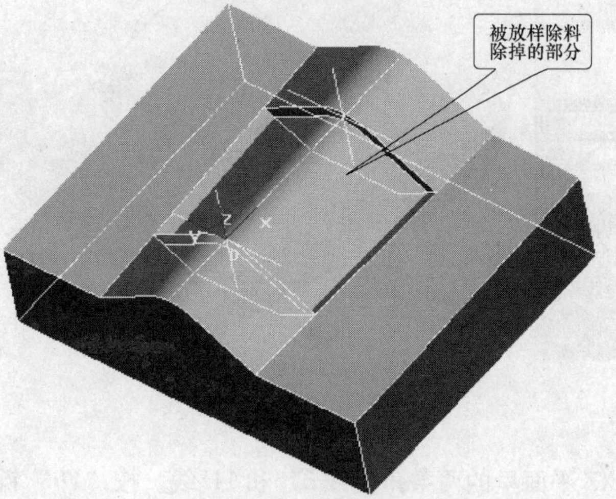

图 8-37　完成放样除料

“44”和“57”。单击曲线工具条中的等距线按钮，输入【距离】为“44”，然后选取要等距的线和等距方向。当完成后继续再重新输入【距离】为“57”，然后选取要等距的线和等距方向。作等距线时要特别注意，保证作图平面要在 XY 平面上，否则应该用“F9”键进行切换。结果如图 8-38 所示。

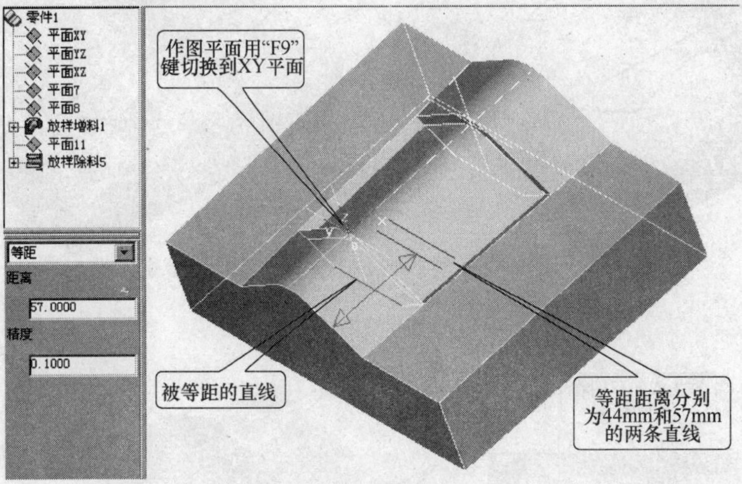

图 8-38 绘制等距线

7）把等距后两条直线的两个端点用直线连接起来，形成一个矩形，这就是 Z-56 槽底轮廓线。单击直线按钮，选择【两点线】、【单个】选项，然后分别拾取两条直线同一侧的两个端点，形成一个封闭的矩形，结果如图 8-39 所示。

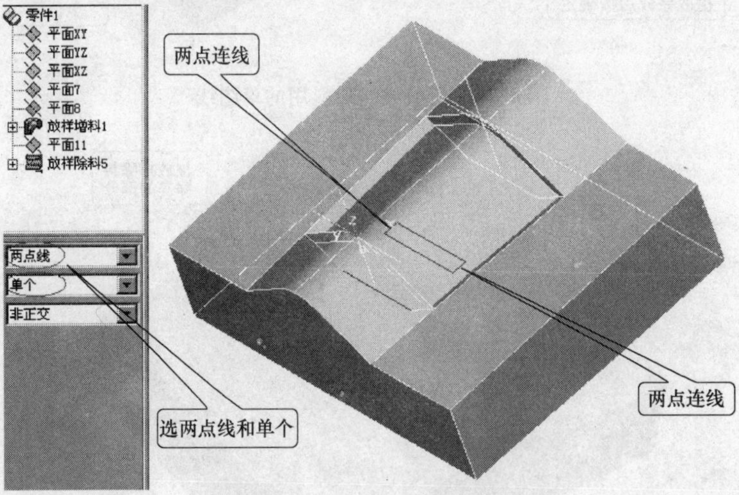

图 8-39 作槽底矩形轮廓线

8）根据图样作 XZ 平面里的两条角度线 37°和 11°线。按“F9”键切换作图平面到 XZ 平面。单击直线按钮，选择【角度线】、【X 轴夹角】选项，输入【角度】为“37”，右键单击确认。拾取矩形左边直线的中点并拖动鼠标到适当位置点，37°直线完成。用同样方法可以作另一条 11°直线，但输入【角度】为 101（11+90），结果如图 8-40 所示。

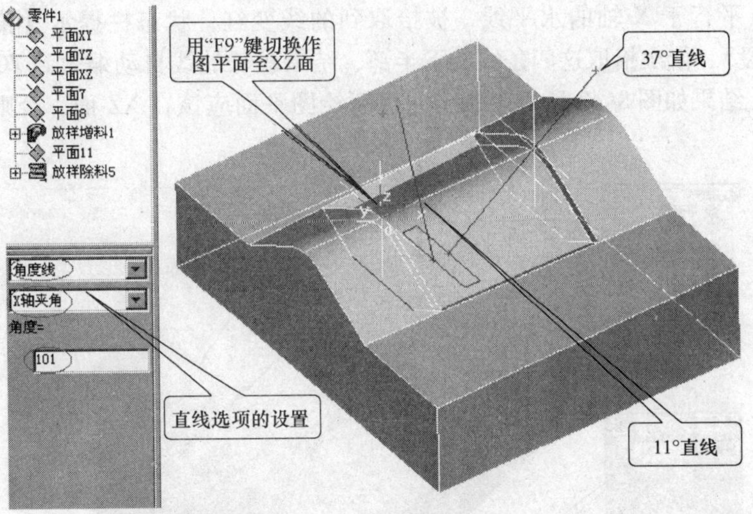

图 8-40　生成 37°和 11°直线

9）作 Z-56 凹槽中另外两个侧面的角度线。这两个角度线在 A—A 截面或 B—B 截面已经作出，所以可以把它们直接平移过来。单击平移按钮，选择【两点】、【拷贝】、【非正交】选项，拾取 B—B 截面中的两侧斜面的角度线，单击鼠标右键确认。状态栏提示输入基点，拾取直线的下端点（注意捕捉点的状态应为默认点），拖动直线到矩形短边直线的中点，当移动到直线中点附近时，中点被加亮显示，直线被定位到矩形短边的中点上。用同样方法把另一条角度线平移到位，平移的结果如图 8-41 所示。

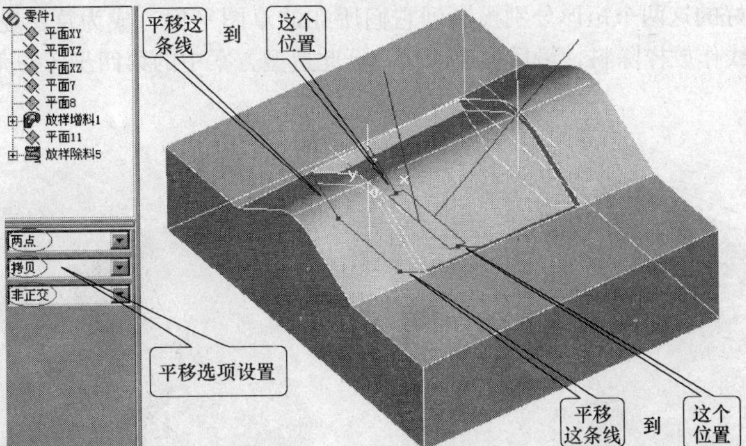

图 8-41　移动直线

10）这一步要在 Z＝0 高度裁剪这四条线，也就是要使这四条线的上端点的 Z 坐标值为 0。这里又需要利用在曲线裁剪中的投影裁剪功能，它可以把不在一个平面上的直线按要求切齐。

单击曲线裁剪按钮，选择【线裁剪】、【投影裁剪】选项，拾取前面已经作过的过

(0，0，0）点平行于 X 轴的水平线，被拾取到的线变红，状态栏提示【拾取被裁剪线】（拾取保留的段)，依次拾取这四条线的下半部，结果较长的线自动缩短到 Z0，较短的线自动延长到 Z0，结果如图 8-42 所示。裁剪时注意绘图平面应该在 XZ 面，否则应该用“F9”键进行切换。

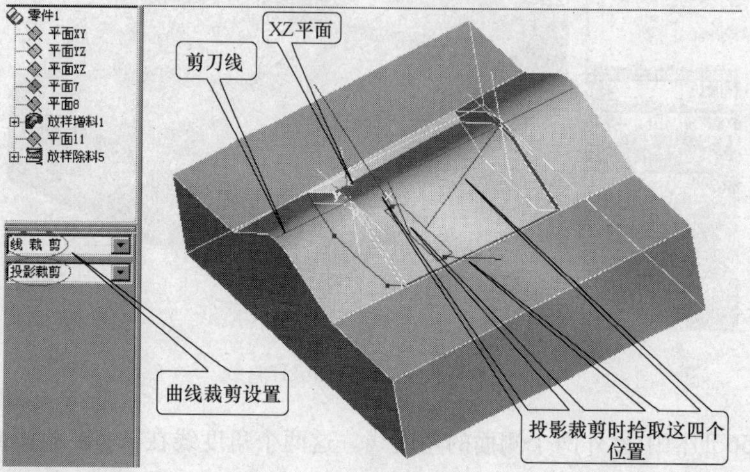

图 8-42　投影线裁剪

11）单击平移按钮，选择【两点】、【拷贝】、【非正交】选项，拾取矩形的一条边，单击右键确认，拾取这条直线的中点作为基准点，拾取角度线的上端点作为目标点。用同样的方法平移其余三条线。平移后每相邻的两条线之间作尖角过渡，结果如图 8-43 所示。

12）把作好的这两个矩形分别投影到它们所在的草图平面，成为草图轮廓线。再用这两个草图轮廓线作放样除料，最后形成凹槽，至此造型方案中的第四步任务完成，结果如图 8-44 所示。

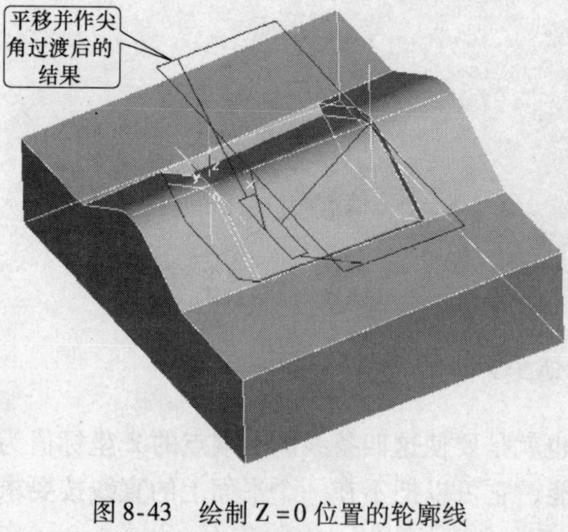

图 8-43　绘制 Z = 0 位置的轮廓线

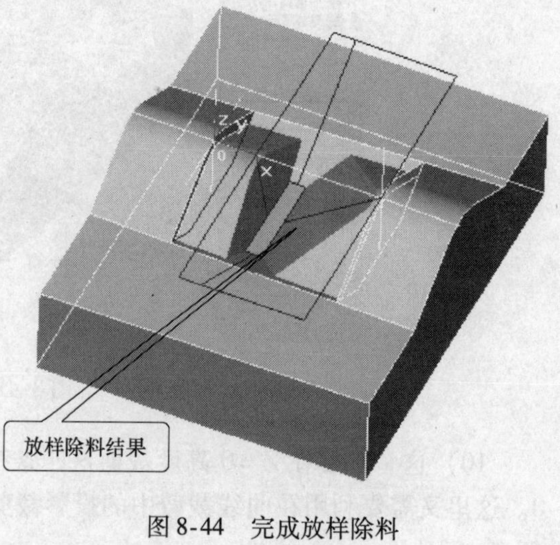

图 8-44　完成放样除料

4. 实体的布尔运算

下面要作出用于布尔运算的 6mm 深飞边槽的凸型。建议先存储已经作好的模型，起名为 W. mxe。

1）删除“放样增料1”。作6mm深凹槽底部的曲面。把作图平面切换到YZ平面，单击等距线按钮，输入【距离】为“6”，按图8-45所示拾取要等距的线，并把图8-45中所示的部位作尖角过渡。

2）用上一步作好的等距线作曲面。单击曲面工具条中直纹面按钮，选择【曲线+曲线】选项，按图8-46所示，对应拾取左右两边的等距线，注意每一条线拾取的位置也要对应，生成5张直纹面。

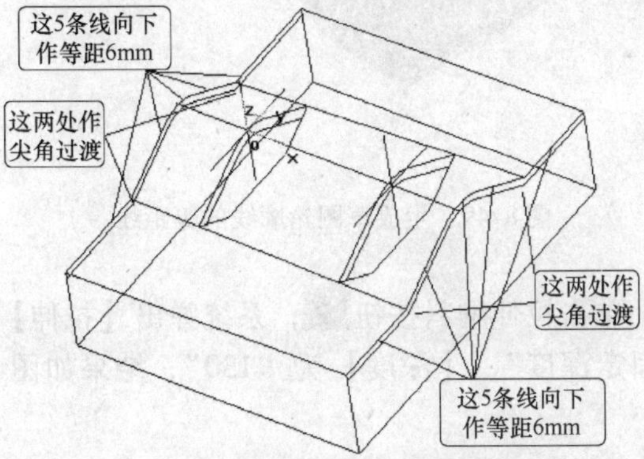

图8-45 生成等距线和尖角过渡

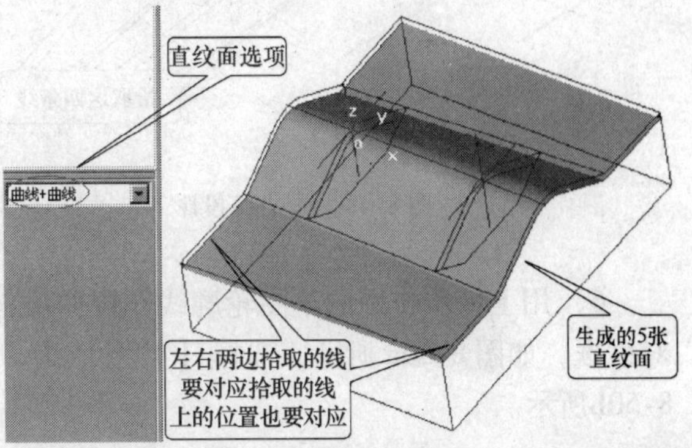

图8-46 生成直纹面

3）单击构造基准面按钮，选择【等距平面确定基准平面】选项。输入【距离】为“60”。拾取左边特征树中的 平面XY，完成后单击【确定】按钮，结果如图8-47所示。

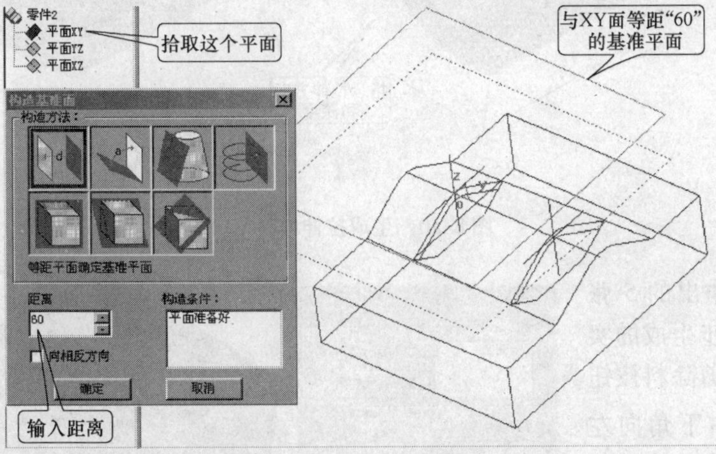

图8-47 构造基准面

4）单击草图按钮，接着再单击曲线投影按钮，按图8-48所示依次拾取四条曲线，这四条线被投影到基准平面。单击曲线编辑工具条中的圆角过渡按钮，把相邻的两直线之间作一个R5的圆角过渡，结果如图8-48所示。

5）向外作距离为“10”的等距线，并把原草图轮廓删除。再作距离为“30”的等距线，结果如图8-49所示。

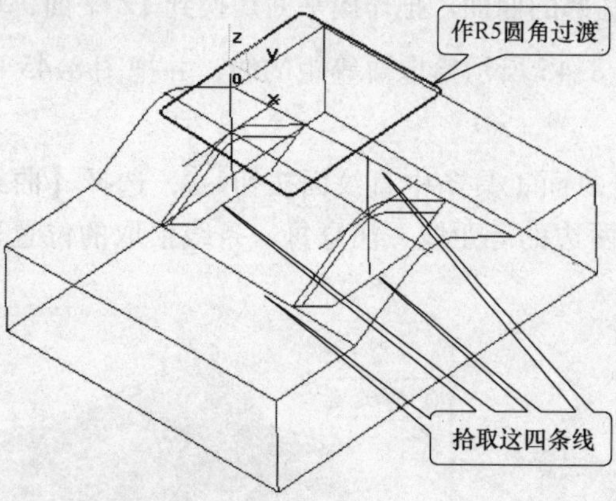

图8-48　作曲线投影

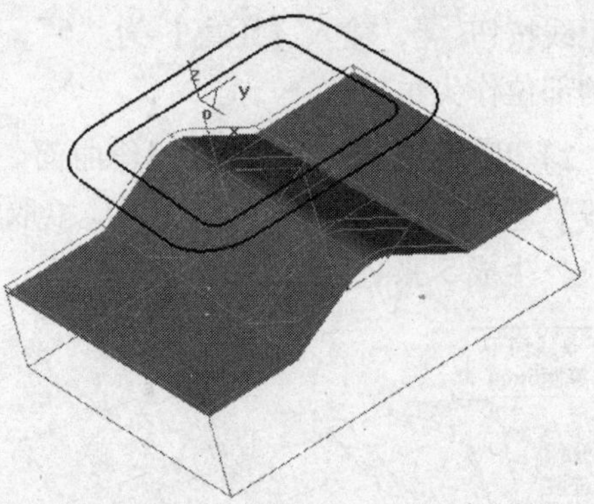

图8-49　生成草图轮廓线的等距线

6）用上一步作好的草图轮廓线作拉伸增料。单击拉伸增料按钮，系统弹出【拉伸】对话框，如图8-50a所示，选择【类型】为“固定深度”、【深度】为“130”，结果如图8-50b所示。

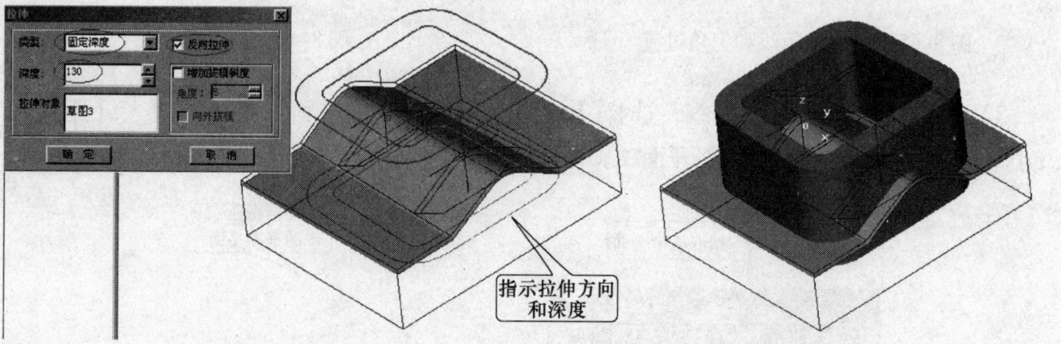

a)　　b)

图8-50　生成拉伸增料

7）用前面作出的5张直纹面去裁上一步生成的实体。单击曲面裁剪除料按钮，用鼠标从右下角向左上角拉窗口拾取曲面，被选中的曲面四周变红，除料方向箭头应该指向下方。单击【确定】按钮，结果如图8-51所示。

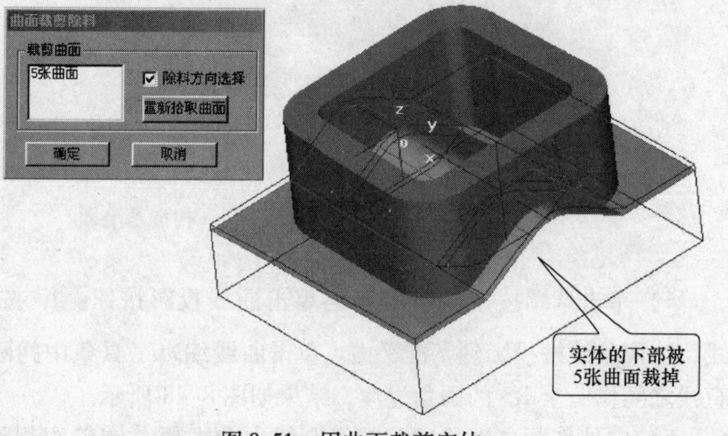

图8-51　用曲面裁剪实体

8）选择【文件】/【另存为】命令，系统弹出【存储文件】对话框，【保存】类型选“Parasolid　x_t 文件（*.x_t）”，【文件名】输入“a”。作实体的交并差运算时，要求输入“*.x_t”，所以这一步一定要另存为扩展名为 x_t 的文件，如图 8-52 所示。

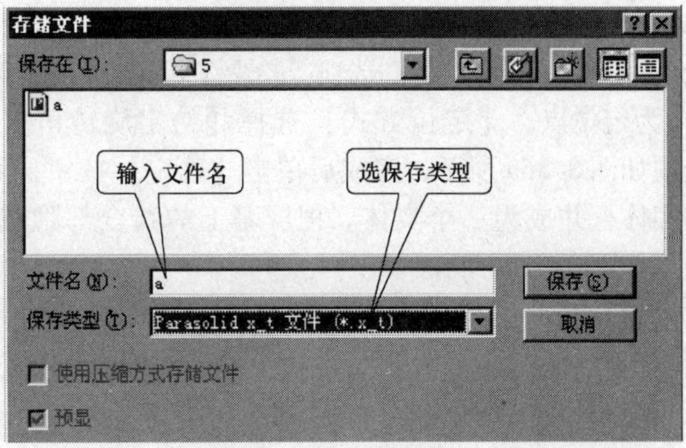

图 8-52　保存 x_t 格式文件

9）删除【拉伸增料】和【曲面裁剪除料】两个特征。将光标移到特征树中【裁剪】处，单击鼠标右键后系统弹出对话框，选择【删除】项即可，如图 8-53a 所示。单击删除按钮，选中前面作的 5 张直纹面，单击右键删除，前面作的 6mm 等距线也同样被删除。特征删除后草图线得到保留，如图 8-53b 所示。

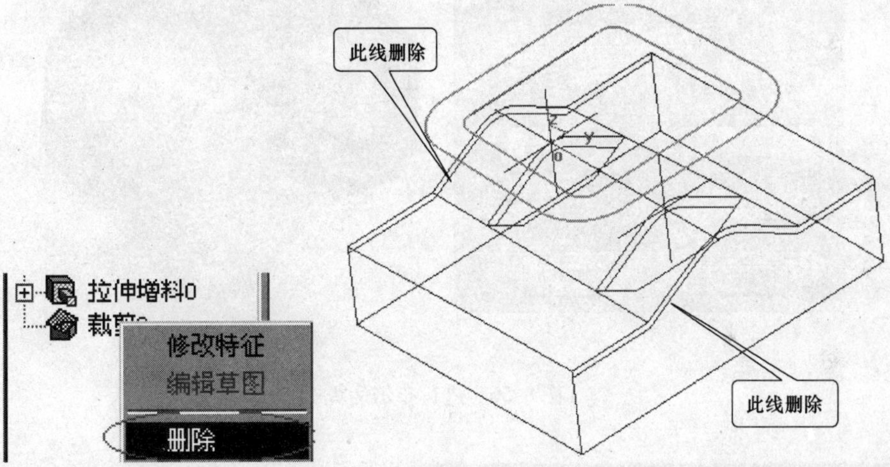

a)　　b)

图 8-53　删除特征和曲面

10）单击特征树中的草图图标，被拾取的草图变红。单击草图按钮，进入草图绘制状态。单击删除按钮，把外圈的草图轮廓线删除，保留里圈的草图轮廓。把工件左右两端面的曲线按距离 1.5mm 向下等距，并按前面讲过的方法作直纹面，结果如图 8-54 所示。

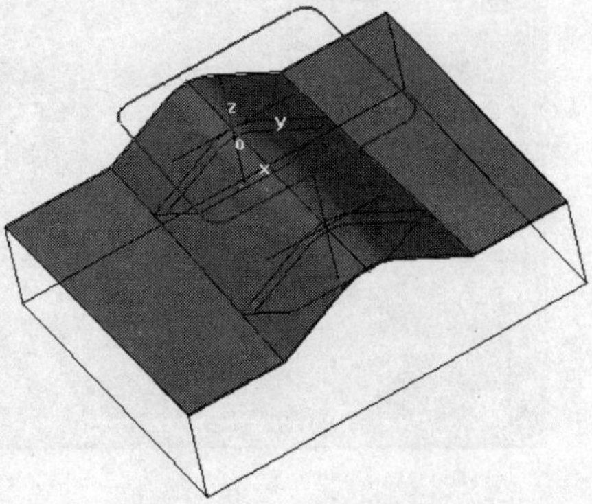
图 8-54　生成直纹面

11）按前所述方法，作拉伸增料，并用上一步生成的曲面进行裁剪除料。曲面裁剪除料后把曲面删除，结果如图 8-55 所示。

12）现在要把这个实体与已保存的“a..x_t”文件合并。单击实体布尔运算按钮，系统弹出【打开文件】对话框，在对话框中选

“a. x_t”文件，系统弹出【输入特征】对话框，选择【当前零件∪输入零件】选项，拾取坐标原点（0，0，0）为定位点，【定位方式】选择【给定旋转角度】选项如图 8-56a 所示，完成后单击【确定】按钮，两个实体合并成为一个实体。把屏幕上的线全部隐藏，结果如图 8-56b 所示。

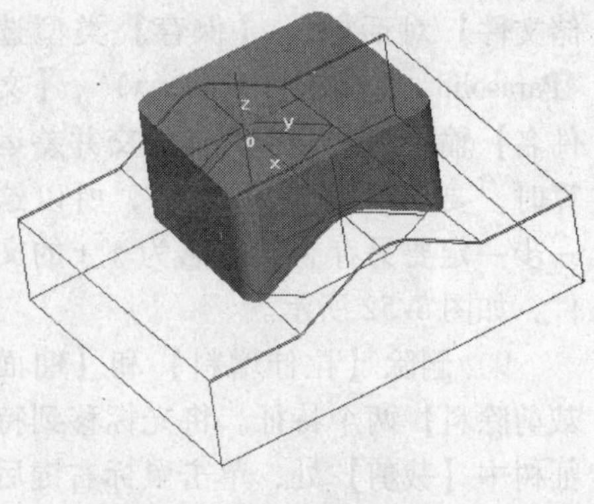

图 8-55　进行曲面裁剪除料

13）按照图样要求作圆角过渡。单击过渡按钮，系统弹出【过渡】对话框，对话框中的各项设置如图 8-57a 所示；拾取要过渡的棱边，被拾取到的棱边变红如图 8-57b。完成后单击【确定】按钮。

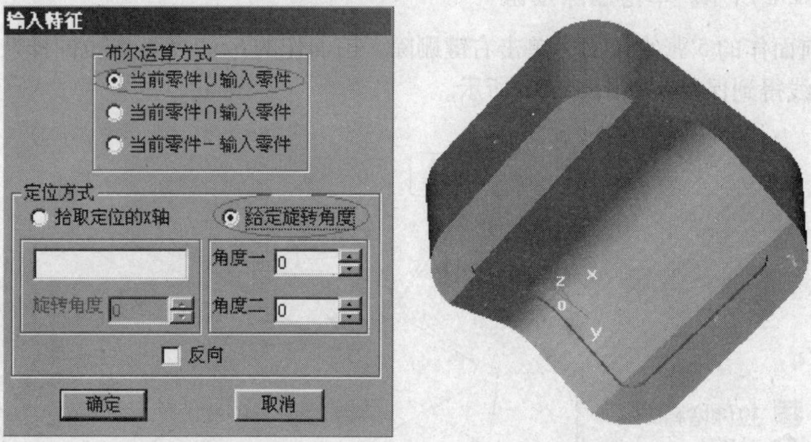

a)　　b)

图 8-56　进行布尔运算

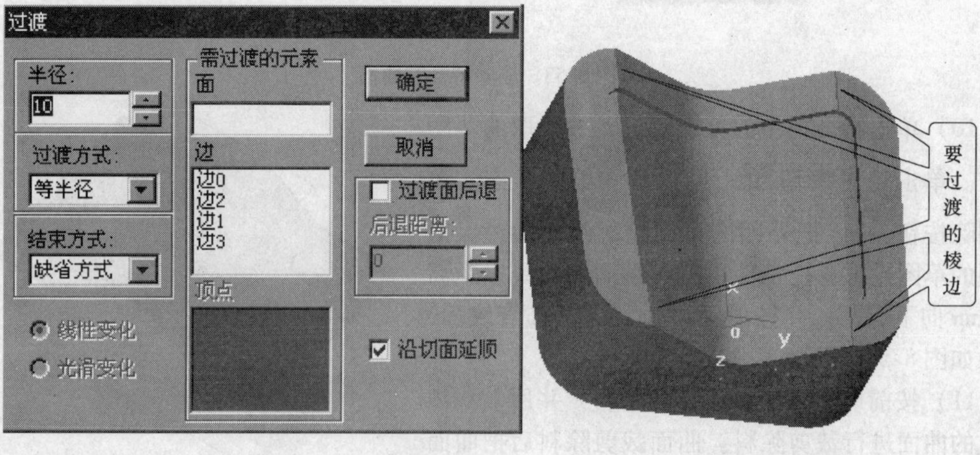

a)　　b)

图 8-57　圆角过渡

14）继续作圆角过渡。周围一圈要作 R6 过渡，只要拾取它的一条棱边就可以了，因为它可以沿切面延顺，不需要将周围所有棱边都选一遍，如图 8-58a、b 所示。

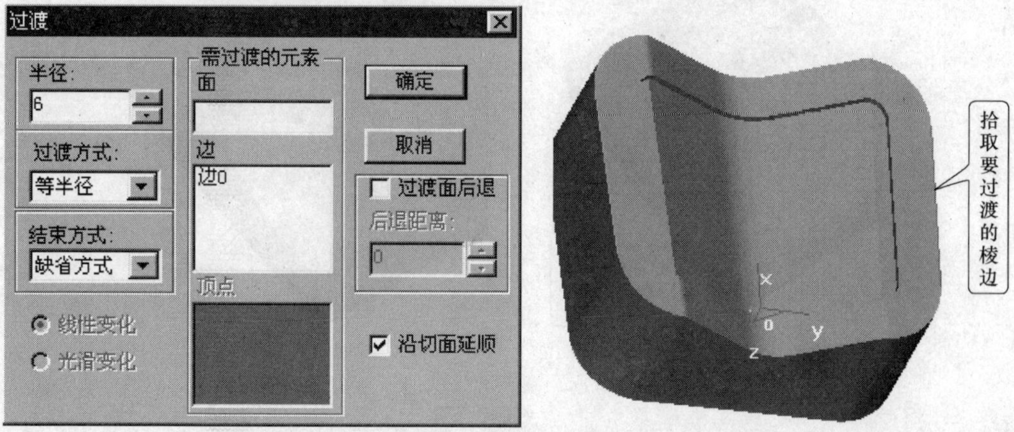

a)　　b)

图 8-58　圆角过渡

15）继续对内圈棱边作 R4.3 圆角过渡，完成后，另存为 b. x_t，结果如图 8-59 所示。

16）打开“W . mxe”文件，并入文件“b. x_t ”。这一次要在布尔运算方式中选“差”运算，至此，造型的主要工作基本完成。

17）现在要完成本造型的最后一项任务：作工艺圆角过渡。圆角过渡的操作方法前面已经讲述过，不再详细叙述。图 8-60 所示说明了本例的工艺圆角操作过程。

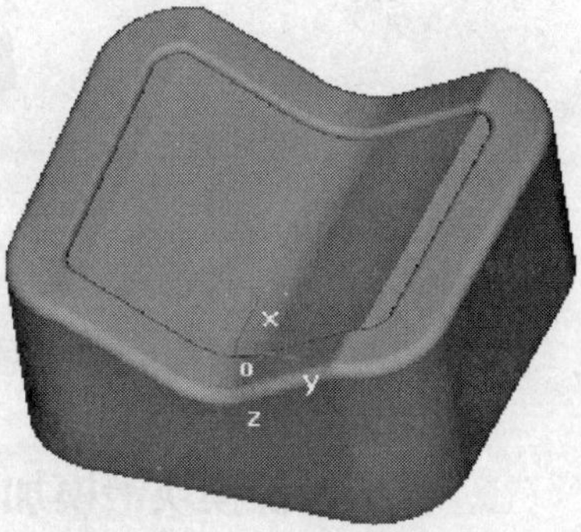

图 8-59　完成圆角过渡

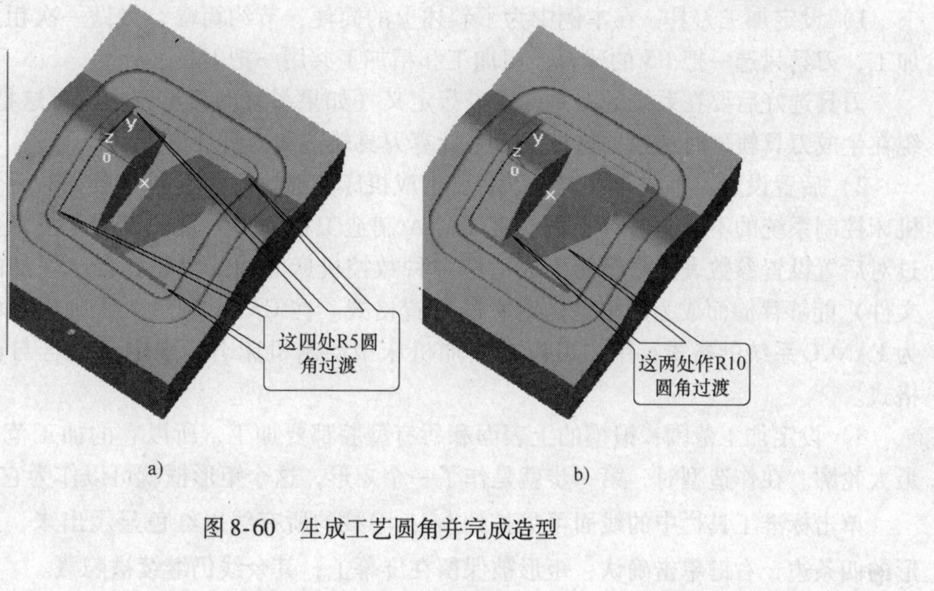

a)　　b)

图 8-60　生成工艺圆角并完成造型

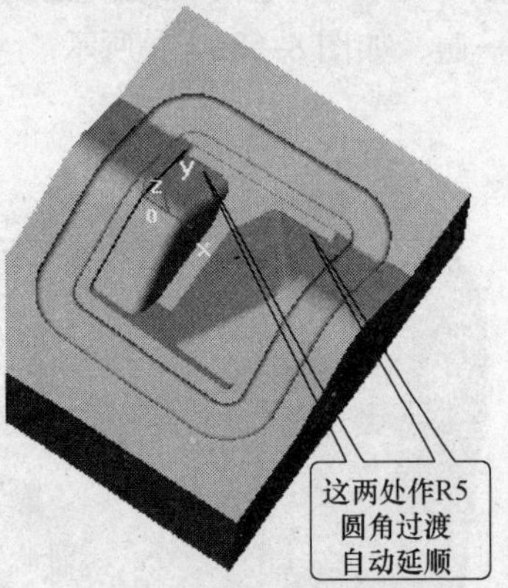

c)

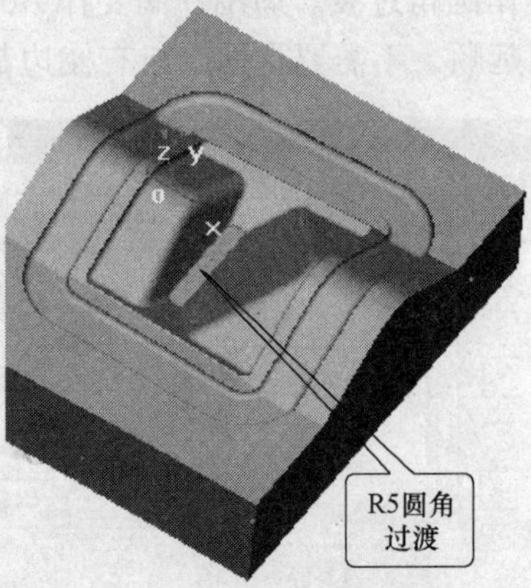

d)

e)

图 8-60 生成工艺圆角并完成造型（续）

二、完成摩擦楔块锻模加工轨迹设置

1. 锻模加工前的准备

1）设定加工刀具：在本例中为了叙述上的简便，节约篇幅，只做一次粗加工和一次精加工，刀具只选一把 R5 的球刀，粗加工和精加工共用一把刀具。

刀具选好后要在系统的刀具库中进行定义（如果系统的刀具库中没有这把刀的话）。系统在生成刀具轨迹时将根据这把铣刀来计算刀具轨迹和刀具补偿。

2）后置设置：生成刀具轨迹以后要生成机床能够执行加工的 G 代码程序。后置格式因机床控制系统的不同而略有不同。在 CAXA 制造工程师中后置的设置是灵活的，它可以通过对后置设置参数表的修改而生成适应多种数控机床的加工代码。自己增加的机床（后置文件）能够存储而成为用户自己定义的后置格式。在 CAXA 制造工程师中系统默认的格式为 FANUC 系统的格式，用户可以在增加机床中给出机床名，来定义适合自己机床的后置格式。

3）设定加工范围：锻模的上表面和所有型腔都要加工，所以它的加工范围就是零件的最大轮廓。在作造型时，第一步就是作了一个矩形，这个矩形框就可以作为它的加工范围。

单击标准工具栏中的线面可见按钮，隐藏的所有线以红色显示出来，选工件底部矩形的四条边，右键单击确认，矩形被保留在屏幕上，其余线仍继续被隐藏。

单击几何变换工具栏中的平移按钮，选择【拷贝】方式，输入【DZ】为“117”，如图8-61a所示，将这个矩形向Z正方向平移“117”（最高点的数据可以通过查询得到），得到如图8-61b所示的结果。上下两个矩形间的范围，就是加工范围。加工的顶层高度是Z=7，就是上面矩形上的任意一点，加工的底层高度是Z=−56。

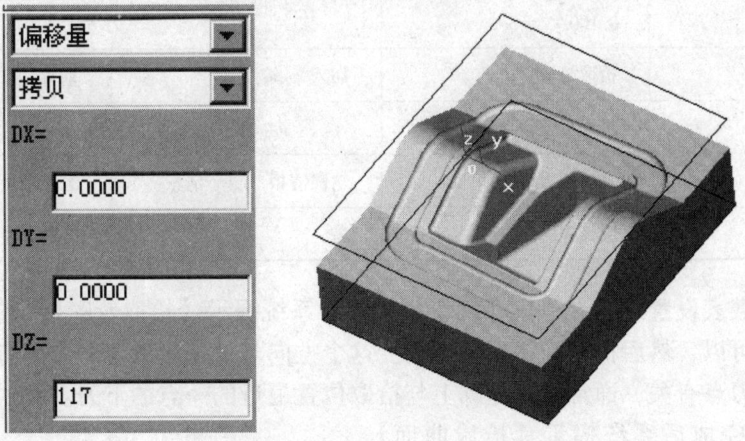

a)　　　　b)

图8-61　设定加工范围

2. 生成加工轨迹和轨迹仿真

对于所作的锻模来说，它的整体形状是较为平坦的，但中间的凹槽斜面较陡斜，精加工时需注意轨迹方向。零件整体粗加工采用等高粗加工方式，精加工采用曲面区域按45°方向加工。在加工中，当刀具轨迹平行于某个面而这个面又较陡时，会使加工的质量下降，45°方向加工将会提升更多面的加工质量，这是在实际加工中经常采用的方法。

（1）等高粗加工刀具轨迹　选择【应用】/【轨迹生成】/【等高粗加工】命令，系统弹出【粗加工参数表】，按照表8-3选择和键入数值、设置切削用量参数。

表8-3　粗加工参数表

刀具参数		切削用量	
刀具名	φ10 端面立铣刀	主轴转速	1500.000
刀具号	1	切削速度	500.000
刀具补偿号	1	退刀速度	2000.000
刀具半径	5	接近速度	20.000
刀角半径	5	行间连接速度	100.000
刀杆长度	40	起止高度	60.000
刀刃长度	30		
加工参数		安全高度	50
顶层高度	7	慢速下刀相对高度	15.000
底层高度	−56		
每层下降高度	4	进退刀方式	

（续）

刀具参数		切削用量		
加工行距	5	退刀方式		垂直
加工余量	0.5	进刀方式		垂直
加工精度	0.100	下刀方式		
毛坯类型	拾取轮廓	切入		垂直
走刀方式	环切加工（从外向里）	清根参数		
切入毛坯	直接切入	轮廓清根	清根	清根余量 0.25
走刀类型	层优先	岛	清根	清根余量 0.25

粗加工参数表设置好后，单击【确定】按钮，系统提示【拾取轮廓】，选择上边或下边的矩形轮廓都可以，然后根据箭头选择方向。这个方向与加工时的走刀方向有关，拾取轮廓时的位置与下刀点有关，通常它在轮廓上与拾取位置最近的一点的下刀。

拾取轮廓完成后系统提示【拾取曲面】，按“W”键或用鼠标拾取实体任意位置，被选中的实体的线架变红，单击右键确认，系统开始计算刀具轨迹。

粗加工刀具轨迹可以查询。选择【工具】/【查询】/【粗加工层轨迹】命令，在立即菜单中选择【不保存层轨迹】选项，系统提示【拾取刀位点】，拾取其中的一层轨迹，这一层刀具轨迹在屏幕上被单独显示，如图 8-62 所示。这一功能对检查粗加工刀具轨迹非常有用。按“ESC”键或单击右键退出查询。

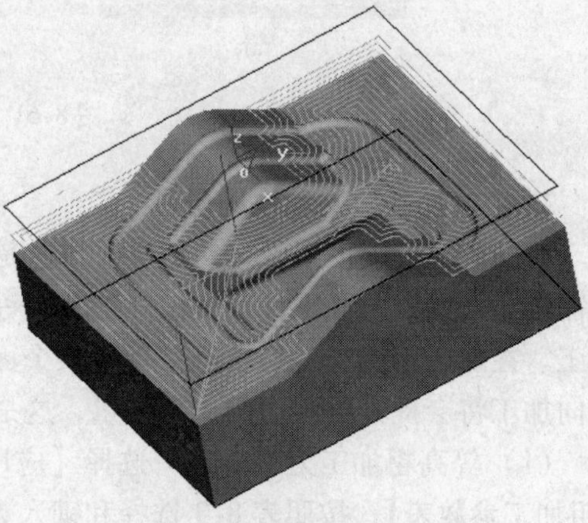

图 8-62　检查粗加工单层轨迹

（2）精加工（曲面区域）刀具轨迹　首先把粗加工刀具轨迹隐藏，选择【应用】/【轨迹生成】/【曲面区域】命令，系统弹出【曲面区域加工参数表】。按图 8-63a 所示的【曲面区域加工参数表】中的数值键入各项参数，刀具和其他参数仍按粗加工的参数来设定，完成后单击【确定】按钮。

根据系统的提示来拾取曲面和轮廓线，拾取的方法和前的粗加工相同。完成后单击右键确认，系统开始计算刀具轨迹。按上面参数表给的参数，整个计算时间大约 1～8min。如果是做练习，可降低曲面精度和增加行距，计算时间会明显缩短。生成的精加工轨迹如图 8-63b 所示。

3. 轨迹仿真

首先把刚才做的粗加工轨迹设为“可见”。选择【应用】/【轨迹仿真】命令，在立即菜单中选择【拾取两点】和【快速仿真】方式，如图 8-64a 所示。根据系统的提示先拾取刀具轨迹，再拾取上下两个矩形所形成的立方体的任意两个对角点，屏幕上出现一个立方体的毛坯，接着开始进行自动加工，仿真结果如图 8-64b 所示。

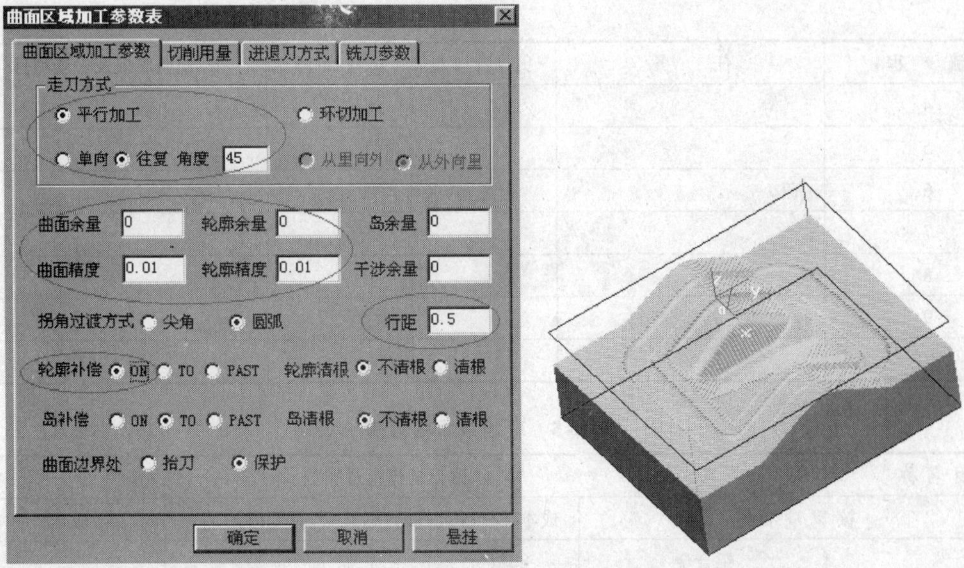

a)　　b)

图8-63　生成精加工轨迹

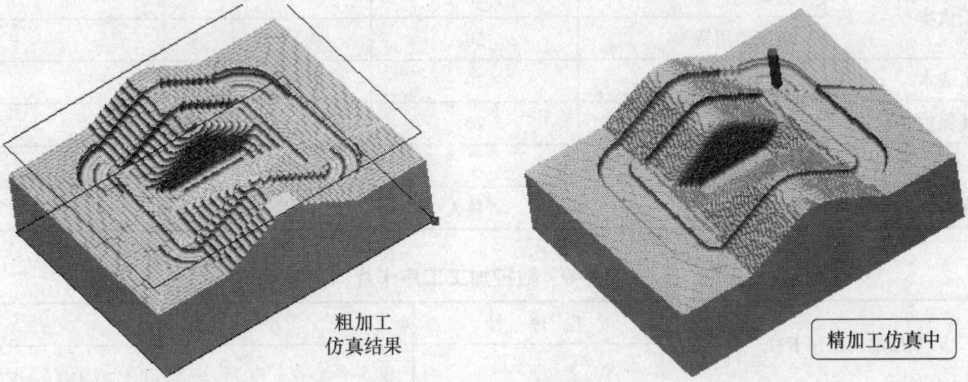

a)　　b)

图8-64　加工仿真结果

【完成学习工作页】（见表8-4、表8-5、表8-6）

表8-4　任务安排计划书

项目名称	锻模的建模及加工		制定人	
组　员				
流　程	任　务	负责人	方法/手段	预期成果及检查项目
1				
2				
3				

（续）

流　程	任　务	负 责 人	方法/手段	预期成果及检查项目
4				
5				
6				
7				
8				
9				
10				

表8-5　项目成本核算表

项目名称	锻模的建模及加工			
核算项目		成本单位/(元/kg)	质量/kg	成本/元
材料成本	铝合金	80/(元/kg)		
核算项目		单位成本/(元/h)	工时/h	成本/元
加工成本	刀具使用费	10		
	机床使用费	50		
人工成本	编制加工程序	20		
环境保护成本	环保费	20		
合　计				
填表人		审核人		

表8-6　数控加工工序卡片

数控加工工序卡片			工 序 号		工序内容			
单　位			零件名称		材　料	夹具名称	使用设备	
工步号	程序号	工步内容	刀具号	刀具规格/mm	主轴转速/(r/min)	进给速度/(mm/min)	被吃刀量/mm	备　注
1								
2								
3								
4								
5								
6								
7								
编　制					审　核			

【知识拓展】

CAXA 制造工程师 XPr1 以上版本专门提供了知识加工功能，用以针对复杂曲面的加工，为用户提供一种零件整体加工思路，用户只需观察出零件整体模型是平坦或者陡峭，运用老工程师的加工经验，就可以快速地完成加工过程。老工程师的编程和加工经验是靠知识库的参数设置来实现的。知识库参数的设置应由编程和加工经验丰富的工程师来完成，设置好后可以存为一个文件，文件名可以根据自己的习惯任意设置。

下面仍以前面完成的锻模模型为例，说明如何应用知识加工功能生成加工轨迹。

一、知识库加工模板参数设置

选择【设置】/【知识库设置】菜单命令，系统弹出【知识库设置】对话框，如图 8-65 所示。这一项操作主要为以后的知识加工中的粗加工、半精加工、精加工预先设置好合理的加工工艺参数，完成后单击【保存到文件】按钮，存储为模板文件，自动存放在安装目录中 template 文件夹下。

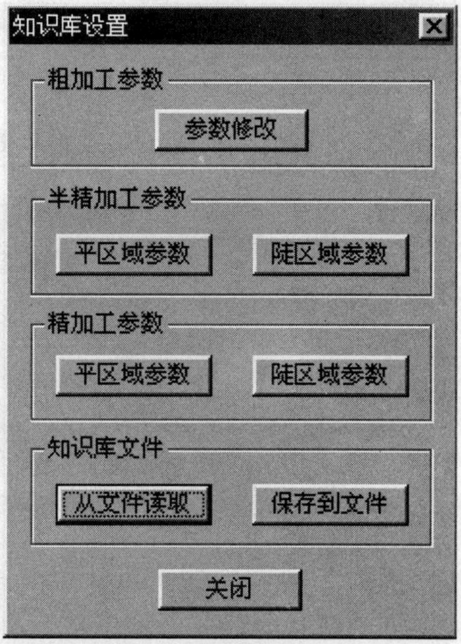

图 8-65　知识库设置对话框

1. 设置粗加工模板参数

1）单击【粗加工参数】下的【参数修改】按钮，系统弹出【粗加工模板参数表】对话框，在【粗加工参数】选项卡中填写粗加工的各项参数，如图 8-66a 所示；【铣刀参数】选项卡中各参数的选择，如图 8-66b 所示。

2）【粗加工模板参数表】对话框中【切削用量】选项卡的参数设置如图 8-67 所示。

3）【进退刀方式】、【下刀方式】、【清根方式】选项卡中的参数设置按系统默认值。单击【确定】按钮退出参数设置。

2. 设置半精加工模板参数

单击【知识库设置】对话框中【半精加工参数】下的【平区域参数】按钮，在弹出的【半精加工模板参数表】对话框中进行如图 8-68 所示的参数设置，此外【切削用量】、【进退刀方式】和【铣刀参数】选项卡的设置与粗加工参数完全相同，半精加工的加工余量可定为“0.2”。

3. 设置精加工模板参数

单击【知识库设置】对话框中【精加工参数】下的【平区域参数】按钮，在弹出的【精加工模板参数表】对话框的【平面区域参数】选项卡中进行如图 8-69 所示的参数设置，此外【切削用量】、【进退刀方式】和【铣刀参数】选项卡的设置与粗加工参数完全相同，精加工的加工余量为“0”。

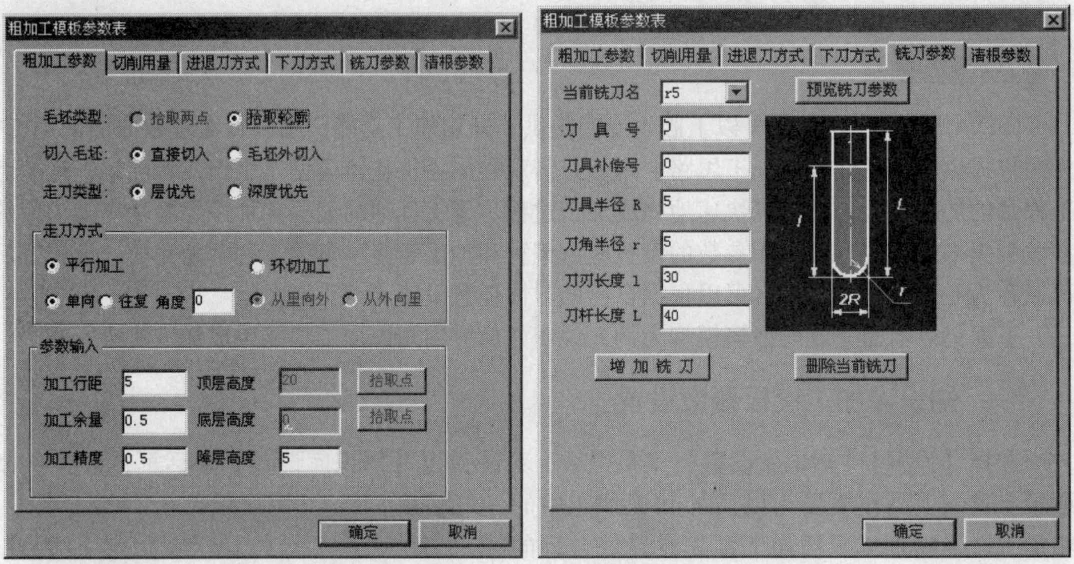

a) b)

图 8-66 设置加工参数表

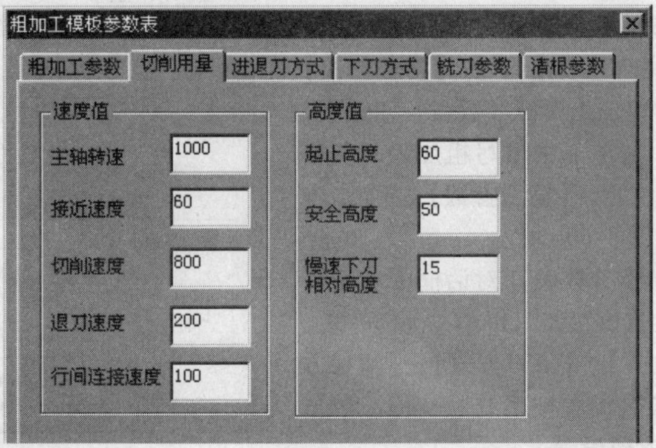

图 8-67 切削用量参数

4. 保存设置好的加工参数

设置好粗加工、半精加工、精加工的参数以后，将其保存起来，以方便其他零件的加工或者其他工作人员的使用。单击【知识库文件】下的【保存到文件】按钮，系统弹出【选择配置文件】对话框，在对话框中输入文件名“锻模”，单击【保存】即可。这样锻模知识加工的参数设置就完成了，关闭知识库设置对话框。

二、知识加工操作

在前面锻模知识库模板参数设置的基础上，选择参数文件、零件的整体特征以及零件加工过程完成锻模的加工。

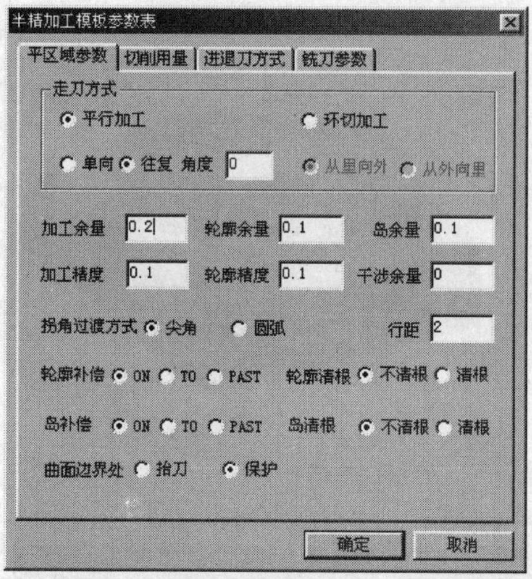

图 8-68　半精加工参数设定

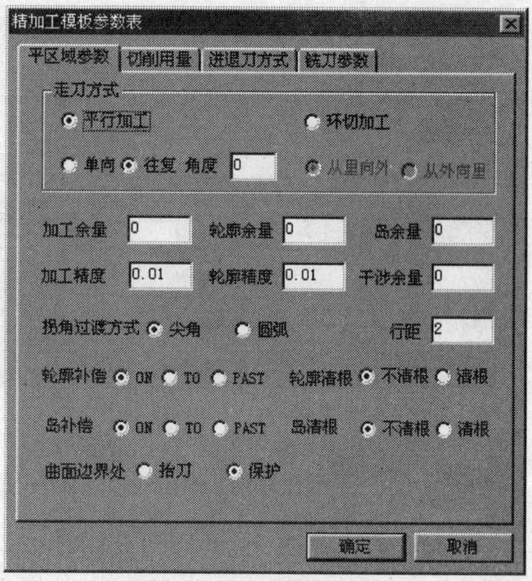

图 8-69　精加工模板设置

1）选择【应用】/【知识加工】命令，系统弹出【知识加工向导　步骤 1/3】对话框，如图 8-70 所示，第 1 步从右边的知识库文件列表中选择“锻模”，该文件是本次加工所使用的模板文件。

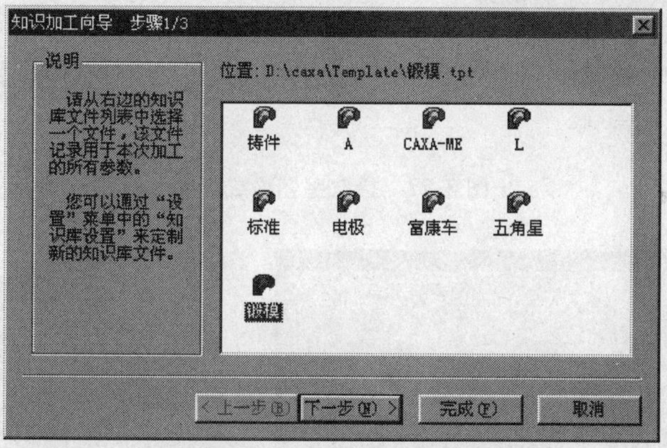

图 8-70　读入模板文件

2）单击【下一步】按钮，进入【知识加工向导　步骤 2/2】对话框，首先选择零件整体特征为平坦，然后在【毛坯设置】下单击【毛坯轮廓】按钮，返回到编辑区，如图 8-71a 所示；拾取设定加工范围中锻模最下面的矩形轮廓线，单击箭头选择链搜索方向后，回到加工向导对话框，如图 8-71b 所示。

单击【毛坯顶层高度】按钮，拾取锻模的顶点，系统自动得到毛坯顶层高度的具体数值“7”，如图 8-72a、b 所示。

3）单击【下一步】按钮，进入【知识加工向导　步骤 3/3】对话框，选择【整体粗加工】和【精加工】两种加工方式，同时还可以根据实际需要再次修改或者设置加工参数，修改后的数值只对这一次加工起作用，不会更改加工模板的数值。单击【完成】按钮后可以生成各加工过程的加工轨迹、加工代码以及加工工艺单，如图 8-73a、b、c 所示。

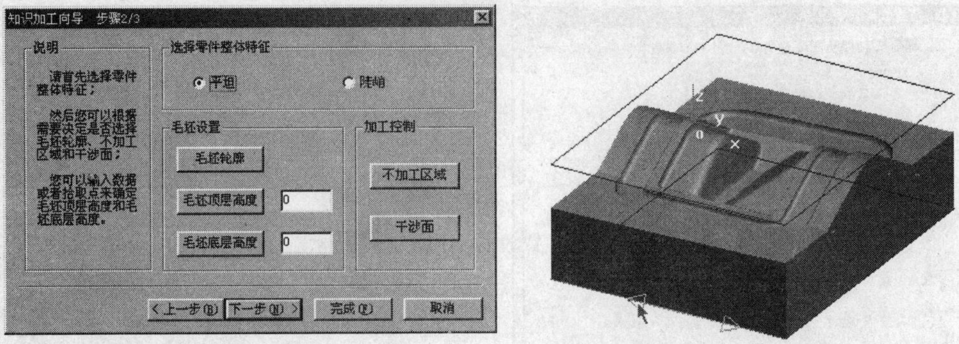

a) b)

图 8-71 选取加工毛坯

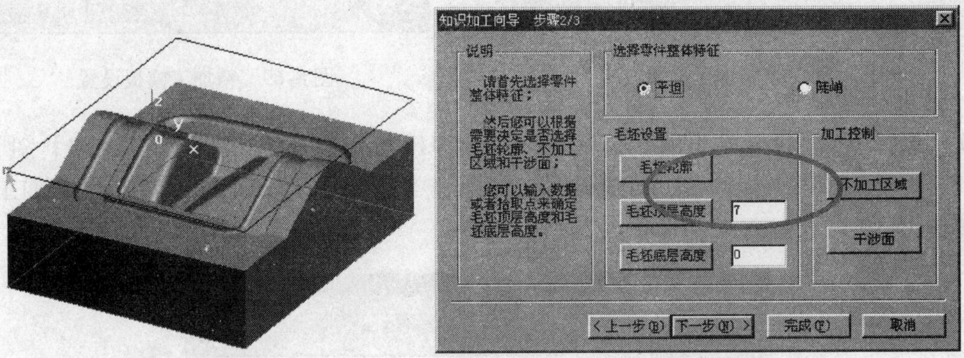

a) b)

图 8-72 拾取毛坯顶层高度

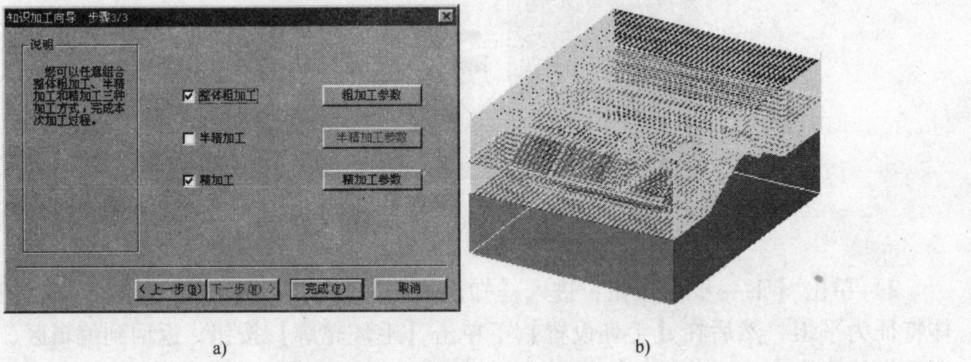

a) b)

模板加工轨迹明细单

序号	代码名称	代码所在目录	刀具号	刀具参数/min	切削速度mm/min	加工方式	加工时间
1	锻模_rf_rough.cut	E:\ME五天教程\素材	4	刀具直径=10.00 刀角半径=5.00 刀刃长度=30.000	800.0	粗加工	110min
2	锻模_rf_finish.cut	E:\ME五天教程\素材	4	刀具直径=10.00 刀角半径=5.00 刀刃长度=30.000	800.0	精加工	167min

c)

图 8-73 知识加工操作结果

至此，知识加工的整个过程就方便、快捷地完成了，根据轨迹明细单可以找到轨迹代码文件。

【教学评价】（见表8-7、表8-8、表8-9、表8-10）

表8-7　学生自评表

班　级			姓　名	
项目名称			组　别	
考核项目	考核内容		满　分	得　分
社会能力	尊敬师长、尊重同学		5	
	相互协作		5	
	主动帮助他人		5	
	办事能力		5	
学习态度 学习能力	出勤	迟到	3	
		早退	3	
		旷课	4	
	学习态度认真		5	
	能独立思考解决问题		5	
专业能力	安全规范意识		5	
	5S遵守情况		5	
	零件加工分析能力		10	
	工艺处理能力		10	
	仿真验证能力		10	
	实操能力		10	
	零件加工检验能力		10	
合　计			100	
自我评价				

表8-8　小组成员互评表

被评价学生		承担任务	
考核项目	考核内容	满　分	得　分
方法能力	创新能力	10	
	学习态度认真	10	
	能独立思考解决问题	10	
社会能力	尊敬师长	5	
	尊重同学	5	
	团队协作	10	
	主动帮助他人	10	

（续）

考核项目	考核内容	满分	得分
专业能力	所承担的工作量	20	
	理论及实操能力	10	
	5S 遵守情况	10	
合计			
评语			
评价人		学号	

表 8-9　教师评价表

班级		姓名		
项目名称		组别		
评分内容		分值	得分	备注
资讯	起始情况评价	5		
	收集信息评价	5		
计划	工作计划情况	5		
决策	解决问题情况	5		
实施	零件加工分析	5		
	确定装夹方案	5		
	刀具正确选用及安装	5		
	确定加工方案	5		
	切削参数选用	5		
	编制加工工艺文件	5		
	编制加工程序	5		
	仿真加工验证	5		
	实际加工	5		
检查	零件检测	10		
	上交文件齐全、正确	5		
评价	完成工作量	5		
	工作效率及文明施工	5		
	学生自我评价	5		
	同组学生的评价	5		
总分		100		
评语				
评价教师				

表8-10　企业教师评价表

班　级		姓　名		学　号	
项　目	摩擦楔块锻模的建模及加工			得　分	

一、专业能力：60%		
本人工作量完成情况	5	
锻模的造型	5	
加工工艺制定	5	
刀具路径设置	5	
零件的仿真和实际加工	10	
工艺过程合理性	5	
工艺文件规范性	5	
刀具选用是否合适	5	
切削用量选用是否合理	5	
数控程序是否正确	5	
是否正确操作机床	5	
二、职业素质：40%		
责任意识	10	
专业素质	10	
5S	10	
团队合作	5	
环保意识	5	
总　分		

【学后感言】

____

____

____

____

____

【思考与练习】

根据图 8-74 数据，完成下列圆柱凸轮的实体造型，并生成 3 ~4 种曲面的加工轨迹，通过加工仿真来检查并修改轨迹，并分析轨迹的加工合理性。(提示：先构建空间基圆曲线，然后用扫描面裁剪实体)

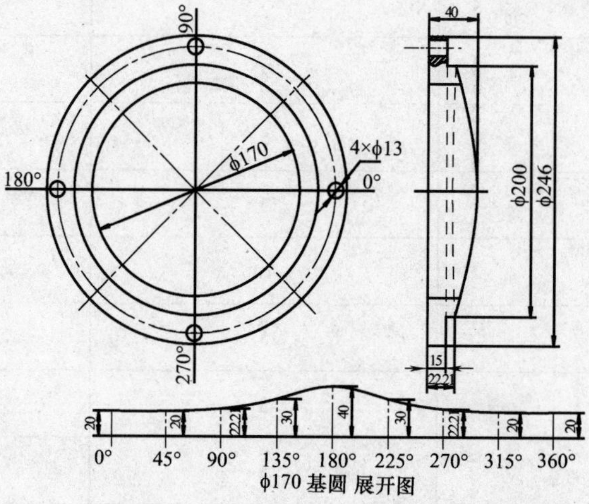

图 8-74 凸轮

项目 9

叶轮的建模

本项目通过叶轮的建模，学习空间曲面设计、编辑与造型的方法，以及阵列等高效率特征造型方法，让用户对 CAXA 软件的曲面造型设计有一个全面的掌握与了解。

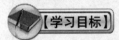

【学习目标】

知识目标

1. 学习空间曲面设计与编辑。
2. 学习曲面造型的方法。
3. 学习阵列等高效率特征造型方法。

技能目标

1. 能灵活运用 CAD/CAM 软件进行零件实体造型设计。
2. 能运用 CAD/CAM 软件进行零件曲面造型设计。

【工作任务】（见表 9-1）

表 9-1 任务书

适用专业：数控技术		学时：48	
项目名称：叶轮的建模		项目编号：9	
姓名：	班级：	日期：	实训室：
一、项目目标 通过本项目的学习，使学生熟悉零件实体造型设计的方法，学会零件曲面造型设计以及阵列等高效率特征造型方法。 二、本项目学习内容 1. 学习空间曲面设计与编辑。 2. 学习曲面造型的方法。 3. 学习阵列等高效率特征造型方法。 4. 能灵活运用 CAD/CAM 软件进行零件实体造型设计。 5. 能运用 CAD/CAM 软件进行零件曲面造型设计。			

（续）

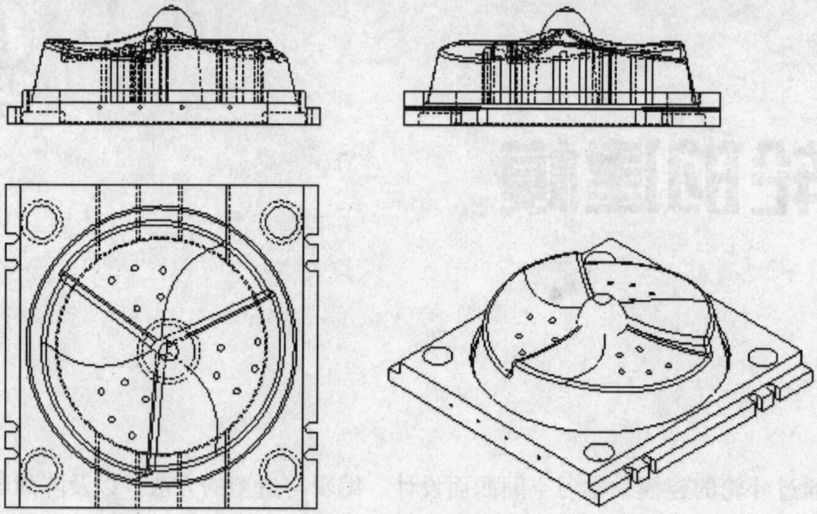

叶轮的建模

三、教学方法

案例教学法、任务驱动法、小组讨论法、讲授法、演示法等。

四、上交材料

序　号	名　称	数　量	格　式	备　注
1	任务安排计划书	1	word 文档	制定计划、安排任务
2	项目成本核算表	1	word 文档	完成零件的成本核算
3	叶轮造型文件	1	. mxe	完成叶轮的造型
4	学生自评表	1	word 文档	对工作过程及成果进行评价
5	小组成员互评表	1	word 文档	同组同学进行互评及对协作建议
6	本项目学习总结	1	word 文档	总结学习本项目的体会和收获

五、教学条件

1. 硬件要求：学生机 40 台，教师机 1 台，多媒体设备一套。

2. 软件要求：CAXA 软件，“极域电子教室”软件（广播软件）。

六、教学资源

教学录像、多媒体课件、网络资源、CAXA 软件实用教程、本校特色教材。

七、教学评价

教师评教：70%；学生互评：20%；学生自评：10%。

【知识准备】

叶轮是泵类产品中比较核心的零件，其中叶片部分是一个比较复杂的曲面结构。如何快速、准确地利用三维设计软件绘制叶轮模型是泵类产品设计人员所面临的一个难题，利用CAXA实体设计及CAXA电子图板软件就可以轻松解决这个难题。

叶轮的精密几何实体造型是叶轮加工的必要前提，随着对发动机性能要求的提高，转子的形状更趋复杂，研究整体转子的三维CAD造型越来越重要。转子叶片数据的获取主要有两种方法：一种是通过逆向工程获取数据点；一种是通过理沦计算获取数据点。逆向工程是把原型的几何尺寸通过各种测量方法（如三坐标测量机、激光跟踪仪、三坐标测头等）转化成一个数据文件，然后重新建立此零件的CAD模型。重建零件的过程为：通过每一个截面内的型值点，采用i次样条曲线进行插值计算，然后进行光顺处理。对于拐点较多的曲线进行光顺时，可用最小能量法。光顺的标准是只保持时型有规律的拐点，去除其他多余的拐点，对叶型线曲率变化率未作规定，这种方法可以降低设计零件的周期。理论计算是根据流体力学原理计算出来的叶片的叶型数据。

叶轮加工应当使用5坐标数控加中心完成。所谓5轴加工这里是指在一台机床上至少有5个坐标轴（3个直线坐标和2个旋转坐标），而且可在计算机数控（CNC）系统的控制下同时协调运动进行加工。5轴联动数控加工与一般的3轴联动数控加工相比，主要有以下优点：

1）可以加工一般3轴数控机床所不能加工或很难一次装夹完成加工的连续、平滑的自由曲面，如，航空发动机和汽轮机的叶片，舰艇用的螺旋推进器，以及许许多多具有特殊曲面和复杂型腔、孔位的壳体和模具等，如图9-1所示。

用5轴联动的机床加工时，由于刀具/工件的位姿角在加工过程中随时可调整，可以避免刀具与工件的干涉，并能一次装夹完成全部加工，如图9-2所示。

图9-1 叶轮

图9-2 5轴加工

2）可以提高空间自由曲面的加工精度、质量和效率。例如，3轴机床加工复杂曲面时，多采用球头铣刀，球头铣刀是以点接触成形，切削效率低，而且刀具/工件位姿角在加工过程中不能调，一般很难保证用球头铣刀上的最佳切削点（即球头上线速度最高点）进行切削，而且有可能出现切削点落在球头刀上线速度等于零的旋转中心线上的情况，这时不仅切削效率极低，加工表面质量严重恶化，而且往往需要采用手动修补，因此也就可能丧失精度。如采用5轴机床加工，由于刀具/工件位姿角随时可调，可以时时充分利用刀具的最佳切削点来进行切削，或用线接触成形的螺旋立铣刀来代替点接触成形的球头铣刀，甚至还可以通过进一步优化刀具/工件的位姿角来进行铣削，从而获得更高的切削速度、切削线宽，即获得更高的切削效率和更好的加工表面质量。

3）符合工件一次装夹便可完成全部或大部分加工的机床发展方向。具有高速加工能力的5轴机床不仅具有现代生产加工设备所要求具有的主要功能，而且一台5轴机床的工效约相当于两台3轴加工机床，甚至可以省去更多机床。

【任务实施】

教学组织实施建议：任务驱动法、小组讨论法、讲授法、演示法等。

一、建立叶轮主曲面

1. 绘制线框

1）加载曲面设计模块，启动【曲面设计】后进入曲面设计环境，将当前工作平面切换为XOY，在Z高度为“183”的XY平面内绘制两个圆弧：单击，选择【圆心-半径-起始角】选项，第一个圆弧参数：圆心（0，0，183），半径240mm，【起始角】“245”，【终止角】“355”。第二个圆弧参数：圆心（0，0，183），半径12mm，【起始角】“245”，【终止角】“355”。用直线连接两圆弧端点，如图9-3所示。

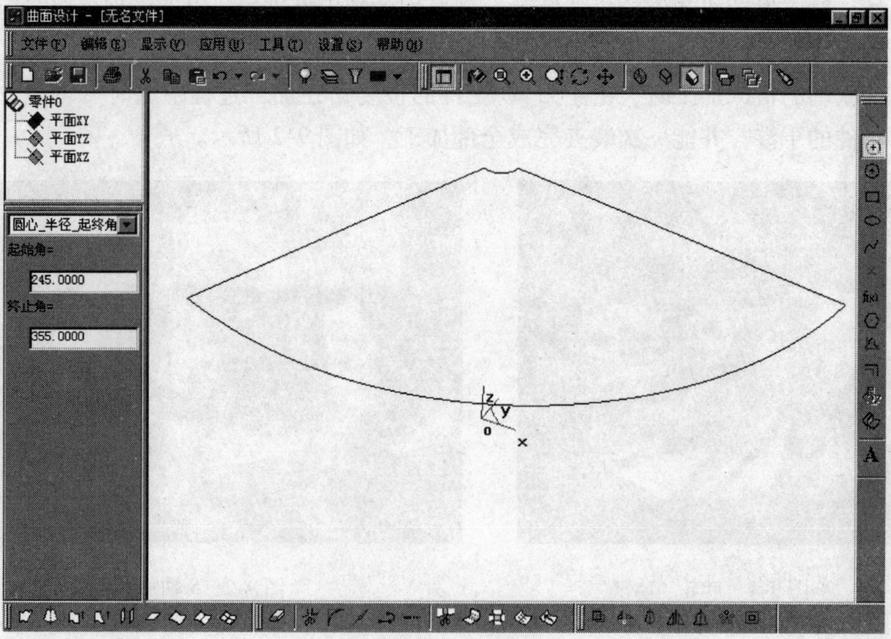

图9-3　基础线架

2）选择【工具】/【查询】/【坐标】命令，如图9-4所示，先后拾取图9-5所示的四个顶点，得到它们各自的坐标。

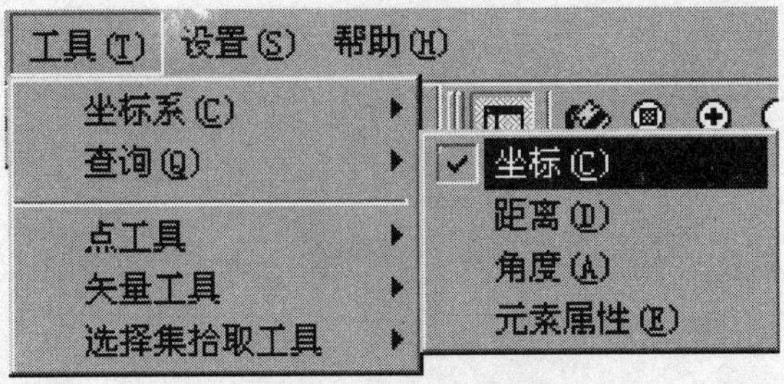

图 9-4 选择命令

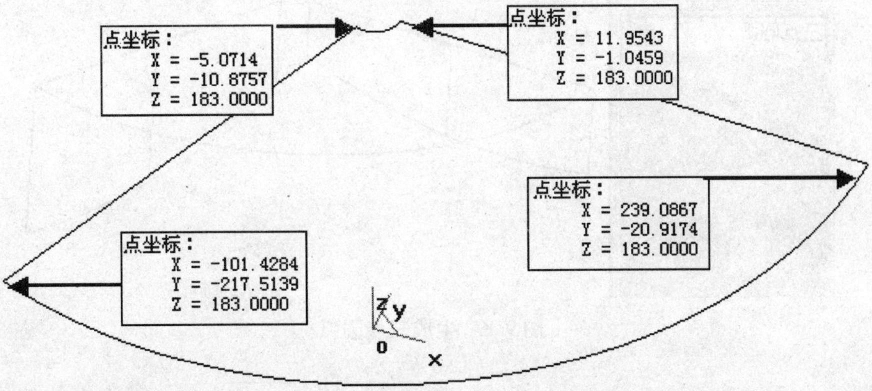

图 9-5 查询顶点的空间坐标

3）在四个端点作负 Z 向垂线，长度如图 9-6 所示。

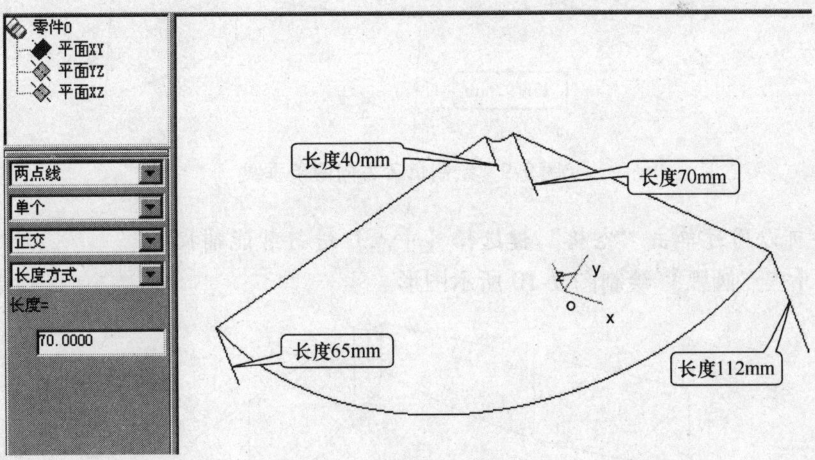

图 9-6 绘制负 Z 向垂线

4）分别在直线的两个中点向负 Z 方向绘制直线，长度如图 9-7 所示。

5）用【三点圆弧】选项，捕捉直线端点，作图 9-8 所示图形。

6）过 XOY 平行面内两圆弧中点作长度分别为 55mm 和 92mm 的两垂直直线，如图 9-9 所示。

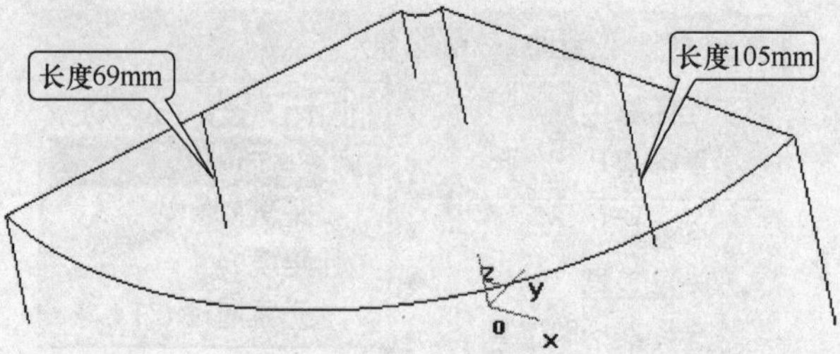

图 9-7　在直线的两个中点向负 Z 方向绘制直线

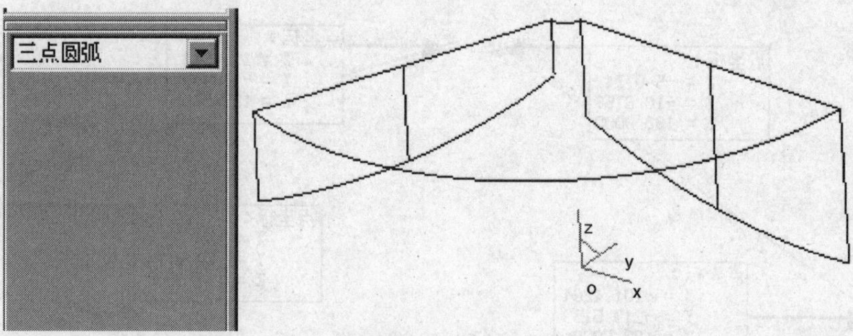

图 9-8　生成三点圆弧

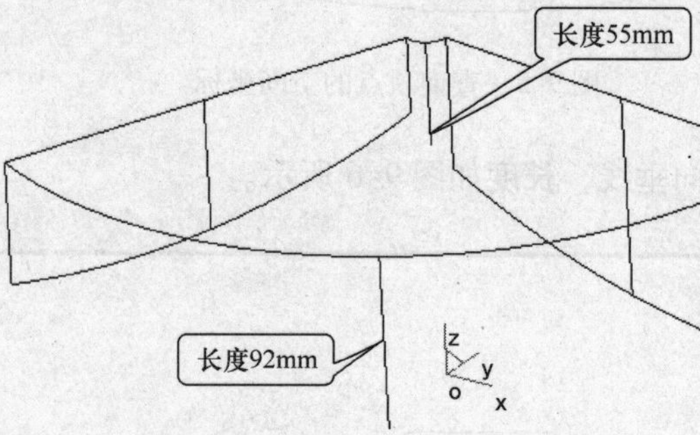

图 9-9　绘制负 Z 方向两条垂线

注意：可以通过单击“空格”键选择【中点】进行智能捕捉。

7）用【三点圆弧】绘制图 9-10 所示图形。

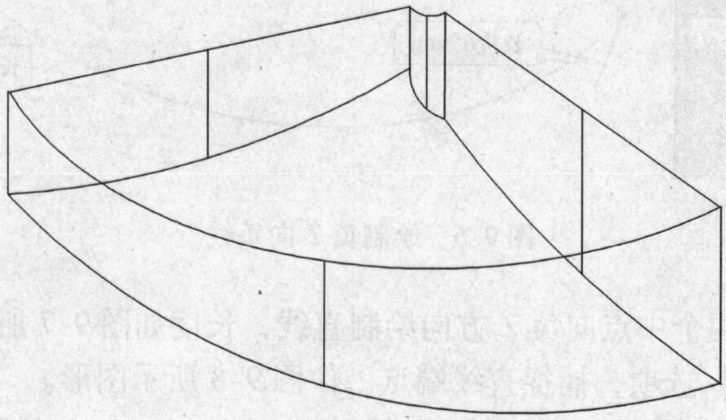

图 9-10　绘制圆弧

2. 删除废线

删除不用的辅助线，清理画面显示，如图9-11所示。

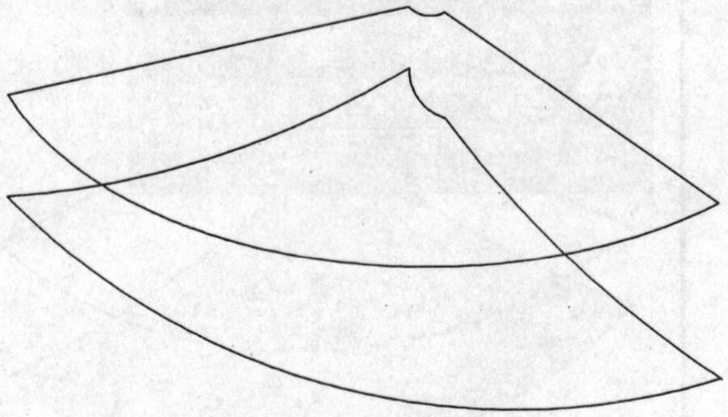

图9-11　删除多余辅助线

3. 生成四边面曲面

单击按钮，拾取底层图形的四边，即可生成如图9-12所示的曲面。

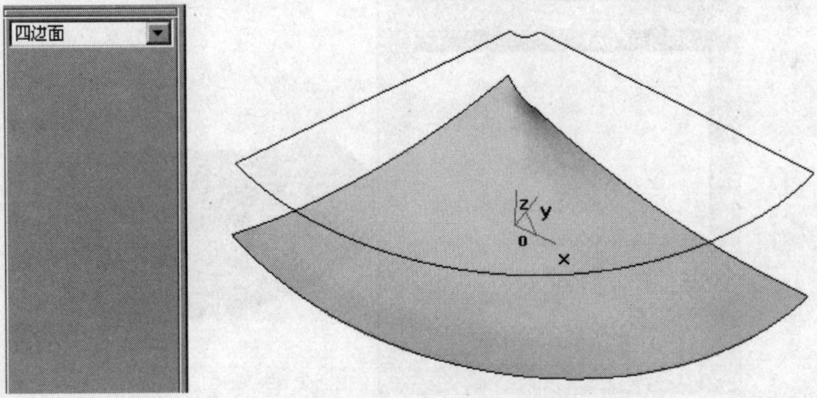

图9-12　生成四边面曲面

二、主曲面减料实体生成

1. 向3D设计环境输出主曲面

1）选择【文件】/【输出曲面】菜单命令，单击四边面曲面，然后单击鼠标右键，这时系统会提示曲面的数量和缝合情况，如图9-13所示，单击【确定】按钮即完成曲面输出。

2）返回到3D设计环境，单击【读入曲面】按钮，系统弹出【读入曲面】对话框，选择曲面名称后单击【确定】按钮，即完成曲面的输入，如图9-14所示。

3）在默认状态下，输入的曲面数据格式为“IGES”文件，运算内核为“Parasolid”。单击曲面进入零件状态后单击鼠标右键，选择【IGES零件属性】选项，在弹出的【IGES零件】对话框中修改【常规】选项卡，将【用户名字】改为“主曲面”，【造型核心】选择为【ACIS】，如图9-15所示。

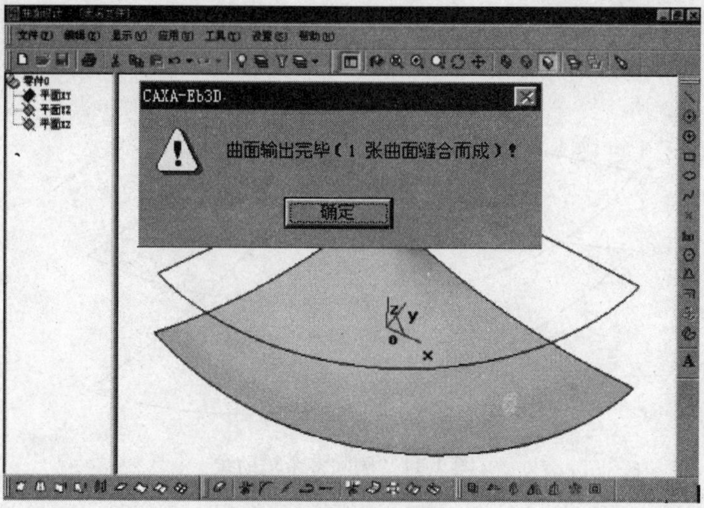

图 9-13　完成曲面输出

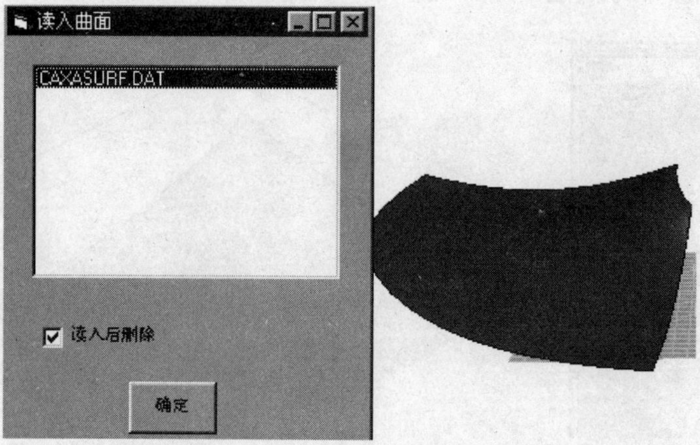

图 9-14　读入曲面

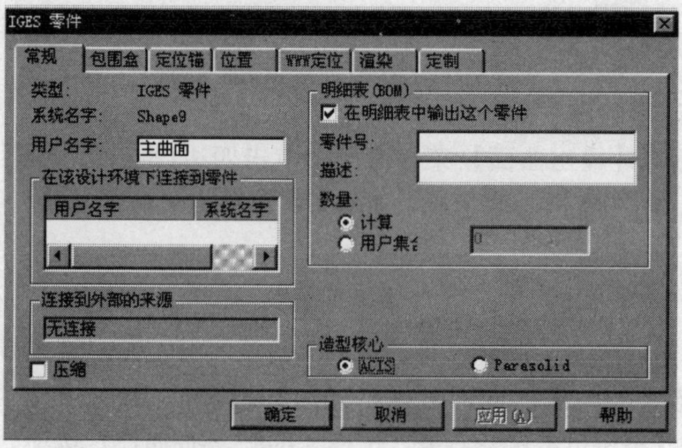

图 9-15　修改曲面属性

注意：需要查看一下输入曲面的空间位置，选择【位置】选项卡可以看到，主曲面的原点坐标和目前的栅格原点是重合的。

2. 用主曲面的曲面轮廓线构造实体图素

1）单击曲面处于零件状态，右键单击曲面，选择【转换成实体】选项，这时曲面就变成了实体图素，如图9-16所示。

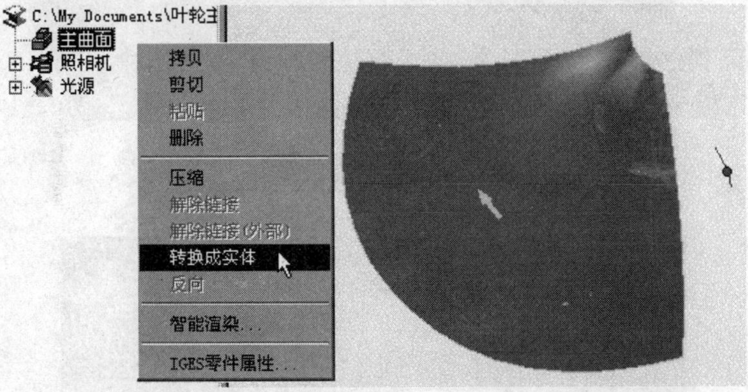

图9-16 将曲面转变成实体

2）单击【拉伸特征】按钮，单击背景，在弹出的【拉伸特征向导/第一页】对话框中选择【独立实体】选项，单击【完成】按钮，窗口出现二维截面编辑状态，如图9-17所示。

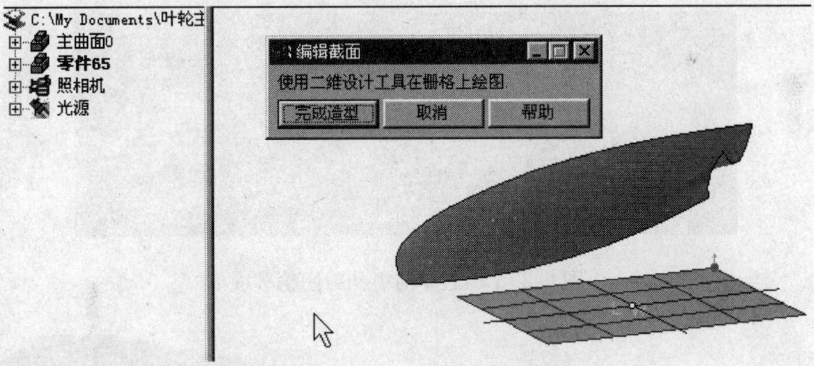

图9-17 进入二维截面编辑状态

3）单击【投影3D边】按钮，依次选择主曲面的四条边，这时此四条边都会投影到二维截面栅格上，如图9-18所示。

4）单击【等距】按钮，将上步得到的四条投影线再向内部平移1.5mm，如图9-19所示。

5）将最先得到的四条投影线删除。由于平移线发生两两相交，所以用裁剪工具把多余线段剪掉，结果如图9-20所示。

6）单击【完成造型】，生成拉伸造型，右键单击造型拉伸方向的手柄，编辑距离，使造型体完全包容了主曲面，如图9-21a所示。

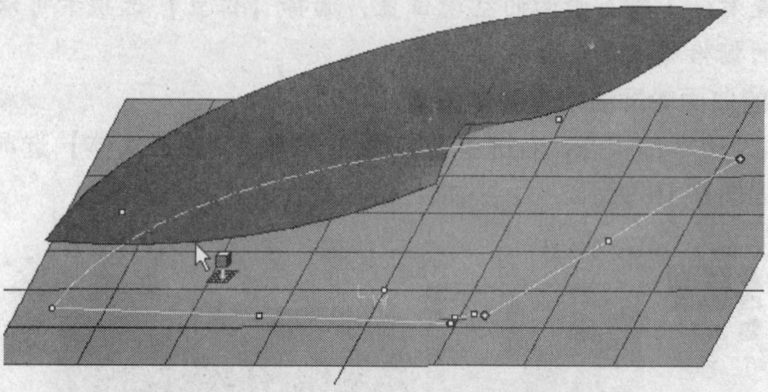

图 9-18　将曲面的四边投影到二维截面上

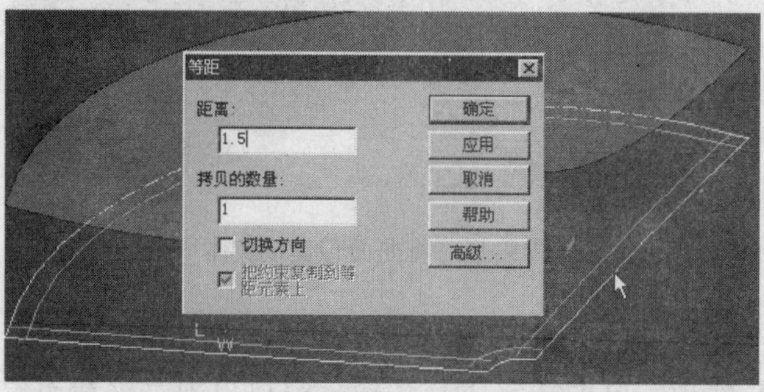

图 9-19　投影线向内平移 1.5mm

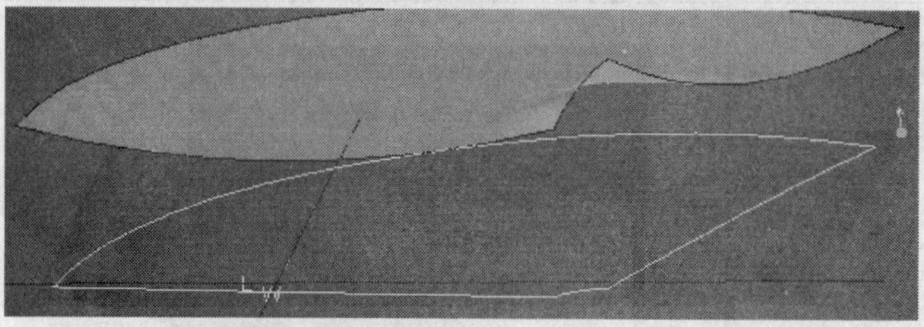

图 9-20　经过修剪得到封闭轮廓线

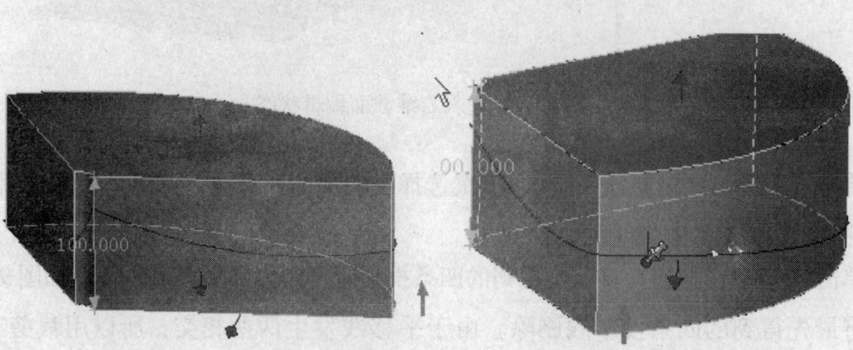

a)　　　　b)

图 9-21　相嵌有曲面的曲面轮廓造型体

3. 分裂零件

1）将新生成的造型更名为【曲面造型体】，按住“Shift”键，在设计树上先选择【曲面造型体】，再选择【主曲面】，这时两个零件同时被选中，其中后被选中的曲面是作为切割体。

2）选择【修改】/【分裂零件】菜单命令，结果发现设计环境中有了两个【曲面造型体】，图9-22所示为分裂前后的设计树。

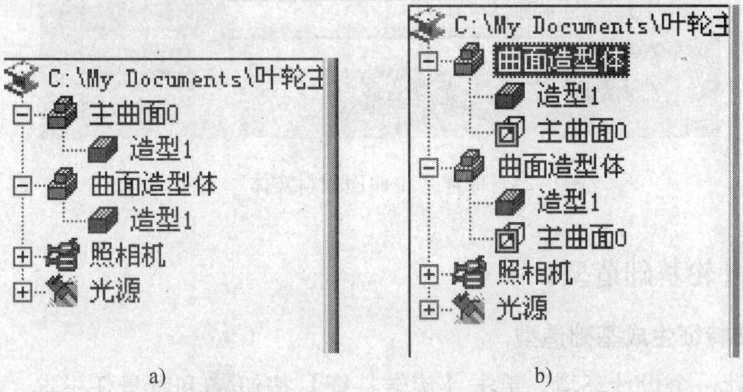

图9-22 零件分裂前后的设计树对比

3）原来的造型体被曲面一分为二，应用【三维球】可以将上面的一个造型体分开，以备后用，将作为“主曲面减料实体”文件保存起来，如图9-23所示。

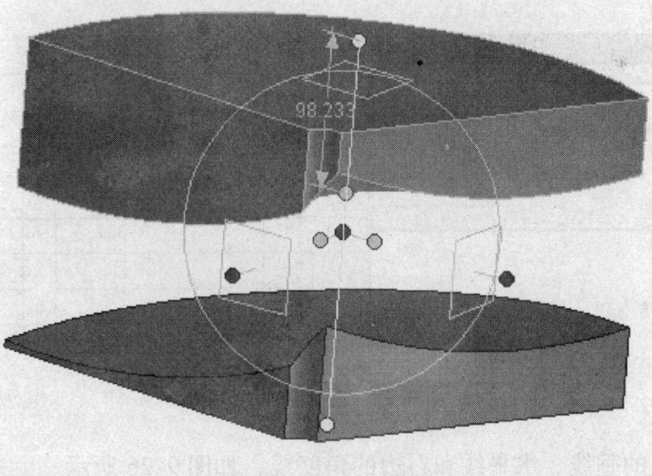

图9-23 分裂后的造型体

4. 保存主曲面减料实体

1）将上一步选取的造型体更名为【主曲面减料实体】。

2）选择【文件】/【另存为零件/装配】命令，保存【文件】名为“主曲面减料实体”，输出设置如图9-24所示。

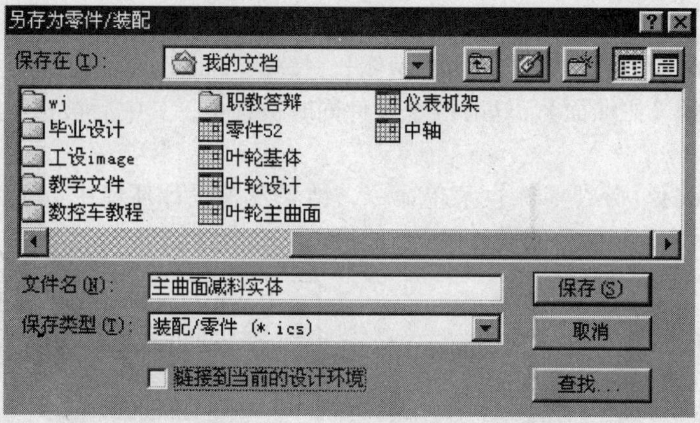

图 9-24 保存“主曲面减料实体”文件

三、构建叶轮基础造型

1. 运用旋转特征生成基础造型

1）新建设计一个设计环境，单击【旋转特征】按钮和背景任一点，在【旋转特征向导-第 1 步】对话框中选择【独立实体】选项，单击【完成】按钮。

2）在出现的二维截面栅格平面上绘图，单击【三点圆弧】，绘制一条两点坐标为（18，137）、(228，116)，圆弧半径为 324mm 的圆弧，如图 9-25 所示。

注意：可以先画一条任意圆弧，然后单击右键，编辑端点位置和半径。

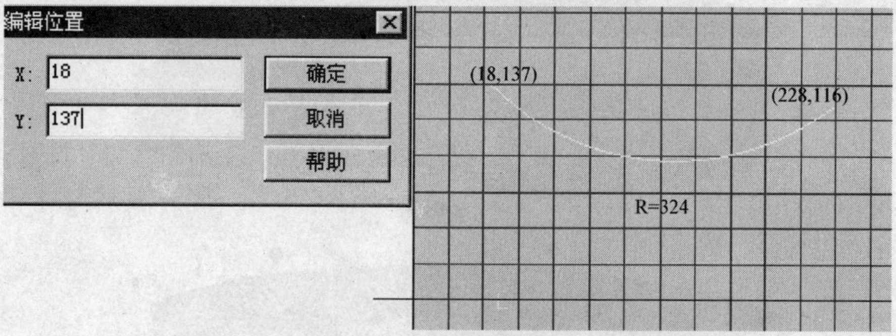

图 9-25 圆弧截面线

3）分别作左边的垂线、水平线和右边的角度线，如图 9-26 所示。

4）单击【完成造型】，生成如图 9-27 所示的基础造型体。

2. 运用旋转特征构造中轴

1）新建一个设计环境，在二维截面编辑状态，绘制图 9-28 所示的中轴旋转截面曲线。

2）应用【旋转特征】命令，即得到如图 9-29 所示的中轴实体造型。

3）将此造型另存为文件“中轴”以备后用。

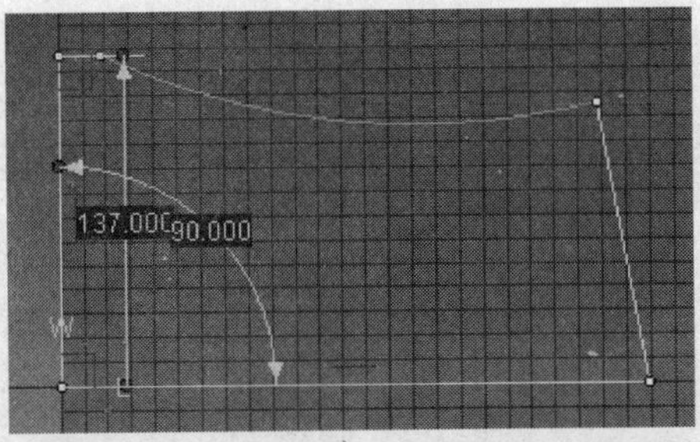

a)

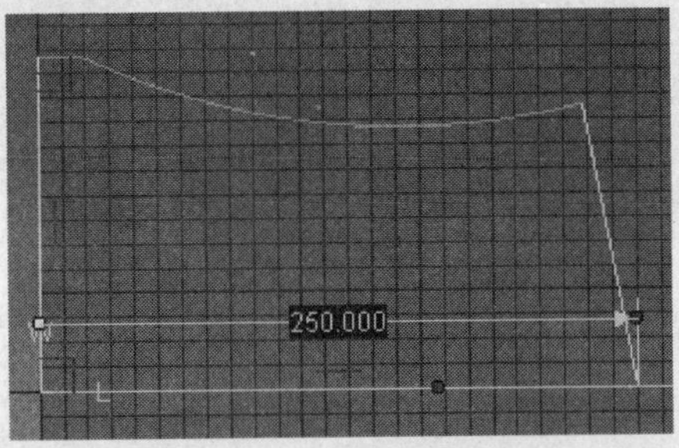

b)

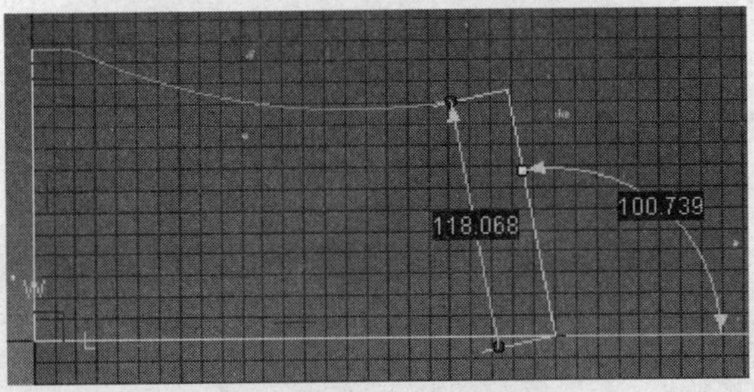

c)

图 9-26　绘制二维截面轮廓线

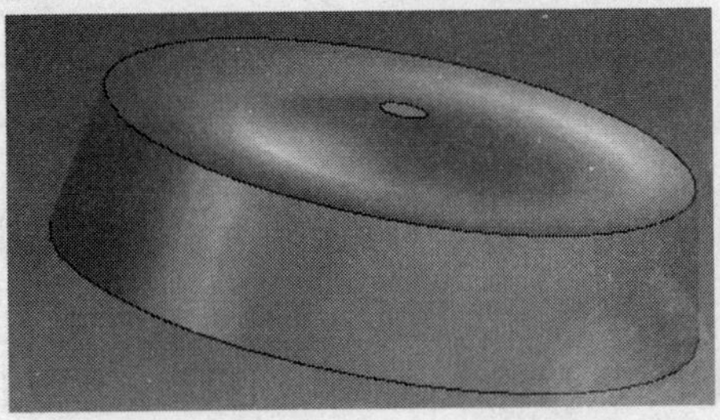

图 9-27　生成叶轮基础造型体

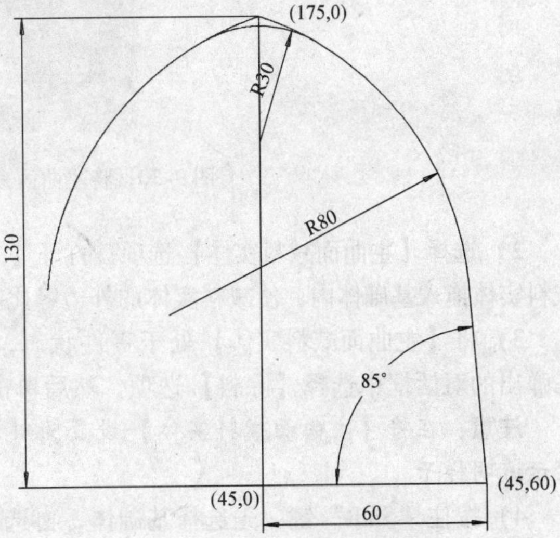

图 9-28　中轴的旋转截面线

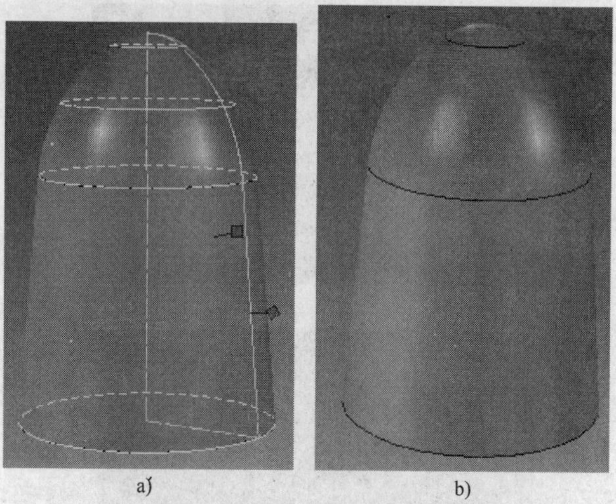

图 9-29　生成中轴

四、生成叶轮实体

1. 减料布尔运算

1）在叶轮基础体的设计环境，选择【文件】/【输入】命令，在弹出的【输入文件】对话框中选择【主曲面减料实体】选项，结果如图 9-30 所示。

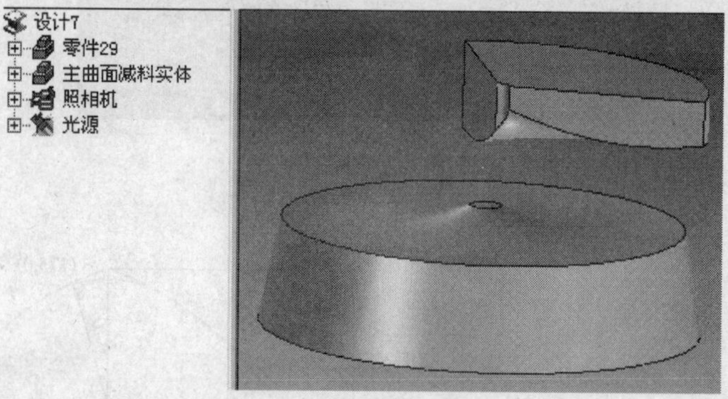

图 9-30　将主曲面减料实体输入环境

2）选择【主曲面减料实体】选项，打开【三维球】，拖动三维球的垂直向手柄将主曲面减料实体拖入基础体内，使减料实体的外边缘比基础体的外边缘高 2mm，结果如图 9-31 所示。

3）将【主曲面减料实体】处于零件状态，选择【设计工具】/【布尔运算设置】命令，在弹出的对话框中选择【除料】选项，然后单击【确定】按钮，如图 9-32 所示。

注意： 在将【主曲面减料实体】设置为【除料】运算属性后，【主曲面减料实体】会显示透明样子。

4）按住"Shift"键，先选择基础体，再选择减料实体。选择【设计工具】/【布尔运算】命令，结果在基础体上生成了一个具有曲面表面的叶轮形状，如图 9-33 所示。

注意： 此时设计树中由原来的两个零件变成现在的一个零件。

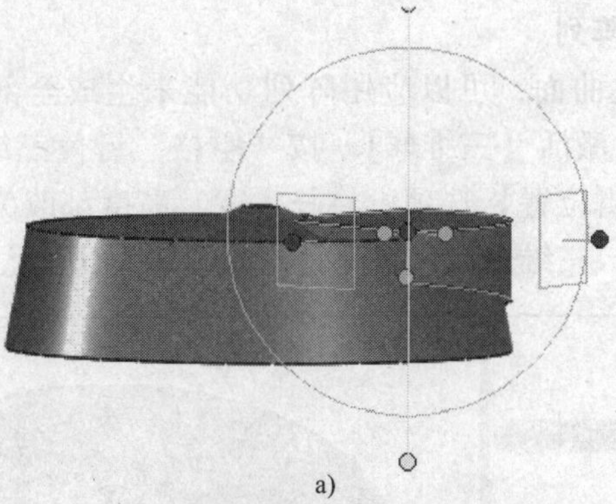

a)

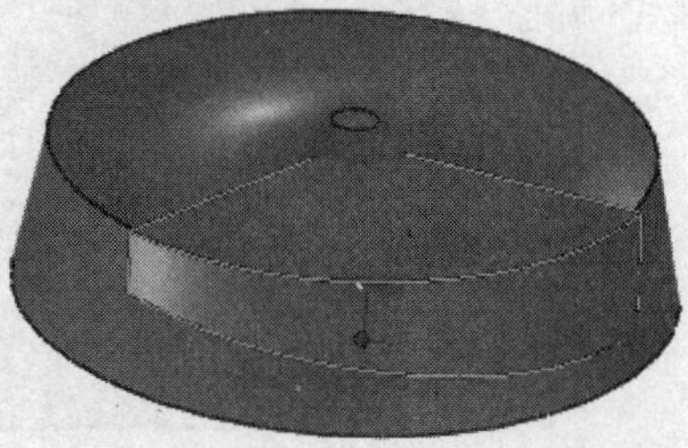

b)

图 9-31 定位减料实体

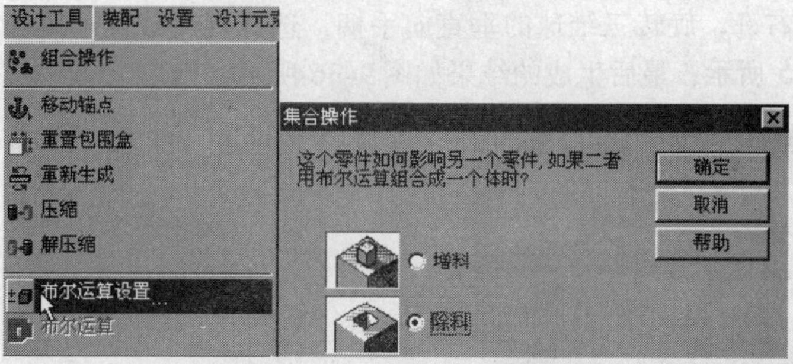

图 9-32 应用布尔运算设置

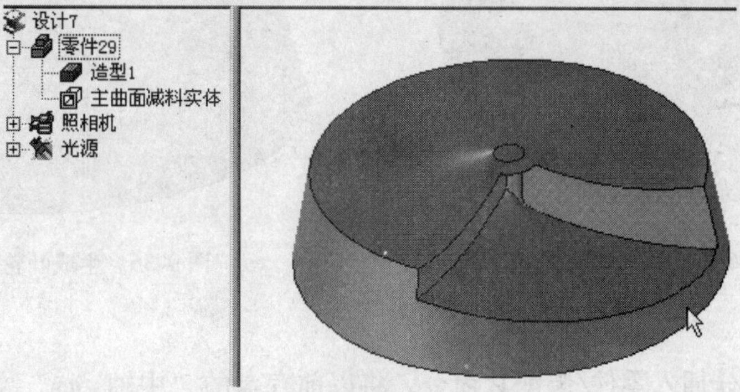

图 9-33 生成叶轮的一个叶面

2. 叶轮主曲面的圆形阵列

1）本例中共有三个主曲面，可以应用阵列功能来生成全部的曲面。在设计树中选择【主曲面减料实体】选项，激活【三维球】，按“空格”键使三维球脱离原图素，右键单击三维球的中心，选择【编辑位置】选项，将长、宽、高度都改为“0”，使三维球中心定位到原点，再按“空格”键，三维球颜色呈深兰，如图9-34所示。

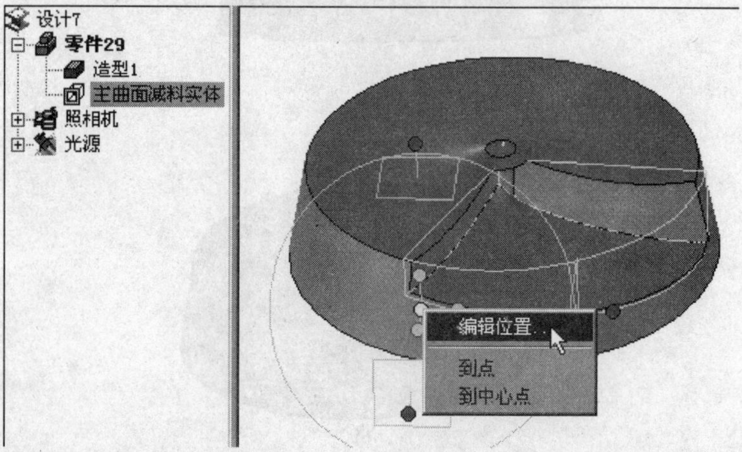

图9-34　将三维球定位至原点

2）按住鼠标右键，旋转三维球的垂直向手柄，选择【生成圆形阵列】选项，【阵列】参数设置如图9-35所示；最后生成的结果如图9-36所示。

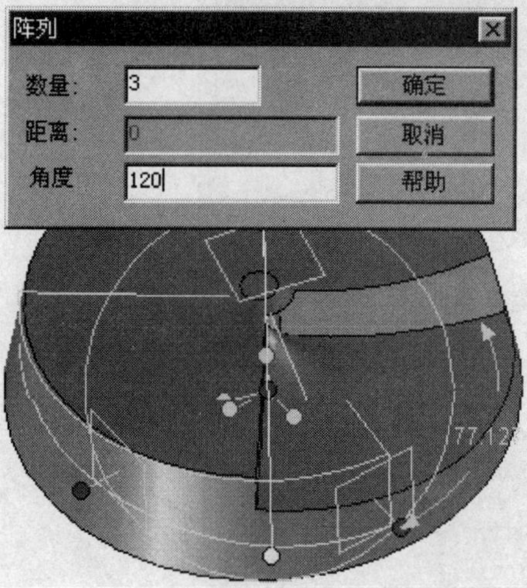

图9-35　应用阵列命令

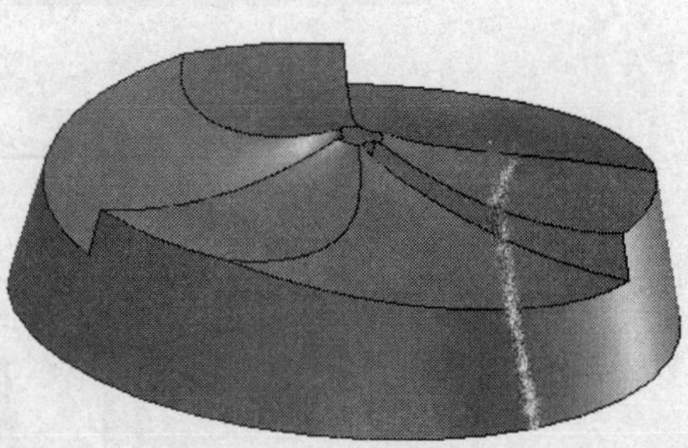

图9-36　生成叶轮体曲面

3. 输入中轴

选择【文件】/【插入零件/装配】命令，将以前存盘的“中轴.ics”文件读入，用三维球调整中轴的高度，结果如图9-37所示。

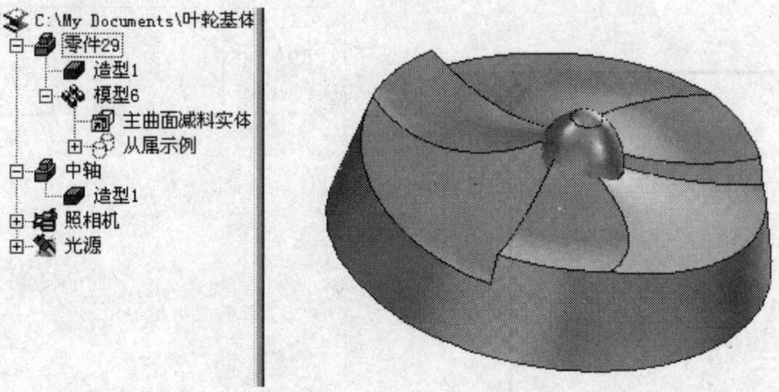

图 9-37 完成叶轮的造型

五、过渡棱边

1）以 R12 为半径过渡图 9-38 所示的三条棱边。

2）以 R4 为半径过渡图 9-39 所示的棱边。

图 9-38 过渡棱边

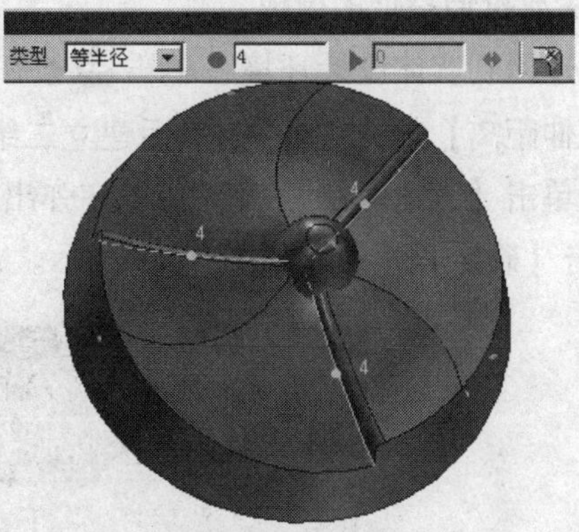

图 9-39 过渡棱边

3）以 R8 为半径过渡叶轮圆周的周边，如图 9-40 所示。

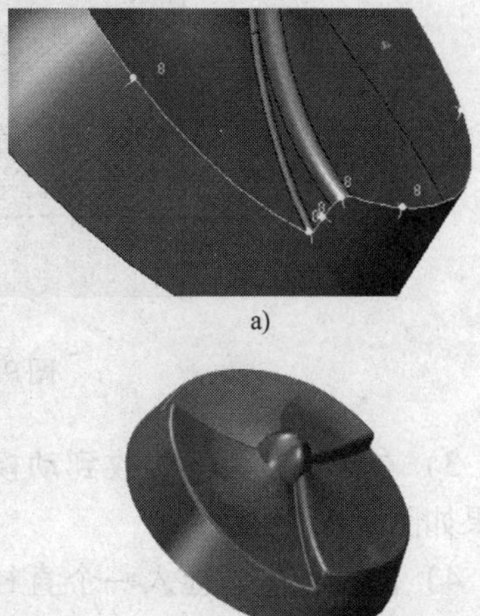
a)
b)

图 9-40 周边的过渡

六、建立动模板

1. 在电子图板环境绘制并输出草图

1）单击按钮，启动电子图板设计环境，首先应用【矩形】工具绘制如图 9-41 所示尺寸的矩形框。

2）应用直线、圆弧等基本命令画出图 9-42 所示的动模底板的拉伸草图。

3）选择【文件】/【数据接口】/【输出草图】命令，拾取所要输出的封闭轮廓线，并选坐标原点为定位点，单击鼠标右键即完成输出。

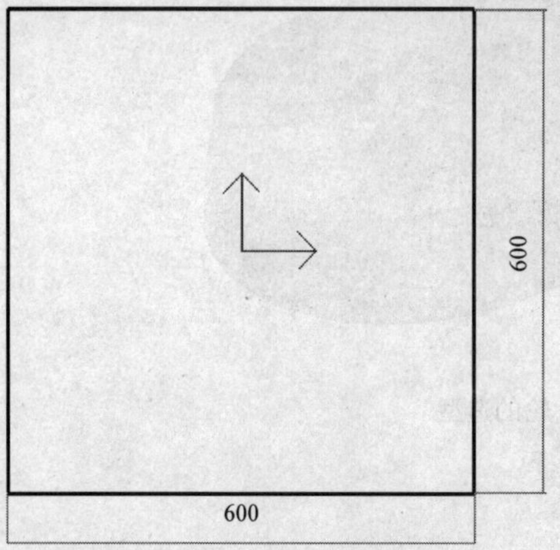

图9-41 绘制矩形框

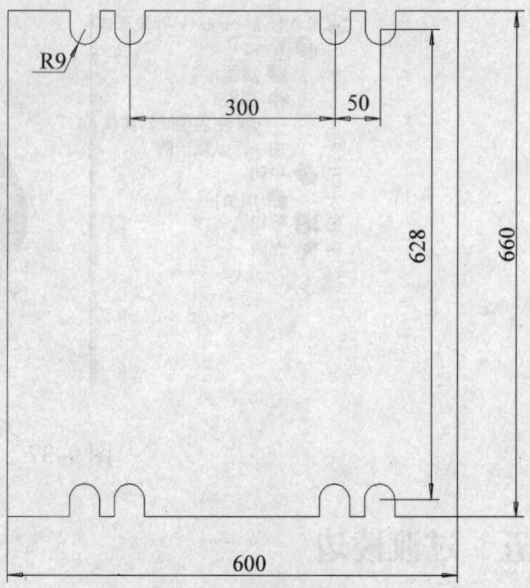

图9-42 动模板拉伸草图

2. 生成拉伸特征的模板

1）返回到实体设计环境，单击按钮，选择背景上任意一点，选择【独立实体】选项，【拉伸距离】输入“60”，然后建立二维截面栅格平面。

2）单击【读入草图】按钮，在弹出的【读入草图】对话框中选择输入的草图名称，然后单击【确定】按钮，如图9-43所示。

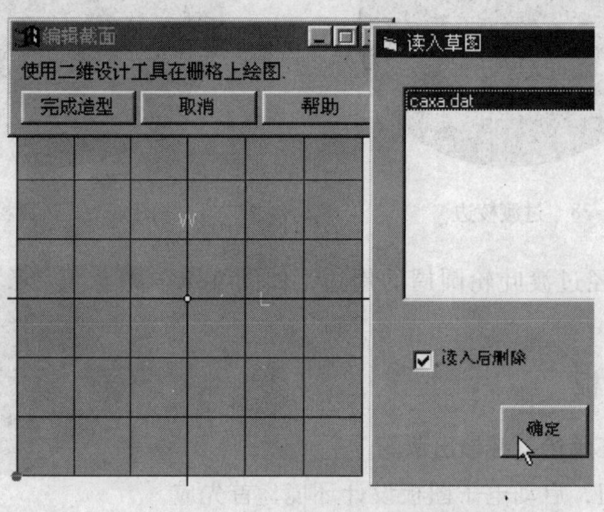

图9-43 读入由电子图板输出的草图

3）在栅格平面上接收到动模底板的草图，如图9-44所示；单击【完成造型】选项，结果如图9-45所示。

4）向模板中心拖入一个直径为500mm、深度为20mm的【孔类圆柱体】，结果如图9-46所示。

5）使用【孔类长方体】命令在模板的两侧生成台阶，如图9-47所示。

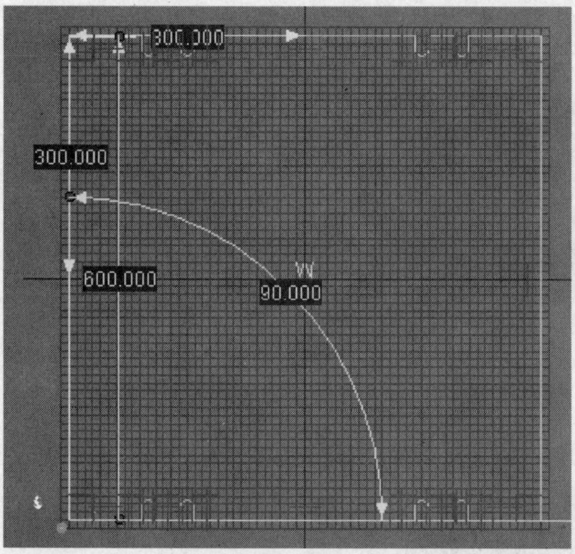

图9-44　自动投影生成的二维截面图（拉伸草图）

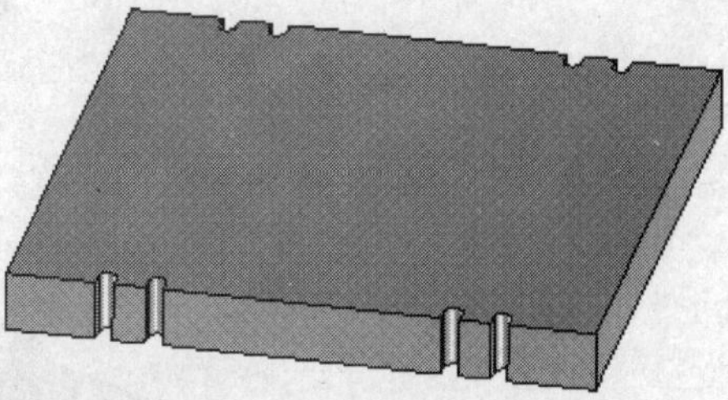

图9-45　完成拉伸特征造型

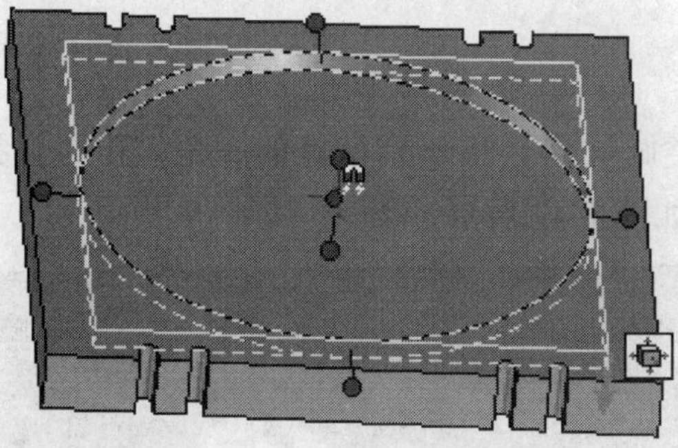

图9-46　生成孔槽

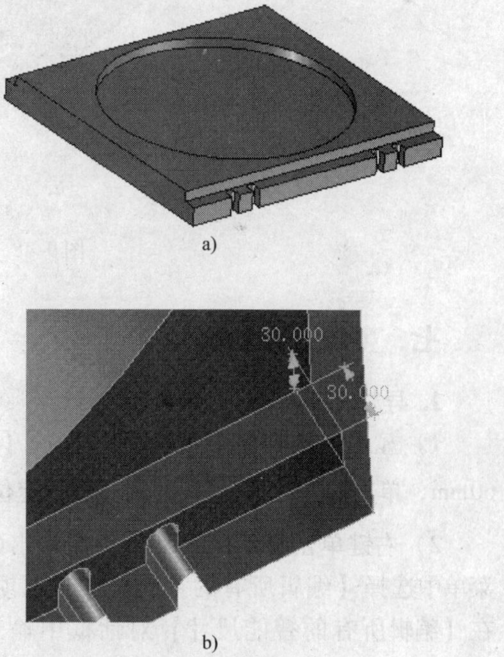

图9-47　生成模板台阶

3. 组合实体

将前面已经完成的叶轮实体输入到目前的环境中，与动模底板组合。只要将三维球中心附着在叶轮底面的中心，使【到中心点】与模板圆形孔槽中心重合就可以了，结果如图9-48所示。

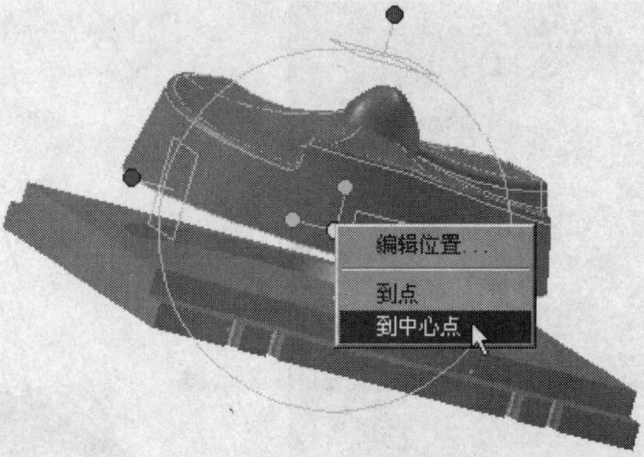

a)

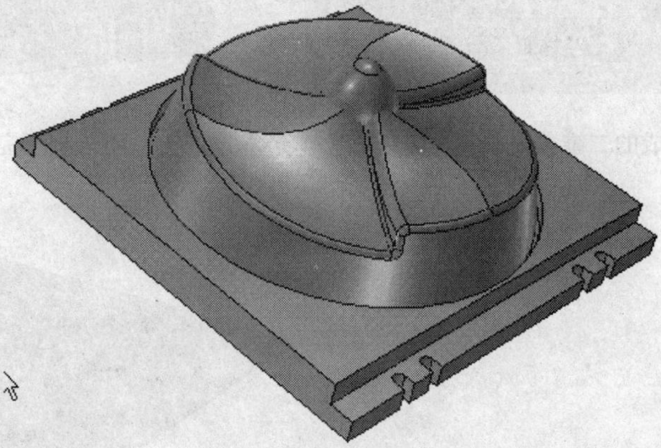

b)

图 9-48 完成实体的组合

七、生成孔系和倒角

1. 导柱孔

1）显示旋转到模具的背面，将一【孔类圆柱体】拖放到模具的一角，孔的直径为 60mm，单击 按钮，对孔的圆心进行定位，如图 9-49 所示。

2）右键单击显示的尺寸值，在弹出的菜单中选择【编辑所有的智能尺寸】选项，在【编辑所有的智能尺寸】对话框中输入【点到线】距离均为“70”，如图 9-50 所示。

3）再引入一个直径为 80mm、深度 20mm 的同心孔，如图 9-51 所示。

4）按住“Shift”键，选取形成导柱孔的两个孔图素，激活【三维球】，按“空格”键，将三维球中心定位到底面的中心，如图 9-52 所示。

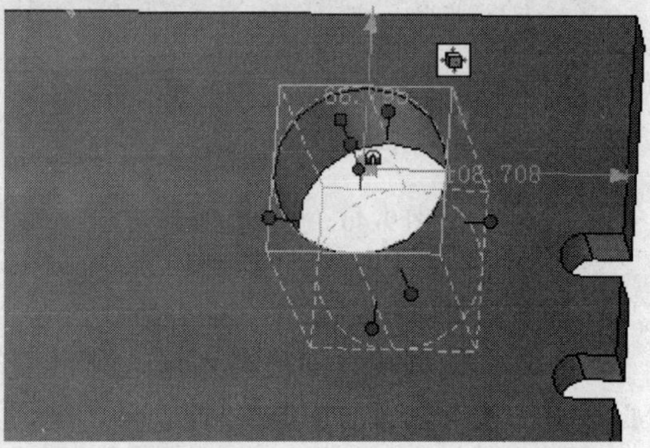

图 9-49 用智能标注对孔定位

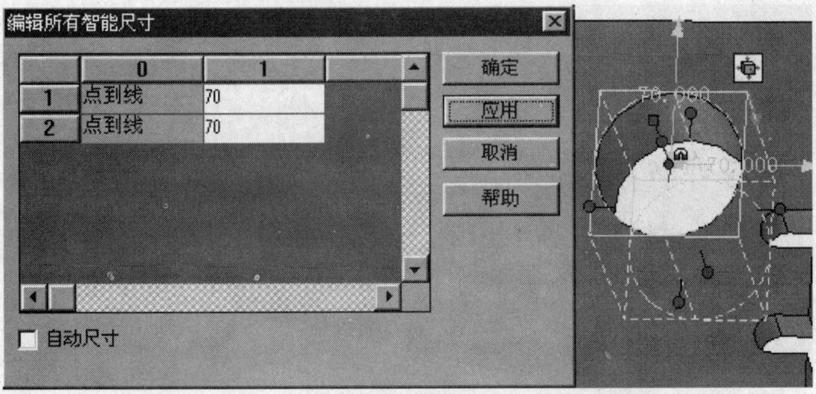

图9-50　编辑智能尺寸

图9-51　生成导柱孔

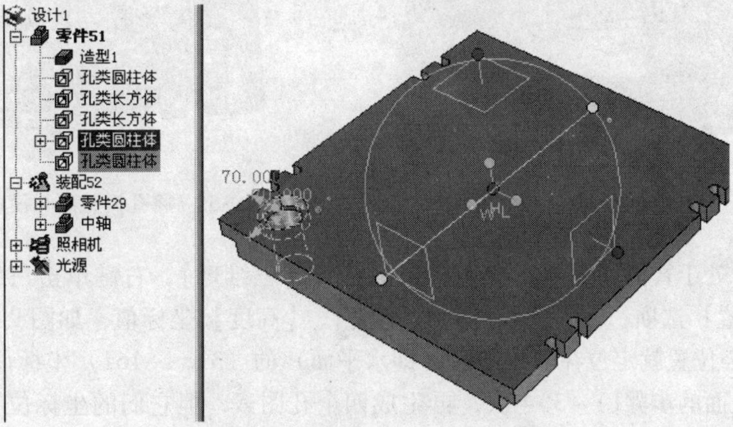

图9-52　定位三维球

5）按“空格”键使三维球附着在导柱孔上，右键单击并转动垂直方向上的三维球的手柄，选择【链接】选项，输入参数，如图9-53所示的对话框。

2. 穿顶杆孔

1）将一个【孔类圆柱体】拖放到叶轮曲面上，由于为空间曲面，所示此孔并不和模板底面垂直，如图9-54所示。

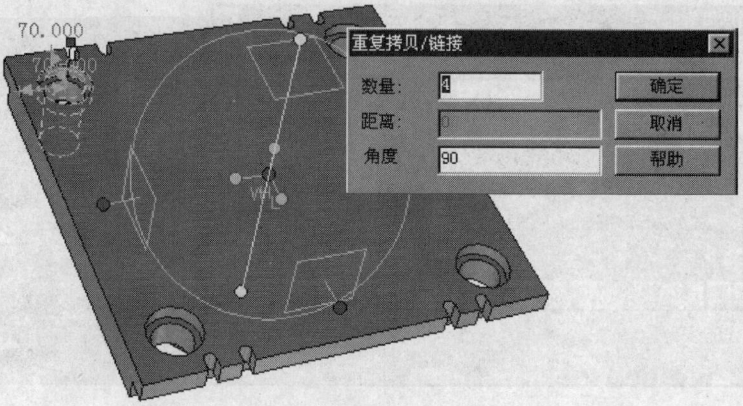

图 9-53 阵列导柱孔

2）打开【三维球】，选择其上、下方向的定位手柄，键单击鼠标右键，在弹出的菜单中选择【与面垂直】选项，选择模板的平面 A，如图 9-55 所示。关闭【三维球】，将孔图素的包围盒激活，将孔的直径设定为 12mm。

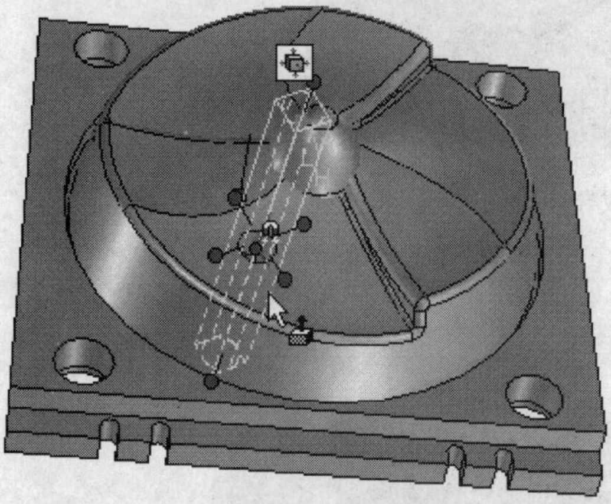

图 9-54 向叶轮曲面上拖放一个孔

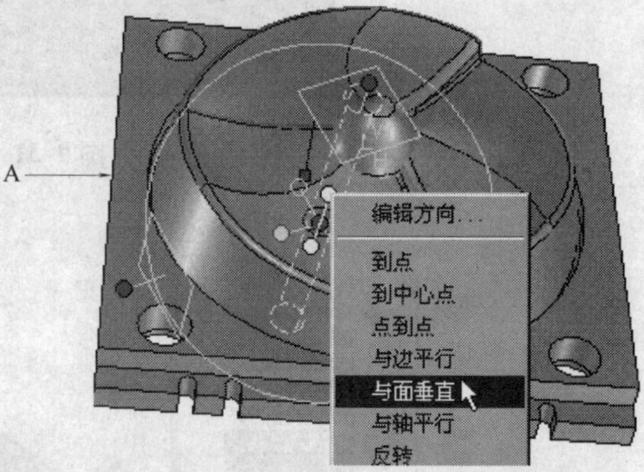

图 9-55 将孔调整到与模板平面垂直

3）孔图素处于智能图素编辑状态，再次打开【三维球】，右键单击三维球中心手柄，选择【编辑位置】选项，输入【长度】、【宽度】、【高度】坐标值，如图 9-56 所示，这样第一个孔的圆心位置就定位在模板平面（即水平面）的（31，－164）坐标位置上。

4）重复上面的步骤1）~3）4 次，再生成四个孔图素，但它们的坐标位置分别为（17，169，－80）、（74，－130，－80）、（43，－92，－80）、（－7，－99.5，－80），结果在一个叶面上生成的五个顶杆孔如图 9-57 所示。

5）按住"Shift"键选取这五个孔，打开【三维球】并将三维球中心定位在中轴的轴心位置，运用圆形阵列功能将此五个孔复制到另两个叶面，结果如图 9-58 所示。

3. 背孔槽和工艺圆角

1）应用【旋转显示】，显示模具的背面，将一【孔类圆柱体】图素拖放到背面的中心，编辑此图素的包围盒，如图 9-59 所示，可以在背部生成直径 400mm、深度 50mm 的过孔。

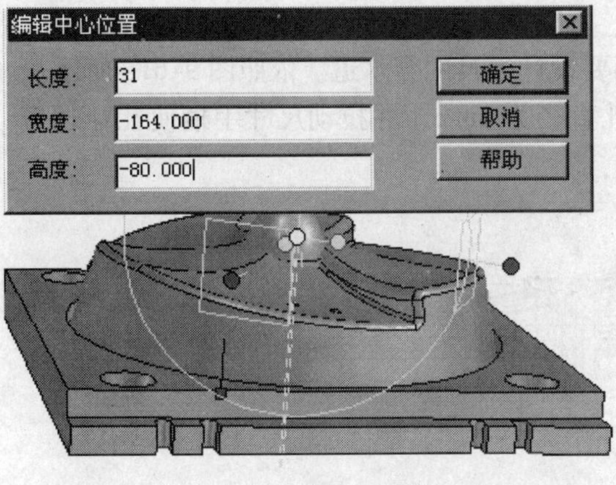

图 9-56 应用三维球准确定位孔图素的坐标位置

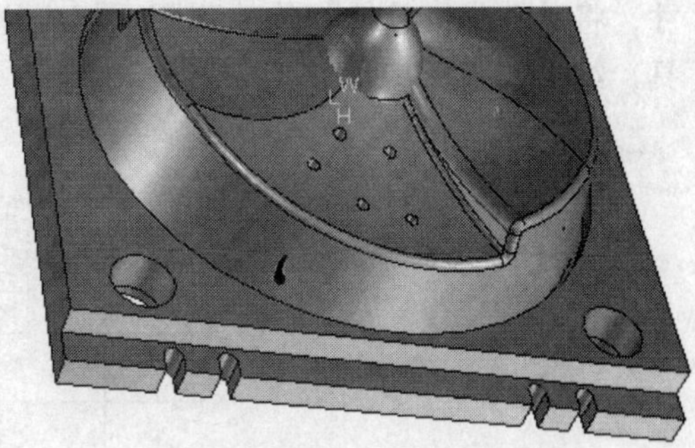

图 9-57 生成一个叶面上的 5 个顶杆孔

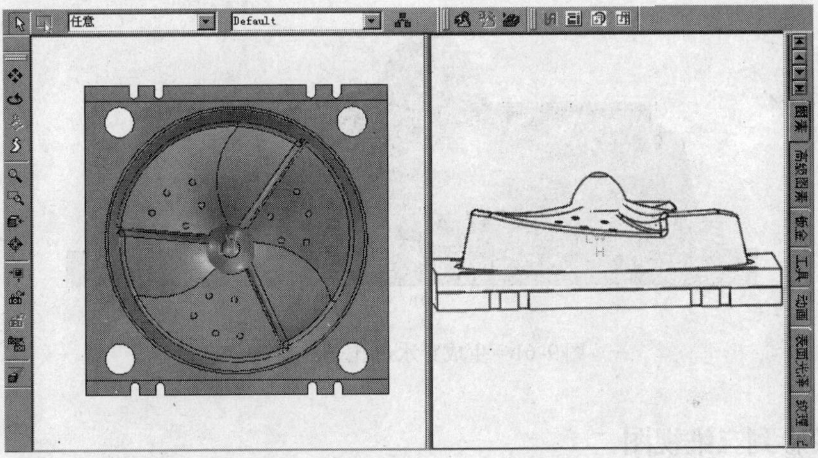

图 9-58 完成顶杆孔的生成

2）将过孔的棱边作工艺倒角，倒角为 C2，结果如图 9-60 所示。

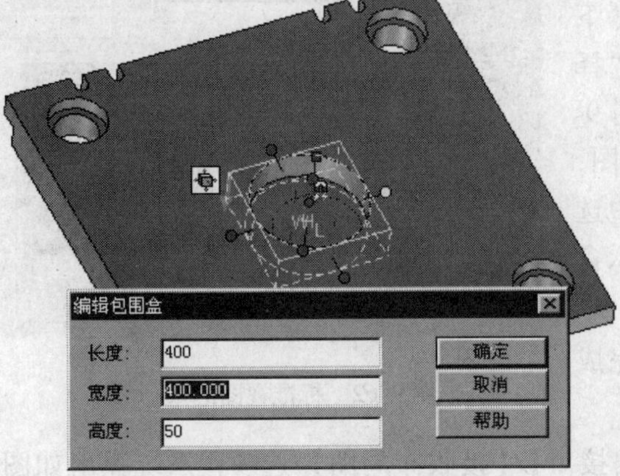

图 9-59 生成背部的过孔

图 9-60 完成过孔的倒角

4. 穿水道孔及工艺圆角

由于模具在工作状态需要进行水冷，所以还要设计模具的穿水道。依照图 9-61a 所示尺寸，将【孔类圆柱体】拖放到图示相应位置，孔直径为 6mm，并拉动尺寸手柄使孔穿过模具，结果如图 9-61b 所示。

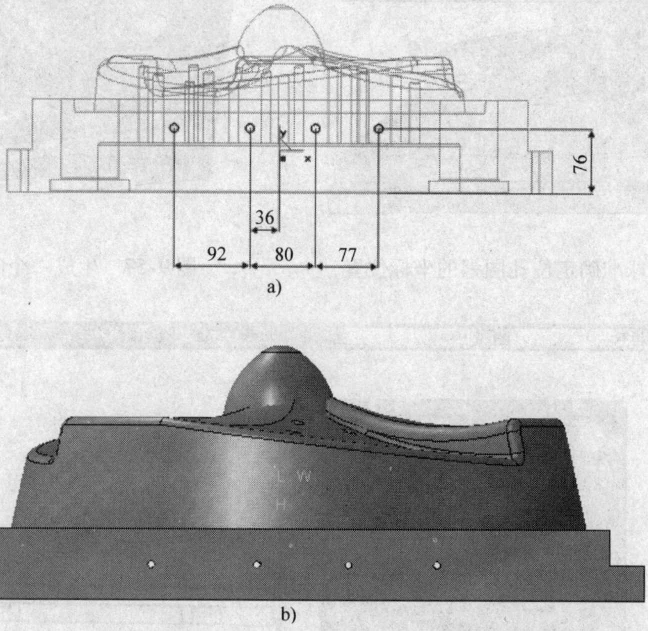

图 9-61　生成穿水道孔（冷却孔）

八、投影到二维视图

1）保存好文件后选择【文件】/【绘图】命令，打开模板“A2. icd”，单击【标准视图】按钮，在【生成标准视图】对话框中设置选项和调整【当前主视图方向】，如图 9-62 所示。

2）在布局图环境生成四个视图，按下“Shift”键选择四个视图，右键单击视图，选择【取消对齐】选项，调整视图的最终位置如图 9-63 所示。如果再右键单击主、俯、左三个视图，选择【属性】选项，在【视图属性】对话框中选择【显示全部】选项，可以生成如图 9-64 所示含有隐藏线的视图。

3）单击【输出布局图】按钮，可以完成上面生成的布局图（视图）。

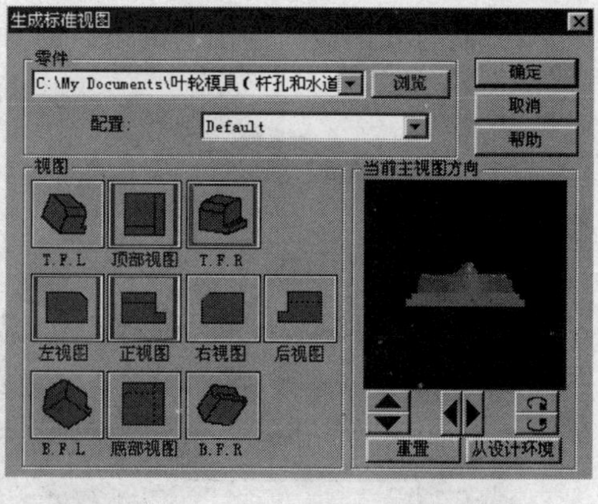

图 9-62　标准视图的选择

4）打开电子图板后，选择【文件】/【数据接口】/【接收布局图】选项，系统弹出如图 9-65 所示的对话框；选择所输出的文件名，其他设置如图 9-65 所示，可以在电子图板环境生成初步工程图样。

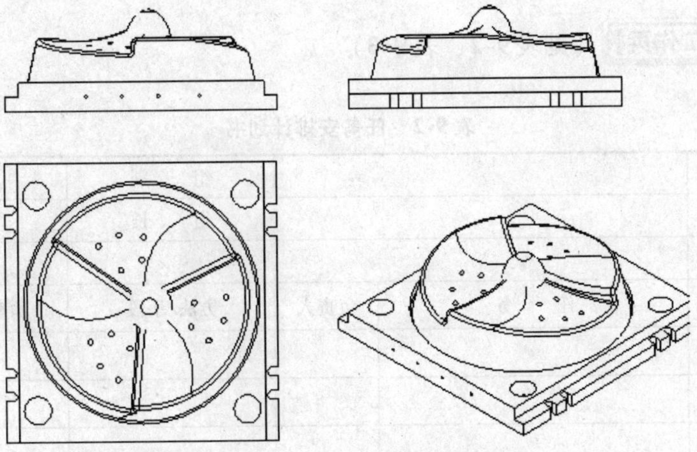

图9-63 调整布局图的视图位置

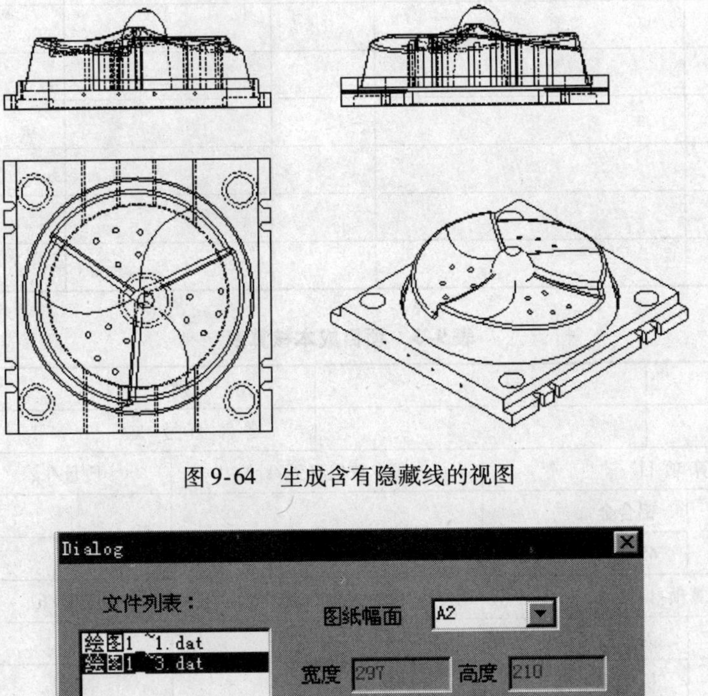

图9-64 生成含有隐藏线的视图

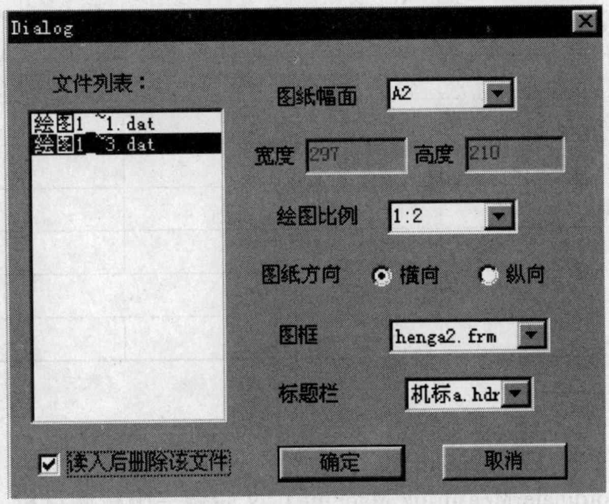

图9-65 设置待生成图样的规格

【完成学习工作页】(见表9-2、表9-3)

表9-2 任务安排计划书

项目名称			组　别	
零件名称			组　长	
同组学员				
流　程	任　务	负责人	方法/手段	预期成果及检查项目
1				
2				
3				
4				
5				
6				
7				
8				
9				
10				

表9-3 项目成本核算表

项目名称			组　别	
零件名称			零件图号	
核算项目		成本单位/(元/kg)	质量/kg	成本/元
材料成本	铝合金			
	45钢			
核算项目		单位成本/(元/h)	工时/h	成本/元
加工成本	刀具使用费			
	机床使用费			
人工成本	编制加工程序			
环境保护成本	环保费			
合　计				
填表人		审核人		

【知识拓展】

坐标测量机（Coordinate Measuring Machine）又叫做三坐标测量机，是一种检测工件尺寸误差、形位误差以及复杂轮廓形状的自动化制造系统的基本测量设备。它可以单独使用或集成到FMS中，与FMS的加工过程紧密耦联。测量机能够按事先编制的程序（或来自

CAD/CAM 系统）实现自动测量，效率比人工高数十倍，而且可测量具有复杂曲面零件的形状精度。测量结束，还可以通过检验与检测系统送至机床的控制器，修正数控程序中的有关参数，补偿机床的加工误差，确保系统具有较高的加工精度。

1. 坐标测量机结构特点

CMM 和数控机床一样，由安放工件的工作台、立柱、三维测量头、位置伺服驱动系统、计算机控制装置等组成，如图 9-66 所示。CMM 的工作台、导轨、横梁多用高质量的花岗岩组成。花岗岩的热稳定性和尺寸稳定性好，强度、刚度和表面性能高，结构完整性好，校准周期长（两次校准的日期间隔）。在一般情况下，CMM 要求控制周围环境，它的测量精度及可靠性与周围环境的稳定性有关，CMM 必须安装在恒温环境中，防止敞露的表面和关键部件受污染。随着温度、湿度变化自动补偿及防止污染等技术的广泛应用，CMM 的性能已能适应车间工作环境。

CMM 测量头的精度非常高，其形式也有很多种，以适应测量工作的需要，如图 9-67 所示。有些测量头是接触式的，测量头触针连接在开关上，当触针偏转时，开关闭合，有电流通过。CMM 控制系统中有软件连续扫描测量头的输入，当检测出开关闭合时，系统采集 CMM 各坐标轴位置寄存器的当前值。测量精度与开关的可重复性、位置寄存器中的数值精确度和采集位置寄存器数值的速度有关。

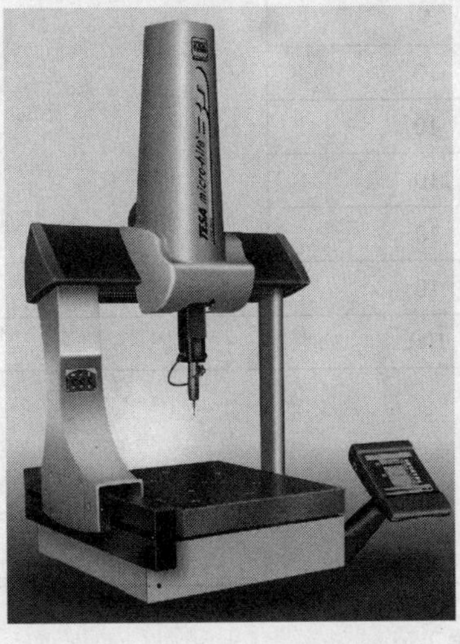

图 9-66　龙门式三坐标测量机

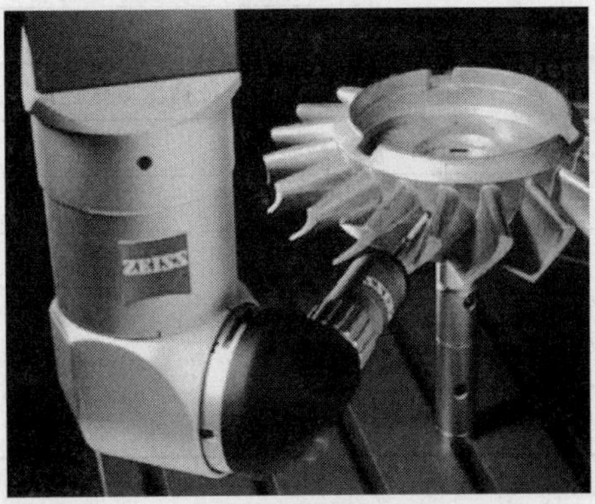

图 9-67　测量头接触工件测量表面

2. 坐标测量机的工作原理

CMM 和数控机床一样，其工作过程由事先编制好的程序控制，各坐标轴的运动也和数控机床一样，由数控装置发出移动脉冲，经位置伺服进给系统驱动移动部件运动，位置检测装置（旋转变压器、感应同步器、角度编码器、光栅尺、磁栅尺等）检测移动部件实际位置。当测量头接触工件测量表面时产生信号，读取各坐标轴位置寄存值，经数据处理后得出测量结果。CMM 将测量结果与事先输入的制造允差进行比较，并把信号回送到 FMS 单元计算机或 CMM 计算机。CMM 计算机通常与 FMS 单元计算机联网，上载/下载测量数据和 CMM 零件测量程序。

【教学评价】（见表 9-4、表 9-5、表 9-6）

表 9-4　学生自评表

班　　级			姓　　名	
项目名称			组　　别	
考核项目	考核内容		满　　分	得　　分
社会能力	尊敬师长、尊重同学		5	
	相互协作		5	
	主动帮助他人		5	
	办事能力		5	
学习态度 学习能力	出勤	迟到	3	
		早退	3	
		旷课	4	
	学习态度认真		5	
	能独立思考解决问题		5	
专业能力	安全规范意识		5	
	5S 遵守情况		5	
	零件图样识读能力		10	
	CAD/CAM 软件运用能力		10	
	空间曲面造型能力		10	
	高效率特征造型方法运用		10	
	检验能力		10	
合　　计			100	
自我评价				

表 9-5　小组成员互评表

姓　　名		承担任务	
考核项目	考核内容	满　　分	得　　分
方法能力	创新能力	10	
	学习态度认真	10	
	能独立思考解决问题	10	
社会能力	尊敬师长	5	
	尊重同学	5	
	团队协作	10	
	主动帮助他人	10	

（续）

被评价学生		承担任务	
考核项目	考核内容	满分	得分
专业能力	所承担的工作量	20	
	理论及实操能力	10	
	5S遵守情况	10	
合计			
评语			
评价人		学号	

表9-6 教师评价表

班级		姓名		
项目名称		组别		
评分内容		分值	得分	备注
资讯	提出问题情况	5		
	收集信息情况	5		
计划	工作计划情况	10		
决策	解决问题情况	10		
实施	收集信息的重要性	5		
	工作目标明确	5		
	工作计划有可操作性	5		
	工作计划结合实际	5		
	提出方案的合理性	5		
	CAD/CAM软件运用能力	5		
	协同他人共同完成工作任务	5		
检查	叶轮建模正确	10		
	上交文件齐全	5		
评价	完成工作量	10		
	学生自我评价	5		
	同组学生的评价	5		
总分		100		
评语				
评价教师				

【学后感言】

____

____

____

____

____

【思考与练习】

1. 在三坐标测量机上完成一个具有曲面零件的测量及数据处理。

2. 应用CAXA软件完成一个叶轮模型的三维造型设计。

3. 根据图9-68所示尺寸，完成零件造型，并生成底部球形曲面的加工轨迹（不分粗精加工）。要求分析并能优化加工轨迹。

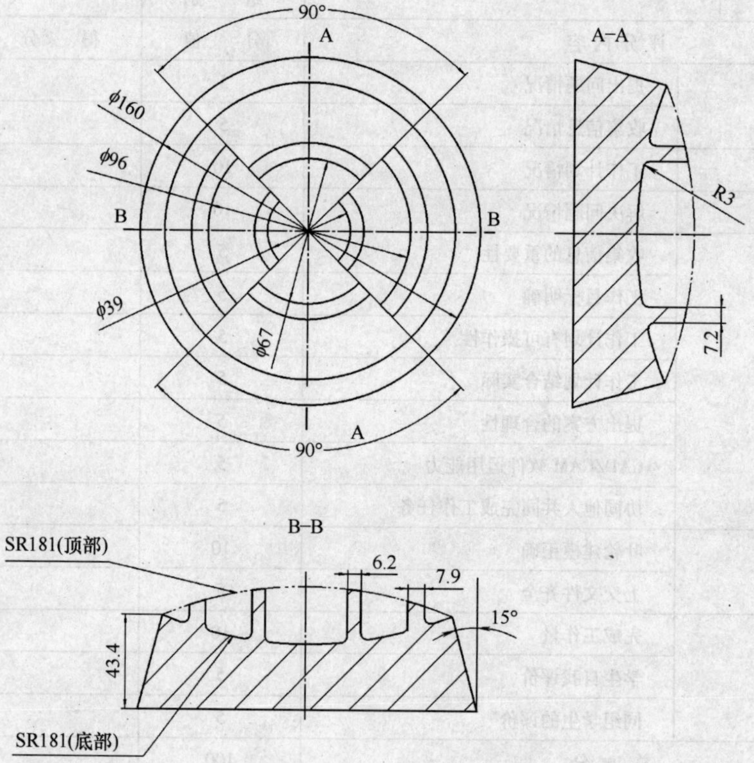

图9-68 球面零件

参考文献

[1] 宋卫科. CAXA 制造工程师 XP [M]. 北京：北京航空航天大学出版社，2003.

[2] 杨伟群. CAXA 实体设计 V2 实例教程 [M]. 北京：北京航空航天大学出版社，2003.

[3] 杨伟群. CAXA 三维电子图板 V2 实例教程 [M]. 北京：北京航空航天大学出版社，2003.